Über dieses Buch

Diesmal ist Menfreya, das alte Schloß über dem Meer, für Victoria Holt, der berühmten Autorin spannender Unterhaltungsromane, der geheimnisvolle Ort, an dem sich vergangene und gegenwärtige Tragödien verbergen und am Ende entwirren. Das unscheinbare Mädchen Harriet mit dem lahmenden Bein und den grünen Augen ist nicht sehr glücklich, bis sich ihr Jugendtraum erfüllt: Sie heiratet den schönen Bevil Menfreya und wird Herrin auf dem alten Schloß, der Fluchtburg ihrer beängstigenden Kindertage. Daß die Männer der Menfreyas durch Generationen leidenschaftlich und auf unfaßbare Weise betörend waren, hatte Harriet gehört und schließlich selbst erfahren. Daß sich aber hinter ihrer Faszination eine Familienchronik voller Untreue, Eifersucht und Mord verbarg, enthüllt sich Harriet erst, als sie selbst in das unheimliche Geheimnis, das Gespinst von Liebe und Leidenschaft, Spuk und Schrekken verstrickt wird. Im dunklen Verließ eines verlassenen Inselhauses, in dem die Springflut höher und höher steigt, scheinen sich Harriets Ängste und Ahnungen zu erfüllen – Mord aus Liebe, Mord aus Wahnsinn? Als Harriet aus dem Wahrtraum erwacht, liegt sie gerettet in den Armen ihres vermeintlichen Mörders – Bevil. Der Spuk der Vergangenheit ist verflogen. Harriet ist die unverhoffte, sanfte Siegerin.

Die Autorin

Victoria Holt, Autorin zahlreicher Bestseller, wurde in London als Tochter eines literaturbegeisterten Kaufmanns geboren. Da mehr Bücher als Geld im Hause waren, begann sie früh zu lesen und bald auch selbst zu schreiben. Vorbilder waren die großen englischen Autoren des 19. Jahrhunderts. Ihre ersten Erfolge erzielte Victoria Holt mit ihren Kurzgeschichten, bevor sie mit ihrem ersten Roman ein breites Publikum erreichte.

Im Fischer Taschenbuch Verlag ist außerdem der Roman ›Treibsand‹ (Bd. 1671) erschienen.

VICTORIA HOLT

Harriet sanfte Siegerin

Roman

Fischer
Taschenbuch
Verlag

Die englische Originalausgabe erschien
unter dem Titel ›Menfreya‹ im Verlag Collins, London

Übersetzt von Karin S. Krausskopf

Fischer Taschenbuch Verlag
Juni 1978
Ungekürzte Ausgabe

Umschlagentwurf: Jan Buchholz/Reni Hinsch unter Verwendung eines Fotos
(Foto: Harro Wolter)

Fischer Taschenbuch Verlag GmbH, Frankfurt am Main
Lizenzausgabe mit freundlicher Genehmigung des
Krüger Verlages GmbH, Frankfurt am Main

Gesamtherstellung: Hanseatische Druckanstalt GmbH, Hamburg
Printed in Germany
680-ISBN-3-596-22403-9

I

Nie war Menfreya schöner als in den frühen Morgenstunden. Dies entdeckte ich zum erstenmal während der Morgendämmerung in dem Haus auf der Niemandsinsel, als die purpurrot gefärbten Wolken im Osten einen rosigen Schein auf das Meer warfen und das Wasser, das um die Insel spülte, wie perlgraue gerippte Seide aussah.
Der Morgen schien noch friedlicher durch die Nacht der Angst, die ich hinter mir hatte, das Bild noch köstlicher durch meine Alpträume. Als ich so an dem offenen Fenster stand, vor mir das Meer und das Festland mit Menfreya oben auf der steilen Felsküste, fühlte ich mich von all dieser Schönheit ebenso beglückt wie von der Tatsache, daß ich diese Nacht heil überstanden hatte.
Das Haus glich einer Burg mit seinen Zinnen, seinen Strebepfeilern und den mit Schießscharten versehenen Türmen; es war eine Landmarke für die Seeleute, die genau wußten, wo sie waren, wenn sie jenes alte Gemäuer erblickten. In den Mittagsstunden konnten die alten Steine silbergrau aussehen, wenn die Sonne sich scharfe Flinte in den Mauern herausgriff und sie wie Diamanten glitzern ließ: doch niemals sah Menfreya so herrlich aus wie im ersten rosigen Schein des Sonnenaufganges.
Menfreya war seit Jahrhunderten der Wohnsitz der Menfreys gewesen. Ich hatte sie im geheimen die ›magischen Menfreys‹ getauft, denn so erschienen sie mir – anders als gewöhnliche Menschen, auffallend in ihrer Erscheinung, starke, vitale Menschen. Man nannte sie auch die ›wilden Menfreys‹, und nach A'Lee – dem Butler auf Chough Towers – waren sie nicht nur wild, sondern schlecht. Er wußte da einige Geschichten über den jetzigen Sir Endelion zu erzählen. Die Menfreys hatten Namen, die mir fremd klangen, nicht jedoch den Bewohnern von Cornwall, denn diese Namen bildeten einen Teil der alten Geschichte des Herzogtums. Sir Endelion hatte Lady Menfrey entführt, als sie ein junges Mädchen von nicht mehr als fünfzehn Jahren war, hatte sie nach Menfreya gebracht und sie dort behalten, bis ihr Ruf ruiniert und ihre Familie nur zu froh war, in die Heirat einzuwilligen. »Aber nicht aus Liebe«, erklärte A'Lee. »Täuschen Sie sich da nicht, Miss Harriet. Er hatte es auf das Geld abgesehen. Eine der reichsten Erbinnen des Landes, hieß es; und die Menfreys brauchten das Geld.«

Wenn ich Sir Endelion an Menfreystow vorbeireiten sah, stellte ich ihn mir als jungen Mann vor, der genau so aussah wie sein Sohn Bevil, stellte mir vor, wie er die Erbin entführte und mit ihr nach Menfreya ritt – mit dem armen verschreckten kleinen Mädchen, kaum mehr als ein Kind, doch völlig fasziniert von dem wilden Sir Endelion. Sein Haar war lohfarben und erinnerte mich an die Mähne eines Löwen. Er hatte immer noch ein Auge für die Frauen, behauptete A'Lee; es war eine Schwäche der Menfreys; viele von ihnen waren durch ihre Liebesaffairen ins Unglück gestürzt – Männer wie Frauen.

Lady Menfrey, die Erbin, war ganz anders als die übrige Familie; sie war blond und zerbrechlich, eine sanfte Lady, die sich um die Armen des Bezirks kümmerte. Demütig hatte sie sich in ihr Schicksal gefügt, als sie ihr Vermögen in die Hände ihres Mannes legte. Und dieser begann es bald, wie A'Lee sagte, zu verschleudern.

Sie erwies sich als eine Enttäuschung – abgesehen von dem Geld –, denn die Menfreys waren immer sehr zeugungsfreudig gewesen; sie jedoch hatte nur einen Sohn, Bevil, bekommen, und dann war eine Lücke von fünf Jahren entstanden, bevor sie Gwennan zur Welt brachte. Nicht, als ob sie in der Zwischenzeit keine Anstrengungen gemacht hätte. Die Arme hatte beinahe jedes Jahr eine Fehlgeburt gehabt, und das auch noch mehrere Jahre lang nach Gwennans Geburt.

Sowie ich Bevil zum erstenmal erblickte und hörte, daß er das Abbild seines Vaters in dessen Jugend war, wußte ich, weshalb Lady Menfrey sich hatte entführen lassen. Bevil hatte die gleichen Farben wie sein Vater und die anziehendsten Augen, die ich jemals gesehen hatte. Sie waren von demselben lohfarbenen Ton wie sein Haar; doch war es nicht die Farbe, durch die sie einem auffielen. Ich glaube, es war ihr Ausdruck. Sie betrachteten die Welt und jeden in ihr mit Selbstbewußtsein, Belustigung und einer Gleichgültigkeit, als sei nichts in ihr eines tiefen, echten Gefühles wert. Für mich war Bevil das faszinierendste Mitglied einer faszinierenden Familie.

Seine Schwester, Gwennan, kannte ich am besten von ihnen allen, denn sie war in meinem Alter, und wir hatten uns angefreundet. Sie besaß jene ungeheure Vitalität und Arroganz, die erblich zu sein schienen. Wir pflegten auf den Klippen zwischen den Strandnelken und dem Stechginster zu liegen und uns zu unterhalten – oder vielmehr: sie erzählte, und ich hörte zu.

»In der St. Neot's Kirche ist ein Glasfenster«, erzählte sie mir einmal. »Es ist seit Hunderten von Jahren da, und auf ihm ist ein Bild von Sankt Brychan und seinen vierundzwanzig Kindern. Da sind Sankt Ive und Menfrey und Endelient. Und Gwennan war Brychans Tochter; nun weißt du also ...«

»Und wie ist es mit Bevil?«

»Bevil!« Sie sprach seinen Namen voller Verehrung aus. »Er wurde nach Sir Bevil Granville genannt, der der berühmteste Feldherr in Cornwall war. Er kämpfte gegen Oliver Cromwell.«

»Na«, erwiderte ich, da ich ein wenig mehr über Geschichte wußte als sie, »er hat aber nicht gesiegt.«

»Selbstverständlich hat er gesiegt«, entgegnete sie verächtlich.

»Aber Miss James sagt, der König verlor den Kopf und Cromwell regierte«, beharrte ich.

Ihre Art war typisch für die Menfreys; gebieterisch fegte sie Miss James und die Geschichtsbücher beiseite. »Bevil hat immer gesiegt«, erklärte sie, und damit war die Frage entschieden.

Jetzt wechselten die Mauern des Gebäudes wieder ihre Farbe; der rosige Schimmer verblaßte, und sie wurden in dem hellen Morgenlicht silbrig. Ich betrachtete die Umrisse der Küste, die tückischen Felsenklippen, messerscharf und trügerisch, da sie sich so oft unter der Wasseroberfläche verbargen. Da war eine Reihe von Felsspitzen nahe der Insel, die die ›Lauerer‹ genannt wurden. Gwennan sagte, sie hießen so, weil sie so oft überhaupt nicht zu sehen waren und auf der Lauer lagen, jedes Schiff zu verschlingen, das in ihre Nähe kam. Die Niemandsinsel, die zu dieser Kette gehörte, lag etwa einen Kilometer vom Festland entfernt und war nicht mehr als ein kleiner Buckel im Wasser von ungefähr siebenhundert Meter Umkreis; doch obgleich sich nur ein einziges Haus auf ihr befand, gab es einen Brunnen, was wiederum, wie Gewennan sagte, der Grund war, weshalb man dieses Haus dort gebaut hatte. Es lag irgendein Geheimnis über diesem Haus, und es gab irgendeinen Grund, warum niemand in ihm wohnen wollte – was sehr gut war, wie ich mir jetzt sagte, denn wo hätte ich die vergangene Nacht verbringen sollen, wenn es bewohnt gewesen wäre? Es war kein Ort, den ich mir ausgesucht hätte, wenn es eine Wahl gegeben hätte. Jetzt wurde das Haus, in dem niemand wohnen wollte, mit tröstlichem Licht erfüllt, doch blieb es trotzdem unheimlich, als ob die Vergangenheit hier in eine Falle gelockt worden sei und nun voller Groll einen in eben dieser Falle fangen wollte, damit man ihr verfiel.

Falls ich dies Gwennan erzählte, würde sie mich auslachen. Ich

konnte mir den Spott in ihrer hohen, gebieterischen Stimme vorstellen. »Ach was! Du hast eine zu blühende Phantasie! Das kommt nur durch dein kurzes Bein.«
Gwennan hatte keinerlei Bedenken, ganz offen über Dinge zu sprechen, von denen andere so taten, als gäbe es sie nicht. Vielleicht fand ich deshalb ihre Gesellschaft so unwiderstehlich, auch wenn sie mir manchmal wehtat.
Ich war hungrig und aß daher das Stück Schokolade, das Gwennan mir gebracht hatte, und sah mich in dem Zimmer um. Während der Nacht hatten die Staubüberzüge die Möbelstücke in Gespenster verwandelt, und ich hatte überlegt, ob ich nicht lieber draußen schlafen sollte; doch der Boden war hart und die Luft kalt und das Raunen des Meeres, gleich murmelnden Stimmen, draußen lauter und eindringlicher als drinnen. So war ich die Treppe zu einem der Schlafzimmer hinaufgestiegen und hatte mich vollständig angezogen auf das zugedeckte Bett gelegt.
Ich ging in die große, mit Steinplatten ausgelegte Küche hinunter; der Fußboden war feucht; alles auf der Insel war feucht und klamm. Ich wusch mich mit dem Wasser, das ich am Vortag am Brunnen heraufgepumpt hatte; an der Wand hing ein Spiegel, und während ich mich kämmte, starrte ich mein Spiegelbild an und fand, es sah anders aus als in meinem Zimmer zu Hause. Meine Augen sahen größer aus; das war die Angst. Meine Wangen waren leicht gerötet; das war die Erregung. Mein Haar stand nach allen Seiten ab; das kam von der unruhigen Nacht. Es war dickes, glattes Haar, das gerne unordentlich aussah – zur Verzweiflung meiner zahlreichen Gouvernanten, deren wenig lohnenswertes Schicksal es gewesen war, meine Kindheit zu überwachen. Ich sah nichtssagend aus, und ich fand kein Vergnügen daran, mein Bild zu betrachten.
Ich beschloß, die Zeit damit zu verbringen, das Haus näher zu untersuchen, um mich zu vergewissern, daß ich wirklich alleine war. Die merkwürdigen Geräusche, die mich in der Nacht gequält hatten, stammten von dem Knacken der Dielenbretter, von dem rhythmischen Vordrängen und Zurückweichen der Wellen, das wie menschliches Atmen oder Geflüster klingen konnte, oder von dem Herumtollen der Ratten – denn es waren Ratten auf der Insel, wie Gwennan gesagt hatte, die von den Schiffen herübergeschwommen waren, die bei den ›Lauerern‹ strandeten.
Das Haus war vor hundertfünfzig Jahren von den Menfreys gebaut worden – denn wie so vieles in dieser Gegend gehörte die Insel ihnen. Außer der Küche und den Nebengebäuden umfaßte

es acht Zimmer; es war kürzlich eingerichtet worden und wartete auf den Mieter, der nicht zu finden war.
Ich kam in das Wohnzimmer mit seinem Flügelfenster, das auf das Meer hinausging. Es war kein Garten vorhanden, wenn es auch schien, als hätte jemand irgendwann einmal versucht, einen anzulegen. Jetzt wuchs das Gras hier und dort, und überall war Stechginster und Brombeergebüsch. Die Menfreys hatten sich keine weitere Mühe damit gegeben, was auch sinnlos war, denn bei Flut stand es alles sowieso unter Wasser.
Da ich keine Ahnung hatte, wie spät es war, ging ich hinaus und lief zu der sandigen Bucht hinunter, wo ich in Menfreyas Anblick versunken dalag und auf Gwennan wartete.
Die Sonne stieg immer höher, bevor sie kam. Ich entdeckte sie in der Bucht, die den Menfreys gehörte und die sie als besonderes Entgegenkommen für die öffentliche Benutzung freigegeben hatten, so daß es nicht nötig war, einen Teil der Küste abzusperren und die Leute zu zwingen, einen Umweg zu machen. Drei oder vier Boote lagen dort angebunden, und ich beobachtete, wie sie in eines einstieg und herübergerudert kam. Wenig später knirschte es auf dem Sand, und ich lief zu ihr hinunter, während sie herauskletterte.
»Gwennan«, schrie ich.
»Ps-s-st!« rief sie. »Jemand könnte dich hören – oder sehen. Geh sofort ins Haus!«
Nach wenigen Augenblicken war sie bei mir, erregter als ich sie jemals gesehen hatte; ich bemerkte, daß sie ein Cape trug, in dem riesige Taschen waren; diese wölbten sich, wie ich annahm, mit den Eßsachen, die sie mir versprochen hatte.
Sie schwenkte eine Zeitung in den Händen. »Sieh dir dies an!« rief sie aus. »Die Morgenzeitung! Du stehst da drin! *Du* ... auf der Titelseite!«
Sie ging zu dem Tisch und faltete die Zeitung auf dem Staubüberzug auseinander, der diesen bedeckte.
Ich starrte darauf nieder. ›Tochter eines Parlamentsmitglieds verschwunden. Polizei hält Verbrechen nicht für ausgeschlossen.‹
Unter diesen Schlagzeilen las ich: ›Henrietta (Harriet), die dreizehnjährige Tochter von Sir Edward Delvaney, Parlamentsmitglied für den Lansella Bezirk von Cornwall, verschwand vor zwei Tagen aus ihrem Haus in London. Es wird befürchtet, daß sie möglicherweise gekidnappt wurde und bis zur Zahlung eines Lösegeldes versteckt gehalten wird.‹
Gwennan zog sich auf den Tisch hinauf und umschlang ihre Knie;

ihre Augen waren beinahe völlig zwischen den Lidern verborgen, so wie immer, wenn sie das Gesicht vor Vergnügen zusammenkniff.
Sie deutete auf mich. »Na, Miss Henrietta (Harriet) Delvaney, du bist eine wichtige Person geworden, was?! Sie suchen dich. In ganz London suchen sie nach dir. Und niemand außer dir und mir weiß, wo du bist.«
Es war, was ich gewollt hatte, glaube ich; so hatte ich in gewisser Weise mein Ziel erreicht.
Ich stimmte in Gwennans Lachen ein. Man redete über mich; die Polizei suchte nach mir. Es war ein wundervoller Augenblick. Doch Erfahrung hatte mich gelehrt, daß wundervolle Augenblikke nicht dauern. Sie würden mich finden, und was passierte dann? Es bliebe nicht immer sonniger Tag. Gwennan bliebe nicht bei mir. Die Abenddämmerung würde kommen, und ich wäre allein auf der Insel.

Meinen Entschluß, fortzulaufen, hatte ich in der Nacht gefaßt, als mein Vater den Ball in seinem Stadthaus gab, das an einem stillen Platz in Westminster, ungefähr fünf Minuten zu Fuß vom Parlamentsgebäude entfernt lag. Er hatte immer gesagt, es wäre ein Teil seiner parlamentarischen Pflichten, dauernd großzügige Gesellschaften zu geben, und ob wir nun in Westminster oder in Cornwall waren, immer waren Gäste da – zu Diners und Bällen in London, zu Jagdeinladungen und Abendgesellschaften in Cornwall. Da ich erst dreizehn war, blieb ich von all diesen Veranstaltungen ausgeschlossen. Mein Platz war in meinem Zimmer, aus dem ich aufzutauchen pflegte, um über das Geländer hinunter in die Halle zu äugen und die Pracht anzustaunen; oder aber ich stand an meinem Fenster und sah zu, wie die Insassen der Kutschen ausstiegen und unter der rot-weißen Markise verschwanden, die für den Anlaß aufgespannt war.
Den ganzen Tag über waren die Vorbereitungen im Gange gewesen; dicke rote Teppiche waren auf der Treppe, die zu der Haustür hinaufführte, ausgelegt worden, sowie auf dem Stück des Bürgersteiges, den die Gäste betraten, wenn sie aus ihren Kutschen ausstiegen. Zwei junge Frauen aus dem Blumengeschäft waren den ganzen Nachmittag damit beschäftigt gewesen, Blumen in Vasen und Pflanzen in jeder Nische zu arrangieren, wobei sie einige so geschickt anordneten, daß es aussah, als wüchsen sie aus den Wänden heraus; das Geländer der anmutigen bogenförmigen Treppe zum ersten Stock hinauf – so weit kämen die Gäste – war

mit Blättern und Blüten durchflochten worden.
»Es riecht wie bei einer Beerdigung«, bemerkte ich zu meiner Gouvernante, Miss James.
»Du bist einfach scheußlich, Harriet«, erwiderte sie und sah mich mit jenem gequälten Ausdruck an, den ich so gut kannte.
»Aber es riecht wie bei einer Beerdigung«, beharrte ich.
»Du bist ein morbides Kind!« murmelte sie und wandte sich ab.
Arme Miss James! Sie war dreißig und eine Dame ohne Einkommen; um leben zu können, mußte sie entweder heiraten oder die Gouvernante bei einem Kind wie ich es war, sein.
Die Bibliothek sollte als Speisezimmer fungieren, und die Blumendekoration in ihr war hinreißend. In die Mitte des Raumes hatte man ein Marmorbecken mit Wasser gestellt, in dem goldene und silberne Fische schwammen und auf dessen Oberfläche Wasserlilien schwebten. Drapierungen von tiefem Purpurrot – der Farbe der Tories – waren aufgehängt worden. In dem Salon zur Straße, der in Weiß, Gold und Purpurrot eingerichtet war, stand ein Flügel, denn ein berühmter Pianist sollte an dem Abend spielen.
Ich könnte auf die Gäste hinunterschauen, wenn sie die Treppe heraufkamen, in der Hoffnung, daß keiner von ihnen aufschaute und die Tochter ihres Gastgebers sähe, die ihm nicht zum Ruhm gereichen würde. Ich könnte hoffen, einen flüchtigen Anblick von meinem Vater zu erhaschen, denn bei derartigen Gelegenheiten erblickte ich einen ganz anderen Menschen als den, den ich sonst kannte. Er war über fünfzig – er hatte spät geheiratet –, sehr groß, und sein dunkles Haar war weiß an den Schläfen; er hatte blaue Augen, die ziemlich auffallend in dem dunklen Gesicht waren, und die mich, wenn sie mich anschauten, an Eis erinnerten. Wenn er Gastgeber war oder zu seinen Wählern sprach oder seine Gäste unterhielt, sprühten diese Augen. Er war bekannt für seinen Witz und die Brillanz seiner Reden im Parlament; seine Bemerkungen wurden ständig in den Zeitungen zitiert. Er war reich; deshalb konnte er es sich leisten, Parlamentsmitglied zu sein. Die Politik war sein Leben. Er verfügte über ein privates Einkommen aus Kapitalanlagen, doch sein großer Reichtum kam von Stahl irgendwo in Mittelengland. Wir sprachen nie darüber; er hatte wenig Arbeit damit, doch bildete es sein Haupteinkommen.
Er war Parlamentsmitglied für einen Teil von Cornwall; deshalb hatten wir ein Haus in der Nähe von Lansella. Von London gingen wir nach Cornwall, denn wenn das Parlament nicht tagte, mußte dort die Wählerschaft gehätschelt werden. Und aus irgendeinem

seltsamen Grund war, wo immer mein Vater sich gerade aufhielt, auch ich, obgleich wir nur wenig voneinander sahen.
Unser Stadthaus hatte eine große Eingangshalle; die Bibliothek, das Eßzimmer und der Wirtschaftstrakt lagen im Erdgeschoß; im ersten Stock befanden sich zwei große Salons und die Arbeitszimmer; darüber lagen drei Gästezimmer, von denen William Lister, meines Vaters Sekretär, eines bewohnte, mein Schlafzimmer sowie das meines Vaters. Im obersten Stockwerk waren etwa sechs Dienstbotenzimmer. Es war ein schönes georgianisches Haus, und das Beste an ihm war, was mich betraf, die Treppe, die sich wie eine Schlange vom Erdgeschoß bis ganz nach oben ringelte und es einem ermöglichte, von der obersten Etage in die Halle hinunterzuschauen. Doch war es für mich ein kaltes Haus. Für unser Haus in Cornwall galt das gleiche. Jedes Haus, in dem er wohnte, würde so sein ... kalt und tot. Wie anders war da Menfreya! Voller Vitalität und Wärme. Es war ein Haus, in dem einfach alles geschehen konnte, ein Haus, von dem man immer träumte, wenn man nicht dort war, und das man nie verlassen wollte – ein echtes Zuhause.
Das Londoner Haus war dem architektonischen Stil entsprechend elegant eingerichtet; so stammten die Möbel aus dem achtzehnten Jahrhundert, und es waren nur wenige Konzessionen an unsere viktorianische Zeit vorhanden. Ich war immer überrascht, wenn ich andere Häuser betrat und deren überreich verzierte Einrichtung und die vollgestopften Zimmer sah und sie mit unseren Chippendale- und Hepplewhite-Möbeln verglich.
Die Namen der Dienstboten habe ich vergessen; es waren so viele. Ich erinnere mich natürlich an Miss James, da sie meine Gouvernante war, und an Mrs. Trant, die Haushälterin, und an Polden, den Butler. Das sind alle Namen, deren ich mich entsinne – ausgenommen selbstverständlich Fanny.
Aber Fanny war anders. Ich dachte nicht an sie als eine Angestellte. Fanny war Sicherheit in einer mich schreckenden Welt; wenn ich von der Kälte meines Vaters bestürzt war, wandte ich mich um eine Erklärung an Fanny. Diese konnte sie mir zwar auch nicht geben, doch gab sie mir Trost. Sie war es, die erreichte, daß ich meine Milch trank und meinen Reispudding aß; sie schalt mich aus und regte sich über mich auf, so daß ich eine Mutter nicht so sehr vermißte, wie ich es sonst getan hätte. Sie hatte ein scharf geschnittenes Gesicht mit tiefliegenden träumerischen Augen, Haar von unbestimmt graubrauner Farbe, das so fest zu einem Knoten auf dem Kopf zusammengerafft war, daß es aussah, als müßte es

wehtun, eine fahle Haut und eine schmächtige Figur. Sie war ungefähr fünfunddreißig, knapp anderthalb Meter groß, und sah für mich immer gleich aus, seit ich ein kleines Kind war und sie zum erstenmal bewußt in mich aufnahm. Sie redete in der Mundart der Londoner Straße, und als ich älter wurde und sie mich unerlaubter Weise mit jenen Straßen bekannt machte, lernte ich diese ebenso lieben wie ich sie liebte.

Sie war kurz nach meiner Geburt als meine Amme zu uns gekommen. Ich glaube nicht, daß man beabsichtigt hatte, sie zu behalten, doch war ich anscheinend schon von den ersten Wochen an ein schwieriges Kind und faßte eine Neigung zu Fanny. So blieb sie als mein Kindermädchen, und obgleich Mrs. Trant, Polden und die Gouvernante gegen sie waren, kümmerte das Fanny nicht – und mich ebenfalls nicht.

Fanny war eine Frau der Gegensätze. Ihre scharfe Cockneyzunge paßte nicht zu den verträumten Augen; die Geschichten, die sie mir über ihre Vergangenheit erzählte, waren eine Mischung von Phantasie und Wirklichkeit. Sie war von Unbekannten vor einem Waisenhaus ausgesetzt worden. »Gerade neben der Statue vom heiligen Franziskus, der die Vögel füttert. Also tauften sie mich Frances – abgekürzt Fanny – Frances Stone. Weißt du, es war eine Steinstatue.« Jetzt hieß sie nicht mehr Frances Stone, weil sie Billy Carter geheiratet hatte; wir sprachen nicht viel über Billy Carter. Er lag auf dem Grunde des Ozeans, wie sie mir einmal erzählte; nie würde sie ihn in diesem Leben wiedersehen. »Was geschehen ist, ist nun mal geschehen«, pflegte sie entschlossen zu sagen. »Und man vergißt es am besten.« Es gab Zeiten, wo sie sich frei erfundenen Geschichten hingab, und eines unserer Lieblingsspiele, als ich sechs oder sieben war, bestand darin, Geschichten über Fanny zu erzählen, bevor sie an der Statue des heiligen Franziskus ausgesetzt wurde. Sie erzählte die Geschichten, und ich spornte sie an. Sie war in einem ebenso großen Haus wie dem unsrigen geboren, jedoch von Zigeunern gestohlen worden. Sie war eine Erbin, und ein böser Onkel brachte sie zu dem Waisenhaus, nachdem er ein totes Kind an ihre Stelle im Hause ihres Vaters gelegt hatte. Es gab mehrere Versionen, und sie endeten gewöhnlich mit: »Und wir werden es nie wissen, Miss Harriet; trinken Sie also Ihre Milch, denn es ist Zeit, daß Sie ins Bett kommen.«

Sie erzählte mir auch von dem Waisenhaus, von den Klingelzeichen, die die Kinder zu unzureichenden Mahlzeiten riefen; ich sah sie deutlich in ihren gestreiften Baumwollschürzen vor mir, die Hände rot vor Kälte und von Frostbeulen verunstaltet; ich sah, wie sie Knickse vor jenen machten, die die Autorität darstellten, und wie sie lernten, demütig und unterwürfig zu sein.

»Aber wir lernten auch lesen und schreiben«, sagte Fanny, »was mehr ist als manche überhaupt jemals lernen.«

So gut wie nie jedoch sprach sie von ihrem Baby; und wenn sie es tat, drückte sie mich krampfhaft an sich und hielt meinen Kopf fest nach unten, damit ich ihr Gesicht nicht sah. »Es war ein kleines Mädchen. Es lebte nur eine Stunde lang. Es kam von all dem, was ich mit Billy durchgemacht hatte.«

Billy war tot; das Baby war tot. »Und dann«, erklärte Fanny, »kam ich zu euch.«

Sie pflegte mich in den St. James Park mitzunehmen, wo wir die Enten fütterten oder im Gras saßen und wo ich sie überredete, mir mehr über ihr früheres Leben zu erzählen. Sie erschloß mir ein London, von dem ich nie gewußt hatte, daß es überhaupt existierte. Es war ein Geheimnis, sagte sie; denn es würde nichts Gutes dabei herauskommen, wenn ›Die‹ – die Leute zu Hause – erfuhren, wohin sie mich auf unseren Ausflügen führte. Wir gingen zu den Märkten, wo die Obsthändler ihre Stände hatten; mich fest an der Hand haltend, zog sie mich an ihnen entlang, erregt wie ich von diesen Leuten war, die die Vorzüge ihrer Waren mit heiseren Stimmen anpriesen, die ich nicht verstehen konnte. Ich erinnere mich noch an die Läden mit den davor ausgehängten alten Kleidern – an den fragwürdigen, muffigen, unvergeßlichen Geruch, an die alten Frauen, die Nadeln und Knöpfe, Wellhornschnecken, Ingwerbrot und Hustentropfen anboten. Einmal kaufte Fanny mir eine gebackene Kartoffel, die mir das Köstlichste schien, das ich jemals gegessen hatte, bis ich geröstete Maronen noch heiß von der Glut probierte.

»Daß du aber niemandem erzählst, wo du gewesen bist«, warnte sie mich, und die Heimlichkeit machte es noch aufregender.

Da konnte man Ingwerbier, Brause und Limonade kaufen, und einmal warfen wir mit einem Kuchenmann eine Münze. Es war ein alter Brauch bei Kuchenverkäufern, wie Fanny sagte; wir standen und sahen zu, wie ein junger Obsthändler und seine Freundin ihren Penny hochwarfen und verloren, so daß sie keinen Kuchen bekamen; dann warf Fanny, sehr verwegen, ihre Münze in die Luft, und wir gewannen. Wir trugen den Kuchen in den St. James Park und saßen an dem Teich und verschlangen jeden Krümel davon.

»Aber du hast den Markt noch nicht am Sonnabend abend gese-

hen. Das ist die richtige Zeit«, meinte Fanny. »Vielleicht wenn du älter bist...« Es war etwas, für das man Pläne machen konnte.
Ich liebte den Markt mit den Hökern, deren Gesichter alle Typen wiedergaben, die man in einem Sittenstück im Theater finden konnte. Da war Sinnenlust und Gier, Faulheit und List in jenen Gesichtern, und gelegentlich sogar Frömmigkeit. Fanny fand die Trickschwindler am aufregendsten; sie wollte immer stehenbleiben und dem Jongleur und dem Taschenspieler zuschauen, den Schwert- und Flammenschluckern.
Fanny hatte mir eine neue Welt gezeigt, die sich direkt vor unserer Tür befand, wenn auch so viele Leute es nicht zu bemerken schienen. Die einzige Gelegenheit, bei der sich diese beiden Welten berührten, ergab sich einmal an einem Sonntagnachmittag, als ich an meinem Fenster saß und die Schelle des Semmelverkäufers hörte und ihn mit seinem Tablett auf dem Kopf über den Platz kommen sah, während beschürzte Dienstmädchen herausgelaufen kamen, um bei ihm zu kaufen.
Das war mein Leben bis zu der Nacht jenes Balles.
Bei solchen Anlässen wurde jeder im Haus zum Mithelfen herangezogen, und Fanny war für den Nachmittag und Abend in die Küche geholt worden; Miss James half der Wirtschafterin, und ich blieb mir selbst überlassen.
Meine Tante Clarissa wohnte bei uns, weil mein Vater eine Gastgeberin brauchte. Ich mochte Tante Clarissa, die Schwester meines Vaters, ebensowenig wie sie mich. Sie verglich mich dauernd mit ihren drei Töchtern – Sylvia, Phyllis und Clarissa –, die alle goldhaarig, blauäugig und – wie sie sagte – schön waren. Sie begann große Aktivität zu entfalten, um sie in der Gesellschaft herauszubringen, und ich sollte mich ihnen bei dieser schrecklichen Notwendigkeit für alle jungen Damen anschließen. Ich wußte, ich würde es ebenso hassen, wie Tante Clarissa es fürchtete.
So war die Tatsache, daß Tante Clarissa im Hause war, ein zusätzlicher Grund, weshalb ich aus ihm hinauswollte.
Den ganzen Tag war ich unglücklich im Haus herumgeirrt, und dann traf ich meine Tante auf der Treppe. »Mein Gott, Harriet«, rief sie aus. »Schau dir nur dein Haar an! Du siehst immer aus, als ob du rückwärts durch ein Gebüsch gezerrt worden wärest. Deine Cousinen kennen gar keine Schwierigkeiten mit ihrem Haar. Sie würden nie so herumlaufen wie du, das kann ich dir versichern.«
»O ja, sie sind die drei Grazien!«

»Sei nicht unverschämt, Harriet! Ich hätte gedacht, du würdest dir besondere Mühe mit deinem Haar geben, wo du doch ...«
»Wo ich doch entstellt bin?«
Sie war schockiert. »Was für ein Unsinn! Natürlich bist du das nicht. Aber ich hätte gedacht, du würdest ...«
Ich lief hinkend hinauf in mein Zimmer. Sie durfte nicht wissen, wie nah es mir ging. Keiner von ihnen durfte es wissen, denn dann würde es vollends unerträglich.
In meinem Zimmer stellte ich mich vor den Spiegel. Ich hob den langen grauen Merinowollrock hoch und betrachtete meine Beine und Füße. Nichts deutete darauf hin, daß das eine Bein kürzer als das andere war; nur beim Gehen schien ich dieses Bein nachzuziehen. Es war immer so gewesen, von dem enttäuschenden Tag meiner Geburt an. Enttäuschend! Das war eine milde Form, es auszudrücken. Es war ein verhaßter Tag, ein tragischer Tag für jeden, mich mit inbegriffen. Ich wußte so lange nichts davon, bis ich entdeckte, daß ich nicht ganz so wie andere Kinder war. Als ob es nicht schlimm genug war, der Anlaß für den Tod seiner Mutter zu sein! Man mußte auch noch mißgestaltet sein. Ich erinnere mich, wie ich einmal über eine große Schönheit – Lady Hamilton, glaube ich – sagen hörte, Gott sei in einer strahlenden Stimmung gewesen, als er sie schuf.
»Na«, erwiderte ich scharf, »er muß sehr schlechter Laune gewesen sein, als er mich schuf!«
Manchmal wünschte ich, ich wäre als irgend jemand anders geboren worden, nur nicht als Harriet Delvaney. Wenn Fanny mich mit in den Park nahm und ich andere Kinder sah, beneidete ich sie immer. Ich beneidete beinahe jeden – sogar die schmutzigen Kinder des Drehorgelspielers, die immer neben ihm standen und erbärmlich aussahen, während der kleine braune Affe die rote Mütze nach Pfennigen ausstreckte. Jeder, so dachte ich damals, war glücklicher daran als Harriet Delvaney.
Mehrere Kinderfräulein, denen Fanny unterstellt gewesen war, hatten mir versichert, ich sei ein böses, schlechtes Mädchen. Ich hätte ein schönes Zuhause, jede Menge zu essen, einen freundlichen Vater, ein gutes Kindermädchen, und doch wäre ich nicht zufrieden.
Erst mit vier Jahren begann ich zu laufen. Ich wurde zu Ärzten gebracht, die sich mit meinen Beinen abgaben und lange Diskussionen darüber führten, was zu tun sei, und die Köpfe über mich schüttelten. Man führte diese und jene Behandlung an mir durch; mein Vater pflegte zu mir zu kommen und mich zu betrachten,

und in seinen Augen war etwas, was mir verriet, er hätte sich lieber alles andere, nur nicht mich angesehen; doch zwang er sich, so zu tun, als mache es ihm Freude.
Ich erinnere mich an einen Tag, als ich im Garten des Hauses meiner Tante in der Nähe des Regent's Parks war. Es war Erdbeerzeit, und wir hatten die Früchte mit Zucker und Sahne beim Gartenhaus gegessen. Alle Frauen trugen Sonnenschirme und große breitrandige Hüte, um ihren Teint zu schützen, und da es Phyllis' Geburtstag war, befanden sich mehrere Kinder auf dem Rasen; sie rannten herum und spielten zusammen. Ich saß auf einem Stuhl, meine verhaßten, die Blicke beleidigenden Beine vor mir ausgestreckt. Man hatte mich in der Kutsche hergefahren, und ein Lakai hatte mich in den Garten getragen und in den Stuhl gesetzt, von wo aus ich den anderen Kindern zuschauen konnte.
Ich vernahm Tante Clarissas Stimme. »Kein sehr angenehmes Kind. Aber man muß wohl Nachsicht haben ...« Was sie damit meinte, begriff ich nicht, dennoch bewahrte ich die Bemerkung im Gedächtnis auf, um später darüber nachzugrübeln. Wenn ich jetzt an jenen Tag zurückdenke, erinnere ich mich an den Duft der Erdbeeren, an das köstliche Gemisch von Früchten, Zucker und Sahne, und an Beine ... die kräftigen Beine der anderen Kinder.
Ich kann mich immer noch an die wilde Entschlossenheit erinnern, die mich überkam, als ich beinahe aus dem Stuhl fiel und auf meinen eigenen Beinen stand und ging.
Es wäre ein Wunder, sagten die Wohlwollenden. Andere meinten, ich hätte es schon längst tun können und hätte die ganze Zeit simuliert. Die Ärzte waren erstaunt.
Anfangs vermochte ich nur vorwärts zu torkeln; doch von jenem Tage an lief ich. Ich weiß nicht, ob ich eher hätte laufen können oder nicht. Alles, an das ich mich zu erinnern vermag, ist jene Entschlossenheit und jenes angenehme Machtgefühl, als ich auf die anderen Kinder zutaumelte.
Nach und nach erfuhr ich meine bemitleidenswerte kleine Geschichte, hauptsächlich von den Dienstboten, die schon vor meiner Geburt im Haus gewesen waren.
›Sie war zu alt, um noch Kinder zu haben. Konnt's einen wundern ... Miss Harriet war ihr Tod. Die Operation ... Diese Instrumente ... Na, das is gefährlich. Verloren sie und retteten das Kind. Aber da is sie nun mit dem Bein. Was ihn betrifft ... er wurd nie mehr derselbe. Betete sie an ... Sie waren ja nur ein oder zwei Jahre verheiratet. Ob's von Dauer gewesen wär, so wie er is ... Kein

Wunder aber, daß er das Kind nich ertragen kann. Wenn sie nun wie Miss Phyllis oder eine ihrer Cousinen wär... Macht einen nachdenklich, was? Geld is nich alles.‹

Das war meine ganze Geschichte in jenen wenigen Worten. Manchmal stellte ich mir vor, ich sei eine Heilige, die durch die Welt zog und Gutes tat, und alle liebten mich. Sie sagten: »Nun ja, sie ist keine Schönheit, aber man muß da Nachsicht haben, und sie ist ein sehr gutes Kind.«

Ich war jedoch nicht gut. Ich war eifersüchtig auf meine Cousinen mit ihren hübschen, rosigen Gesichtern und dem seidig-goldenen Haar; ich war böse auf meinen Vater, der mich nicht ertragen konnte, weil mein Erscheinen auf dieser Welt meine Mutter aus ihr vertrieben hatte. Ich war schwierig mit den Dienstboten, da ich mich selbst bemitleidete.

Die einzigen Menschen, in deren Gegenwart ich das Gefühl hatte, bescheiden sein zu können und vielleicht zu lernen, gut zu sein, waren die Menfreys. Nicht, daß sie viel Notiz von mir nahmen; sie waren jedoch für mich die ›magischen Menfreys‹ und lebten in dem aufregendsten Haus, das ich jemals gesehen hatte, wie es sich da auf den Klippen gegenüber der Niemandsinsel erhob, die ihnen gehörte und die eine Geschichte hatte, die ich noch herausfinden mußte. Unser Haus war für sie das nächste; es war viel moderner, ein Landhaus, in dem mein Vater Gesellschaften geben und sich um die Wählerschaft kümmern konnte. Die Menfreys waren gute Freunde von ihm. »Der Kontakt zu ihnen muß gepflegt werden«, hörte ich ihn einmal zu seinem Sekretär William Lister sagen. »Sie haben großen Einfluß auf die Wähler.« So waren die Menfreys wie Blumen im Gewächshaus zu hegen.

Und man brauchte sie nur anzuschauen – jeden einzelnen von ihnen –, um an ihren Einfluß zu glauben. William Lister sagte einmal, sie seien ›überlebensgroß‹. Es war das erste Mal, daß ich diesen Ausdruck hörte, und er paßte auf sie.

Die Familie war durchaus bereit, uns freundschaftlich entgegenzukommen; sie arbeiteten während der Wahlen für Vater, luden ihn ein, und er lud sie ein. Sie waren die Herren des Bezirks, und wenn Sir Endelion seine Pächter anwies zu wählen, wählten sie, und zwar den Kandidaten, dem er den Vorzug gab; andernfalls brauchten sie nicht zu erwarten, seine Pächter zu bleiben.

Wenn wir nach Cornwall gingen, begleiteten uns einige Dienstboten, während Mrs. Trant und Polden mit einem reduzierten Stab in London blieben. Miss James, Nanny und Fanny kamen ebenfalls mit. In Cornwall hatten wir ein Hausmannsehepaar, die A'Lees,

die zu dem möblierten Haus gehörten, das wir gemietet hatten, was sehr praktisch war. Man erlaubte mir, zum Tee nach Menfreya zu gehen, und Gwennan kam nach Chough Towers, um mit mir Tee zu trinken. Sie kam mit einem der Reitknechte von Menfreya herübergeritten, und es war bei einem dieser Besuche, daß ich meine erste Reitstunde bekam und entdeckte, daß ich im Sattel glücklicher als irgendwo sonst war, denn mein Leiden war da unwichtig – zu Pferde fühlte ich mich wie ein normaler Mensch.
Nie zuvor war ich einem vollkommenen Glück so nahe gekommen, als wenn ich dort jene Wege entlangritt, bergauf, bergab, und nie stumpfte meine Freude an der Landschaft ab. Jedesmal hielt ich staunend den Atem an, wenn ich auf der Kuppe eines steilen Berges anlangte und plötzlich das Meer erblickte.
Ich beneidete Gwennan darum, ständig an einem solchen Ort zu leben. Sie hörte gern etwas über London, und es machte mir Spaß, ihr davon zu erzählen. Als Gegenleistung ließ ich sie über Menfreya und die Menfreys plaudern; vor allem jedoch über Bevil.
Als ich nach dem Zusammentreffen mit Tante Clarissa auf der Treppe vor meinem Spiegel stand, begann ich mit einer so tiefen Sehnsucht an Menfrey zu denken, daß es wie ein körperlicher Schmerz war.

Ich stand über das Geländer gebeugt. Im vorderen Salon war Musik, doch wurde sie meist von dem Stimmengewirr und jähen Ausbrüchen von Gelächter übertönt. Es war, als sei das Haus zum Leben erwacht; es war nicht länger kalt. All diese Stimmen, all dies Lachen verwandelten es.
Ich hatte mein flanellenes Nachthemd mit einem roten Köpermorgenrock darüber an; meine Füße waren bloß, denn Pantoffeln hätten mich mit ihrem tappenden Geräusch verraten können. Nicht, als ob mich einer der Dienstboten dafür ausgescholten hätte, verstohlen über das Geländer zu gucken, doch wollte ich gerne so tun, als wäre ich nicht im geringsten an den Gesellschaften meines Vaters interessiert.
Manchmal träumte ich, er ließe mich holen, und ich ginge hinkend in sein Zimmer. Der Premierminister war da und sprach mit mir. Er und alle anderen waren erstaunt über meinen Witz und meine Intelligenz. Die Augen meines Vaters waren warm und leuchtend, weil er so stolz auf mich war.
Was für ein törichter Traum!
An jenem Abend, als ich an das Geländer gelehnt stand und das Bienenwachs und Terpentin roch, mit dem es poliert worden war,

hörte ich eine Unterhaltung zwischen Tante Clarissa und einem Mann, der mir unbekannt war. Sie redeten über meinen Vater.

»Recht brillant ...«

»Der Premierminister schien das auch zu finden.«

»O ja, Sir Edward ist auf dem Weg ins Kabinett. Denken Sie an meine Worte.«

»Der liebe Edward!« Das war Tante Clarissa. »Er verdient wirklich ein bißchen Glück.«

»Glück! Ich dachte, er hätte sein Teil gehabt. Er muß ein außerordentlich wohlhabender Mann sein.«

»Er ist seit dem Tode seiner Frau nie mehr glücklich gewesen.«

»Er ist nun schon seit vielen Jahren Witwer, nicht wahr? Eine Frau wäre für ihn nützlich gewesen. Ich möchte wissen ... er hat nicht wieder geheiratet.«

»Die Ehe war eine so tragische Erfahrung für ihn, und in gewisser Weise ist Edward ein geborener Junggeselle.«

»Wie ich höre, ist da ein Kind.«

Ich spürte, wie mein Gesicht heiß vor Wut über den Ton in Tante Clarissas Stimme wurde, als sie sagte: »O ja, da ist ein Kind. Henrietta. Wir nennen sie immer Harriet.«

»Da ist doch irgend was mit los?«

Tante Clarissa flüsterte jetzt; dann wurde ihre Stimme wieder vernehmlich. »Ich denke oft, es war ein Jammer, daß nicht sie starb und Sylvia am Leben blieb. Sie starb durch das Kind, wissen Sie. Sie waren nur einige Jahre verheiratet gewesen, aber sie war Ende Dreißig. Sie wünschten sich natürlich einen Sohn. Und dieses Mädchen ...«

»Und doch muß sie ein Ersatz für ihn sein.«

Ein grausames Lachen. Ein Geflüster. Dann: »Es wird meine Aufgabe sein, sie an den Mann zu bringen, wenn die Zeit dafür kommt. Meine Phyllis und Sylvia – sie heißt nach ihrer Tante – sind ungefähr im gleichen Alter, aber der Unterschied! ... Wie ich einen Mann für Harriet finden soll, weiß ich nicht ... trotz des Geldes.«

»Ist sie denn so unattraktiv?«

»Sie hat nichts ... einfach nichts.«

Fanny hatte mir gesagt, daß Lauscher niemals Gutes über sich hören. Wie recht hatte sie! Ich hatte gehört, ich sei böse, leide an Wutanfällen, solle mich zum Teufel scheren. Dies von meinen verschiedenen Nannies. Niemals jedoch hatte ich etwas so Verletzendes gehört wie dieses Gespräch zwischen Tante Clarissa und dem unbekannten Mann. Noch lange Zeit danach vermochte ich

den Geruch von Bienenwachs und Terpentin nicht zu ertragen, da er für mich mit tiefstem inneren Elend verbunden war.
Ich konnte nicht länger hinunterschauen und verließ daher das Geländer und floh in mein Zimmer.
Ich hatte bereits gelernt, daß es – ist man sehr unglücklich – ratsam ist, sich von seinem Leid abzuwenden und etwas zu planen ... einfach irgend etwas, das einen vergessen läßt. Wie töricht war ich doch, so zu träumen, wie ich es tat, denn in jenen Träumen sah ich mich nie so, wie ich in Wirklichkeit war. Stets war ich eine Heldin. Sogar meine Haarfarbe veränderte sich; anstatt dunkelbraun wurde sie goldblond; meine Augen waren blau statt grün; meine Nase war hübsch und gerade und nicht an der Spitze in einer Weise aufwärts geschwungen, die manchen Gesichtern mehr Pikanterie verliehen hätte, zu meinem ernsten Ausdruck jedoch einfach nicht paßte.
Plane schnell etwas, sagte ich mir; und die Antwort kam prompt: sie wollen mich hier nicht, also werde ich weglaufen!
Wohin? Es gab nur einen Ort, wohin ich wollte.
Das war Menfreya. »Ich werde nach Menfreya gehen«, sagte ich laut.
Ich hütete mich, darüber nachzudenken, was ich tun sollte, wenn ich dort ankam, denn falls ich das tat, würde der Plan gleich im Entstehen scheitern, und ich mußte den Ton grausamer Stimmen, die grausame Worte sagten, ausschalten. Ich mußte rasch etwas tun. Ich konnte einen Zug von Paddington nehmen. Ich hatte Geld in meiner Sparbüchse, das reichen würde, um die Fahrkarte zu kaufen, und das war alles, worauf es ankam. Ich mußte jetzt nur daran denken, wie ich nach Menfreya kam; wenn ich dort anlangte, würde ich weitere Pläne machen. Ich konnte nicht in diesem Haus bleiben? Jedesmal würde ich, wenn ich die Treppe hinunterging, jene Stimmen hören. Tante Clarissa zerbrach sich den Kopf, wie sie einen Mann für mich finden sollte. Na, die Mühe würde ich ihr ersparen!
Wann sollte ich fortgehen? Wie konnte ich sichergehen, so lange nicht vermißt zu werden, wie ich brauchte, um in jenen Zug zu kommen? Es mußte sorgfältig geplant werden.
Während sie in den Salons unter mir der Musik lauschten, die Papa für diesen Anlaß arrangiert hatte, und alle die Delikatessen genossen, die in dem Speisezimmer serviert wurden, während sie sich über Politik und die Chancen meines Vaters für das Kabinett unterhielten, lag ich in meinem Bett und überlegte, wie ich fortlaufen sollte.

Meine Chance kam am nächsten Tag, als jeder müde war. In der Küche herrschte schlechte Laune; Miss James war gereizt. Ich dachte immer, sie nahm, seit sie ›Jane Eyre‹ gelesen hatte, an, mein Vater würde sie heiraten; und nach derartigen Gesellschaften mußte jene Möglichkeit für sie ferner als sonst erscheinen. Um sechs Uhr klagte sie über Kopfschmerzen und zog sich auf ihr Zimmer zurück. Das gab mir meine Gelegenheit. Ruhig zog ich mein Cape mit der Kapuze an, steckte das Geld, das ich aus meiner Sparbüchse genommen hatte, in die Tasche und schlüpfte aus der Haustür. Ich bestieg einen Omnibus – es war das erste Mal, daß ich das jemals alleine gemacht hatte – und einige Leute betrachteten mich neugierig, doch ich tat, als merke ich es nicht. Ich wußte, es war der richtige Omnibus, weil ›Paddington‹ an der Seite stand; so verlangte ich gelassen einen Fahrschein bis zum Bahnhof. Es war einfacher, als ich gedacht hatte.
Ich kannte den Bahnhof, da ich mit Papa dort gewesen war, wenngleich auch niemals am Abend. Ich kaufte meine Karte, doch als man mir sagte, ich hätte noch eindreiviertel Stunde Zeit zu warten, bevor der Zug käme, war ich entsetzt. Es war die längste eindreiviertel Stunde, die ich jemals durchlebt hatte. Ich setzte mich auf eine der Bänke nahe der Sperre und beobachtete die Leute, voller Angst, jeden Augenblick könnte jemand auf der Suche nach mir angerannt kommen.
Doch niemand kam, und dann war endlich der Zug da. Ich stieg ein und fand ihn ganz anders, als ich es von meinen Reisen erster Klasse mit Papa gewohnt war. Die Sitze waren aus Holz und unbequem, aber ich war im Zug, auf dem Weg nach Menfreya, und das war alles, worauf es in diesem Augenblick ankam.
Ich saß in meiner Ecke, und niemand kümmerte sich um mich. Ich war dankbar, daß es Nacht war; ich döste ein und wachte auf und sah, daß wir in Exeter waren. Und dann begann ich mich zu fragen, was ich tun sollte, wenn ich in Menfreya anlangte. Sollte ich in die Halle gehen, um dem Butler zu sagen, ich wäre für einen Besuch angekommen? Man würde mich zu Lady Menfrey bringen, die unverzüglich meinen Vater benachrichtigen würde, daß ich zu ihnen gekommen wäre. Man würde mich zurückbringen, bestrafen und mir verbieten, jemals wieder so etwas zu tun. Und was wäre gewonnen außer der Erregung über die Vorbereitungen dieses Abenteuers?
Wie typisch von mir, mich so in etwas hineinzustürzen und mich erst dann zu fragen, wohin das führte. Ich war impulsiv und töricht. Kein Wunder, daß sie sagten, ich wäre schwierig.

Ich hatte Hunger, war müde und bedrückt. Ich wünschte, ich wäre in meinem Zimmer, auch wenn Tante Clarissa jeden Moment hereinkommen und mich auf jene Art betrachten könnte, die mir verriet, daß sie mich mit Phyllis oder einer der anderen verglich.
Als wir in Liskeard ankamen, hatte ich eingesehen, daß ich etwas sehr Törichtes getan hatte. Aber jetzt konnte ich nicht mehr umkehren. Wenn ich mit Papa reiste, kam A'Lee mit der Kutsche an den Bahnhof, und wir fuhren das letzte Stück mit ihm. Jetzt stand keine Kutsche da, und ich kaufte eine Fahrkarte für die Kleinbahn. Es gab einen Anschlußzug für den Londoner Expreß. Er wartete, und ich eilte zu ihm.
Wir warteten beinahe eine halbe Stunde lang im Bahnhof, was mir Zeit gab zu überlegen, was ich tun sollte. Während der kurzen Fahrt wurde mir klar, daß ich, da nur so wenige Leute im Zug waren, erkannt und angehalten werden mochte. Obgleich wir diese Bahnlinie nicht benutzten, war Papa im Bezirk wohl bekannt, und ich konnte als seine Tochter erkannt werden.
In Menfreystow stieg ich aus. Außer mir waren es nicht mehr als ein Dutzend Leute, und ich drängte mich dicht an sie, als wir die kleine Sperre passierten, und senkte den Kopf, als ich meine Fahrkarte abgab. Dann war ich frei. Doch was nun?
Ich mußte bis zum Meer hinuntergehen und dann etwa einen Kilometer den Weg an den Klippen entlang. Nur wenige Menschen würden zu dieser frühen Morgenstunde draußen sein.
Das kleine Städtchen Menfreystow schlief noch. Die gewundene Hauptstraße – es war ungefähr alles, was vorhanden war – war völlig verlassen. In den meisten Häusern waren die Vorhänge zugezogen, und die wenigen Geschäfte waren zugeschlossen und verriegelt. Ich roch das Meer und wandte mich zum Hafen hinunter, wo die Fischerboote vor Anker lagen; und als ich an dem Fischschuppen vorbeikam, in dem der Fang verkauft wurde, sah ich die ausgespannten Netze und die Hummerkörbe, und es war trotz der Ungewißheit ein glücklicher Augenblick. Ich hatte immer das Gefühl, ich gehöre hierher, obgleich ich das ja nicht tat, denn mein Vater hatte das Haus erst gemietet, als er Parlamentsmitglied für den Lansella Bezirk wurde, und das konnte erst sechs Jahre her sein. Vorsichtig trat ich über die eisernen Ringe, an denen die dicken salzigen Leinen festgemacht waren, und ich sagte mir, es sei töricht, daß ich zum Hafen heruntergekommen war. Die Fischer waren oft schon so früh am Morgen auf, und falls ich gesehen wurde, würde mein Auftauchen sofort berichtet werden.

Ich schlug eine Seitengasse ein und kam auf die Hauptstraße zurück; dieses Mal sauste ich eine der steilen Kopfsteinquerstraßen hinauf, kletterte fünf Minuten weiter, und dann war ich oben auf den Klippen.

Die Schönheit des Bildes ließ mich einige Sekunden verharren, um sie zu bewundern. Da lag die Küste in all ihrer Pracht, und unter mir der Strand mit dem blaugrünen Wasser, das ganz sanft den grauen Sand streichelte. Einen Kilometer weiter diese Küste entlang lag Menfreya, und ihm gegenüber die Niemandsinsel, auf der niemand wohnte.

Ich ging los und dachte an Menfreya und die Menfreys. Bald würde ich das Herrenhaus sehen. Ich kannte genau die Stelle in den Windungen und Kurven des Klippenweges, an der es sichtbar wurde. Und da war es, großartig und imposant, eine Art Mekka meiner Wallfahrt, der Wohnsitz der Menfreys, der Familie, denen es seit Jahrhunderten gehört hatte. Es hatten dort Menfreys gelebt, als Bischof Trelawny in den Tower gesperrt worden war; ein Menfrey hatte die Bischöfe unterstützt und seine Lehnsleute zusammengerufen, um sich den zwanzigtausend anderen Bewohnern von Cornwall anzuschließen, die den Grund dafür zu wissen verlangten. Ich stellte mir Menfreys in Federbaretts und spitzenbesetzten Ärmeln und Hosen vor mit gepudertem Haar und Spitzenjabots; in der Ahnengalerie hingen Bilder von ihnen. Ich konnte mir nichts Aufregenderes denken, als eine Menfrey zu sein – obwohl ich wußte, ich sollte eigentlich vernünftiger sein und meine Gedanken auf praktischere Fragen richten.

Ich hatte den Punkt erreicht, von dem aus ich die Zinnen sehen konnte. Gwennan hatte mich bei einem jener Teebesuche, zu denen Miss James mich hinüberbrachte, mit auf den Turm hinaufgenommen. Ich spürte wieder das erregende Gefühl, an der hohen grauen Mauerwand entlang auf die Klippen hinunterzuschauen, tief hinunter auf das Meer, und ich hörte wieder Gwennans Stimme: »Falls du sterben möchtest, brauchst du nur hinunterzuspringen.« Ich hatte die Empfindung gehabt, sie könnte es mir in jener gebieterischen Art der Menfreys befehlen, und könnte, da sie es so gewohnt waren, daß man ihnen gehorchte, von mir erwarten, daß ich es tatsächlich täte. Sie hatten seit vielen Generationen Befehle erteilt, während die Delvaneys das erst seit einer Generation taten. Das Stahlwerk, das so einträglich war, hatte mein Großvater aufgebaut, der als einer seiner bescheidensten Angestellten begonnen hatte. Heute hatte Sir Edward Delvaney natürlich alles über seine Anfänge vergessen; er war ein kultivierter, gebildeter Mann mit einer brillanten Zukunft; doch obgleich er viel klüger als die Menfreys war, wußte ich um den Unterschied. Ich mußte ebenfalls klug sein. Ich mußte den nächsten Schritt planen. Gwennan machte oft einen frühen Morgenritt und kam dabei hier entlang, da es, wie sie mir erzählt hatte, einer ihrer Lieblingsreitwege war.

Wenn ich mich in einer Höhle in den Felsen versteckte, die wir entdeckt hatten, würde ich sie vielleicht sehen. Wenn nicht, mußte ich mir etwas anderes ausdenken. Vielleicht wäre es besser, zu den Ställen zu gehen und mich dort zu verstecken. Doch würde ich womöglich einigen der Stallburschen begegnen; außerdem waren dort die Hunde. Nein, ich mußte auf mein Glück vertrauen und in der Höhle warten. Falls sie heute ausritt, würde sie ganz gewiß hier vorbeikommen.

Ich wartete, wie mir schien, stundenlang, doch schließlich hatte ich Glück. Gwennan kam, und sie kam allein.

Ich rief ihren Namen. Sie parierte durch und blieb stehen.

Als ich ihr alles erzählte, war sie belustigt. Sie war es, die an die Insel dachte. Es war ein Abenteuer, das ihr gefiel. Ich war ihr jetzt auf Gnade und Ungnade ausgeliefert, und sie war entzückt. »Komm mit«, sagte sie. »Ich weiß, wo ich dich verstecken kann.«

Es war Flut, und so ruderte sie mich auf die Insel hinüber, wobei sie aus Angst, jemand könne mich sehen, darauf bestand, daß ich mich auf den Boden des Bootes legte.

»Ich werde dafür sorgen, daß du was zu essen bekommst«, erklärte sie. »Und warum sollst nicht du in dem Haus wohnen, da niemand anders in ihm wohnen will?«

Dies hatte sich am Vortag abgespielt, jetzt war Gwennan mit der Zeitung hier. Ich hatte nicht gedacht, daß mein Weglaufen so wichtig sein konnte.

Gwennan erzählte: »Sie redeten alle davon beim Frühstück. Papa sagt, jemand wird ein Lösegeld für dich verlangen. Tausende von Pfund. Stell dir bloß vor, so viel wert zu sein!«

»Mein Papa würde es nie bezahlen. Er wäre nur zu froh, mich los zu sein.«

Gwennan räumte nickend diese Möglichkeit ein. »Doch will er vielleicht nicht«, meinte sie altklug, »daß die Zeitungen es erfahren, und wird deshalb zahlen.«

»Aber niemand verlangt es doch. Ich bin ja nicht gekidnappt worden.« Gwennan musterte mich sinnend. »Weißt du, wir brauchen Geld«, sagte sie dann.

Ich lachte. »Was! Die Menfreys sollten mich bis zur Zahlung eines Lösegeldes versteckt halten! Das ergäbe doch keinen Sinn.«
»Das täte es aber«, seufzte Gwennan, »wenn Sir Edward uns das Geld zahlen würde. Weißt du, es fällt uns schwer, auszukommen. Deshalb ist auch dieses Haus eingerichtet worden. Papa sagte, er sähe nicht ein, weshalb es nicht genutzt werden sollte. Es steht seit Jahren leer. So malten sie es ein bißchen neu an und schafften diese Möbel herüber. Das war vor einem Jahr. Seitdem warten wir auf den ersten Mieter. Und das bist du!«
»Ich bin kein richtiger Mieter. Ich verstecke mich doch nur hier.«
»Außerdem zahlst du keine Miete. Dennoch ... wenn es ein Lösegeld gibt ...«
»Das wird es nicht geben.«
»Nein. Aber es wundert mich nicht, daß du weggelaufen bist. Diese gehässige alte Clarissa-Person! Ich an deiner Stelle wäre runtergegangen und hätte sie geohrfeigt.«
»Du wärest aber nie an meiner Stelle gewesen! Du bist schön, und niemand würde solche Dinge über dich sagen.«
Gwennan glitt vom Tisch, auf dem sie gesessen hatte, enthüllte einen der Spiegel und studierte ihr Gesicht. Ich hinkte zu ihr, und wir standen nebeneinander und schauten hinein. Sie konnte nicht anders, als erfreut über ihr Spiegelbild sein – rundes Gesicht, sahnige Haut, leicht sommersprossig, goldbraunes Haar, goldbraune Augen und eine bezaubernde Nase, mit weiten Nasenflügeln, durch die sie, wie ich fand, wie ein kleiner Tiger aussah.
»Du siehst immer aus, als dächtest du, man würde dich nicht mögen – das ist dein Übel«, bemerkte Gwennan.
»Na, warum sollte ich irgendwie anders aussehen, wenn sie es nicht tun?«
»Es erinnert sie daran, daß sie es nicht tun. Sie würden es wahrscheinlich vergessen, wenn du so aussähest, als wüßtest du es nicht. Tja, du mußt nun hierbleiben. Ich werde dir jeden Tag etwas zu essen bringen, damit du nicht verhungerst. Du mußt sehen, wie lange du aushalten kannst. Wie hat es dir gefallen, eine Nacht auf der Niemandsinsel zu verbringen?«
»Oh ... ganz gut.«
»Du lügst! Du hast Angst gehabt.«
»Hättest du keine gehabt?«
»Vielleicht. Es spukt hier, weißt du.«
»Das tut es nicht!« widersprach ich heftig. Es durfte nicht wahr sein, und falls es das doch war, wollte ich nichts davon hören;

andererseits konnte ich nicht widerstehen, Gwennan anzuspornen, mir mehr darüber zu erzählen.
Sie ersparte mir jedenfalls nichts. »O ja, das tut es doch! Papa sagt, es würde sich ein Mieter finden, wenn das Geflüster nicht wäre. Die Leute kommen und schauen sich das Haus an, und dann hören sie es.«
Sie blieb ungefähr eine Stunde bei mir, und als sie ging, versprach sie, am Nachmittag wiederzukommen. Sie würde sehr vorsichtig sein müssen, um keinen Verdacht zu erregen, denn jemand könnte sich wundern, weshalb sie sich plötzlich so für die Insel interessierte. Ich an ihrer Stelle wäre begeistert gewesen; sie hatte den ganzen Spaß an der Sache, während ich die ganzen Schwierigkeiten hatte.
Als die Dämmerung anbrach, begann es mir ungemütlich zu werden. Ich wollte nicht früher als unbedingt nötig hineingehen; so saß ich an die Hauswand gelehnt und starrte über das Wasser zu Menfreya hinüber ... welch tröstlicher Anblick! Mehrere Fenster waren erleuchtet. Wahrscheinlich war Bevil da; ich hatte Gwennan nach ihm fragen wollen, hatte es dann jedoch unterlassen, da Gwennan die unangenehme Gewohnheit hatte, meine Gedanken zu lesen. Falls sie entdeckte, daß ich mich für ihren Bruder interessierte, würde sie das amüsieren, und sie würde mich nicht nur damit necken, sondern mein Interesse an ihm auch noch übertreiben.
Bald würde es Flut sein. Ich beobachtete, wie das Wasser langsam näher an das Haus heranstieg. Es kam bis auf einige Meter an dieser Seite heran, und bei sehr hoher Flut stand es, wie ich gehört hatte, an der Hauswand und drang in die Küche. Das war, meiner Ansicht nach, nur zu bestimmten Jahreszeiten und nicht jetzt. Das vordringende Meer hatte jedoch weniger Schrecken für mich als das dunkle Haus.
Gwennan hatte mir am Nachmittag Kerzen mitgebracht, und ich nahm mir vor, hineinzugehen und einige anzuzünden, bevor es ganz dunkel war. Je mehr Kerzen brannten, um so weniger unbehaglich würde mir zumute sein. Vielleicht sollte ich eine Kerze die ganze Nacht über im Schlafzimmer brennen lassen; falls ich dann aus dem Schlaf hochschreckte, sähe ich sofort, wo ich war.
Da ich keine Uhr hatte, wußte ich nicht, wie spät es war, doch die Sonne war längst untergegangen, und die ersten Sterne zeigten sich. Ich betrachtete sie – den einen Augenblick waren sie da, den nächsten verschwunden. Ich entdeckte den Großen Bären und

suchte nach anderen Sternbildern, die, wie ich von Miss James gelernt hatte, am nächtlichen Himmel zu finden waren. Die Angst kam nähergeschlichen – wie das Meer, wie die Dunkelheit. Vielleicht würde ich schlafen können, wenn ich mich auf das Bett legte, da ich die beiden letzten Nächte so wenig geschlafen hatte.
Ich ging hinein und zündete hastig die Kerzen an; dann nahm ich eine mit nach oben ins Schlafzimmer. Ich bildete mir ein, die Möbel sprängen schnell an ihre Plätze, als ich eintrat; hastig sah ich mich um und schloß die Tür. Dann ging ich mit meiner Kerze vorsichtig zu jedem grotesk unförmigen Haufen und hob das Leinentuch hoch, um mich zu vergewissern, daß es nur ein Möbelstück war und sich nichts darunter verbarg als die Sachen, die von Menfreya herübergebracht worden waren, um das Haus für den erhofften Mieter einzurichten. Ich war töricht. Die Furcht war in mir selbst. Wenn ich sie nur aus meinen Gedanken vertreiben konnte, würde dies lediglich ein verlassenes Haus für mich sein. Ich sollte mich auf das Bett legen und schnell einschlafen.
Ich wollte es versuchen; doch die Kerze wollte ich brennen lassen. Ich legte mich wie in der vergangenen Nacht auf das Bett und schloß die Augen, öffnete sie jedoch unverzüglich wieder, um zu sehen, ob ich etwas erwischte, bevor es Zeit hatte, sich zu verstekken. Wie töricht! Manche Leute behaupteten, man könnte Gespenster nicht sehen, da das Sehen ein körperlicher Vorgang wäre und Gespenster nicht körperlich seien. Man spürte sie nur. Und ich spürte etwas in diesem Haus, wenn die Dämmerung hereinbrach, dessen war ich sicher.
Ich schloß wieder die Augen, und auf einmal dachte ich, ich führe wieder im Zug, und da ich so müde war, schlief ich ein.
Voller Entsetzen wachte ich auf. Das erste, was ich sah, war die Kerze, und an dem Stück, das sie heruntergebrannt war, erkannte ich, daß ich eine Zeitlang geschlafen hatte. Ich setzte mich auf und schaute mich im Zimmer um; mir schien, als ständen die tücherverhängten Haufen plötzlich an den Stellen, die sie eingenommen hatten, als ich die Augen schloß. Ich blickte zum Fenster. Es war immer noch Nacht. Etwas hatte mich geweckt. Ein Traum? Ein schlechter, denn ich zitterte, und mein Herz pochte wie wahnsinnig.
»Nur ein Traum«, sagte ich laut. Dann war ich in höchster Alarmbereitschaft. Durch das sanfte Rauschen der Wellen hörte ich unten ein Geräusch. Stimmen … und dann das Knarren einer Tür. Ich schoß aus dem Bett und stand und starrte auf die Tür. Ich war nicht allein auf der Insel! Ich war nicht allein in dem Haus!

Stimmen! Wispernde Stimmen! Eine tiefe und eine höhere. Ich vernahm einen Laut, der ein Schritt sein mochte.
»Du bildest es dir ein!« flüsterte ich.
Nein! Da war das Knarren einer Treppenstufe und das unmißverständliche Geräusch verstohlener Tritte.
Mein Herz klopfte so laut, daß es mein Denken ausschaltete. Lauschend stand ich an die Tür gelehnt. Da waren zweifellos Schritte auf der Treppe. Dann hörte ich eine Stimme, eine weibliche Stimme. »Laß uns gehen. Mir gefällt's hier nicht.«
Ein leises Lachen – das eines Mannes.
Eines war sicher: wer immer diese Stimmen waren, sie waren keine Gespenster, und jeden Augenblick konnten sie in das Zimmer platzen. Ich lief zum Frisiertisch und kroch unter die Staubhülle. Gerade hatte ich mich versteckt, als die Tür aufging.
»Ah! Da wären wir!« sagte eine Stimme, die ich kannte.
»Eine Kerze ... ein Licht, Mr. Bevil!« Das war die Frau.
»Wer immer sich im Haus versteckt, ist hier«, erklärte Bevil Menfrey.
Er zog die Tücher herunter, und ich wußte, es war nur eine Frage von Sekunden, bevor er zu dem Frisiertisch kam.
Ich schaute zu ihm auf, und sogar in einem derartigen Augenblick stellte ich bei mir fest, wie großartig er bei Kerzenlicht aussah. Er war älter geworden, seit ich ihn zuletzt gesehen hatte. Er war in der Tat ein Mann. Er sah unglaublich groß aus, und das Kerzenlicht warf einen langen Schatten von ihm an die Wand zusammen mit der kleinen Gestalt der Frau, die sich hinter ihm duckte.
»Du großer Gott!« rief er aus. »Es ist Harriet Delvaney! Komm heraus, du kleiner Teufel. Was machst du denn hier?«
Dann beugte er sich herunter, packte mich am Arm und zog mich hoch. »Kann nicht sagen, ich bewunderte die Wahl deines Domizils. Wie lange bist du schon hier?«
»Dies ist die zweite Nacht.«
Er drehte sich zu seiner Begleiterin um, und ich sah, daß sie ein junges und hübsches Mädchen war, das ich nicht kannte. »Na, das Rätsel wäre also gelöst.«
»Was werden Sie tun, Mr. Bevil?« fragte das Mädchen, und da wußte ich, sie war eines der Mädchen aus dem Dorf, das nicht als Gast nach Menfreya eingeladen worden wäre; was machte sie nachts um diese Zeit hier mit Bevil, fragte ich mich.
»Es gibt nur eines zu tun. Ich werde sie schnurstracks hinüberrudern, und wir werden ihren Vater benachrichtigen müssen, daß sie gefunden worden ist.«

»Oh ... das böse kleine Ding!«
»Und wie steht es mit dir?« fragte ich.
Das brachte Bevil wieder zum Lachen. »Ja«, sagte er, »wie steht es mit dir und wie mit mir? Keine gegenseitigen Beschuldigungen, eh, Harriet?!«
»Nein«, versprach ich, ohne zu verstehen, doch plötzlich fast glücklich, erstens, weil ich nicht den Rest der Nacht allein auf der Insel verbringen mußte, und zweitens, weil ihn das, was ich getan hatte, amüsierte, und weil ich begriff, daß ebenso wie er mich an einem unerlaubten Ort ertappt hatte, ich ihn ertappt hatte.
Er sah auf mich herunter. »Du hättest die Kerze nicht anlassen sollen. Sehr unachtsam! Wir sahen beinahe gleich, als wir ankamen, das flackernde Licht im Fenster.« Sein Gesicht wurde plötzlich streng. »Weißt du, Miss Harriet, daß große Bestürzung wegen dir herrscht? Sie haben schon fast beschlossen, mit einem Grundnetz die Themse abzusuchen.«
Er machte Spaß, doch war er verblüfft und etwas ratlos, und wieder spürte ich jenes freudige Erglühen. Nie zuvor hatte ich seine ungeteilte Aufmerksamkeit gehabt; ich konnte sehen, daß er seine Begleiterin vollständig vergessen hatte.
Wir gingen zum Boot hinunter, und nach kurzer Zeit hatten wir das Festland erreicht.
»Geh jetzt«, sagte er zu dem Mädchen.
Ihre Mundwinkel sanken herab, und sie sah ihn überrascht an, doch er wiederholte ungeduldig: »Ja, geh!«
Sie warf ihm einen ziemlich finsteren Blick zu, und indem sie ihre Röcke bis über die Schenkel raffte, stieg sie über den Bootsrand in das flache Wasser. Sie war barfuß und blieb einen Moment stehen, während das Wasser um ihre Fußknöchel spülte, um zurückzublicken und zu sehen, ob Bevil zuschaute. Er tat es nicht. Er sah mich an, und seine Hände lagen auf den Rudern.
»Warum hast du es getan?« fragte er.
»Ich konnte nicht anders.«
»Du liefst weg, um eine Nacht auf dieser Insel zu verbringen?«
»Nicht dafür.«
»Wie bist du da hingekommen?«
Ich antwortete nicht. Ich würde Gwennan nicht mit hineinziehen.
»Du bist ein eigenartiges Kind, Harriet«, meinte er. »Ich vermute, du machst dir zuviel Sorgen um Dinge, die nicht halb so wichtig sind, wie du dir einbildest.«
»Du kannst gar nicht wissen, wie wichtig mein Hinken für mich

ist!« Ich war plötzlich leidenschaftlich böse. »Du sagst, es sei nicht wichtig. Für dich ist es das auch nicht. Aber du brauchst ja auch nicht herumzuhinken, nicht wahr? Natürlich kannst du dir einbilden, es sei nicht wichtig, weil es für dich eben nicht wichtig ist.«
Er sah mich erstaunt an. »Wie ungestüm du bist, meine liebe Harriet. Man hat dich wegen deines Hinkens nicht weniger gern. Das ist es, was ich dir zu sagen versuche. Doch darum geht es im Augenblick ja nicht. Du bist fortgelaufen. Es herrscht große Aufregung darüber. Und nun bist du gefunden. Was wirst du tun? Du hast doch nicht vor, mir wegzulaufen, nicht wahr? Denn ich würde dich kriegen und zurückbringen. Ich möchte dir helfen.« Er beugte sich zu mir vor. Seine Augen blickten spöttisch aber nicht ohne Zärtlichkeit, was mich wärmte und glücklich machte. »War das Leben dort unerträglich?«
Ich nickte.
»Dein Vater, nehme ich an?« Er seufzte. »Meine arme kleine Harriet. Ich fürchte, ich werde dich zurückbringen müssen. Ich werde sagen müssen, daß ich dich gefunden habe. Falls ich es nicht täte, würde ich mich der Beihilfe zur Tat oder so etwas Ähnlichem schuldig machen. Wer brachte dich hinüber? Gwennan, vermute ich. Sie glüht den ganzen Tag vor Wichtigkeit. Es war also Gwennan?«
Ich antwortete nicht.
»Auf mein Ehrenwort!« meinte er. »Sehr anständig. Na, es bleibt dir nichts anderes übrig, als die Musik über dich ergehen zu lassen. Aber sag mir: was war deine Absicht?«
»Ich weiß nicht.«
»Du willst sagen, du liefst einfach weg, ohne zu wissen, wohin du gehen würdest?«
»Ich kam hierher.«
»Mit dem Zug, nehme ich an. Das war sehr kühn von dir. Du hättest jedoch einen Schlachtplan haben sollen, weißt du. Und was hofftest du zu erreichen?«
»Ich weiß es nicht.«
Er schüttelte den Kopf. Dann war sein Gesicht unvermittelt wieder zärtlich. »Arme Harriet! Es muß schlimm gewesen sein.«
»Ich hörte, wie Tante Clarissa über die Schwierigkeit redete, einen Mann für mich zu finden«, platzte ich heraus. »Deshalb«, fügte ich hinzu, »war ich ...«
»Na, mach dir darüber nur keine Sorgen. Wer weiß, vielleicht heirate sogar ich dich.«

Ich lachte.
Er tat beleidigt. »Das ist nicht nett von dir, ich mache dir einen völlig vernünftigen Vorschlag, und du lachst nur darüber.«
»Es war doch nicht ernst gemeint.«
»Man nimmt mich nie ernst. Ich bin oft zu leichtfertig.« Er legte die Riemen ein, beugte sich vor und küßte mich auf die Stirn. Da war ich mir des Charmes der Menfreys voll bewußt. Als er mir aus dem Boot half, hielt er mich einen Augenblick fest, sein Gesicht dicht an meinem.
»Und vergiß nicht«, mahnte er, »es wird einen Krach geben. Der geht jedoch vorbei. Komm nun. Wir gehen jetzt und lassen die Musik über uns ergehen.«
Die Hunde schlugen an, als wir den Hof überquerten.
Die Halle war schwach erleuchtet durch zwei Gasflammen in Lampen, die wie Laternen aussahen, und es war gerade hell genug, um die gewölbte Decke und die alten Rüstungen am Fuße der Treppe zu erkennen.
Bevil schrie so laut, daß seine Stimme bis zu den Dachbalken hinaufschallte. »Kommt und seht, was ich gefunden habe. Harriet Delvaney! Ich hab sie hier!«
Und dann wurde das Haus lebendig. Überall ertönten plötzlich Stimmen. Sir Endelion und Lady Menfrey kamen als erste; dann einige Dienstboten, und am Kopf der Treppe gewahrte ich Gwennan, die mich mit großen, anklagenden Augen ansah.
Ich fühlte mich erleichtert, da der Augenblick noch nicht gekommen war, in dem ich mich fragen mußte: »Was nun?« Ich war erregt, da das Abenteuer dieser Nacht mich Bevil nähergebracht hatte.

Ich saß in der Bibliothek und trank heiße Milch.
Lady Menfrey murmelte immer wieder: »Aber wie konntest du nur, Harriet! Dein armer Vater ... außer sich ... ganz außer sich.«
»Wir haben ihm telegraphieren müssen«, sagte Sir Endelion entschuldigend zu mir und zog an seinem Schnurrbart. Ich stellte bei mir fest, wie viel netter doch Sünder sind. Sir Endelion war nicht halb so schockiert wie Lady Menfrey, Bevil war es auch nicht gewesen.
Bevil saß auf dem Tisch und lächelte mir zu, als wollte er mich bei guter Laune halten. Ich konnte gar nicht unglücklich sein oder Angst haben, solange er da war.
Gwennan war hereingekommen, ganz leise, damit man sie nicht

bemerkte und ins Bett zurückschickte; sie ließ mich nicht aus den Augen.

»Ich kann mir nicht vorstellen, was er sagen wird«, seufzte Lady Menfrey. »Zumindest haben wir unser Bestes getan ...«

»Du wirst die Musik über dich ergehen lassen müssen, meine Liebe.« Das war Sir Endelion, und er klang ganz wie Bevil.

»Genau meine Worte«, erklärte Bevil. »Wir wollen uns nicht wiederholen. Ich finde, Harriet sollte zu Bett gehen und schlafen; dann wird sie in besserer Form für das musikalische Zwischenspiel sein.«

»Ich habe Pengelly angewiesen, ein Bett herzurichten«, sagte Lady Menfrey.

»In dem Zimmer neben meinem«, fügte Gwennan hinzu.

»Gwennan, mein Liebes, was machst du denn hier? Du solltest im Bett sein und schlafen.« Lady Menfrey sah besorgt aus. Ihre Familie war für sie, so vermutete ich, eine Quelle ständiger Besorgnis.

»Von Harriets Ankunft aufgeweckt«, meinte Bevil. »Es muß ein großer Schock für sie gewesen sein.«

»Das war es auch«, feuerte Gwennan trotzig zurück.

»War es eine solche Überraschung?« wollte Bevil wissen.

Gwennan warf ihrem Bruder einen finsteren Blick zu.

Bevil fuhr fort: »Es war gewiß der letzte Ort, an dem du sie vermutet hättest.«

»Du ja auch«, erwiderte Gwennan anzüglich. »Sonst hättest du ja nicht beschlossen, heute nacht dort hinüberzurudern.«

Sir Endelion brach in lautes Gelächter aus. Lady Menfrey sah verwirrt aus. Was für eine aufregende Familie war dies, dachte ich; und ich wünschte mir glühend, zu ihnen zu gehören. Ich konnte sehen, daß alle außer Lady Menfrey das, was ich getan hatte, sehr nachsichtig beurteilten, und Lady Menfreys Ansicht zählte nicht viel.

»Wenn ich gewußt hätte, daß Harriet dort war, wäre ich schon gestern nacht hinübergerudert, das kann ich dir versichern«, gab Bevil zurück.

Ich stellte mein Glas auf den Tisch.

»Gwennan«, sagte Lady Menfrey, »da du nun einmal hier bist, führst du vielleicht unseren Gast in sein Zimmer.«

Ich sagte Bevil, Sir Endelion und Lady Menfrey Gute Nacht, und dann gingen Gwennan und ich die Treppe hinauf; und sogar in einem derartigen Augenblick vermochte ich nicht anders als begeistert darüber zu sein, daß ich in Menfreya war.

»Dein Zimmer ist neben meinem«, erklärte Gwennan. »Ich sagte Pengelly, ich wollte dich dort haben. Du hast also nichts erzählt...«
»Sie wissen es. Es gab nichts zu erzählen.«
»Über mich, meine ich.«
Ich schüttelte den Kopf.
Der Raum, den sie mir gegeben hatten, war sehr groß – wie alle Zimmer auf Menfreya – und hatte eine Fensterbank in einem runden Nischenfenster, das auf die Insel hinausging. Auf dem Doppelbett lag ein rosafarbenes Flanellnachthemd.
»Eines von meinen«, Gwennan deutete auf das Hemd. »Zieh dich jetzt gleich aus.«
Ich zögerte. »Nun mach schon«, drängte sie. »Stell dich nicht so an.« Ich schälte mich aus meinen Kleidungsstücken, und sie sah zu, und als ich im Bett war, setzte sie sich, die Arme um die Knie geschlungen, auf die Kante zu mir; ihr Blick ruhte immer noch auf mir. »Ich bin nicht sicher, ob du nicht ins Gefängnis kommst«, meinte sie. »Schließlich wurde die Polizei hineingebracht, und wenn das passiert, weiß man nie, was geschieht.« Ich sah, daß sie, während sie mir Angst einjagte, mit Plänen zu meiner Rettung beschäftigt war. »Aber ich nehme nicht an, daß es geschehen wird. Dein Vater würde sie bestechen, es nicht zu tun. Ich stecke auch mit drin. Weißt du, sie werden wissen wollen, wer dich dort hinüberbrachte und wer die Speisekammer plünderte. Mrs. Pengelly vermißte das Hühnerbein, das ich dir gestern brachte. Und andere Sachen. Der Verdacht fällt auf mich ... und ich werde mit dir auf der Anklagebank sitzen. Das sollte dir ein Trost sein. Mama und Papa werden die Sache gründlich besprechen und schließlich zu einer Entscheidung kommen. – Übrigens wird Bev wütend auf dich sein.«
»Wütend auf mich, weshalb?«
»Weil du ihm sein kleines Abenteuer verpatzt hast. Seit Papa das Haus eingerichtet hat, benutzt er es für seine Verführungen. Es ist romantisch, und die Furcht der Damen vor Gespenstern fügt dem Ganzen noch eine pikante Note hinzu. Er kann den mutigen Beschützer spielen, und das Ziel wird in der Hälfte der Zeit erreicht.«
»Das denkst du dir aus. Wie könntest du das wissen?«
»Meine liebe Harriet, alle Menfreys wissen umeinander. Es ist eine Gabe, die wir haben. All die Männer sind für Frauen verheerend attraktiv, und all die Frauen sind es für Männer. Wir können es nicht ändern und müssen uns damit abfinden.«

Ich sah sie an, und glaubte ihr, daß es so war; der Gedanke machte mich traurig. »Ich bin müde«, erklärte ich. Ich wollte allein sein, wollte zu jenen Augenblicken, als Bevil und ich im Boot saßen, zurückkehren, wollte mich an jedes Wort erinnern, das er gesagt hatte.
»Müde!« rief Gwennan. »Wie kannst du nur müde sein, wenn du an morgen denkst? Wie gut, daß ich jenen Lösegeldbrief nicht abschickte!«
»Von einem solchen Brief war doch keine Rede!«
»War es das nicht? Nun, ich setzte einen auf. Du glaubst doch nicht, ich hätte so eine Gelegenheit vorbeigehen lassen! Die Menfreys verpassen nie eine Gelegenheit.«
»Ich glaube es nicht.« Ich schloß die Augen.
»Na schön«, sagte sie verschnupft und sprang vom Bett herunter. »Schlaf du nur und träum von morgen. Ich möchte nicht in deiner Haut stecken, Harriet Delvaney! Wart nur, bis dein Vater kommt.«

Gwennan und ich hielten Ausschau nach seiner Kutsche und sahen sie schließlich ankommen. Kurz darauf wurde ich in die Bibliothek beordert.
Niemals hatte ich seine Augen so kalt gesehen; niemals hatte er mich mit einem derartigen Widerwillen betrachtet, und niemals war ich mir so häßlich vorgekommen wie in dem Augenblick, als ich in jenen Raum hinkte. Merkwürdigerweise bildete ich mir ein, daß mein Gebrechen sichtbarer wurde, wenn ich mir seiner bewußt war; und in seiner Gegenwart war ich mir seiner stets bewußt.
»Komm hierher«, befahl er, und wie gewöhnlich, wenn er mit mir sprach, hatte ich beim Klang seiner Stimme das Gefühl, als gösse man mir kaltes Wasser über den Rücken.
»Ich bin über alle Maßen empört! Nie hab ich mir solche Undankbarkeit, solchen Egoismus, solche Bosheit vorstellen können. Wie konntest du nur … sogar du – und wie ich gehört habe, bist du mancher Ungehorsamkeiten fähig – wie konntest du jedoch zu solchem Benehmen imstande sein!«
Ich antwortete nicht. Ihm meine Gründe zu erklären zu versuchen, war das letzte, was ich vermochte. Ich kannte sie ja selbst nicht ganz genau. Ihre Wurzeln lagen zu tief; und ich wußte sogar damals, daß jene wenigen unglückseligen Worte von Tante Clarissa nicht der gesamte Grund waren, weshalb ich von zu Hause weggelaufen war.

»Sprich, wenn ich dich etwas frage! Wenn du schon undankbar warst, sei nicht auch noch unverschämt.«
Er tat einen Schritt auf mich zu und ich dachte, er wollte mich schlagen. Fast wünschte ich, er täte es. Ich glaubte, heißen Haß eher als kalten Widerwillen ertragen zu können.
»Papa, ich ... ich wollte fort. Ich ...«
»Du wolltest fortlaufen? Du wolltest Aufregung stiften? Weshalb bist du hierhergekommen?«
»Ich ... ich wollte nach Menfreya.«
»Die Laune eines Augenblicks. Du solltest ausgepeitscht werden ... erbarmungslos!« Sein Mund verzog sich zu einem angewiderten Ausdruck. Physische Gewalttätigkeit war ihm, wie ich wußte, zuwider. Ein Hund, der ihm nicht gehorchte, wurde nicht bestraft; er wurde beseitigt. Und ich dachte: er würde mich gerne beseitigen. Doch nie würde er mich schlagen.
Er wandte sich von mir ab, als könnte er meinen Anblick nicht ertragen. »Du hast alles, was du willst. Du hast jede Bequemlichkeit. Und doch empfindest du keine Dankbarkeit. Du genießt es, uns größte Sorgen zu bereiten und Aufregung zu verursachen. Wenn ich denke, daß deine Mutter starb, um dich zur Welt zu bringen ...«
Ich hätte ihn am liebsten angeschrien, damit er aufhörte. Ich konnte nicht ertragen, ihn das aussprechen zu hören. Ich wußte, er hatte es oft gedacht, doch die Worte ausgesprochen zu hören, verlieh dem Entsetzen eine noch tiefere Bedeutung. Ich konnte es nicht ertragen. Ich hatte nur den Wunsch, mich in eine Ecke zu verkriechen und zu weinen.
Doch anstatt des Schmerzes fühlte ich, wie mein Gesicht sich zu häßlichen, störrischen Linien verzog, und ich vermochte es nicht zu verhindern. Er sah es, und der tief in ihm wurzelnde Haß auf dieses Ungeheuer, das, um zu leben, ihn eines geliebten Menschen beraubt hatte, brach jäh aus ihm hervor. Er fand einen flüchtigen Trost darin, dem erbitterten Groll, der seit Jahren in ihm geschwelt hatte, freien Lauf zu lassen.
»Als ich dich sah ... als sie mir sagten, daß deine Mutter tot war, wollte ich dich aus dem Hause werfen.«
Die Worte waren ausgesprochen. Sie trafen mich grausamer als jede Peitsche es vermocht hätte. Er hatte die Szene gleichsam kristallisiert. Ich sah das häßliche Baby in den Armen der Schwester; ich sah die tote Frau auf dem Bett – und sein Gesicht. Sogar seine Stimme konnte ich hören: Werft es aus dem Haus hinaus!
Sie stand mir für immer unauslöschlich vor Augen. Bisher hatte

ich seine Abneigung nur vermutet; ich hatte mir einzureden vermocht, daß ich es mir nur einbildete, daß er ein Mensch war, der seine Gefühle nicht so leicht zeigte, daß er mich im tiefsten Innern liebte. Doch das war nun vorbei.
Vielleicht schämte er sich. Seine Stimme wurde sanfter. »Ich gebe die Hoffnung auf, dir jemals einen Sinn für anständiges Verhalten zu vermitteln«, sagte er. »Du machst nicht nur dir selbst Schwierigkeiten, sondern auch anderen. Das ganze Haus hat auf dem Kopf gestanden. Wir sind von Reportern nur so überfallen worden.« Er redete, um seine Verwirrung zu verbergen; und ich hörte nur halb zu, da ich an seine Wut dachte, als er das Baby in den Armen der Schwester ansah.
»Zumindest darfst du die Gastfreundschaft von Menfreya nicht länger als notwendig mißbrauchen. Wir werden sofort nach Chough Towers fahren.«

Chough Towers war ein frühviktorianisches Herrenhaus, etwa einen Kilometer von Menfreya entfernt. Mein Vater hatte es möbliert von einer Familie namens Leveret gemietet, die ein Vermögen durch Porzellanerde aus Gruben bei St. Austell erworben hatte. Das Haus war beinahe so groß wie Menfreya, doch fehlte ihm der Charakter des letzteren. Es war ein häßliches Haus, und es schien, wie ich bereits sagte, immer kalt und unpersönlich; doch vielleicht kam das daher, weil mein Vater es gemietet hatte und seine Persönlichkeit es erfüllt hatte; hätte eine glückliche Familie es bewohnt, wäre es möglicherweise ein glückliches Haus gewesen. Die Räume waren groß und getäfelt, mit großen Fenstern, die auf gepflegte Rasenflächen blickten; im Erdgeschoß war ein großer Ballsaal mit schönen Proportionen, an dessen einem Ende eine breite Eichentreppe hinaufführte. Alles nur Mögliche war getan worden, um dem Haus ein historisches Aussehen zu geben. Da war sogar eine mittelalterliche Empore, die, wie ich fand, nicht in so ein Haus paßte. Der Wintergarten mit seinen vielen bunten Pflanzen war sehr hübsch; doch alles übrige war überladen und schwer. Die barocken Türme und Zinnen waren unecht, und es war absurd, es Chough Towers zu nennen, da sich niemals auch nur eine einzige Dohle in der Nähe des Besitzes zeigte. Es war eine protzige Nachahmung, die vorgab, etwas zu sein, was sie nicht war.
Das Haus war von einem Park umgeben, doch die Bäume der Einfahrt waren offensichtlich erst vor dreißig Jahren gepflanzt worden. Da standen keine jener knorrigen alten Eiben, die man

auf Menfreya fand. Ich war verliebt in Menfreya und empfand den Unterschied vielleicht deutlicher als die meisten anderen. Chough Towers war wahrscheinlich ein schönes Haus in einem schönen Rahmen, doch hatte es keine Echos der Vergangenheit, keine Geheimnisse. Es war nur das äußere Wahrzeichen des Wunsches eines Self-made-Mannes, sich einen so großartigen Wohnsitz zu bauen, wie jene ihn besaßen, vor denen er noch vor einer Generation den Rücken hätte krumm machen müssen. Ein Haus ist jedoch mehr als Mauern und Fenster – oder sogar elegante Ballsäle und Wintergärten, ein Park und Rasenflächen.

Das Haus sagte meinem Vater zu, da er sich nur eine gewisse Zeit des Jahres in dieser Gegend aufhielt, und er war sich nicht sicher, ob er dort eins kaufen wollte. Falls er seinen Sitz im Parlament verlor, würde er Chough Towers gewiß nicht behalten wollen.

Als wir das Haus betraten, war ich mir der unnatürlich gedämpften Atmosphäre bewußt. Ich vermutete, das Personal redete über mich, vielleicht versuchten einige sogar, heimlich einen Blick von mir zu erhaschen. Ich war allen interessant geworden, da mein Name in der Zeitung gestanden hatte. Er würde wieder dort erscheinen – denn mein Wiederauffinden und dessen Umstände würden veröffentlicht werden müssen, da so große Aufregung über mein Verschwinden geherrscht hatte.

»Du gehst sofort in dein Zimmer und bleibst dort, bis du die Erlaubnis erhältst, es zu verlassen«, befahl mein Vater.

Und wie froh war ich, daß ich mich zurückziehen konnte.

Ich war eine Gefangene. Ich sollte bis auf weitere Anweisung nur Brot und Milch erhalten. Keiner der Dienstboten durfte mit mir sprechen. Ich war in Ungnade.

Ich war trotzig und tat, als mache es mir nichts aus, doch meine Gefühle wechselten zwischen tiefer Niedergeschlagenheit und gehobener Stimmung. Manchmal gelang es mir, die Erinnerung an alles außer Bevil, wie er mit mir im Boot saß, auszuschalten. Ich konnte wieder seine eigenartigen Augen voller Zärtlichkeit – nein, Spott sehen. »Vielleicht heirate sogar ich dich ...« Er machte Spaß; und doch vielleicht nicht nur. Auf jeden Fall war es in meiner gegenwärtigen Lage angenehm, mir einzureden, er hätte es vielleicht ernst gemeint. Es war ein fröhlicher und glücklicher Traum.

Dann war da jener andere – dunkel und düster; das Sterbezimmer, das runzelgesichtige Baby. Ich hatte neugeborene Babys gesehen und sie häßlich gefunden, und zweifellos mußte ich das in besonderem Maße gewesen sein. Ich konnte mir den irrsinnigen Impuls eines normalerweise beherrschten Mannes vorstellen, konnte den Schmerz nachempfinden, den sehnlichen Wunsch, dieses unerwünschte Wesen loszusein, dessen Ankunft einen so teuren Preis gefordert hatte.

Am zweiten Tage meiner Haft kam mein Vater zu mir. Meine Lebensgeister hoben sich, da ich sah, daß er für die Abreise gekleidet war. »Du wirst noch eine Woche lang in deinem Zimmer bleiben«, verkündete er, »und ich hoffe, daß du am Ende dieser Zeit beträchtlich geläutert sein wirst. Hast du dir klargemacht, daß dein Leben jeden Augenblick zu Ende sein kann? Ich möchte, daß du dir während der nächsten Tage einmal überlegst, daß du auf die ewige Verdammnis zugehst. Ändere um deiner selbst willen – ich weiß, du bist zu egoistisch, um es meinetwillen zu tun – deine Art. Du wirst hier bleiben, bis es Zeit für dich ist, ins Internat zu gehen.«

Ich war zu überrascht, um reden zu können. Unvermittelt wurde ich von der Betrachtung der Höllenqualen fortgezogen, um ein völlig neues Leben ins Auge zu fassen. Ein Internat!

»Ja«, fuhr er fort, »du brauchst verzweifelt nötig Disziplin. Falls du im Internat ungehorsam bist, wirst du streng bestraft werden. Miss James ist wahrscheinlich zu nachsichtig mit dir gewesen. Sie wird uns natürlich jetzt verlassen.«

Ich dachte an Miss James, wie sie ihren Koffer packte und leise weinte, weil sie Angst vor der Zukunft hatte. Arme Miss James! Der Gedanke an sie würde mich noch wochenlang verfolgen trotz der erregenden Aussicht, die ich vor mir hatte.

»Sie wird also entlassen ...«

»Du siehst, wie deine gedankenlosen Handlungen andere treffen.«

Mir kam ein schrecklicher Gedanke. Fanny! Was würde aus Fanny? Ich flüsterte kaum vernehmbar ihren Namen, doch er hörte mich.

»Sie bleibt. Sie wird in einer anderen Funktion beschäftigt. Und wenn du Ferien hast, wirst du ein Mädchen brauchen.«

Wellen der Dankbarkeit! Fanny war in Sicherheit. Warum hatte ich nicht daran gedacht, was es für Folgen für sie haben konnte, bevor ich weglief? Mein Vater hatte recht. Ich mußte denken, bevor ich handelte.

Er fuhr fort: »Es ist mein ernster Wunsch, daß du ein wenig Selbstlosigkeit lernst. Diese mutwillige, gedankenlose Tat hat mir große Ungelegenheiten verursacht. Vergiß das nicht! Und falls du dich je wieder versucht fühlen solltest, so niederträchtig zu sein, überleg es dir bitte genau, denn du wirst mich das nächste Mal nicht so nachsichtig finden.«

»Du reist ab, Papa.«

»Ich muß zu meiner Arbeit zurück, die du unterbrochen hast.«

Er sah mich an, und einen Augenblick dachte ich, er würde mich in die Arme nehmen und küssen. Zu meiner Überraschung merkte ich, daß ich es mir wünschte.

Wenn er es getan hätte, hätte ich geweint; ich hätte ihm gesagt, wie unglücklich ich war, wie leid es mir tat, daß ich geboren werden mußte, wie gerne ich wieder in jene Vorhölle, in der ungeborene Babys sind, zurückkehren und dort bleiben würde, wenn ich dadurch meine Mutter zu ihm zurückbringen könnte.

Das war der eine Teil von mir; der andere Teil haßte ihn.

Und der Teil, der ihn haßte, hatte die Oberhand; er drückte sich in meinem verstockten Gesichtsausdruck aus.

Er wandte sich ab und verließ mich.

Als er abfuhr, hob sich die Stimmung im Haus beträchtlich.

Nach noch nicht einer Stunde schloß A'Lee die Tür meines Zimmers auf. Er trug ein Tablett, das mit einem Tuch zugedeckt war, und sagte: »Na, Miss Harriet, der Master ist nun zurück nach London, und wir sind wieder unter uns.«

Er stellte das Tablett hin, winkte mich heran und zog das Tuch weg, um eine Fleischpastete zu enthüllen, goldbraun, heiß und würzig duftend, frisch aus dem Ofen, und ein Glas Apfelwein; und daneben lag noch eine dicke Scheibe Rosinenkuchen.

»Es ist alles, was Mrs. A'Lee in einer Minute zusammenbekam.«

»Es sieht köstlich aus!«

»Und schmeckt auch so, wenn ich Mrs. A'Lee kenne.«

»Aber ich soll doch nur Brot und Milch haben.«

»Mir und Mrs. A'Lee, uns hat das nie gefallen.«

Ich setzte mich an den Tisch und schnitt die Pastete an. Der würzige Geruch ließ mir das Wasser im Munde zusammenlaufen, und A'Lee schaute befriedigt zu.

»Na also, das wär das Ende von dem Brot-und-Milch-Unsinn.«

»Mein Vater würde toben, wenn er es wüßte. Sie würden entlassen ... beide, Sie und Mrs. A'Lee.«

»Nicht wir beide! Wir gehören zum Haus, vergessen Sie das man nicht. Er hat uns nie gemocht. Wir sind nicht wie sein Londoner Butler, vermute ich.«

A'Lee nahm das Tuch, das auf dem Tablett gelegen hatte, faltete es über seinen Arm und tänzelte affektiert im Zimmer herum. Seine Versuche, Poldens überfeine Allüren nachzumachen, den er ein- oder zweimal gesehen hatte, als jener nach Chough Towers gekommen war, um einen besonderen gesellschaftlichen Anlaß zu beaufsichtigen, waren derartig übertrieben, daß sie mich zum Lachen brachten, wie A'Lee es gewollt hatte.
»Nein«, erklärte er, »wir sind gut genug für Mr. Leveret und sind auch gut genug für ihn.«
»Wünschten Sie nicht, Mr. Leveret wäre geblieben?«
»Oh, das waren noch Zeiten. Mr. Harry kommt vielleicht zurück. Aber er ist so gebunden da unten in St. Austell und anderswo, wie sie sagen. Ich denke, wir eignen uns besser, für die Leverets zu arbeiten als für feine elegante Herren von London wie ...«
»Wie mein Vater? Sie arbeiten nicht gerne für ihn, nicht wahr, A'Lee?«
»Nun, er hat ein nettes kleines Mädchen als Tochter.«
»Und sie zumindest mag Sie lieber als den dummen Polden.«
»Tja, sie wird eine richtige echte Lady, das wird sie.«
Wir lachten.
»Den Apfelwein hab ich selbst gemacht, tat ich immer für Mr. Leveret. Mr. Harry, der wurde mal davon betrunken, war nicht viel älter als acht Jahre. Er kam und strich um das Faß herum, und ich hatt ja keine Ahnung, daß er sich bedient hatte. Das waren noch Zeiten, das waren es! Kommen Sie man nicht zu sehr auf den Geschmack, Miss Harriet. Ist richtig starkes Zeug.«
»Keine große Gefahr. Ich komme fort ins Internat.«
»Ja, das hörten wir. Na, Sie werden doch aber zurückkommen, nehm' ich an. Und sie geht mit Ihnen, so daß es 'n richtiges Feuerwerk wie noch nie gibt.«
»Wer?«
»Miss Gwennan von Menfreya.«
»Oh... A'Lee! Ist das wahr?«
»Das wird Sie richtig schön freuen.«
»Ja, dann sieht alles ganz anders aus.«
Er schüttelte den Kopf – »Ich weiß nicht. Diese Menfreys ...«
»Sie mögen sie nicht besonders, was, A'Lee?«
»Och, es is nich so sehr 'ne Frage von mögen oder nich mögen. Sie sind wild. Und sie machen immer Scherereien. Nur wegen Menfreyschen Scherereien sind Sie jetzt hier ... sitzen auf dem Stuhl da und lassen sich Mrs. A'Lees Pastete schmecken, als wär's Götter-

nektar – was sie auch sein könnte, denn der kann nicht viel besser geschmeckt haben, wette ich.«

»Wegen Menfreyschen Scherereien? Aber wieso?«

»Na, warum sind Sie hier? Weil Ihr Vater, Sir Edward Delvaney, unser Mitglied im Parlament ist. Seit sieben Jahren ist er jetzt unser Mitglied. Davor war es aber immer ein Menfrey, der für uns nach London ins Parlament ging. Da war nie ein Auswärtiger hier, bis in diesen letzten sieben Jahren.«

»Sir Endelion war also das Mitglied für Lansella?«

»Natürlich war er das. Und vor ihm sein Vater. Seit es Parlamentsmitglieder gibt, waren es immer die Menfreys für Lansella.«

»Und weshalb hat Sir Endelion es aufgegeben?«

»I wo, er hat es nicht so sehr aufgegeben wie es ihn aufgab. Die Königin soll, wie es heißt, sehr streng sein, und sie wollte nicht, daß einer ihrer Minister einen schlechten Ruf hatte, wissen Sie. Und Sir Endelion war irgendwas Hohes da in London. Hätte einer der wirklichen Köpfe sein können, wenn dies nicht gewesen wäre, sagen wir ... Premierminister – oder so etwas Ähnliches.«

»Was war es denn für ein Skandal?«

»Der übliche. Wenn es um die Menfreys geht, braucht man nie ›was‹ zu fragen, meine Liebe, immer nur ›wer‹.«

»Eine Frau?«

A'Lee nickte. »Ein richtiger Skandal. Dazu oben in London. Hier unten sind wir daran gewöhnt. Die Menfreys waren immer gut zu den Mädchen, die durch sie in Schwierigkeiten kamen. Verschafften ihnen Männer oder Heime für die Babys. Aber dies war in London, irgendeine hochgeborene Lady; und ihr Mann ließ sich wegen Sir Endelion von ihr scheiden.«

»Die arme Lady Menfrey!«

»Ach, sie ist eine sanfte Lady, das ist sie. Sie verzieh ihm, und er kam zu ihr zurück. Doch das paßte der Königin nicht. Nichts paßte ihr, außer daß Sir Endelion zurücktrat; so trat er zurück, und zum erstenmal, seit einer von uns sich erinnern kann, hatten wir keinen Menfrey im Parlament. So kam Ihr Vater her.«

»Sie scheinen nichts dagegen zu haben.«

»Einige sagen, er hielte den Sitz für Mr. Bevil.«

»Er ... will also in die Politik gehen.«

»Das haben die Menfreys immer getan. Müssen in der Regierung mitsprechen, sagen sie. Sie gehören zu denen, die regelmäßig an die Reihe kommen. Mr. Bevil wird zurückkommen, nehm ich an. Alles zu seiner Zeit. Und dann wird wieder ein Menfrey für Lansella in London sein.«

Ich trank den Apfelwein aus und schluckte den letzten Bissen des Rosinenkuchens hinunter.
»Das war gut, A'Lee«, sagte ich und dachte an die arme Lady Menfrey und wie böse sie gewesen sein mußte – oder wie traurig. Auf jeden Fall unglücklich. Ich konnte mir ausmalen, wie Sir Endelion nach Menfreya zurückkam, wegen des Skandals aus dem Parlament ausgewiesen.
Kein Wunder, daß sie die wilden Menfreys genannt wurden.

Später an jenem Tag kam Gwennan herüber, um mich zu besuchen.
»Sowie ich hörte, daß dein Vater abgefahren war, bin ich hergekommen«, erklärte sie. »Wir sollen ins Internat ... zusammen! Wir sind undiszipliniert, und sie können uns nicht bändigen. Wie lustig! Sie hätten nie daran gedacht, uns wegzuschicken, wenn du nicht fortgelaufen wärest. Dies ist das Ende von dem Ganzen.«
»Es ist kein Ende«, widersprach ich. »Wie könnte es das Ende von irgend etwas sein, fortzugehen und ein neues Leben zu beginnen?«

2

Drei Jahre waren verstrichen, seit ich fortgelaufen war, und es waren die glücklichsten Jahre gewesen, die ich bis dahin gekannt hatte, obgleich ich im Internat nicht so beliebt war wie Gwennan. Ich war fleißiger, und wenn ich auch nicht überragend begabt war, half mir mein Wunsch, in irgend etwas zu glänzen, beträchtlich. Mein Eifer gefiel meinen Lehrern, und so war wiederum ich auf bescheidene Weise glücklich.
Zwischen meinem Vater und den Menfreys hatte sich eine Freundschaft entwickelt. Er interessierte sich vor allem für Bevil, denn A'Lee hatte recht gehabt, als er sagte, daß die Menfreys immer in die Politik gingen. Bevil hatte beschlossen, genau das zu tun; und ich vermutete, er hoffte, eines Tages wieder die Familientradition fortzusetzen und Lansella im Parlament zu vertreten. In der Zwischenzeit war er von der Universität zurückgekommen, hatte eine Art ›Große Reise‹ durch Europa gemacht und half meinem Vater bei seiner Arbeit mit der Aussicht, eine Chance zu ergreifen, sich für die Parlamentswahlen aufstellen zu lassen, wenn sich ihm diese bot.
Als ich sie zusammen gesehen hatte, war ich überrascht, denn

mein Vater war ganz reizend zu Bevil, der, wie ich überzeugt war, keine Ahnung hatte, wie anders er mit seiner eigenen Tochter sein konnte.
Die Sommerferien verbrachte ich in Chough Towers, und das war so gut, als wohnte ich in Menfreya. Mein Vater sagte, die Londoner Luft sei nicht gut für mich; so war ich dort keine Last, sondern in die Obhut der A'Lee gegeben – was mir sehr recht war, besonders, da ich den größten Teil meiner Zeit auf Menfreya verbrachte, wo ich mit zur Familie gehörte.
Ich wurde zurückhaltender; zwar hegte ich immer noch einen Groll auf die Welt, vermochte jedoch meine Gefühle leichter zu beherrschen. Manchmal träumte ich, mein Vater versuche mich aus dem Haus zu werfen oder jage mit einer Peitsche hinter mir her. Ich erinnere mich noch lebhaft an das kalte Entsetzen, mit dem ich immer von diesen Alpträumen erwachte.
Ich erzählte niemandem von diesen Träumen – ganz gewiß nicht Gwennan. Doch Fanny wußte von ihnen. Oft wachte ich auf und sah sie an meinem Bett sitzen, weil ich im Schlaf geschrien hatte. Manchmal kam sie einfach zu mir ins Bett und hielt mich in den Armen, bis ich in friedlichen Schlaf glitt; in anderen Nächten erzählte sie vom Waisenhaus. Im Internat hatte ich diese Träume nur selten.
Weil ich einen Augenblick befürchtet hatte, Fanny zu verlieren, erkannte ich, wie wichtig sie mir war. Sie war es, die die Monogramme in meine Schulsachen nähte, die darauf bestand, daß ich mich umzog, wenn ich vom Regen überrascht wurde.
Gwennan beneidete mich um Fanny.
»Du hast Glück, eine eigene Zofe zu haben«, stellte sie fest. »Sie wird bis zu deinem Tode bei dir bleiben.«
Ich genoß es, von Gwennan um etwas beneidet zu werden; das war also noch etwas, wofür ich Fanny dankbar sein mußte.
Gwennan war das attraktivste Mädchen im Internat und diejenige, die am unumwundensten ihre Meinung sagte. Mit ihrem Charme half sie sich aus Schwierigkeiten heraus, und ich glaube, sie wäre sogar hinausgeworfen worden, hätte sie das nicht so gut gekonnt. Sie hatte recht gehabt, als sie sagte, die Menfreys besäßen alle eine verheerende Anziehung auf das andere Geschlecht. Während wir im Internat waren, ereigneten sich einige Affairen, die unentdeckt blieben, mit denen sie sich jedoch gerne brüstete. Wie weit sie gingen, wußte ich nie genau; ich konnte nicht immer das glauben, was sie mir erzählte. Ich hatte stets Angst vor dem, was sie als

nächstes tun würde, doch am meisten fürchtete ich, von ihr nicht ins Vertrauen gezogen zu werden.
Sie war es, die mir erzählte, daß Bevil ins Parlament gehen würde und daß mein Vater ihm dabei half. Er wartete, bis eine Wählerschaft für ihn da war, und dann würde er diese pflegen und auf einen Sitz bei einer Kreiswahl oder der nächsten Parlamentswahl hoffen.
»Dein Vater kann so viel für ihn tun, daher wollen Papa und Mama so gerne, daß wir alle Freunde sind. Das, meine liebe Harriet, ist der Grund, warum wir zusammen ins Internat gehen und warum du so willkommen auf Menfreya bist.«
»Es scheint ein schrecklicher Grund zu sein!«
»Das sind Gründe oft.«
»Deshalb bist du also meine Freundin?«
»Nein. Mich könnte man nicht bestechen.«
»Ich sehe nicht, wie ich dich bestechen könnte.«
»Nicht du. Aber all das Geld könnte es. Mama und Papa wollen wegen Bev, daß wir Freundinnen sind, weißt du. Ich habe jedoch meine eigenen Gründe.«
»Welche?«
»Du bist so ein guter Hintergrund für meine Schönheit.« Sie lachte. »Ha! Jetzt siehst du ganz krank aus. Wie albern! Als ob ich einen Hintergrund brauchte! Ich habe sowieso nie etwas davon gehalten. Nein, ich mag dich, weil du so böse auf alles bist und wegliefst und all das. Du bliebst auch jene Nacht auf der Niemandsinsel und hast mich nicht mit hineingezogen. Ich freue mich, daß du Bevil heiraten wirst.«
»Bevil heiraten!?«
»Nun, du bist doch in ihn verliebt, oder etwa nicht? Mein liebes und kostbares Leben! wie Mrs. Pengelly sagen würde. Du wirst ja rot! Du siehst so viel besser aus als bleich. Es ist also keine schlechte Idee. Ich würde sie pflegen, Harriet.«
»Ich weiß nicht, was du damit meinst ... mit heiraten!«
»Dann bist du blinder als ein Dutzend Fledermäuse. Du weißt doch, wie sie das in Familien wie unseren machen. Sie suchen unsere Männer wie in königlichen Familien aus. Bevil ist für dich und Harry Leveret für mich. Der arme Harry hat rotes Haar, und man kann seine Augenwimpern nicht sehen. Ich glaube, er hat nicht viele. Aber ich sage dir, wovon er viel hat, und das sind Pfunde, Shillings und Pennies, und meine Familie findet diese zufälligerweise viel wichtiger als Augenwimpern. Und du hast das gleiche. Deshalb laden wir so gern die Leverets und die Delvaneys

nach Menfreya ein. Es ist doch völlig einleuchtend, nicht wahr?«
»Sie sind sehr ... berechnend!«
»Hab ein Herz, Harriet. Sie sind arm. Sie haben den großartigsten Besitz in Süd-Cornwall, und der ist ein altes Ungeheuer, das die Pfunde und Shillings und Pennies verschlingt. Du machst dir keine Vorstellung davon. Wir sind hilflos. Sind es immer gewesen. Ungeheuer verlangen das Blut reicher Jungfrauen wie du und Harry – denn du bist eine, das weiß ich, und ich bin sicher, Harry ist es ebenfalls. Also brauchen wir euch.«
»Weiß Bevil das?«
»Natürlich weiß er es.«
»Und er ist nicht dagegen?«
»Dagegen? Warum sollte er? Er ist entzückt.«
»Du meinst, er mag mich ein bißchen?«
»Sei nicht albern, Harriet! Du bist eine Erbin. Dein Vater hat all das Geld, und wem soll er es sonst vererben?«
»Ich glaube nicht, daß er mir irgend etwas vererben wird.«
»Selbstverständlich wird er das. Die Leute hinterlassen ihr Geld immer ihren Erben ... wie sehr sie diese auch hassen mögen. Aus Stolz, oder etwas anderem.«
»Aber es ist gemein ... für dich und Bevil, meine ich.«
»Ach was! Uns macht das nichts aus.« Sie stand auf und faltete die Hände und versuchte, wie eine Heilige auszusehen. »Es ist um Menfreyas willen«, fügte sie hinzu.

Nicht lange Zeit darauf zeigte sie mir den Tisch in der Halle. »Früher war er mit Edelsteinen besetzt. Mit Rubinen, glaube ich. Schau, sie sind alle herausgenommen worden. Sie wurden, einer nach dem anderen, von meinen Vorfahren verbraucht ... um Menfreya zu retten. Tja, nun sind keine Rubine mehr da; so müssen es also Ehefrauen und Ehemänner sein.«
»Ich werde eine viel kostbarere Ehefrau als Rubine sein«, sagte ich. Wir kicherten zusammen. So war es mit Gwennan; wie sehr sie mir auch wehtat, immer lachten wir zusammen; und wie sehr sie mich auch verspottete oder kritisierte, ich war immer ihre beste Freundin.
Als mein Vater beschloß, ein Kostümfest in Chough Towers zu geben, setzte Gwennan sich in den Kopf hinzugehen. Wir waren sechzehn und beide noch nicht der Gesellschaft vorgestellt, doch Gwennan bekniete Lady Menfrey so lange, bis sie einwilligte, daß wir von der Galerie zusehen durften, falls mein Vater uns dies

erlaubte; und da Lady Menfrey darum bat, wurde es bereitwillig gestattet.
»Wir brauchen Kleider«, sagte Gwennan, doch sogar Lady Menfrey, die gewöhnlich von ihrer Familie überredet werden konnte, nahm das nicht ernst.
Gwennan glühte; sie raste und tobte; und tagelang redete sie von nichts anderem als von Kostümen und wie wir ihrer habhaft werden könnten. Und dann fand ich sie eines Tages, als ich nach Menfreya kam, in einem Zustand heller Erregung vor.
Sie begrüßte mich mit den Worten: »Ich muß dir etwas zeigen. Komm mit. Es ist, wo du noch nie gewesen bist.«
Menfreya erschien mir immer geheimnisvoll, da es so vieles gab, was ich noch nicht erforscht hatte, und der Gedanke, einen neuen Teil zu sehen, erfüllte mich mit freudiger Aufregung; so folgte ich Gwennan neugierig, die mich durch das Haus zum Ostflügel, dem ältesten Teil, führte, der nie benutzt wurde.
»Dieser Flügel braucht so viele Reparaturen, daß wir nicht in ihm wohnen können, bis sie gemacht werden. Wer wollte es auch schon? Ich kam gestern hierher, mochte aber nicht bleiben, da es dunkel wurde.« Wir waren eine kurze Treppe hinaufgestiegen und kamen an eine Tür, die sie aufstoßen wollte, jedoch nicht zu öffnen vermochte.
»Es war schwer, sie gestern aufzumachen, aber ich schaffte es. Sie ist seit Jahren nicht aufgemacht worden, ich nehme an seit damals, als Bevil und ich vor Ewigkeiten hierher kamen. Steh nicht nur so herum! Hilf mir lieber!«
Ich lehnte mich mit der Schulter gegen die Tür und drückte mit aller Kraft. Sie bewegte sich zuerst langsam und flog dann auf, um einen düsteren Gang zu enthüllen, der nach Alter und Feuchtigkeit roch. Wir gingen ihn entlang.
»Wir müssen nahe am Ostturm sein«, flüsterte ich.
»Es besteht keine Notwendigkeit zu flüstern«, schrie Gwennan. »Niemand kann uns hier hören. Wir sind ganz abgeschlossen. Es stimmt mit dem Turm. Da bringe ich dich ja hin.«
Meine Zähne klapperten, nicht vor Kälte, sondern vor Aufregung, obwohl ein kalter Hauch in der Luft lag.
»Wenn man sich vorstellt, all dies zu haben und nie herzukommen«, bemerkte ich.
»Jemand hat es sich mal angesehen und eine so lange Liste von allem, was repariert werden muß, aufgestellt, daß wir es ganz vergessen haben. Das war damals, als ich mit Bevil herkam, um es zu erforschen.«

»Als ihr klein wart?«
Sie antwortete nicht. »Paß auf die Treppe auf. Halt dich an dem Seil fest.«
Wir waren zu einer kleinen Wendeltreppe gekommen; jede Stufe war sehr hoch und in der Mitte ausgetreten; das Seil diente als Geländer und Hilfsmittel, sich die Treppe hinaufzuziehen. Gwennan stand oben und grinste zu mir herunter. Sie hielt mir die Hände hin. »Sieh dir den Staub an!«
»Was bewog dich, hierher zu kommen?«
»Du wirst sehen. Schau dir diese Tür an. Sie wurde lange Zeit, nachdem dieses Haus gebaut wurde, eingesetzt. Früher war da nur eine Platte, die man zur Seite schieben konnte, um in den Raum zu gelangen.«
»Welchen Raum?«
»Sie führt zu einer Art Gang und dann ... in den Spukraum. Diese Tür geht auch schwer auf.«
Das tat sie allerdings; sie gab einen jammernden Protestlaut von sich, der wie eine menschliche Stimme klang, die uns warnte, nicht hineinzugehen – zumindest war das meine Deutung, über die Gwennan vor Lachen kreischte.
»Das sieht dir ähnlich, dir das einzubilden! – Jetzt ... hier durch. Hier geht es zum Turm.«
Die Luft war jetzt wirklich kalt; der Gang war eng, die Wände aus rohem Stein. Wir befanden uns beinahe im Dunkeln, und ich griff nach Gwennan und hielt mich an ihrem Rock fest.
Der Gang mündete in einen Raum, den man kaum so bezeichnen konnte – mehr eine runde Höhlung. Es war kein Fenster vorhanden, lediglich ein offener Schlitz in der dicken Mauer, durch den ein wenig Tageslicht hereindrang.
»Was für ein seltsamer Ort!« rief ich aus.
»Natürlich ist es das. Sie pflegten hier früher ihre Gefangenen einzusperren. Dann hielt natürlich ›er‹ ›sie‹ hier ... und dann fing es an zu spuken.«
»Du redest ohne Zusammenhang, Gwennan.«
Sie beobachtete befriedigt mein Staunen, als ich mich in diesem Raum umsah. Merkwürdigerweise stand ein Spiegel an die Wand gelehnt; sein Glas war fleckig, sein Rahmen angelaufen. Und da war eine Kiste, grün vor Schimmel. Ich bemerkte einen anderen Gang, ähnlich dem, durch den wir gekommen waren, und machte Gwennan auf ihn aufmerksam. »Komm mit. Ich werde es dir zeigen.« Sie ging voran in den Gang, in dem sich uns gegenüber eine zweite Wendeltreppe, gleich der, die wir gerade erklommen

hatten, befand. Sie begann hinaufzuklettern, wobei sie die Stufen zählte. Es waren im ganzen vierzig. Oben angelangt, waren wir im Freien auf einem schmalen kreisförmigen Umlauf, der uns um den Turm herumführte.

»Hierher kam sie, um frische Luft zu schöpfen«, erzählte Gwennan.

»Wer?«

»Na ›sie‹, natürlich. Falls sie tatsächlich umgeht, kommt sie vermutlich immer noch hier herauf.«

Die Mauern des Turmes waren mit Zinnen versehen. Wir knieten auf der Brüstung und beugten uns hinüber, um von der höchsten Höhe des Gebäudes auf das Meer hinunterzuschauen. Gwennan zeigte mir die Mauervorsprünge, auf die sie die Töpfe mit kochendem Öl zu stellen pflegten, das sie auf jeden ausgossen, der sich ihnen feindlich näherte. »Stell sie dir vor«, sagte sie, »wie sie die Felsen heraufgeklettert kamen und ihre Mauerbrecher aufstellten. Das war vor langer, langer Zeit ... lange bevor ›sie‹ hier war.«

Ich füllte meine Lungen mit der frischen Luft und klammerte mich an den harten Stein der Brüstung. Ich dachte: Wie liebe ich dieses Haus, wo sich so viele aufregende Dinge ereignet haben und so viele Menschen gelebt haben und gestorben sind. Aus ganzem Herzen wünschte ich mir, zu ihm zu gehören, eine von ihnen zu sein.

Gwennan hatte begonnen, mir die Geschichte zu erzählen. »Sie war hier als Gouvernante der Kinder, und dieser Menfrey – mein Vorfahre – verliebte sich in sie. Als Lady Menfrey es herausfand, entließ sie sie und befahl ihr, das Haus zu verlassen. Sie dachte, sie wäre fort, doch sie war es nicht. Weißt du, ›er‹ konnte es nicht ertragen, daß sie fortging, und so brachte er sie hierher, weil damals niemand etwas von diesem Raum wußte. Er besuchte sie immer in jenem Raum da unten. Kannst du ihn dir nicht vorstellen, Harriet, wie er sich in den leerstehenden Flügel schlich und die Platte zur Seite schob. Ich wette, es war damals eine Platte, und er hatte eine Kerze oder vielleicht eine Laterne ... und sie waren zusammen. Er mußte für eine Zeitlang fort. Nach London, vermute ich ... ins Parlament ... und die Uhr auf dem Turm blieb stehen. Du weißt, die Turmuhr, die stehen bleiben soll, wenn ein Menfrey stirbt.«

»Ich wußte nicht ...«

»Du weißt überhaupt nichts. Nun, die Uhr im Turm soll stehenbleiben, wenn einer von uns eines unnatürlichen Todes stirbt. Deshalb muß Dawney so sorgfältig aufpassen, daß sie immer geht. Wir glauben nicht an diese alten Geschichten – oder behaupten, es

nicht zu tun ... doch andere Leute tun es. Das sagt Papa, und wir dürfen es nicht vergessen. Weiß der Himmel, weshalb.«
»Na und, was geschah? Warum blieb die Uhr stehen?«
»Weil sie starb. Sie starb hier oben ... in jenem Raum da unten ... und das Baby ebenfalls.«
»Wessen Baby?«
»Na ihres, natürlich. Siehst du, es kam zu früh ... und niemand wußte etwas. Sie starben beide. Deshalb blieb die Uhr stehen.«
»Sie war aber keine Menfrey.«
»Nein, aber das Baby. Sie blieb für das Baby stehen. Dann kam Sir Bevil zurück.«
»Wer?«
»Ich nehme an, es war Sir Bevil ... oder Endelion oder so etwas ... Er kam zurück und fand sie tot vor. Sie versiegelten den Raum und dachten lange Jahre nicht mehr an ihn ... bis jemand ihn wieder entdeckte und die Tür statt der Schiebeplatte einsetzte. Aber niemand wollte hierher kommen. Die Dienstboten wollten es nicht. Sie sagten, es spuke hier. Glaubst du, daß es das tut?«
»Es kommt mir kalt und melancholisch vor«, erklärte ich.
Sie ließ die Füße über die Brüstung in der Luft baumeln, so daß ich entsetzliche Angst hatte, sie könnte hinunterfallen. Sie tat es absichtlich, wie ich wußte, um zu zeigen, wie unbekümmert sie war.
»Laß uns hinuntergehen«, schlug ich vor.
»Ja, laß uns. Da ist diese Kiste. Ich hab hineingeguckt. Ihretwegen hab ich dich hergebracht. Aber erst wollte ich dir dies hier zeigen.«
Wir kehrten in das runde Gemach zurück, und Gwennan lüftete den Deckel der Kiste. Der grüne Belag beschmutzte ihre Hände, und sie schnitt eine Grimasse, doch der Inhalt der Kiste ließ sie befriedigt lächeln.
Sie zerrte an etwas, das wie topasfarbener Samt aussah, doch interessierte es mich nicht; ich dachte an die Frau, die von einem Menfrey geliebt worden war. »Ich dachte, du könntest dies braune Ding nehmen«, sagte sie und ließ es auf den Boden fallen, während sie eine Rolle blauen Samt zum Vorschein brachte und diesen um sich drapierte. Ich hob den topasfarbenen Samt auf. Es war ein Kleid mit einem engen Oberteil mit viereckigem Ausschnitt und weiten Ärmeln, die geschlitzt waren, um goldenen Satin darunter vorschimmern zu lassen. Es mußte endlose Meter Samt enthalten. Ich hielt es mir an, und als ich mein Spiegelbild in dem fleckigen Spiegel ansah, konnte ich nicht glauben, daß es mein eigenes war.

»Es steht dir«, bemerkte Gwennan, deren Aufmerksamkeit sich einen Moment mir zuwandte. »Zieh es an. Ja, zieh es an.«
»Hier?«
»Ja. Über deine Sachen.«
»Es ist so kalt, es ist bestimmt feucht.«
»Das wird dir für einen Augenblick nichts schaden. Es ist genau das Richtige für den Ball.«
Ihre Erregung übertrug sich auf mich, als ich das Kleid über den Kopf streifte. Sie war neben mir, zog es herunter, machte es zu, und in wenigen Sekunden stand ich da ... völlig verwandelt.
Es war tief ausgeschnitten, und mein grauer Pullover guckte am Hals und an den Ärmeln heraus, doch das schien nichts zu machen. Es stand mir in einer Weise, wie mir noch nie etwas gestanden hatte. Als ich den Rock ein wenig schürzte, fiel etwas aus ihm herunter, und als ich es aufhob, sah ich, daß es ein Haarnetz war aus Seidenbändern und Spitze, besetzt mit Steinen, die Topase sein mochten.
»Es paßt zu deinem Haar«, stellte Gwennan fest. »Los, zieh es über.«
Nun war die Verwandlung vollkommen. Dies war nicht die arme, lahme Harriet Delvaney, die mich aus dem gefleckten Spiegel ansah. Ihre Augen waren grüner und viel größer, ihr Gesicht voller Leben.
»Es ist ein Wunder«, erklärte Gwennan und deutete auf mein Spiegelbild. »Es sieht überhaupt nicht wie du aus. Du hast dich in jemand anders verwandelt.« Sie lachte. »Na, ich will dir was sagen, Harriet Delvaney. Du hast ein Kleid für den Ball gefunden!«
Sie kam zu mir und stand neben mir und drapierte den blauen Samt um sich herum, und ich war froh, daß sie bei mir war; denn sonst hätte ich das Gefühl gehabt, als widerfahre mir etwas sehr Seltsames. Aber ich hatte schließlich eine blühende Phantasie.
Sie ergriff meine Hand. »Kommen Sie und seien Sie meine Tänzerin, werte Dame!«
Sie hüpfte durch den Raum, ihre Hand in meiner. Ich folgte ihr, und wir hatten zweimal die Runde gemacht, bevor ich begriff, daß ich tanzte – ich, die ich mir vorgenommen hatte, niemals zu tanzen.
Sie hatte es ebenfalls bemerkt. »Du bist eine Schwindlerin, Harriet Delvaney!« rief sie aus, und ihre Stimme schallte merkwürdig in diesem sonderbaren Gemach. »Ich glaube, es ist letzten Endes überhaupt nichts verkehrt mit deinem Fuß da!«
Ich blieb stehen und sah auf ihn hinunter; und dann erblickte ich

das Bild des Mädchens in dem Spiegel: es war ein seltsamer Augenblick, wie jener in dem Garten, als ich ein kleines Kind war und plötzlich aufstand und lief.
Ich war selig, verstand aber nicht warum; ich fühlte, es hatte etwas mit dem Kleid zu tun, das ich anhatte.
»Nun, das wäre also das«, meinte Gwennan. »Wir gehen auf den Ball. Zieh das jetzt aus. Wir nehmen diese Sachen mit und sehen zu, was wir mit ihnen machen können.«
Wir gingen zu Gwennans Zimmer zurück. Ich hatte das Gefühl, als hätte ich begonnen, in einem Traum zu leben.

Mein Vater kam am Tag vor dem Ball nach Chough Towers, und düstere Stimmung senkte sich auf das Haus herab. Die Mahlzeiten waren eine Tortur, wenn er da war. Glücklicherweise – für mich, nicht für ihn! – aß William Lister mit uns. Wir saßen an dem langen Tisch im Eßzimmer – von dem man auf eine der Rasenflächen blickte – scheinbar endlose Stunden lang. Mein Vater führte die Unterhaltung, die sich gewöhnlich um Politik drehte, und William gab taktvolle Antworten. Sagte ich etwas, so hörte mein Vater mit sichtlicher Geduld zu und ignorierte meistens, was ich gesagt hatte; versuchte William mir zu antworten, so wechselte mein Vater oft das Thema. So schien es mir besser, gar nichts zu sagen, und ich hoffte jedesmal, daß die Mahlzeit bald vorbei wäre. A'Lee stand am Büffet und gab den Serviermädchen Anweisungen – es waren zwei; es schien mir immer absurd, daß wir drei so viele Menschen zum Servieren brauchten, zumal ich wußte, was für eifrige Geschäftigkeit in der Küche herrschte. Wenn wir zum Portweinstadium gelangten, stand ich auf und überließ sie ihrem Gespräch. Wie froh war ich, wenn die Zeit dafür gekommen war!
Einmal sagte mein Vater zu mir: »Hast du denn gar nichts zu sagen?« und ich wurde nur rot und schwieg, obgleich ich hätte schreien mögen: »Wenn ich etwas sagte, ignorierst du mich!«
Wenigstens war ich so sehr mit den Gedanken an das Kleid beschäftigt, das nun in meinem Schrank neben dem von Gwennan hing, und mit der Frage, ob Bevil mich in ihm sehen würde und von dem, was er sah, entzückt sein würde, daß ich aufhörte, sehr viel über meinen Vater nachzudenken. Gwennan hatte gesagt, wir dürften niemandem von unserer Entdeckung erzählen, da man versuchen könnte zu verhindern, daß wir die Kleider anzögen. Doch vermochte ich nicht, Fanny aus dem Geheimnis auszuschließen, und sie hatte geholfen, den blauen Samt für Gwennan

zurechtzumachen und hatte das topasfarbene Kleid für mich geändert. Sie sah nichts Unrechtes darin, sagte sie; hinterher könnten wir sie dorthin zurückbringen, wo wir sie gefunden hatten. Sie hängte sie auf den Balkon – um sie auszulüften, wie sie sagte, und damit sie den muffigen Geruch loswurden. Nachdem wir sie nach Chough Towers hinübergeschmuggelt hatten, fanden lange Sitzungen in meinem Schlafzimmer statt, die Fanny ebenso viel Spaß zu machen schienen wie uns.

Am Abend des Balles bürstete Fanny mein wirres Haar, bis es glatt um meine Schultern lag. Dann half sie mir in das Kleid und setzte mich vor den Spiegel, damit ich zuschauen konnte, während sie mein Haar fertig frisierte und das edelsteinbesetzte Netz befestigte. Mein Gesicht blickte mir entgegen – meine grünen Augen grüner, da sie so strahlten, ein Hauch von Farbe unter meiner Haut; beinah gelang es mir zu glauben, daß ich in dem Kleid hübsch war.

»So, da wären wir, kleine Dame«, sagte Fanny, »fix und fertig für den Ball.«

Das Haus schien zum Leben erwacht zu sein. Überall erklangen Stimmen; die Kapelle war angekommen, und die Gäste, die bei uns wohnten, waren bereits mit meinem Vater unten im Ballsaal. Tante Clarissa war dieses Mal nicht da – es war ihr zu weit von London –, und mein Vater mußte die Gäste alleine empfangen.

Ich saß mit Fanny auf der Fensterbank in meinem Zimmer und verfolgte, wie die Kutschen ankamen.

Es war ein faszinierendes Bild, die Gäste in ihren Kostümen und Masken aussteigen und den Weg zum Eingang überqueren zu sehen. Die Ankunft der Leverets erregte einiges Aufsehen, da sie in ihrem pferdelosen Wagen kamen. Sie waren die einzigen in der Gegend, die so einen besaßen, und wenn sie ausfuhren, kamen die Leute aus ihren Häusern gelaufen, um ihn vorbeifahren zu sehen; und wenn er eine Panne hatte und von Pferden abgeschleppt werden mußte, wurde viel über die Launenhaftigkeit moderner Erfindungen geredet. Doch während des letzten Jahres war diese technische Neuheit mit mehr Respekt behandelt worden, da das Gesetz, laut dem ein Mann mit einer roten Fahne vor ihm hergehen mußte, abgeschafft und die Geschwindigkeitsbegrenzung auf zwanzig Kilometer in der Stunde erhöht worden war. Hier jedoch, im entlegenen Cornwall, wurde der pferdelose Wagen immer noch mit mißtrauischer Verachtung betrachtet, und ich mußte zugeben, es paßte nicht zusammen, daß die Leverets in

ihren Kostümen in dem Ding angefahren kamen. Ich lachte, und Fanny meinte: »Na, wenn das kein richtiger Zirkus ist!«
»Ich dachte, es sei, als befände ich mich in der Vergangenheit ... bis das Ding da kam.«
»Sie werden zu aufgeregt, Miss.«
»Werde ich das?«
»Aber ja. Ich hab Sie noch nie so gesehen. Vergessen Sie nicht, daß Sie nur von der Galerie zuschauen dürfen.«
»Ich wünschte, Gwennan wäre hier.«
»Fräulein Nichtsnutz wird bald da sein, regen Sie sich nur nicht auf.«
Sie hatte recht. Die Kutsche von Menfreya fuhr wenige Augenblicke später vor. Der erste, der zum Vorschein kam, war ein Edelmann aus dem achtzehnten Jahrhundert: Bevil. Er half seiner Mutter und Gwennan aussteigen, dann folgte Sir Endelion. Ich sah nicht, was er und Lady Menfrey anhatten, ich hatte nur Augen für Bevil.
Gwennan sah in ihrem täglichen Mantel über einem einfachen Partykleidchen völlig unbedeutend zwischen all jenen prächtigen Kostümen aus, und ich konnte mir vorstellen, wie ungeduldig sie war, in ihr blaues Samtkleid zu schlüpfen.
Einer der Diener brachte Gwennan in mein Zimmer. Ich versteckte mich, damit ich nicht in meinem Gewand gesehen wurde, und Fanny sprach mit ihm, als Gwennan hereinkam. Als er fort war, sagte Fanny: »Sie können jetzt herauskommen, Miss.« Dann half sie Gwennan in ihr Kleid und ließ uns allein.
»Deins ist gar nicht braun«, stellte Gwennan fest. »Es ist eine Art Gold.« Sie strich die Falten ihres blauen Samtkleides selbstgefällig glatt. Dann runzelte sie die Stirn. »Deins ist ungewöhnlicher«, fuhr sie fort. »Wirklich, Harriet, ich habe dich noch nie so gesehen. Ich weiß, woher das kommt. Du denkst jetzt nicht, daß die Leute dich hassen, das ist es. Aber weshalb warten wir? Ich will auf den Ball gehen, falls du es nicht willst.«
Man hatte mir gesagt, wohin ich sie bringen sollte, auf die Galerie, die imitierte mittelalterliche Empore, die auf den Ballsaal herabsah. Wir hatten beschlossen zu warten, bis der Saal voll war, bevor wir unsere Masken überstreiften und hinuntergingen. »Dann«, so hatte Gwennan gemeint, »bemerkt man uns nicht.«
Wir gelangten auf die Galerie. Schwere purpurrote Samtportieren waren über sie drapiert; sie wurden von goldenen Bändern ein wenig zur Seite gerafft, um uns ein Guckloch zu geben. Zwei Stühle standen etwas zurück von der Brüstung, so daß wir,

obgleich nicht völlig unsichtbar, gewiß nicht aufdringlich wirkten.
Gwennan trat sofort an die Balustrade und blickte hinunter. Ich stand ein wenig weiter hinten; doch was war es für ein hinreißendes Bild! Wir befanden uns beinahe auf gleicher Höhe mit den Gaskerzen-Lüstern, und das Bild unter uns wurde noch großartiger durch die Farbe der Kostüme und die verschiedenen vertretenen Jahrhunderte.
Wir hatten ungefähr fünf Minuten zugeschaut, als wir Stimmen an der Galerietür vernahmen, von denen eine Fanny gehörte.
»Nun, ich weiß nicht, Sir«, sagte sie, »ob ich es tun sollte, aber wenn Sie darauf bestehen ...«
»Selbstverständlich bestehe ich darauf. Kommen Sie, seien Sie kein Spielverderber.«
Gwennan sah mich an. »Es ist Harry! Harry Leveret!«
Die Tür öffnete sich, und Fanny sagte verwirrt und ängstlich: »Ich weiß wirklich nicht ...«
»Was ist los?« fragte ich.
»Der Herr sagt ...«
Und da war Harry. Er war als Sir Francis Drake kostümiert, und sein falscher Bart paßte nicht zu dem rötlichen Haar, das unter dem federbesetzten Barett hervorschaute. Er schob Fanny beiseite, und sie verschwand; dann kam er auf die Galerie.
»Was machst du denn hier, Harry?« fragte Gwennan, und ihre Stimme wurde ganz hoch vor Aufregung.
»Du glaubtest doch nicht, ich würde da unten bleiben, wenn du hier oben bist, oder?«
Er schien keineswegs überrascht, uns in unseren Kostümen zu sehen; so vermutete ich, sie hatte ihm schon vorher davon erzählt. Seine Augen leuchteten, als er Gwennan ansah.
»Wir haben auch Masken, nicht wahr, Harriet?« sagte Gwennan. »Komm. Laß sie uns anziehen und hinuntergehen.«
Ich konnte sehen, daß Harry nicht sehr begeistert über die Aussicht war, mich dabei zu haben.
»Keine Angst«, sagte ich. »Ich werde euch nicht zur Last fallen.«
»Du wirst schon einen Tänzer finden«, meinte Gwennan mit jener Überzeugung, die sie immer den Dingen verlieh, die sie glauben wollte.
»Selbstverständlich«, erwiderte ich stolz, obgleich ich es nicht eine Sekunde lang glaubte und es jetzt, wo der Augenblick gekommen war, sich unter die Tanzenden zu mischen, mit der Angst

bekam. Was würde passieren, wenn mein Vater mich entdeckte! Ich hatte Gwennan erlaubt, mich in dieses Abenteuer zu ziehen, ohne mir die Folgen richtig zu überlegen. Ihr würde nichts geschehen; sie würde Harry Leveret haben, der sich um sie kümmerte, und außerdem war ihre Familie nicht wie mein Vater.

»Selbstverständlich wird sie das«, stimmte Harry zu.

Wir verließen die Galerie und gingen in den Ballsaal hinunter. Ich sagte mir, ich könnte ja immer auf die Galerie zurückflüchten, falls ich mir zu verloren zwischen all jenen Menschen vorkam, und dieser Gedanke verlieh mir Mut. Und was war es für ein Trost, sich hinter der Maske zu verbergen! Ich erhaschte einen Blick von mir, als wir an einem Spiegel vorbeigingen. Ich erkannte mich nicht. Wenn ich es nicht tat, warum sollte es dann jemand anders? Und plötzlich wurde ich von Erregung ergriffen – durch die Farbenfülle, die Musik, die Pracht des Ganzen und das seltsame Gefühl, daß ich mit dem Kleid ein anderes Wesen angelegt hatte.

Harry konnte es kaum erwarten, Gwennan für sich alleine zu haben; als wir den Ballsaal betraten, legte er den Arm um sie, und sie glitten in den Walzer. Ich stand und sah zu. Die schöne blaue Donau! Wie traumhaft, wie romantisch! Wie gerne wäre ich eine jener Tanzenden gewesen!

Ich hatte mich hinter den Farnkübeln versteckt und schaute zu, mitgerissen von der Musik; ich bildete mir ein, selbst dort zu tanzen ... mit Bevil natürlich.

Und dann erblickte ich ihn. Er tanzte mit einem schönen Mädchen, das als Kleopatra kostümiert war, lachte, schaute auf sie hinunter und sagte amüsante Sachen ... voller Zärtlichkeit, wie ich überzeugt war. Ich dachte an die Art, in der er mit mir geredet hatte, als er mich von der Insel zurückbrachte; er hatte mich damals geküßt. Es war natürlich nur Spaß gewesen.

Er tanzte wieder an meiner Nische vorbei und sah dabei direkt zu mir herüber, wie mir schien, obwohl es nicht so leicht genau zu sehen war wegen seiner Maske. Er war sehr nah an die Farnkübel gekommen, beinahe so, als wollte er sich die dahinter kauernde Gestalt näher ansehen. Dann war er weg, und ich sagte mir, ich hätte es mir nur eingebildet. Ich hatte ihn erkannt, da ich ihn mit seiner Familie hatte ankommen sehen, doch hätte ich ihn überall erkannt. Er würde mich nicht ebenso erkennen – außerdem hatten das Kleid, der Haarschmuck und die Maske eine ganz andere aus mir gemacht.

Der Walzer war zu Ende, und es folgte eine Pause, in der sich die

Gefahren, entdeckt zu werden, verdreifachten. Angenommen, ich wurde in der Nische gesehen, in der ich mich versteckte? Was hatte ein junges Mädchen auf einem Ball ohne wachsame Mama oder irgendeinen anderen Chaperon zu ihrem Schutz zu suchen?

Die Musik begann von neuem. Jetzt war der Augenblick, um auf die Galerie zu entfliehen, um mich dorthin zu setzen und die Tanzenden zu beobachten, wie man es mir erlaubt hatte. Doch die Versuchung zu bleiben war zu groß. Ich konnte es nicht ertragen, nicht hier zu sein. Gwennan würde mich verachten, wenn ich weglief, sagte ich mir. Aber es war mehr als nur das. Ich war eine andere in diesem Kleid. Ich vermochte nicht zu vergessen, daß ich in jenem Gemach – jener merkwürdigen runden Höhle in dem Turm – getanzt hatte.

»Ganz allein?«

Mein Herz begann ungemütlich zu klopfen. »Nicht in diesem Augenblick«, stammelte ich.

Bevil lachte. Ich träumte es alles. Es konnte nicht Bevil sein.

»Ich sah dich«, sagte er. »Ich bin zurückgekommen, kaum hoffend, daß ich dich noch hier finden würde. Du mußt gerade gekommen sein, sonst hätte ich dich schon früher gesehen.«

»Unter so vielen anderen?«

»Du wärest mir aufgefallen.«

Dies war die Art, in der er mit Frauen redete. Dies war Flirt, und mit Bevil fand ich es außerordentlich angenehm.

Das Orchester begann zu spielen. »Ein Kotillon«, bemerkte er und machte eine Grimasse. »Laß uns hier bleiben und uns unterhalten – außer du ziehst es vor zu tanzen.«

»Ich ziehe es vor, nicht zu tanzen.«

Er setzte sich neben mich und ließ die Blicke nicht von meinem Gesicht. »Wir sind uns schon mal begegnet«, erklärte er.

»Meinst du?« erwiderte ich und bemühte mich, meine Stimme zu verstellen.

Er legte seine Hand auf meine. »Ich bin ganz sicher.«

Ich zog meine Hand fort und ließ sie auf die topasfarbenen Samtfalten fallen.

»Ich möchte wissen wo?« erwiderte ich.

»Das können wir leicht herausfinden.«

»Ich denke, wir sollen unsere Identität heute abend geheimhalten. Ist es so nicht lustiger?«

»Vielleicht, solange wir damit rechnen können, daß unsere Neugier schließlich befriedigt wird. Doch ich bin sehr ungeduldig.« Er

hatte sich zu mir gebeugt und griff nach meiner Maske.
Indigniert fuhr ich zurück.
»Entschuldige – aber ich war so sicher, daß ich dich kenne, und es scheint unglaublich, daß ich nicht mit Sicherheit wissen sollte, wer du bist.«
»Dann bin ich eben eine geheimnisumwitterte Frau.«
»Aber ich bin sicher, du kennst mich.«
»Ja ... ich kenne dich.«
Er lehnte sich in seinem Stuhl zurück. »Gibst du auf?« fragte ich.
»Du kannst mich nicht sehr gut kennen, sonst wüßtest du, daß ich nie aufgebe. Auf jeden Fall habe ich den ganzen Abend vor mir. Laß mich dir zuerst einmal sagen, wie bezaubernd du bist. Dein Kleid ist wunderbar!«
»Gefällt es dir?« Ich lächelte und dachte daran, wie wir es ausgeschüttelt und in die Sonne gehängt hatten, um den muffigen Geruch herauszubekommen, und an die Lavendelkissen, die Gwennan beigesteuert hatte, um sie in die Falten zu tun.
»Ich habe es schon mal gesehen.«
»Wo?« fragte ich.
»Ich versuche, mich daran zu erinnern.«
Ich war wie verzaubert. Ich hörte mich zu seinen Bemerkungen lachen – leichten, nichtigen oberflächlichen Bemerkungen; und doch schienen sie Tiefe zu haben. Er interessierte sich für mich; er hatte mich in meiner Nische gesehen und so schnell wie möglich seine Partnerin, mit der er gerade tanzte, verlassen und war zu mir gekommen. Wer hätte das für möglich gehalten? Dort saß ich nun, so fröhlich wie nur irgend jemand auf dem Ball, gab seine witzigen Bemerkungen zurück und entdeckte, daß ich ebenfalls eine Gabe der Schlagfertigkeit besaß, die für Witz gehalten werden mochte. Er langweilte sich ganz gewiß nicht, doch war er ratlos. Er ahnte nicht, wer ich war. Wenn er gewußt hätte, daß ich auf dem Ball sein würde, hätte er es vielleicht getan, doch hatte er an mich immer nur als ein Kind gedacht und tat es immer noch, und der Gedanke, ich könnte womöglich hier sein, kam ihm gar nicht. Er war mit Gwennan in ihrem einfachen Partykleidchen angekommen und hatte gehört, daß sie und ich auf der Galerie sitzen und zuschauen durften; von unserer Entdeckung der Kleider wußte er nichts. Nein, es würde ihm nie in den Sinn kommen, daß es vielleicht die kleine Harriet sein könnte, mit der er ein so fesselndes Zwischenspiel genoß.
Der Kotillon war zu Ende, und sie spielten einen Walzer.

»Wollen wir tanzen?« fragte er.
Ich staunte über mich selbst. Wäre ich nicht so von dem Abend berauscht gewesen, von Bevils Gegenwart, von meiner neuen Persönlichkeit, hätte ich trotz des kleinen Tanzes mit Gwennan gemurmelt, ich könne nicht tanzen. Aber ich war wie verzaubert. Ich ließ mich auf die Tanzfläche führen. Ich mag gehinkt haben, doch war es mir egal; meine bauschigen Röcke verbargen vielleicht mein Gebrechen; zumindest schien es mir so. Und da tanzte ich nun, mit Bevil. Ich will nicht behaupten, daß ich gut oder gewandt tanzte. Bevil war sowieso kein geborener Tänzer, aber ich tanzte, und die Menschen drängten sich so dicht im Saal, daß es auf die Tanzschritte gar nicht ankam; ich war so glücklich, daß ich das Leben herrlich fand und fühlte, alles hatte sich für mich geändert.
Bevor der Tanz zu Ende war, schlug Bevil vor, wir sollten in den Speisesaal gehen; dort brachte er mich zu einem Tisch, während er ans Büffet ging, um uns etwas zu essen zu holen. Er kam mit einem Tablett und Sektgläsern zurück. Es war das erste Mal, daß ich Sekt trank, und es machte mich schwindelglücklich, wie ich es nie zuvor gewesen war. Ich erhaschte einen flüchtigen Blick von Gwennan und Harry Leveret, doch waren sie so miteinander beschäftigt, daß sie mich, glaube ich, nicht sahen.
Nach dem Essen gingen wir in den Garten. Bevil ergriff meine Hand, und wir schlenderten über den mondbeschienenen Rasen zu einer Bank unter einem der alten Bäume, von der wir zuschauten, wie die Tanzenden allmählich auf den Rasen herauskamen. Durch die geöffneten Flügelfenster drangen die Klänge der Musik. »Jetzt weiß ich's!« rief Bevil plötzlich aus. »Das Kleid! Ich weiß jetzt, wo ich es schon mal gesehen habe.«
»Bitte erzähl es mir.«
»Auf Menfreya!«
»Oh«, meinte ich ausdruckslos und erinnerte mich daran, wie Gwennan mir gesagt hatte, daß sie die Kiste vor Jahren mit Bevil entdeckt hatte. Es war jedoch erstaunlich, daß Bevil sich an ein Kleid erinnerte.
»Aber natürlich«, rief er aus, »es ist genau so! Das Haarnetz ... das Kleid. Du könntest es sein, aber sie trägt natürlich keine Maske.«
»Wer?«
»Es ist ein Portrait auf Menfreya. Ich werd's dir zeigen ... bald. Wann wird das sein? Du mußt nach Menfreya kommen und es mich dir zeigen lassen. Wirst du es tun? Wirst du kommen?«

»Ja.«
»Dann bin ich beruhigt! Ich hatte schreckliche Angst, du würdest nach dem heutigen Abend verschwinden, und ich würde dich nicht wiedersehen. Es ist ein Versprechen, nicht wahr?«
»Ja. Ein Versprechen.«
»Wann?«
»Morgen. Ich werde dich morgen besuchen und dich bitten, mir das Bild zu zeigen.«
Er drückte mir die Hand. »Ich weiß, du hältst ein Versprechen.«
»Erzähl mir von dem Bild.«
»Es ist eine Vorfahrin von mir. Eine frühere Lady Menfrey. Meine Ur-Ur-Urgroßmutter – oder vielleicht noch einige ›Urs‹ mehr. Dein Kleid ist eine haargenaue Kopie des Kleides, das sie auf ihm trägt. Es ist, als wärst du aus dem Rahmen dieses Bildes herausgestiegen.«
»Ich möchte es gerne sehen.«
»Morgen ... Es ist ein Versprechen.«
Ich hätte die Zeit gerne eingefangen und verhindert, daß sie verging, doch jetzt kehrten die Gäste in den Ballsaal zurück zu dem Tanz, der der Demaskierung um Mitternacht vorausging. Ich mußte vorher verschwinden. Ich wollte nicht bei Bevil bleiben und meine Maske abnehmen und die Verblüffung in seinem Gesicht sehen und ihn in schockiertem Erstaunen ›Harriet!‹ sagen hören. Außerdem: was, wenn mein Vater mich sah?
Ich wollte in dieser Nacht das reizvolle Geheimnis hinter der Maske bleiben. Wir gerieten in die in den Saal zurückkehrende Menge. Lady Menfrey befand sich neben uns. Als sie etwas zu Bevil sagte und er sich zu ihr wandte, ergriff ich die Gelegenheit. Ich schlüpfte in einen Gang – kannte ich doch das Haus so gut wie nur wenige andere – und eilte über die große Treppe zur Galerie hinauf. Es war zwanzig Minuten vor zwölf.
Ich sah ihn in den Saal kommen; er blickte sich angestrengt suchend um. Er suchte mich!
Gwennan kam fünf Minuten vor zwölf angestürzt. Ich hatte gedacht, es würde sie unten erwischen, doch sah es ihr ähnlich, sich erst im letzten Augenblick zu trennen. Sie glühte und strahlte.
»Was für ein himmlischer, himmlischer Ball!« rief sie. »Es ist der schönste Ball, den ich jemals erlebt habe!«
Ich lachte sie aus und erinnerte sie daran, daß es bisher ihr einziger war und so nur der schönste sein konnte.
Und dann lachten wir beide. Ich war ganz verändert. Ich hatte

mein Abenteuer erlebt, und es war nicht weniger wundervoll als Gwennans.

Ich schlief sehr wenig in jener Nacht; ich lag wach und ließ alles noch einmal an mir vorbeiziehen, was sich auf dem Ball ereignet hatte. Ich stand sogar einmal auf, zündete eine Kerze an und nahm das Kleid aus dem Schrank. Ich hielt es mir an und betrachtete mein Spiegelbild. Das Kleid veränderte mich irgendwie. Sogar mitten in der Nacht sah ich anders aus ... übermütig ... sogar attraktiv, ein Mädchen, nach dem man sich umsah, ich wußte es genau. Ich war nicht schön; auch das Kerzenlicht konnte mir das nicht vorgaukeln, doch hatte mein Gesicht einen gewissen mittelalterlichen Charme, der die sanfte Farbe meines Kleides brauchte, den Stil seiner Epoche, um ihn zur Geltung zu bringen.
Es dämmerte schon, als ich endlich für ungefähr eine Stunde einschlief. Am Morgen war das Haus in jenem verkaterten Chaos, das ich so gut kannte; jeder war müde und gereizt – nur ich nicht. Ich war selig.
Am Nachmittag ging ich nach Menfreya hinüber, wo Bevil, wie ich wußte, auf mich wartete! Was für ein Schock würde es sein, statt der geheimnisvollen Frau dieses kleine Mädchen – wenig mehr als ein Schulkind – in grauem Wollkleid und biederem Cape und unordentlichem Haar, das von keinem glitzernden Netz bedeckt wurde, zu erblicken. Hätte ich doch nur das Kleid tragen können! Wie anders hätte ich mich gefühlt!
Das Haus war ganz still, doch Bevil war da, und ich ging geradeswegs unangemeldet in die Bibliothek.
»Nanu ... Harriet!« sagte er. Bevils gesellschaftliche Manieren waren vollendet. Falls er enttäuscht war, zeigte er es nicht.
»Du erwartetest jemanden, wie ich sehe. Nun, es tut mir leid, daß es nur Harriet ist.«
»Zufälligerweise bin ich entzückt!« Sein Gesicht verzog sich in vielen Fältchen zu einem Lächeln, das ich kannte und liebte.
»Aber du erwartetest eine bezaubernde Frau und überlegtest, wie sie wohl in modernen Kleidern aussähe. Du stelltest sie dir vielleicht in einem maulbeerfarbigen samtenen Reitkostüm mit einem schwarzen Reithut vor, das Gesicht zart beschleiert, um ihren blendenden Teint zu schützen.«
»Wer ist diese entzückende Erscheinung, und woher weißt du so viel über das, was ich erhoffe?«
»Weil du gestern abend mit ihr auf dem Ball zusammen warst. Bereite dich auf einen Schock vor, Bevil. Deine Partnerin gestern

abend war nicht all das, wofür du sie hieltest. Ich werde jetzt gleich beichten. Ich war gestern abend verkleidet ... nicht zu erkennen.«
»Das meinst du! Glaubst du, ich würde dich nicht überall erkennen?«
»Du wußtest es!?«
Er nahm mich an den Schultern und lachte mich an. Dann beugte er sich vor und küßte mich, so wie er es im Boot getan hatte.
»Du wußtest es also die ganze Zeit!«
»Meine liebe Harriet, weshalb solltest du mich erkennen und ich nicht dich? Mein Erkennungsvermögen ist genau so gut entwikkelt wie deines.«
»Aber ich sah dich ankommen, und ich ... würde dich überall erkennen.«
»Und ich dich. Aber nun sag mal, was sollte das Ganze gestern abend? Gwennan war ja auch da. Es war ein Komplott zwischen euch beiden Mädels. Wo fandet ihr die Kleider?«
»Hier in Menfreya.«
»Das vermutete ich.«
»Versprich mir, es nicht zu sagen. Gwennan wäre wütend.«
»Und ich habe natürlich schreckliche Angst vor ihrer Wut.«
»Weißt du, wir wollten so gerne auf den Ball gehen, und da fanden wir diese Kleider in einer Kiste, und so ...«
»Zwei kleine Aschenbrödel kamen auf den Ball und vergaßen nicht, vor Mitternacht zu verschwinden, wodurch sie zwei verzweifelte Prinzen zurückließen, die sich den Kopf zerbrachen, was aus ihnen geworden war. – Nun, Harriet, ich muß dir für einen reizenden Abend danken. Dein Geheimnis ist bei mir gut aufgehoben. Ich sagte dir, ich würde dir etwas zeigen, wenn du heute nachmittag kommen würdest, nicht wahr? Also komm. Laß uns hingehen.«
Ich folgte ihm in die große Halle, und wir gingen die Treppe zu dem Flügel hinauf, der von dem Turm überragt wurde, in dem wir die Kleider gefunden hatten.
»Keine Angst vor Gespenstern, Harriet?« fragte er über die Schulter.
»Dieser Flügel wird nicht viel benutzt. Es soll in ihm spuken. In allen Häusern wie diesem muß ja ein Gespenst hausen. Du wußtest das, nicht wahr? Nun, hier also auch. Falls du Angst hast, gib mir deine Hand.«
»Ich habe keine.«
»Ich wußte immer, daß es nicht leicht sein würde, dir Angst

einzujagen.« Dann meinte er voller Abscheu: »Es riecht muffig hier drin. Wir hatten immer vor, den Flügel wieder herzurichten, aber irgendwie schaffen wir es nie. Die Dienstboten würden sich auch nicht darüber freuen. Sie wollen sogar am Tage nicht hierher kommen.«
»Hier haben Gwennan und ich die Kiste gefunden.«
»Tatsächlich. Also warst du schon mal hier. Erzählte sie dir die Geschichte von dem Gespenst? Eine Frau mit einem Kind in den Armen, Harriet, die diese modrig riechenden Flure entlangwandelt ... und ein Mann, der auch hier herumwandert; sie gehen jedoch nicht zusammen, da sie sich suchen.«
Ich schauderte, und er bemerkte es.
»Nun habe ich dir doch Angst eingejagt«, stellte er fest. »Nimm das, was ich sage, nicht ernst, Harriet. Es ist Unsinn. Nur eine der alten Legenden.«
»Es ist kalt«, sagte ich. »Ich fürchte mich nicht.«
Er legte den Arm um mich und hielt mich einen Augenblick an sich gedrückt – es war nichts, lediglich die Geste, mit der er ein Kind getröstet hätte. Er war anders, als der Mann von gestern abend, und ich hatte den Verdacht, daß er mich doch nicht erkannt hatte und ich heute aufhörte, eine bezaubernde maskierte Frau zu sein und wieder ich selbst wurde, die vertraute, farblose Harriet. »Gwennan erzählte mir eine Geschichte«, sagte ich rasch, um meine Bewegung zu verbergen, »über eine Gouvernante, die in einem Raum versteckt gehalten wurde, den niemand außer Sir Irgendwas Menfrey kannte.«
»Sir Bevil, wenn ich bitten darf. Einer der vielen Bevils in der Familie.«
»Und sie starb bei der Geburt des Kindes, und niemand wußte etwas davon, bis sie tot gefunden wurde.«
»Das stimmt.« Er öffnete die Tür, deren Angeln den gleichen protestierenden Jammerlaut von sich gaben, den ich schon vorher mit Gwennan vernommen hatte. »Dieser Teil des Hauses muß bald renoviert werden«, bemerkte er. »Wir sind ein fauler Verein, wir Menfreys. Wir sind nicht so tatkräftig wie die Delvaneys. Wir lassen die Dinge treiben. Wie viele Jahre ist es, meinst du, her, seit diese Räume bewohnt wurden?« Ich fuhr zurück, da etwas mein Gesicht berührt hatte. Es war ein Gewirr von Spinnengeweben, schleimig und kalt. Mir war, als riefe mir der ganze Ort zu: »Bleib draußen?« Bevil jedoch spürte nichts von all dem. Er hatte keinen Sinn für Phantasiegebilde. Ein unbewohnter Raum war für ihn nichts als ein unbewohnter Raum. Es gab nichts derartiges wie

Gespenster; es gab nur Legenden.
»Hier ist sie«, erklärte er.
Und da war das Bild – eine Frau in dem Kleid, das zweifellos dasselbe sein mußte, das ich am vergangenen Abend getragen hatte. Es war wunderschön gemalt. Die Falten des Samtes sahen so echt aus, daß ich überzeugt war, sie wären, wenn ich über sie hingestrichen hätte, genau so weich wie das wirkliche Material. Ihr dunkles Haar wurde in dem mit den Topasen besetzten goldmaschigen Netz zurückgehalten.
»Es ist dasselbe! Habe ich also ihr Kleid angehabt?« fragte ich.
»Das mag schon sein.«
Ich trat dicht an das Bild heran. Sie hatte einen traurigen, beinahe ängstlichen Ausdruck.
»Sie sieht nicht sehr glücklich aus«, bemerkte ich.
»Nun, sie war mit jenem Bevil verheiratet – der mit der Gouvernante liiert war.«
»Oh ... ich verstehe.«
Er stellte sich hinter mich und legte mir die Hände auf die Schultern. »Was verstehst du, Harriet?«
»Warum sie so unglücklich aussieht. Aber das Kleid ist wundervoll. Was für ein großartiger Künstler, der es malte!«
»Ich sehe, du bist von dem Kleid fasziniert. Wo ist es jetzt?«
»In meinem Schrank in Chough Towers.«
»Du wirst dich nie von ihm trennen können, nicht wahr?«
»Ich werde es einpacken und Gwennan zurückbringen.«
»Laß es«, sagte er. »Behalte es. Du wirst dich vielleicht einmal wieder verkleiden wollen.«
»Es behalten!?«
»Als ein Geschenk von mir.«
»Oh ... Bevil!«
»Komm. Es ist kalt hier. Laß uns in die bewohnten Regionen zurückkehren.«

Die Nacht auf dem Ball veränderte Gwennan ebenso wie mich. Sie war jetzt ruheloser und unzufriedener mit ihrem Leben. Sie war in einer ihrer ruhelosen Stimmungen, als wir zusammen ausritten.
»Das Leben«, so erklärte sie, als wir in den Wald kamen und die Köpfe einzogen, wenn wir unter den Bäumen hindurchritten, die um diese Jahreszeit dicht belaubt waren, »ist für uns sehr unbefriedigend.« Immer bestrebt, mehr über die Menfreys zu hören, fragte ich sie, weshalb dies jetzt mehr als sonst so sei.

»Geld! Es geht immer um Geld. Ein Glück, daß Papa jetzt kein Parlamentsmitglied ist, denn das ist eine kostspielige Angelegenheit. Ich habe es so satt, kein Geld zu haben, daß ich vor dem Entschluß stehe, dem Abhilfe zu schaffen.«
»Wie denn?«
»Indem ich Harry heirate, natürlich.«
»Gwennan, glaubst du, er würde das tun?«
»Ob ich glaube, er würde es tun! Bist du verrückt? Selbstverständlich würde er das! Er ist wahnsinnig verliebt in mich. Das ist einer der Gründe, warum es so gräßlich ist, sechzehn zu sein. Ich muß mindestens noch ein ganzes Jahr warten, bevor ich endlich heiraten kann.«
Wir waren auf eine Lichtung gelangt, und sie gab Sugar Loaf die Peitsche und fiel in Galopp. Ich folgte und ritt neben ihr. Sie lachte, und ich glaube, irgendein unheilvoller kleiner Teufel steckte an jenem Morgen in ihr.
»Ich will nicht wieder in dieses lächerliche Internat zurück«, rief sie mir über die Schulter zu.
»Nun, es ist noch nicht so weit. Wir haben noch etwa eine Woche Zeit.«
»Ich meine ... niemals. Akademie für junge Damen! Wenn es etwas gibt, was ich mehr hasse als sechzehn zu sein, so ist es, eine junge Dame zu sein!«
»Ich bin mir nicht so sicher über letzteres, wenngleich ersteres unbestreitbar ist.«
»Versuch nicht so schlau daherzureden wie irgendein schrecklicher ... Politiker, Harriet Delvaney.«
»Tat ich das? Ich wußte es nicht.«
»Manche Leute sagen, wenn man sich ganz rasend doll wünscht, daß etwas passiert oder nicht passiert ... du weißt, wenn man sich darauf konzentriert, daß es dann eintritt.«
»Wie zum Beispiel, daß du nicht ins Internat zurück mußt? Oder die Zeit von sechzehn bis achtzehn anstatt in zwei Jahren an einem Tag überspringst?«
»Du entwickelst eine beißende Schärfe in deinem Wesen, Harriet. Du wirst noch eine jener Blaustrümpfe mit der Zunge einer Schlange werden, wenn du nicht aufpaßt.«
»Und warum sollte ich das nicht?«
»Weil diese Frauen fatal reizlos für Männer sind.«
»Ich brauche keine neuen Neigungen zu entwickeln, um das zu sein. Ich bin es bereits.«
»Hör auf, Harriet. Es ist deine eigene Schuld.«

»Und die wäre?«
»Ich habe keine Zeit, deine Probleme heute morgen zu lösen. Ich habe zu viele eigene. Ich bin fest entschlossen, nicht wieder in das Internat zurückzugehen.«
Ich schwieg und überlegte mir, wie es sein würde, ohne sie zurückzugehen. Doch würde sie natürlich mit zurückkommen.
Wir galoppierten waghalsig über das Moor. Sie war wahrhaftig in einer wilden Stimmung.
»So fühle ich mich frei«, rief sie. »Das ist es, was ich will, Harriet, frei sein! Frei sein, genau das zu tun, was mir gefällt. Nicht erst, wenn ich erwachsen bin, sondern jetzt! Ich bin erwachsen, sage ich dir. Ich bin so erwachsen, wie ich es jemals sein werde.«
Ich galoppierte neben ihr und rief ihr zu aufzupassen. In dem Moor waren einige häßliche Felsblöcke, und wenn sie schon für sich keine Bedenken hatte, sollte sie diese wenigstens für Sugar Loaf haben.
»Wir wissen, wo wir hinwollen«, gab sie zurück.
Ich war dankbar, als wir das Moor hinter uns ließen. Gwennan war der tollkühnste Mensch, den ich jemals in meinem Leben gekannt habe.
Wir kamen in ein Dorf, in dem ich noch nie gewesen war. Es war ganz reizend mit seiner Kirche mit dem grauen Turm, umgeben von dem Friedhof und den Häuschen in dem Grün.
»Es ist Grendengarth«, erklärte Gwennan. »Wir sind neun Kilometer von zu Hause entfernt.«
Dicht bei dem Dorf geschah es. Wir hatten die Straße verlassen und waren auf eine Lichtung gekommen, auf der sich ein Wall vor uns befand, der nicht schwer zu springen sein sollte. Doch war Gwennan, wie ich schon sagte, an jenem Morgen in einer tollkühnen Verfassung. Ich weiß nicht genau, was geschah – man weiß es nie bei solchen Gelegenheiten. Sie ritt ein wenig vor mir, als sie den Wall nahm. Ich hörte sie aufschreien, als sie über Sugar Loafs Kopf schoß. Es schien, als verstrichen die Sekunden in Zeitlupentempo. Mir war, als schwebte ich minutenlang über dem Wall in der Luft, bevor ich auf der anderen Seite war. Ich sah Sugar Loaf verwirrt weiterrennen, und dann konzentrierte sich meine gesamte Aufmerksamkeit auf Gwennan, die bewegungslos im Gras lag.
»Gwennan«, schrie ich halb von Sinnen. »Gwennan, was ist passiert?«
Ich glitt von meinem Pferd und kniete neben ihr. Sie war weiß und regungslos, doch atmete sie. Einige Sekunden blieb ich so bei ihr, dann stieg ich wieder auf und ritt, um Hilfe zu holen, ins Dorf. Ich

hatte Glück, denn als ich auf die Straße einbog, kam ein Junge auf einem Pony vorbei. Ich stammelte, daß ein Unfall geschehen sei. »Ich reite gleich zu Dr. Trelarken«, erklärte er.

Ich kehrte zu Gwennan zurück, und als ich neben ihr kniete und scheinbar stundenlang wartete, packte mich die entsetzliche Angst, sie könnte tot sein. Ich erinnerte mich an ihre Worte vor wenigen Augenblicken, wie sie gesagt hatte, sie sei entschlossen, nicht wieder ins Internat zurückzugehen, und ich fragte mich, ob ein schrecklicher Engel die Worte festgehalten hatte und dies die Strafe war. »Wenn du stirbst, Gwennan«, flüsterte ich, »brauchst du nicht ins Internat zurück, und dein Wunsch wird dir erfüllt werden.«

Ich erschauerte. Dann bemerkte ich, daß ihr linkes Bein in einer sonderbaren Stellung lag, und ich begriff, was geschehen war.

Dr. Trelarken erschien auf dem Schauplatz mit zwei Männern, die eine Bahre trugen. Der Arzt richtete das Bein, bevor Gwennans Lage verändert wurde, und dann trugen die Männer sie zu seinem Haus in Grendengarth. Er selbst ging mit mir zurück und stellte mir Fragen. Er wußte, wer wir waren, da jeder in dem Bezirk die Menfreys und Sir Edward Delvaney kannte. Er zeigte mir sein Haus, das eines der weißen in dem hübschen Grün war, das mir aufgefallen war, als wir durch das Dorf geritten waren. Mein Pferd wurde mir von einem Knecht abgenommen, und der Doktor rief: »Jess! Jessie! Wo bist du?« als wir in das Haus gingen.

»Komme schon, Vater«, erwiderte eine Stimme, und ein junges Mädchen erschien im Flur. Dies war meine erste Begegnung mit Jessica Trelarken, die mir immer als eine der schönsten Frauen erschienen ist, die ich jemals sah.

Sie war groß und schlank; ihr Haar war dunkel, beinah schwarz, und ihre Augen von einem überraschenden Blau wurden noch durch ihr blaues Kleid betont. Sie mußte damals ungefähr neunzehn Jahre alt gewesen sein.

Die Bahre wurde in ein Schlafzimmer im ersten Stockwerk getragen, und der Arzt kümmerte sich um Gwennan. Jess half ihm; mich bat man, unten zu warten. Eine Magd führte mich in einen lichten, hellen Raum, ansprechend eingerichtet in einem konventionellen Stil, mit Ausnahme des Gemäldes einer sehr hübschen Frau über dem Kamin, sie sah aus wie Jess, besaß jedoch nicht deren ungewöhnliche Schönheit. Die Luft duftete nach den Blumen in einem großen irdenen Krug auf dem polierten Tisch am Fenster – purpurrote Buddleias und Lavendel und rosafarbene Zentifolien.

Ich setzte mich an den Tisch und lauschte dem Tick-Tack der Standuhr und fragte mich, wie lange es wohl dauern würde, bis ich erfuhr, wie schwer Gwennan verletzt sei, und blickte gequält in mein verzerrtes Spiegelbild in der glänzenden Messingpetroleumlampe, die neben der Blumenvase auf dem Tisch stand.
Ungefähr zwanzig Minuten verstrichen, bevor der Arzt erschien; Jessica war bei ihm.
»Ich denke, Miss Delvaney hätte gerne eine Erfrischung«, sagte er.
»Das glaube ich auch«, fügte Jessica hinzu und warf mir jenes heitere Lächeln zu, das ich so gut kennen lernen sollte.
»Und Gwennan?« fragte ich.
»Gebrochenes Bein. Ich möchte sie noch nicht transportieren lassen. Nichts Ernstes. Sie nahm den Wall zu unvorsichtig, vermute ich. Ich habe es an der Stelle mehr als einmal passieren sehen.«
»Ich müßte sofort nach Menfreya reiten«, erklärte ich. »Sugar Loaf wird dorthin zurücklaufen, und sie werden sich Sorgen machen.«
»Wir haben schon jemanden hingeschickt, um Bescheid zu sagen«, bemerkte Jessica. »Es sollte mich nicht wundern, wenn nicht bald jemand herüberkommt.«
»Und Sie, junge Dame«, fuhr der Arzt fort, »haben einen kleinen Schock hinter sich. Jess, klingel und laß Wein und Weinbiskuits bringen. Wir können es alle gebrauchen.«
Jessica ging zum Klingelzug; sie bewegte sich mit der Anmut eines Dschungelgeschöpfes, die merkwürdig zu ihrem sanftmütigen Aussehen paßte.«
»Und danach«, meinte der Arzt, »werden Sie ein wenig mit Miss Menfrey reden können, denke ich.«
So saß ich also in jenem blumenduftenden Zimmer und trank Wein mit den Trelarkens, und die ganze Zeit dachte ich: Es ist ein Urteil. Sie beschloß, nicht wieder mit mir ins Internat zurückzugehen – und sie wird es nicht.

Ich vermißte sie sehr, doch verlief das Leben ruhiger ohne sie. Ich arbeitete mehr denn je, und meine Lehrer waren mit mir zufrieden. Ich befreundete mich nicht mit anderen Mädchen, ich hatte das nie einfach gefunden; und da ich bei Spielen ohne Nutzen war, verbrachte ich die Zeit in meinem Arbeitszimmer. Dies begann Resultate zu zeigen.
Als ich jedoch einen Brief von Gwennan erhielt, merkte ich, wie ich mich danach sehnte, mit ihr zusammen zu sein. Es war ein

überschwenglicher Brief. Sie war mit dem Leben zufrieden. Sie bekam ihren Willen, und das war es, was sie immer haben mußte.

›Meine arme Harriet – wenn ich an dich in dieser gräßlichen feinen Akademie für junge Damen denke! Was meinst du? Ich bin mit Harry verlobt! Natürlich war man dagegen. Zu jung! Zu jung! schreien sie mich an. Aber die Familie will es – beide Familien – und Harry ebenfalls ... wahnsinnig! Es hat also wenig Sinn zu warten, hat es?‹

Ich lächelte, als ich dies las, und dachte: Allerdings, wenn du nicht warten willst, Gwennan, dann gibt es kein Warten. Ich las weiter:

›Ich habe an eine Entführung gedacht. Das wäre lustig gewesen, mit Harry die Wälle von Menfreya hinunterzuklettern – an der steilsten Stelle, du weißt, wo die Wälle und die Klippen sich treffen. Ein Ausrutschen, und hinunter in den sicheren Tod! Aber dann dachte ich, nein. Eine junge Frau – keine junge Dame, hörst du! Ich bin fertig mit jenen abstoßenden Dingern – muß ein wenig Zeit haben, sich umzusehen. Na, sie kamen mit diesem Vorschlag: ein Jahr in einem Pensionat während der Verlobungszeit, und dann das Geläut der Hochzeitsglocken in Menfreystow. Das gefällt mir. Ich vermute, ich werde eine der wenigen sein, die jemals schon verlobt in so ein Pensionat geschickt wurden. Das wird's also sein. Ich gehe nach Frankreich – irgendwo da in die Mitte. Bei Tours, wo sie das beste Französisch sprechen, wie sie sagen, weil ich, wenn ich zurückkomme, wie eine Französin reden muß. Das gehört zu den Anforderungen, die man an eine gebildete Frau stellt, weißt du.

Meine Knochen sind fabelhaft zusammengewachsen, behauptet Dr. Trelarken. Er freut sich sehr an meinen Fortschritten, und Bevil freut sich sehr an Jessica, seiner Tochter. Ein Jammer, daß er sich immer die ungeeignetsten Mädchen aussucht. Dr. Trelarken scheint nicht einer jener klugen Ärzte zu sein, die ihre Patienten mit Umsicht wählen. Harte Arbeit und Dankbarkeit scheinen die Belohnung dieses Mannes zu sein. Sehr ehrenhaft, aber ihre Schönheit scheint die einzige Mitgift zu sein, die die arme Jess ihrem Mann einbringen wird.

Dann natürlich der Krieg. Bevil war entschlossen, fortzugehen und die bösen Buren für Königin und Vaterland zu bekämpfen. Weißt du, wenn er sich fürs Parlament aufstellen läßt, würde er als aus dem Kriege heimgekehrter Held viel besser abschneiden. Außerdem schlagen sich die Menfreys immer für die gute Sache.

Er war entschlossen, fortzugehen, doch jetzt hat er es, glaube ich, nicht mehr so eilig. Wegen Jess. Vielleicht heiratet er sie, bevor er mit Kitchener fortgeht. Nichts ist so günstig für hastige Heiraten wie ein Krieg.
Harry will nicht fort. Er wird zu Hause gebraucht, sagt er; und das sagt auch sein Vater. Das Geschäft muß weitergehen.
Was ist dies für ein langer Brief! Und dabei schreibe ich beinah nie Briefe. Es ist, weil mein Herz für meine arme Harriet blutet, die nicht verlobt ist, die nicht in ein Pensionat nach Frankreich geht, die nicht im lieben Menfreya ist, sondern an ihrem Fenster in ihrem Arbeitszimmer sitzt, wie ich schwören könnte, und auf gepflegte Rasenflächen hinausschaut, ihre Bücher vor sich aufgeschlagen, und die so ein liebes kleines Mädchen ist, jetzt, wo sie nicht mehr abgelenkt wird von ihrer bösen Gwennan‹
Wie gewöhnlich hatte sie mein seelisches Gleichgewicht gestört; ich vermochte den Frieden nicht wiederzufinden, den ich genossen hatte. Ich malte es mir alles aus; irgend etwas Aufregendes schien immer in Menfreya zu passieren. Ich sah Bevil zu den Trelarkens hinüberreiten und Jessica herauskommen und in der Haustür stehen. Sie würde das blaue Kleid mit dem weißen Spitzenkragen anhaben, in dem ich sie das erste Mal gesehen hatte. Sie war damals zauberhaft gewesen; jetzt, verliebt, mußte sie atemberaubend schön sein.
Und Bevil war in sie verliebt, und er würde bald nach Südafrika fortgehen. Ja, er würde sie heiraten wollen, bevor er fortging.
Ich dachte an Bevil und das Mädchen, das er auf die Insel mitgebracht hatte. Es mußte andere zwischen ihr und Jessica gegeben haben, viele andere. Doch Jessica war anders. Jung und unerfahren wie ich war, spürte ich das, und es bedrückte mich.
Es kam noch ein Brief von Gwennan, bevor sie in ihr Pensionat abreiste.
›Harrys Familie übernimmt wieder Chough Towers. Er weiß, daß ich weit weg von Menfreya nie richtig glücklich wäre; deshalb, sagt er, soll Chough unser Zuhause sein. Ich muß sagen, mir gefällt dieser Gedanke. Ich plane schon die Bälle, die ich in jenem großartigen Ballsaal geben werde. Der Mietvertrag deines Vaters geht zu Ende, und so wird Chough nicht mehr deine Residenz in Cornwall sein – es wird mir gehören. Selbstverständlich werde ich dich einladen. Ich werde dir das Zimmer geben, das du jetzt hast. Es wird lustig sein, was? Doch ich wette, du fragst dich, was dein Vater machen wird. Er muß ja einen Wohnsitz in der Nähe von Lansella haben, nicht? Wir sind sehr zufrieden mit deinem ge-

strengen Papa, Harriet. Weißt du, was er gemacht hat? Du wirst es nie erraten? Er hat das Haus auf der Niemandsinsel genommen. Mehr als das: er hat die ganze Insel von Papa gekauft! Das ist ein fabelhafter Glücksfall für uns. Du weißt, was für ein weißer Elefant von Insel es ist. Sie ist einfach da, und was für einen Nutzen hat sie – außer für durchgebrannte Erbinnen, um sich auf ihr zu verstecken, und für liederliche junge Männer, um ihre Verführungen zu bewerkstelligen! In was für fürchterlicher Gesellschaft ich mich befinde! Ich mußte es dir als erste erzählen. Die Niemandsinsel wird bald dir gehören. Du kannst dir die Verbesserungen vorstellen, die dein Vater machen lassen wird. Es wird ein Palast auf einer Insel, vermute ich, bevor er damit fertig ist. Papa ist einfach entzückt. Er geht herum und reibt sich vor Vergnügen die Hände. Endlich haben wir etwas, das uns wieder flott macht!

Wie du siehst, Harriet, bleibt nichts beim alten. Ich fahre Ende der Woche in mein Pensionat. Ich wünschte, du kämest mit. Wahrscheinlich wirst du das auch. Hier ist noch ein Geheimnis: Dein Vater spricht davon, und Mama hat ihm alle Arten von Einzelheiten über das Pensionat gegeben. Na, es scheint, unser Schicksal wird sich noch lange nicht trennen. Ich hoffe, daß auch du dir bald einen untadeligen französischen Akzent zulegst. Aber verlob dich nicht, hörst du?! Ich will nicht nur das erste, sondern auch das einzige verlobte Mädchen sein, das in dem Pensionat ankommt. G.

P.S. Bevil ist nicht mehr hier. Er ist Soldat geworden. Er wird noch nicht nach Südafrika fortgehen, doch wenn er geht, kannst du sicher sein, daß der Krieg bald vorbei ist. Die arme Jess ist traurig, aber sie sind nicht verlobt. Große Erleichterung seitens der Eltern. Sie hatten entsetzliche Angst – obwohl es natürlich nicht so ein Unglück gewesen wäre, da ich mich mit Harry verbinde. Auf bald, Harriet, in unserem Pensionat! G.‹

Veränderung lag in der Luft, doch als ich für die Ferien nach Hause kam, stand ich der größten von ihnen allen gegenüber – bis zu jenem Augenblick.

Es war das Ende des Frühjahrssemesters, und ich hatte zu meiner Enttäuschung einen Brief von meinem Vater erhalten, in dem es hieß, daß ich, anstatt wie üblich die Ferien in Chough Towers zu verbringen, nach London kommen sollte. Man würde mich in Paddington abholen.

Ich war enttäuscht; ich hatte mich so darauf gefreut, nach Cornwall zu gehen, obgleich weder Gwennan noch Bevil da sein würden, um von A'Lee – jener unfehlbaren Informationsquelle – zu erfahren, was genau mit Chough Towers geschah, das mein Vater in Kürze räumen würde, und welche Verbesserungen an dem Inselhaus vorgenommen worden waren. Doch vor allem wollte ich mehr über Bevil und Jessica Trelarken wissen, denn ich konnte nicht glauben, daß Jessica sich zu einer der Partnerinnen von Bevils kleinen Affairen hergeben würde. Ich konnte ebenfalls nicht verstehen, weshalb mein Vater mich in London haben wollte. Da er es so ausgesprochen verabscheute, mich zu sehen, würde er doch wollen, daß ich meine Ferien dort verbrachte, wo er nicht war.

Sobald ich aus dem Zug ausstieg, entdeckte ich Fanny, die gekommen war, um mich abzuholen. Sie sah genauso aus wie immer in ihrem einfachen Sergemantel, unter dem das Baumwollkleid hervorschaute; ihr schwarzer Hut, der mit einem grauen Band unter dem Kinn festgebunden war, tat wenig mehr für ihr Gesicht als dessen fahle Blässe zu betonen und das graubraune Haar zu verbergen, das immer so unvorteilhaft zurückgezerrt war. Ihr Gesichtsausdruck war besorgt. Ich war bewegt, als ich sie so betrachtete. Sie sah so unbedeutend aus – doch sie hatte versucht, für mich die Mutter zu sein, die ich nie gekannt hatte.

Ihr Gesicht entspannte sich, als sie mich erblickte.

»Miss Harriet! Meine Güte! Wie sind Sie gewachsen!«

»Du siehst genau wie immer aus, Fanny.«

»Meine Wachstumstage sind vorbei. Dies ist eine Veränderung ... für die Ferien nach London zu kommen, nicht?« Sie sah mich besorgt an.

»Was meinen Sie, hat es zu bedeuten?«

»Ist irgend etwas passiert?«

Sie nickte grimmig.

»Oh ... Fanny, was denn?«

»Ihr Vater hat wieder geheiratet. Sie hätten mich mit ner Flaumfeder umhauen können.«

»Aber Fanny ... wen hat er denn geheiratet?«

»Warten Sie nur ab, und Sie werden's selber sehen.«

»Sie ist jetzt da ... zu Hause?«

»O ja! Ihr Vater kann es nicht erwarten, Sie Ihrer Stiefmutter vorzustellen. Er glaubt, jeder muß ebenso entzückt von ihr sein wie er.«

»Er ... entzückt!?«

»Das will ich meinen!«

»Aber ... er konnte doch von nichts entzückt sein.«

»Na, er ist es jedenfalls über dies kleine Bündel Unsinn, das kann ich Ihnen sagen.«
»An etwas Derartiges habe ich nie gedacht, Fanny.«
»Das habe ich vermutet. Deshalb sage ich's Ihnen. Sie mußten vorbereitet sein ... finde ich.«
Sie hatte meine Tasche genommen, und wir bahnten uns unseren Weg hinaus, wo die Kutsche wartete. Als wir eingestiegen waren und durch die Straßen fuhren, fragte ich: »Wann geschah es, Fanny?«
»Vor drei Wochen.«
»Er hat nichts davon geschrieben.«
»Er hatte doch nie die Angewohnheit, Ihnen lange Erklärungen über das, was er machte, zu schicken, mein Spätzchen.«
»Aber ist es so plötzlich geschehen ... einfach so?«
»Nun, ich glaube, er hat ihr ein bißchen den Hof gemacht. Er veränderte sich. Eines der Mädchen hörte ihn eines Morgens singen. Wir dachten, sie wäre verrückt, als sie es uns erzählte. Es stimmte jedoch. Die Liebe ist ne komische Sache, Miss Harriet.«
»Sie muß es schon sein, wenn sie ihn erfaßt.«
Sie legte die Hand auf meine.
»Sie werden ihn verändert finden«, warnte sie mich.
»Dann muß es zum Guten sein«, erwiderte ich, »denn es könnte nicht gut zum Schlechten sein, nicht wahr?«
Ich fand ihn in der Tat verändert. Als ich jedoch meine Stiefmutter kennenlernte, war ich so überrascht, daß ich über die Ungereimtheit dieser Heirat nur nach Luft schnappen konnte.
Sowie wir ankamen, kam Mrs. Trant in die Halle, um mir zu sagen, ich sollte gleich in die Bibliothek gehen, wo mein Vater und Lady Delvaney mich erwarteten.
Als ich auf der Schwelle jenes Raumes stand, spürte ich, wie die Veränderung durch dieses Haus kroch. Nichts, dachte ich, wird mehr das gleiche sein. Wir sind an das Ende einer Epoche gekommen. Lady Delvaney saß in einem Sessel am Kamin. Sie war eine junge Frau, zierlich und klein, mit hellem, flaumigem Haar, einem auffallend frischen Teint, rundem Babygesicht und blaßblauen Augen, so groß, daß sie aussahen, als sei sie erschreckt. Vielleicht war sie das auch bei meinem Anblick. Sie war ganz in Rosa und Weiß, und mein erster Eindruck von ihr war, daß sie einem Zuckerwerk glich, das die Köchin für eine von Papas Gesellschaften gemacht hatte. Sie hatte ein rosafarbenes Band im Haar, und ihr langes Kleid war an den Kanten weiß und rosa abgesetzt. Ihr

Gesicht war zart gepudert und ihre Taille die winzigste, die ich jemals gesehen hatte, und auf niemanden war der Ausdruck »wie eine Sanduhr« zutreffender anzuwenden als auf sie.
Das überraschendste in jenem Raum war jedoch nicht der Anblick dieser Frau. Es war mein Vater. Ich hätte nicht geglaubt, daß er jemals so aussehen könnte. Seine Augen waren blauer geworden und so strahlend, wie sie blickten, wenn er vor seinen Politikerfreunden witzige Bemerkungen machte.
»Harriet«, sagte er, während er aufstand und auf mich zukam; er ergriff mit der einen Hand meine Hand und legte mir die andere auf die Schulter – eine Geste der Zärtlichkeit, die er bisher nie für mich gehabt hatte. »Ich möchte, daß du deine Stiefmutter kennenlernst.«
Das hübsche Geschöpf bedeckte das Gesicht mit den Händen und murmelte: »Oh, das klingt aber so scheußlich!«
»Unsinn, mein Liebes«, widersprach mein Vater. »Harriet und du, ihr werdet Freundinnen sein.«
Sie stand auf und schlug die großen blauen Augen zu mir auf – sie war bedeutend kleiner als ich. »Glaubst du?« fragte sie mit bebender Stimme.
Ich begriff, daß das Geschöpf vor mir Angst hatte – oder so tat.
»Ich bin sicher, wir können es«, erklärte ich.
Niemals hatte ich es so leicht gefunden, meinen Vater zu erfreuen, der mich jetzt gütig anlächelte.
»Ich bin ja so froh!«
»Ha!« sagte mein Vater. »Ich habe dir doch gesagt, du brauchtest keine Angst zu haben, nicht wahr?«
»Das hast du, Teddy, das hast du.«
Teddy! Das war neu für mich. Teddy! Wie völlig unvereinbar! Und noch mehr dadurch, daß es ihm tatsächlich zu gefallen schien! Welches Wunder hatte diese Frau zu vollbringen vermocht?
»Und habe ich nicht recht gehabt?«
»Teddy, mein Lieber, du weißt, daß du immer recht hast.«
Sie zeigte ihre Grübchen, und er lächelte, als wäre sie eines der Wunder dieser Welt. Mir war, als hätte ich einen meiner Träume betreten; sie schienen so zufrieden miteinander zu sein, daß sie ein wenig dieser Zufriedenheit auf mich überfließen ließen.
»Du siehst erstaunt aus … Harriet.« Sie sprach meinen Namen scheu aus.
»Ich hatte ja keine Ahnung … Es war eine Überraschung.«
»Du hast ihr nichts gesagt! O Teddy, wie ungezogen von dir! Und ich bin wirklich eine Stiefmutter! Man stelle sich das vor! Stief-

mütter sollen doch immer solch gräßliche Personen sein.«
»Ich bin überzeugt, du wirst eine gütige Stiefmutter sein«, erklärte ich.
Mein Vater sah bewegt aus. Konnte es sein, fragte ich mich, daß ich ihn vorher nie gekannt hatte?
»Ich danke dir ... Harriet.« Immer die kleine Pause, bevor sie meinen Namen aussprach, so als fürchte sie sich, ihn zu gebrauchen.
»Stiefmutter ... wahrhaftig!« sagte mein Vater. »Du bist keine sechs Jahre älter als Harriet.«
Sie machte eines ihrer kleinen Schmollgesichter und meinte: »Nun, ich werde mein Bestes tun, eine gute Stiefmutter zu sein.«
»Ich bin eigentlich zu alt«, bemerkte ich, »um eine Stiefmutter zu brauchen; laß uns statt dessen Freundinnen sein.«
Sie klatschte begeistert in die Hände, und mein Vater sah erfreut aus.
»Ihr werdet Zeit haben, euch während Harriets Ferien kennenzulernen«, äußerte mein Vater.
»Das wird herrlich sein«, verkündete sie.

Als ich in mein Zimmer kam, schloß ich die Tür und sah mich um in der Erwartung, es verändert vorzufinden.
Hier waren dieselben vier Wände, die so viel meines Kindheitselends mitangesehen hatten; hierher war ich geflüchtet, nachdem ich jene grausamen Worte von Tante Clarissa gehört hatte, und hier hatte ich meinen Plan, wegzulaufen, gefaßt; hier hatte ich mich oft in den Schlaf geweint, weil ich glaubte, ich sei häßlich und ungeliebt. Dort war das Bild der christlichen Märtyrerin, das mir aus irgend einem Grunde immer Angst eingeflößt hatte, als ich klein war. Es zeigte eine junge Frau, die bis zur Taille im Wasser stand, an einen Pfahl gebunden; ihre Hände waren mit den Handflächen zusammengebunden, so daß sie beten konnte, und sie hatte die Augen gen Himmel erhoben. Ich bekam Alpträume davon, bis Fanny mir erklärte, sie sei glücklich zu sterben, weil sie für ihren Glauben sterbe und es bald vorbei sein würde, wenn die Flut höherstiege, denn dann würde sie völlig vom Wasser überflutet. Da war das kleine Bücherbord mit meinen alten Büchern, die mich in meiner Kindheit entzückt hatten. Da war die Sparbüchse, aus der ich die Shillings und Pennies geholt hatte, um meine Fahrkarte nach Cornwall zu kaufen. Es war dasselbe Zimmer, in dem ich bei Brot und Wasser als Bestrafung für irgend ein Verge-

hen eingesperrt gehalten wurde, in dem ich mich bemüht hatte, das Tagesgebet oder einige Verse von Shakespeare als Strafe auswendig zu lernen.
Dasselbe Zimmer – doch das Haus war verändert. Der Groll meines Vaters gegen mich, das Unglück all dieser Jahre waren von ihm abgefallen – oder waren ihm vielmehr wie ein Mantel von den zarten Fingern eines frivol aussehenden Zuckerbackwerks, das meine Stiefmutter war, abgenommen worden.
Ich studierte mein Bild in dem Spiegel des Frisiertisches. Ja, ich hatte mich verändert. Das bißchen Freundlichkeit, das mein Vater für mich gehabt hatte, hatte die finsteren Falten von meiner Stirn gewischt. Ich versicherte mir, daß ich begann, besser auszusehen. Gwennan hatte recht, wenn sie sagte, ich erinnere die Leute durch mein eigenes Verhalten daran, daß ich unattraktiv sei.
Ich war erregt, denn es war erregend, sich selbst kennenzulernen. Ich begann zu glauben, daß ich die Macht hatte, meine eigene Persönlichkeit zu beeinflussen. Ich sah, wie das Glück mit Jenny ihn veränderte. Es war eine wundervolle Entdeckung.
Mein Erstaunen wuchs mit den Tagen, die verstrichen. Mein Vater erlaubte mir zwar nicht, in ihren magischen Kreis zu treten, doch wollte er ebenfalls nicht, daß ich völlig ausgeschlossen blieb. Anscheinend brauchte er es, daß ich Jenny akzeptierte und sie mich, damit sein Glück vollkommen war. Das Kind, das ich gewesen war – verbittert und voller Groll – hätte sich, wie ich vermute, geweigert, ihm das zu geben, was er jetzt wollte. Ich hatte mich jedoch verändert, als ich das topasfarbene Kleid anzog, als Bevil mir deutlich zeigte, daß er sich zu mir hingezogen fühlte. Ich war irgendwie weicher geworden; und die neue Harriet hatte ihre Rachsucht verloren – sie wollte Freude machen.
So wurde ich Jennys Freundin.
Die Mahlzeiten waren jetzt anders mit William Lister und mir, Papa und seiner neuen Frau. Die Unterhaltung floß nun ungezwungener; weder William noch ich brauchten uns jetzt den Kopf nach nichtssagenden Bemerkungen zu zerbrechen. Jenny besorgte das in Perfektion, und all ihr leeres Geplapper begrüßte ihr Mann mit einem Lächeln.
Sie gingen oft ins Theater, was neu für meinen Vater war, der vorher nie Zeit dafür gehabt hatte; das Theater war jedoch Jennys Leben gewesen, und sie liebte es. Während des Abendessens pflegte Jenny über das Stück zu schwatzen, das sie gesehen hatten oder sich ansehen wollten, und über die Darsteller, die sie offensichtlich bewunderte. Papa hörte zu und lernte rasch, was sie ihm

über die verschiedenen Schauspieler und Schauspielerinnen zu erzählen hatte, so daß er ihrer Art von Unterhaltung gewachsen war.

Eines Tages sagte er: »Ich möchte mit dir reden, Harriet. Komm bitte in die Bibliothek.«

Ich folgte ihm dorthin. Er setzte sich und bedeutete mir, es ebenfalls zu tun, und sah mich mit der kalten Abscheu an, die mich vor Jennys Auftauchen so tief verwundet hatte. Also hatte er nur freundlichere Gefühle für mich, wenn er mit ihr zusammen war! Das Selbstvertrauen, das wie eine Schale um mich herum gewachsen war, war nur eine brüchige Schutzschicht, bereit, bei dem kleinsten Mißbrauch zu zerspringen; der trotzige Ausdruck, den ich kannte, kroch über mein Gesicht. Ich fühlte mich häßlich, denn ich war überzeugt, er verglich mich mit seiner exquisiten kleinen Jenny.

»Ich habe über deine Erziehung nachgedacht«, begann er.

Ich nickte, und er betrachtete mich mit Erbitterung. »Mein Gott, so zeig doch etwas Anteilnahme!«

»Es ... es interessiert mich«, erwiderte ich.

»Das hoffe ich. Wie ich mir überlegt habe, ist es an der Zeit, daß du jenes Internat verläßt. Du brauchst wahrlich etwas Schliff, um auf die Gesellschaft vorbereitet zu werden. Deine Tante Clarissa wird dich zu gegebener Zeit einführen, doch bist du dafür noch keineswegs reif. Wie alt bist du jetzt?«

Er wußte es also nicht! Er wußte, daß Jenny ihre Bonbons gerne mit einem rosafarbenen Band eingepackt hatte, doch konnte er sich nicht an das Alter seiner Tochter erinnern! Vielleicht gab er jedoch nur vor, es vergessen zu haben, denn er mußte sich doch an den Tag erinnern, der der tragischste in seinem Leben gewesen war, bis er Jenny kennenlernte, die einen neuen Menschen aus ihm gemacht hatte.

»Sechzehneinhalb.«

»Es ist noch ein wenig früh. Ich hatte mir überlegt, du solltest warten bis du zumindest siebzehn bist, und dann ein oder zwei Jahre im Ausland verbringen. Doch sehe ich keinen Grund, weshalb du nicht schon jetzt gehen solltest. Deine Schulberichte sind nicht schlecht. Sie könnten natürlich besser sein, aber sie sind ausreichend. Das Pensionat, in das Gwennan Menfrey geschickt worden ist, scheint die Ansprüche ihrer Eltern zu befriedigen. Ich sehe nicht ein, warum es nicht ebenso gut für dich sein sollte. Du wirst also nicht nach Cheltenham zurückkehren.«

Ich war ganz aufgeregt. Bald wieder mit Gwennan zusammen zu

sein! Es war das Nächstbeste, wenn ich nicht in Menfreya sein konnte.
»Das Pensionat ist bei Tours«, sagte er. Als ob ich das nicht wüßte! »Wir werden sehen, was es an dir in, sagen wir ... sechs Monaten bewirkt, und wenn es befriedigende Resultate ergibt, bleibst du ein Jahr lang dort, vielleicht sogar zwei.«
»Ja, Papa.«
Er nickte mir zum Zeichen, daß ich entlassen war, und ich ging zur Tür, wobei ich mir meines Hinkens qualvoll bewußt war.
Bei solchen Gelegenheiten konnte ich sehen, wie sehr wir Jenny brauchten. Falls sie wieder fortging, würde sich das alte Verhältnis zwischen mir und meinem Vater bald wieder einstellen. Diese Erkenntnis machte mich sehr traurig, doch war ich voll freudiger Erregung über die Aussicht, zu Gwennan zu kommen.
Sie gingen an jenem Abend ins Theater. William Lister erzählte mir, er hätte Schwierigkeiten gehabt, die Karten zu bekommen, hätte es jedoch irgendwie geschafft, da Lady Delvaney so gerne hingehen wollte. Es war eine neue Abweichung von seinen bisherigen Pflichten – diese Beschaffung der Theaterkarten.
Beim Abendessen, das wegen des Theaterbesuchs eine halbe Stunde früher serviert wurde, sah Jenny hübscher denn je aus. Sie trug malvenfarbenen Chiffon über grünem Satin, und ich mußte zugeben, das Resultat war bezaubernd; ihr helles Haar trug sie hoch auf dem Kopf aufgetürmt, was sie kindlicher denn je erscheinen ließ. Mein Vater schien mir mehr als sonst zu trinken, und Jenny heuchelte reizende Besorgnis.
»Aber Teddy, ich meine es wirklich ernst. Wenn dein armer Kopf nicht besser ist, werde ich darauf bestehen, daß wir nicht gehen.«
»Es ist nichts, mein Liebstes, gar nichts«, versicherte er ihr.
Sie wandte sich an mich. »Aber Harriet, sein armer Kopf war heute nachmittag so schlimm. Ich erreichte, daß er sich hinlegte, und tat etwas von meinem Eau de Cologne auf seine Stirn. Es ist wundervoll. Ich fühle mich dadurch immer besser, wenn ich erschöpft bin. Wenn du es je brauchst, Harriet ...«
»Vielen Dank, ich habe nie Kopfschmerzen.«
»Ach nein, du bist so jung ... Aber Teddy, du mußt dich mehr schonen. Und wenn dein Kopf nicht völlig gut ist, wird es kein Spaß für dich sein.«
Mein Vater lächelte sie liebevoll an und erklärte, sie hätte seine Kopfschmerzen mit ihrem Charme vertrieben.
Ich blickte verstohlen zu William hinüber, neugierig, was er wohl

von all diesem verliebten Geturtele hielt, und sah, daß es ihm peinlich war, genau wie mir.
Kurz vor Mitternacht ging ich an mein Fenster und sah meinen Vater in Zylinder und Frack und meine glitzernde Stiefmutter vom Theater zurückkommen. Sie plapperte irgend etwas. Ich konnte ihre hohe, angeregte Stimme hören, als sie in ihr Zimmer heraufkamen. Ich saß noch eine Weile am Fenster und überlegte mir, ob es wohl mit meiner Mutter auch so gewesen war, und ob sie entzückt gewesen waren, als sie merkten, daß sie Eltern werden würden. Ich versuchte mir zu versichern, daß er damals genauso begeistert gewesen war über die Aussicht, Vater zu werden, wie er es jetzt darüber war, der Mann eines hübschen jungen Mädchens zu sein.
Vielleicht würde er unter Jennys Einfluß immer milder werden und es mir eines Tages sagen.
Ich zog mich aus, ging zu Bett und war bald eingeschlafen; ein Klopfen ließ mich hochfahren, und die Tür wurde bereits aufgerissen, als ich eben die Augen aufmachte.
Meine Stiefmutter in einem Negligé, das nur aus Spitzenrüschen und Satin bestand, das helle Haar wirr um die Schultern, die blauen Augen größer als ich sie jemals gesehen hatte, und Furcht in dem blassen Gesicht, schrie mir unzusammenhängend entgegen:
»Harriet ... um Gotteswillen ... komm! Dein Vater ... Teddy ... etwas passiert ... O Harriet ... Komm ... schnell!«

Mein Vater starb in den frühen Morgenstunden. Niemals hatte ich ein solches Gefühl der Leere empfunden, der Unwirklichkeit. Ich vermochte nur zu denken: Nun werde ich nie mehr sein Wohlwollen gewinnen können ... nie ... nie ... nie!
Die unheimliche Nacht war vorbei. Der Arzt hatte uns gesagt, mein Vater hätte einen Schlaganfall gehabt und es bestände die Möglichkeit, daß er sich davon erholte; vor Anbruch des Morgens zerrann jedoch diese Möglichkeit. Jenny vermochte nur zu zittern und zu murmeln: »Es kann nicht wahr sein! Es kann nicht wahr sein!« Der Arzt sprach mit mir anstatt mit ihr.
»Wenn er sich erholt hätte«, erklärte er, »wäre er ein Invalide gewesen. Ich glaube nicht, daß er gerne in einem derartigen Zustand gelebt hätte.«
Wir waren alle William Lister dankbar, der in seiner ruhigen umsichtigen Art die Leitung des Haushaltes übernahm.
Der Arzt gab Jenny und mir leichte Beruhigungsmittel; er sagte, wir brauchten Schlaf. Sie blieb dicht an meiner Seite. »Darf ich bei

dir bleiben, Harriet? Ich kann nicht in unser Zimmer zurückgehen.«
Ich hatte sie lieb in jenem Augenblick. »Natürlich«, sagte ich.
So schlief sie bis zum Morgen in meinem Bett.
Ich erwachte mit dem Gefühl, einen Alptraum gehabt zu haben. Nichts würde jemals wieder dasselbe sein. Mein Vater, von dem ich nur sehr wenig gesehen hatte, war ungeachtet dieses Umstandes das absolute Zentrum meiner Existenz gewesen. Eine Bürde war mir abgenommen worden, doch war mir etwas Lebenswichtiges genommen worden. Ich vermochte mir meine Gefühle nicht zu erklären.
Jennys Empfindungen waren weniger kompliziert. Sie hatte den großen Wohltäter verloren – den Märchenonkel, der sie in Lumpen gefunden und auf den Ball mitgenommen hatte. Sie war ehrlich unglücklich, und wenn auch die Sorge um ihre Zukunft die Wurzel hiervon war, so hatte sie ihn doch, wie ich glaube, lieb gehabt.
Nach angemessener Zeit erschien Tante Clarissa und bekundete unverzüglich ihre Abneigung gegen Jenny. Ich hoffte, Jenny möge es nicht merken. Sie kam in mein Zimmer und betrachtete mich so kritisch, daß sich mir sogar in einem derartigen Augenblick die Frage aufdrängte, ob sie sich wohl die Schwierigkeiten ausmalte, einen Mann für mich zu finden.
»So etwas Schockierendes!« Sie schloß die Tür. »Ich habe diese Heirat nie gebilligt. Nie habe ich vorher erlebt, daß Edward etwas Törichtes machte. Doch diese ... Person! Höchst unpassend! Was war nur in ihn gefahren?!«
»Liebe«, entgegnete ich.
»Versuchst du, geistreich zu sein, Harriet? Es ist nicht sehr passend – und in einem solchen Augenblick.«
»Es ist nicht im geringsten geistreich, das Offensichtliche zu sehen. Papa war sehr verliebt in sie, also heiratete er sie und gab ihr all die Dinge, die sie nie gehabt hatte.«
»Hm ... Und sie nahm sie mit gierigstem Eifer.«
»Ihr Eifer, sie zu nehmen, war nicht mit seinem, ihr diese zu geben, zu vergleichen.«
»Was ist das für ein Unsinn? Ich bin zutiefst betroffen und von Trauer erfüllt, doch das wird mich nicht daran hindern, dafür zu sorgen, daß wir wirklich auf den Grund dieses Geheimnisses gelangen.«
»Geheimnisses? Papa starb an einem Schlaganfall. Der Arzt sagte es.«

»Na, wir werden es ja bei der Autopsie sehen!«
»Eine Autopsie?«
»Mein liebes Kind, es findet immer eine Autopsie nach einem plötzlichen Tod statt, und der deines Vaters war sehr plötzlich.«
»Was willst du damit sagen, Tante Clarissa?«
»Lediglich, daß ein alternder Mann, ein sehr reicher Mann, beschließt, eine junge Abenteurerin zu heiraten. Er tut es, und kurz danach stirbt er.«
»Aber was hat sie davon?«
»Das werden wir zweifellos hören, wenn das Testament nach der Beerdigung verlesen wird. Doch zuerst kommt die Autopsie – Gott sei Dank!«
»Ich bin sicher, daß du völlig Unrecht hast.«
»Und du, Harriet, bist bei weitem zu sehr von dir selbst eingenommen. Ich sehe, deine Manieren sind so abscheulich wie eh und je.« Sie drehte sich um und wollte gehen, blieb jedoch an der Tür stehen. »Kein Wort hiervon zu ihr«, gebot sie. »Wenn sie denkt, sie hat uns alle hinters Licht geführt, laß sie es noch ein Weilchen länger glauben.«
Sie ließ mich nachdenklich zurück.
Arme Jenny, überlegte ich. Ihr würde die Fürsorge und der Schutz meines Vaters fehlen.
Später, als ich in den Wirtschaftstrakt hinunterging, konnte ich nicht anders, als die Bemerkungen des Personals mithören.
»Das kommt davon, wenn ein alter Mann versucht, ein junger zu sein.«
»Du glaubst doch nicht, daß sie ...«
»Geh mir los damit! Aber ... ich weiß nicht ... Ich vermute, er hat sie hübsch versorgt zurückgelassen. Tja, wenn sie ihn lossein wollte ... und mit einem jungen Mann davongehen wollte ...«
Ich wollte nicht mehr hören. Es war so häßlich, so ungerecht. Mein Vater hatte einen Schlaganfall gehabt, zweifellos, weil er versucht hatte, mit Jennys Jugend Schritt zu halten, doch das war seine Schuld, nicht ihre.
Der Verdacht kroch in das Haus wie ein Novembernebel.
Am nächsten Tag sah ich die Zeitungen. »Sir Edward Delvaney stirbt an Herzinfarkt. Zwei Monate nach seiner Heirat mit einer Varietétänzerin, Miss Jenny Jay, bricht Sir Edward Delvaney in seinem Londoner Haus zusammen. Dies bedeutet eine Wahl im Lansella Distrikt von Cornwall, für den Sir Edward Delvaney während der letzten zehn Jahre Parlamentsmitglied war.«
Bevil, der noch nicht nach Südafrika abgereist war, kam zur

Beerdigung nach London – um die Familie zu vertreten, wie er sagte. Als Mrs. Trant mir meldete, Mr. Menfrey wolle mich sprechen, lief ich in die Bibliothek.
Sein Gesicht leuchtete auf, als er mich sah. Ich stand vor ihm, und er legte mir die Hände auf die Schultern und blickte mich betrübt an.
»Arme Harriet ... es war so plötzlich.«
Er sah mir forschend ins Gesicht; er wußte natürlich, welcher Art die Beziehung zwischen meinem Vater und mir gewesen war.
»Es ist ... so bestürzend«, sagte ich.
»Natürlich. Wir waren entsetzt, als wir es erfuhren, und sie schicken dir alle ihre Liebe. Sie möchten, daß du nach Menfreya kommst, falls dir das zusagt.«
Ich lächelte recht gezwungen. »Das ist lieb von ihnen.«
»Gwennan ist natürlich in ihrem französischen Pensionat.«
»Vor einigen Tagen ... sagte er erst, ich sollte auch dorthin.«
»Das ist eine gute Idee. Ein völliger Wechsel. Und dann zurückkommen und neu anfangen. Das ist der bestmöglichste Plan.«
Die Tür öffnete sich, und Jenny kam herein. Sie war verblüfft, mich nicht allein zu sehen.
»Oh ... Harriet ...« begann sie; dann blieb sie stehen und sah Bevil an.
»Meine Stiefmutter«, sagte ich.
Bevil ging auf sie zu und nahm ihre Hand. »Es tut mir so leid, daß wir uns unter so traurigen Umständen kennenlernen.«
Seine Augen leuchteten. Ich hatte diesen Blick in ihnen schon vorher gesehen, und ich wurde von Furcht ergriffen.

Das Begräbnis war beinahe eine öffentliche Veranstaltung. Mein Vater war ein bekannter Politiker gewesen und hatte kürzlich von sich reden gemacht, als er ein Mädchen heiratete, das jung genug war, um seine Tochter zu sein, und obendrein eine Varietétänzerin. Und nun war er wenige Wochen nach jener Heirat gestorben.
Wenn immer ich den Duft von Lilien rieche, muß ich an jenen Tag denken. Der Geruch des Eichensarges, der Duft der Blumen und eine Atmosphäre böser Vorahnung erfüllte das Haus. Jeder Raum war dunkel, da die Jalousien heruntergelassen waren. Jeder sprach nur flüsternd, und alles ging mit ernstem Gesicht herum, und wenn meines Vaters Name erwähnt wurde, sprachen sie von ihm, als wäre er ein Heiliger gewesen.
Ich erinnere mich an den langsamen und feierlichen Leichenzug,

von dem ich einen Teil bildete, und an die neugierigen Gesichter, die zu uns hereinstarrten – vor allem auf Jenny. »Das ist sie ... Manche erkennen eine gute Sache, wenn sie sie sehen. Die hintere Reihe im Varieté und dann My Lady ... und immer noch My Lady und ein Vermögen ohne Lasten, wie ich vermute. O ja, manche haben Glück!«
Arme Jenny! Sie schien taub für die geflüsterten Bemerkungen zu sein. Ich wünschte, ich wäre es ebenfalls. Tante Clarissa saß steif und gerade aufrecht und sah gräßlich aus, wie ich fand, in ihrem schwarzen Hut, auf dem die Jetperlen glitzerten. Sie war enttäuscht, daß die Autopsie bewiesen hatte, daß mein Vater einzig und allein an einem Herzinfarkt gestorben war.
In der Kirche schien es erstickend heiß. Ich war froh, daß Bevil da war; er stand zwischen Jenny und mir, als sei er entschlossen, uns zu beschützen. Die Sonne schien warm, als wir um das Grab herumstanden. Ich sah im Geiste ständig Szenen aus der Vergangenheit zwischen meinem Vater und mir und suchte vergeblich nach einer, die glücklich gewesen war. Nur wenn Jenny dabei war, hatte er mir etwas Freundlichkeit entgegengebracht. Und als ich dem Geräusch der auf den Sarg fallenden Erde lauschte, spürte ich eine große Verzweiflung in meinem Herzen, weil ich ihn nun nie wieder sehen würde. Ich sah die Tränen auf Jennys Gesicht und ergriff ihre Hand; sie klammerte sich dankbar daran.
Zu Hause tranken wir dann Wein und aßen das, was man für uns zurechtgemacht hatte, und Mr. Greville von der Firma Greville, Baker & Greville kam, um das Testament zu verlesen.
In der Bibliothek, wo dies stattfinden sollte, herrschte eine gespannte Atmosphäre. Mr. Greville saß am Tisch, die Brille auf der Nase, mit feierlichem und gelassenem Gesicht, so als wolle er jene unruhig besorgten Menschen ein wenig foppen, indem er sie so lange wie möglich warten ließ.
Mich ermüdeten die juristischen Wendungen; da war etwas, was mich mehr als alles andere beschäftigte, und das war Bevils Interesse an der jungen Witwe, und ich war mir noch nicht sicher, ob ihres für ihn nicht zunahm.
Ich entnahm der Verlesung, daß die Dienstboten, die beim Tode meines Vaters in seinen Diensten standen, Legate erhielten, daß William Lister eine kleine Summe bekommen hatte und an Tante Clarissa gedacht worden war. Ich konnte nicht verstehen, was für mich bestimmt worden war, doch schien mir, ich war ausreichend versorgt, und Jenny hatte die Hauptmasse des beachtlichen Vermögens meines Vaters geerbt.

Ich sah sie an, doch sie schien es nicht begriffen zu haben; sie knüpfte sorgfältig Knoten in ihr Taschentuch und machte sie dann wieder auf. Sie weinte leise vor sich hin.
Arme kleine Jenny. Ich weigerte mich zu glauben, daß sie eine Vermögensjägerin war.

Es wurden viele Pläne gemacht und wieder verworfen. Zuletzt wurde jedoch beschlossen, ich solle, da es der Wunsch meines Vaters war, so bald wie möglich in jenes französische Pensionat geschickt werden.
Dies war vielleicht das Beste, was geschehen konnte, was mich betraf; ich hörte dadurch auf, über den Tod meines Vaters nachzugrübeln und überlegte mir stattdessen, was wohl die Zukunft mir bringen würde. Bevil reiste fast unverzüglich nach Südafrika ab.
Wir ritten noch einmal zusammen aus, und das war ein glücklicher Tag für mich. Jenny konnte nicht reiten und begleitete uns daher nicht, und ich war froh darüber, denn jedesmal, wenn Bevil uns besuchte, war entweder sie oder Tante Clarissa da, und ich hatte nie eine Gelegenheit, mit ihm allein zu sein. Als wir unsere Pferde im Schritt durch den Park gehen ließen, sagte er: »Du wirst dich besser fühlen, wenn du erstmal bei Gwennan bist. Sie ist begeistert, daß du kommst. Dies ist ein Schock für dich gewesen, Harriet. Du hofftest doch immer, ihn dir väterlich gesonnen zu machen, nicht wahr?«
»Woher weißt du das?«
»Ich weiß eine ganze Menge über dich, Harriet.« Er lachte. »Du machst ein erschrecktes Gesicht. Hast du Angst, daß ich um deine dunklen Geheimnisse weiß?«
»Ich habe keine dunklen.«
»Das will ich hoffen, in deinem Alter. Ich werde wahrscheinlich den Sitz deines Vaters im Parlament übernehmen, Harriet.«
»Das freut mich. Es ist doch, was du wolltest.«
»Merkwürdig ... Dies passiert und dann ...«
»... bekommst du, was du immer haben wolltest.«
»Zuerst muß ich gewählt werden, weißt du.«
»Wenn du es bist, wirst du einen Sekretär brauchen.«
»Ja und?«
»William Lister ist ein sehr guter.«
»Und du würdest ihn mir empfehlen?«
»Jeder, der die Zufriedenheit meines Vaters zu erringen vermochte, muß gut sein.«
»Ich werde daran denken.«

Er lächelte mich an, und wir gaben unseren Pferden leicht die Sporen und fielen in einen Galopp. Kurz darauf fuhr ich zu Gwennan nach Frankreich.

3

Das Leben in unserem Pensionat war angenehm, da ihm all die Disziplin von Cheltenham fehlte. Der Umstand, Gwennans Freundin zu sein, gab mir sofort ein gewisses Ansehen, und ich freundete mich mit einigen Mädchen an, von denen mir aber natürlich keine so nahe stand wie Gwennan. Sie war entzückt, mich wiederzusehen. Ich teilte ein Zimmer mit ihr, was gemütlich war, denn da wir den ganzen Tag französisch sprechen mußten, schien es ein großes Privileg, in unserem Zimmer englisch schwatzen zu können.

Gwennan war größer und üppiger geworden; sie war eine Schönheit. Ich war ebenfalls groß, doch dünn, und da war ja immer dieses verfluchte Hinken. Die Lehrerinnen freuten sich jedoch über mich, da sie überzeugt waren, daß mit mir leichter umzugehen sein würde als mit den lebenslustigen und attraktiven Mädchen, die sich in ihrer Obhut befanden.

Bevil wurde, kurz nachdem er in Südafrika angelangt war, verwundet, allerdings nicht, bevor er sich durch seine Tapferkeit ausgezeichnet hatte. Und er kam rechtzeitig nach Hause, um an den allgemeinen Parlamentswahlen im September teilzunehmen, aus denen er mit einer großen Mehrheit für Lansella hervorging, und da seine Partei wieder an die Macht gelangt war, sah die Zukunft rosig für ihn aus.

Gwennan gab häufig mit ihm an, und man wollte meine Meinung hören, um ihre Behauptungen bestätigt zu sehen. Ich gab sie bereitwillig.

Gwennan war die auffallendste Schülerin im Pensionat und ich war nie überzeugter von dem Menfreyschen Charme. Vorher hätte ich mir einbilden können, an ihn zu glauben, da ich ein Kind war, das in einem besonders kalten Haus aufgewachsen war. Jetzt sah ich jedoch Gwennan unter Mädchen aus Familien, die der ihren glichen, und sie hob sich so leuchtend von ihnen ab wie eine Flamme von der Dunkelheit.

Ich mußte ihr oft Beistand leisten bei ihren Abenteuern und wurde oft zur Hilfe gerufen, um ihr aus manch heikler Situation herauszuhelfen. Sie hatte Verehrer in der Nachbarschaft und schlüpfte oft hinaus, wenn sich abends alles zurückgezogen hatte. Diese nächtlichen Abenteuer wären die Würze des Lebens, sagte sie mir. Und ich war es, die dafür sorgen mußte, daß die Flügelfenster, die auf unseren Balkon führten, offen standen, bereit für ihre Rückkehr. Ich war es, die aufpassen und ihr ein Zeichen geben mußte, wenn es gefahrlos war, an dem wilden Wein heraufzuklettern und sich auf den Balkon zu schwingen. Ich war es, die die Arbeiten für sie machen mußte, damit sie entschwinden konnte. Ich liebte Gwennan so, wie ich alles liebte, was mit Menfreya zusammenhing, und sie hatte mich ebenfalls lieb. Ich wußte, ich konnte mich auf sie verlassen, falls ich in eine schwierige Situation geraten würde.

Sie gab Mitternachtsparties in unserem Zimmer, was natürlich verboten, jedoch ein häufiger Brauch war; ich glaube, die Lehrkräfte wußten davon und drückten ein Auge zu. Solange keine Gäste von außerhalb daran teilnahmen, wurden diese Parties unter uns als eine Tradition unseres Lebens betrachtet – als ein offenes Geheimnis.

Und ich genoß sie. Ich lag so gerne ausgestreckt auf meinem Bett und hörte zu, wie Gwennan endlos von sich selbst oder Menfreya erzählte, von ihrer Verlobung mit Harry Leveret und dem Leben in Cornwall. Einmal erzählte sie, wie ich durchgebrannt war und zu der Insel gekommen und dort geblieben war, bis ich gefunden wurde. Das lenkte das allgemeine Interesse zeitweilig auf mich, und Gwennan forderte mich auf, meine Version dieser Geschichte zum besten zu geben. Ich tat es in meiner trockenen Art, die zynisch genannt wurde, und ich fand es herrlich, daß sie mir alle zuhörten, wie sie dort auf den Betten und dem Fußboden um mich herum saßen, während ich die Geschichte in französisch erzählte, denn es befanden sich nur wenige englische Mädchen unter uns.

Es waren glückliche Tage, und ich war entschlossen, sie zu genießen, solange sie dauerten, ohne an die Zukunft oder die Vergangenheit zu denken. Nie wieder würde es eine solche Zeit in meinem Leben für mich geben.

Gelegentlich wurde ich von Unruhe erfaßt, wenn ich mir Gedanken darüber machte, was nicht nur in Menfreya sondern auch in London vor sich ging. Jenny schrieb mir, doch war sie keine Briefschreiberin, und ihre Briefe waren nur kurz. Sie blieb weiter in dem Haus wohnen, da sie nicht recht wußte, was sie tun sollte, und sie hoffte, ich würde bei ihr bleiben, wenn ich nach Hause kam.

Ich erhielt mehrere solcher Briefe. Sie war ein so vordergründiger Mensch, daß sie ihre Empfindungen nie zu verbergen vermochte, und ich entdeckte bald eine neue Note in ihren Briefen. Ich erkannte, daß sie über ihren Verlust hinwegkam, und ich hatte das unbehagliche Gefühl, es könnte etwas mit Bevil zu tun haben.
Ich erwähnte es Gwennan gegenüber. Ich weiß noch, wie sie ausgestreckt auf Ihrem Bett lag, so wie sie es gerne tat, da sie sich von diesem Blickpunkt in dem Schrankspiegel sehen konnte.
»Bevil?« meinte Gwennan und zog die Augenbrauen hoch und betrachtete weiter ihr Spiegelbild. »Das möchte ich kaum annehmen. Nicht mehr als eine flüchtige Laune von ihm. Für ihn ist es Jess Trelarken.«
Ich wandte mein Gesicht ein wenig ab, damit sie nicht das Herabsinken meiner Mundwinkel sah. Ich hätte mir keine Sorgen darum zu machen brauchen; sie war in Gwennan Menfreys lebenslustiges Gesicht im Spiegel versunken.
»O ja, Bevil hat unzählige Affairen gehabt. Vermutlich wird er das immer haben. Er ist wie Papa. Aber es gibt immer eine, zu der sie zurückkehren, und für ihn ist das Jess.«
»Und wie steht es mit Jess selbst? Wird sie geduldig warten, daß er zurückkommt?«
»Natürlich. Du kennst doch Bevil! Er hat die Faszination der Menfreys.«
Ich lachte. »Aber nicht den Hochmut der Menfreys, hoffe ich.«
»Hochmut! Meine liebe Harriet, ist es Hochmut, die Wahrheit zur Kenntnis zu nehmen? Möchtest du, daß ich so tue, als sei ich häßlich und nichtssagend? Was hätte das für einen Sinn?«
»Gar keinen, denn es würde dir nie gelingen, die Leute zu überzeugen, daß du das denkst. Deine Arroganz ist das Überzeugendste an dir.«
»Pah! Und ich will dir etwas sagen, was ich dir schon mal gesagt habe, Harriet Delvaney: wenn du weniger bestrebt wärest, den Leuten klarzumachen, daß du unattraktiv bist, würden sie es vielleicht gar nicht bemerken.«
»Wenigstens begebe ich mich nicht in die undelikate Lage, mit einem Mann verlobt zu sein und mit anderen herumzuturteln.«
»Meine liebe Harriet, ich werde mich in Kürze sehr jung verheiraten. Meinst du nicht, ich hätte das Recht, mich ein wenig auszutoben?«
»Manchmal wird man die Geister, die man rief, nicht mehr los.«
»Oh, sehr geistreich und auch sehr abgedroschen. Mir scheint, daß ich derartige Gedankengänge schon etwa dreitausendmal gehört

habe in einem Leben, das man, wie du zugeben mußt, noch kein sehr langes nennen kann.«
»Liebst du Harry Leveret, Gwennan?«
»Sei nicht albern«, entgegnete sie und wechselte das Thema.
Gwennan beendete ihr Jahr im Pensionat, bevor meines zu Ende war. Als sie nach Hause fuhr, fehlte sie mir sehr. Drei Monate später fuhr dann auch ich zurück.

Meine Stiefmutter freute sich, mich zu sehen. Sie sagte, sie fühle sich einsam in dem Haus ohne meinen Vater. »Vielleicht«, meinte sie nachdenklich, »bin ich nicht die richtige Frau für ein Haus wie dieses. Ich habe mir oft überlegt, daß ich gerne ein kleines Haus auf dem Land hätte.«
»Warum verkaufst du es dann nicht?« fragte ich. »Warum suchst du nicht ein kleines Haus auf dem Land?«
Sie sah mich ungläubig an. »Du hättest nichts dagegen, Harriet?«
Ich lachte sie aus. Sie war wirklich rührend.
Ich wanderte durch das Haus. Es schien jetzt verändert, da mein Vater nicht mehr da war. Ich stand vor seinem Portrait in der Bibliothek und betrachtete es. Es war ganz lebensecht, doch war es nicht der Vater, den ich gekannt hatte. Die Augen schauten fast gütig. So hatten sie mich nie angesehen. Das Lächeln war belustigt, der Blick forschend. Ein Mann, der für alle Charme hatte, außer für seine Tochter.
Ich ging nach oben; ich beugte mich über das Geländer und atmete den Geruch von Bienenwachs und Terpentin ein und erinnerte mich an das, was ich in jener Nacht gehört hatte, als ich weglief. Ich war einen langen Weg seit jenem kleinen Mädchen gewandert, das sich für häßlich und unerwünscht hielt, weil jemand das unbekümmert gesagt hatte. Gwennan sagte mir, ich wäre immer in der Defensive, und sie hatte recht. Bevil brauchte mir nur etwas Aufmerksamkeit zu schenken, und schon blühte ich zu einem neuen Menschen auf; ich brauchte nur ein Kleid zu tragen, das einer Menfrey gehört hatte, und ich wurde reizvoll.
Die Menfreys veränderten mich, Gwennan mit ihrer brutalen Offenheit, Bevil mit seiner Bewunderung. Ich fragte mich jedoch oft, ob Bevils Zärtlichkeit mir gegenüber nicht jene war, die er für jede Frau hatte. Er war sehr attraktiv für Frauen. Er zeigte, wie sehr er Frauen bewunderte, wie wichtig sie ihm waren, und während er die schöne Jessica Trelarken liebte, konnte er Zeit finden, freundlich zu der farblosen Harriet Delvaney zu sein.

Früher hatte man abgemacht, daß ich Bevil heiraten sollte – doch galt das jetzt noch? Denn es schien, daß mein Vater sein Geld Jenny vererbt hatte und ich, obwohl gut versorgt, nicht die Erbin war, für die man mich früher gehalten hatte.

Ich erhielt einen Brief von Gwennan:

Meine liebe Harriet, der Hochzeitstag ist festgesetzt. Ich habe ihnen gesagt, daß ich nur dich als Brautjungfer haben will – zumindest als eine von ihnen, und du wirst die erste sein. Ehrenbrautjungfer nennt man das, glaube ich. Du mußt herkommen – sofort – oder so bald du es einrichten kannst. Verzögere es nicht! Es gibt so viel zu tun, und ich habe dir so viel zu erzählen. Mama wollte mit mir für eine Kauforgie nach London, aber davon kann nicht die Rede sein. Geld, meine Liebe! Es ist ein trauriger Brauch, daß die Familie der Braut die ganzen Kosten der Hochzeit übernehmen muß. Noch bin ich nicht die Frau eines reichen Mannes. Nach den Flitterwochen – es wird Italien, mein Schatz, und dann Griechenland – sollst du unser erster Gast in Chough Towers sein. Ich habe es schon Harry gesagt, und er ist bereit, mir in allem meinen Willen zu lassen. Ich habe vor, es unser Leben lang so beizubehalten. Komm so bald du kannst, denn da ist die Sache mit deinem Kleid für die Hochzeit, mein Liebes. Es wird in Plymouth gemacht werden müssen, aber ich bin sicher, wir können gemeinsam etwas ganz Auffallendes aushecken.

Menfreystow ist in einem Wirbel von Aufregung, und glaube mir, das Hauptgesprächsthema ist die Hochzeit! Es sind noch sieben Wochen bis dahin, doch gibt es noch eine Menge zu tun, und wenn du nicht bald kommst, werden wir nie mehr mit den Anproben für dein fabelhaftes Kleid fertig. Bevil ist ganz begeistert über die Hochzeit. Er hat fürchterlich zu tun, wo er jetzt Parlamentsmitglied für Lansella geworden ist. Ich glaube, er freut sich im stillen, denn wenn ich meinen lieben reichen Harry heirate, ist er weniger verpflichtet, eine Verstandesheirat einzugehen. Ich kenne ihn gut. Wenn Jess nur so reich wie mein Harry wäre, gäbe es eine Doppelhochzeit auf Menfreya.

Jetzt bin ich indiskret. Doch wann wäre ich das nicht? Du mußt diesen Brief gleich nachdem du ihn gelesen hast, verbrennen, für den Fall, daß er in die Hände von a) Bevil, b) Jess Trelarken, c) oder jemand anders als dir fallen könnte.

Komm bald! Du fehlst mir. Gwennan.

Ich mußte hin. Ich wollte den Seewind auf meinem Gesicht spüren; ich wollte in Menfreya schlafen und morgens aufwachen, um über das Wasser zu dem Inselhaus hinüberzuschauen, das uns gehörte – oder vielmehr Jenny, denn alles schien jetzt ihr zu gehören. Ich saß auf der Fensterbank und blickte über den Platz, als ich die Kutsche ankommen und Jenny verstört aussteigen sah. Sie kam die Treppe zu meinem Zimmer herauf. »Harriet!« rief sie. »Bist du da, Harriet?«

»Komm herein«, antwortete ich und ging ihr entgegen. Sie sah verwirrt aus, beinahe wie ein Kind, das sich auf ein Geschenk gefreut hatte, welches man ihm weggerissen hatte.

»Das Landhaus ...« stieß sie aus.

»Ja?« Ich wußte, sie hatte in den letzten Wochen voller Aufregung nach einem gesucht.

»Ich kann es nicht haben.«

»Warum nicht?«

»Das Geld gehört doch nicht mir.«

»Erklär mir das bitte.«

»Du warst doch da, als das Testament verlesen wurde. Du mußt es auch nicht verstanden haben.«

»Ich hörte nicht zu, vermute ich. Ich dachte über meinen Vater und die Vergangenheit und seine Heirat mit dir und all das nach.«

»Ich hörte auch nicht zu. Ich verstehe es auch jetzt nicht, obwohl er es mir immer wieder vorgelesen hat ... es erklärt hat, und ich sagte, ich hätte es verstanden. Er sagte immer wieder: »Es ist in Verwahrung für Miss Delvaney.« Das bist du, Liebes. Es ist in Verwahrung für dich, was anscheinend bedeutet, daß ich den Nutzen oder so etwas habe, solange ich lebe, doch wenn ich sterbe, wird es dir gehören. Niemand anders als du wird es bekommen, weißt du. Du hast jetzt dein Einkommen und das für deine Ausbildung und Aussteuer beiseite gelegte Geld, und der Rest gehört mir, doch nur für die Nutznießung, und ich darf das Kapital nicht anrühren. Ich kann kein Haus kaufen, weil das Geld alles für dich aufbewahrt wird. Es ist mir gewissermaßen geliehen, bis ich sterbe – um den Nutzen davon zu haben; und danach gehört es dir und niemand anderem.«

»Ich fange an, es zu verstehen.«

Er hatte also doch an mich gedacht; er hatte besser für meine Zukunft gesorgt, als ich angenommen hatte. Zweifellos war ihm aufgegangen, daß meine leichtsinnige kleine Stiefmutter eine leichte Beute für einen Mitgiftjäger sein würde; und jeder, der sich nicht die Mühe machte, den Inhalt des Testaments herauszufinden, bevor er sie heiratete, würde einen ziemlich unangenehmen Schock bekommen, wenn es sich herausstellte.

Ich war nach wie vor eine nicht unbedeutende Erbin – oder würde es zumindest sein, wenn Jenny starb.
Mein Vater war einer jener Männer, die alles sehr sicher festlegten.
»Es tut mir leid mit dem Haus, Jenny.«
Sie lächelte. »Da kann man nichts machen, nicht? Ich finde es jetzt nicht so schlimm, wo du da bist.«

Ich beabsichtigte, zu Gwennans Hochzeit nach Menfreya zu fahren, doch einige Tage vor meiner Abreise erhielt ich einen Brief von Tante Clarissa, die mich bat, sie in ihrem Haus in St. John's Wood zu besuchen.
Fanny begleitete mich, denn wenn man Tante Clarissa besuchte, mußte man alle konventionellen Regeln einhalten; sie hätte es unschicklich gefunden, wenn ich alleine gekommen wäre. Meine Stiefmutter hätte mich eigentlich begleiten sollen, doch war sie nicht eingeladen worden und erzählte mir außerdem, Tante Clarissa hätte ihr seit der Heirat klar zu verstehen gegeben, daß sie keinerlei Absicht hatte, sie zu besuchen oder einzuladen.
Fanny würde mit dem Kammermädchen meiner Cousinen Tee trinken, während ich bei meiner Tante und meinen Cousinen war.
Ich wurde in den Salon geführt, wo meine Tante und zwei meiner Cousinen saßen – Sylvia und Phyllis. Clarissa, die jünste, war noch im Schulzimmer. Phyllis war ungefähr in meinem Alter und Sylvia zwei Jahre älter.
Als ich auf sie zuging, war ich mir meines Hinkens bewußt und meines Haares, das sich einfach nicht locken wollte.
»Ah ... Harriet.« Meine Tante hob mir lässig das Gesicht entgegen, damit ich sie auf die Wange küßte. Sie stand nicht auf, und es war eine kühle Begrüßung, kein richtiger Kuß, nur die Berührung unserer Wangen, das war alles.
»Bitte, setz dich. Dort auf das Sofa zu Sylvia. Phyllis, mein Liebes, du kannst nach dem Tee klingeln.«
Phyllis warf ihre gelben Locken zurück und ging zum Klingelzug. Ich fühlte drei Augenpaare auf mir ruhen – geringschätzige, kritische, selbstgefällige Blicke. ›Gott sei Dank sind meine Töchter nicht wie sie!‹ sagten Tante Clarissas Blicke.
»Und wie kommst du zurecht ... in dem Haus?«
»Danke, sehr gut, Tante.«
»Vermutlich wundert sie sich, daß ich sie nie besuche.«
»Sie hat nicht erwähnt, daß sie deine Gesellschaft vermißt.«

Tante Clarissa wurde rot und erklärte hastig: »Ich finde, du solltest nicht in dein Pensionat zurückgehen. Dein Vater bat mich, bevor er so plötzlich starb, dich mit meinen Töchtern in die Gesellschaft einzuführen, und ich versprach ihm, es zu tun. Aus diesem Grunde habe ich dich gebeten, heute nachmittag herzukommen.«
»Ist es notwendig, mich einzuführen?« fragte ich.
»Mein liebes Kind, du würdest nicht in den richtigen Häusern empfangen, wenn du nicht entsprechend in die Gesellschaft eingeführt würdest. Es ist meine Pflicht, jetzt, wo du keinen Vater mehr hast, und deine Stiefmutter ist –« sie schüttelte sich leicht – »völlig unbrauchbar ... es ist meine Pflicht, dich unter meine Fittiche zu nehmen. Ich schlage vor, dich gleichzeitig mit meinen beiden Mädels herauszubringen. Es wird viel billiger.«
»Drei für den Preis von zweien«, bemerkte ich.
»Mein liebes Kind, du hast eine Art entwickelt, seltsame und unpassende Bemerkungen zu machen. Ich plane einige Parties und Bälle für deine Cousinen, und du sollst sie mitmachen.«
»Ich habe kein großes Verlangen nach einer Londoner Saison.«
»Es geht hier nicht um dein Verlangen, Harriet, sondern darum, was für ein junges Mädchen deines Standes und deiner Position notwendig ist.«
»Ich finde immer, die Saison ist wie ein Heiratsmarkt. Das Jungvieh wird vorgeführt und inspiziert.«
»Oh!« entrüstete sich Tante Clarissa, und meine Cousinen machten entsetzte Gesichter. »Ich weiß wirklich nicht«, fuhr meine Tante fort, »wo du so sonderbare Ideen aufgeschnappt hast. Ich hoffe, nicht in deinem Pensionat. Sie müssen von dieser Stiefmutter stammen.«
Der Butler erschien und geleitete das Serviermädchen herein, das das Teetablett auf den Tisch neben meine Tante stellte. Während die Dienstboten anwesend waren, wurde über das Wetter geredet.
»Werden Sie eingießen, Madam?«
»Ja«, erwiderte sie, und ihr Ton bedeutete ihnen, daß sie entlassen waren.
Wir aßen Gurkensandwichs und Toast, und Sylvia brachte uns die Tassen. Ich erzählte ihr, daß ich in einigen Tagen nach Menfreya führe, um Brautjungfer auf Gwennan Menfreys Hochzeit zu sein.
»Gwennan und heiraten! Sie ist doch gerade erst aus der Schulstube heraus!«

»Sie brauchte keine Saison«, sagte ich und sah meine Cousinen boshaft an. »Und sie heiratet Harry Leveret, der fast ein Millionär ist, glaube ich.«
»Aber es ist keine alte Familie«, verkündete meine Tante triumphierend, wenn sie auch widerwillig hinzufügte: »Obgleich das Vermögen beachtlich ist. Und sofort zu heiraten ... gleich aus der Schulstube!«
»Eine ziemliche Leistung«, sagte ich leise und lächelte meinen Cousinen zu, »mit der wir nicht hoffen könnten, zu konkurrieren.«
»Wie alt ist sie?«
»Sie muß zwei Jahre jünger sein als du, Sylvia.«
Sylvia errötete. »Vermutlich sind sie schon seit ihrer Kindheit miteinander befreundet«, murmelte sie.
Sie fanden mich boshaft. Meine Cousinen würden sich hinterher erzählen, daß ich, da ich wußte, es würde schwierig für mich werden, einen Mann zu finden, nun hoffte, es würde für sie ebenfalls nicht so einfach sein.
»Wenn du zurückkommst, werde ich dich in meine Obhut nehmen«, erklärte meine Tante. »Lady Masterton, die ihre Tochter herausbringt, hat mir eine Liste sehr charmanter junger Männer gegeben, die sie zu ihren Festen einlädt, so werden uns genügend zur Verfügung stehen.«
Mir war richtig übel bei der Aussicht, und ich überlegte, ob es wohl möglich sein würde, es zu umgehen. Ich wollte nicht wie irgend eine Jungkuh vorgeführt werden. »Sie lahmt ein bißchen, aber es ist ein Vermögen da ... Im Augenblick nur ein kleines, doch wenn ihre Stiefmutter stirbt, ein großes. Will jemand es mal versuchen?«
»Du wirst ein bißchen Charme entwickeln müssen, meine liebe Harriet«, riet mir meine Tante. »Du kannst nicht hoffen, ohne Charme etwas zu erreichen.«
»Ich bin nicht übermäßig besorgt über meine Lage, denn alles, was ich erwartungsgemäß erreichen sollte, ist, mir einen Mann zu angeln, und ich bin recht gut ausgerüstet, ohne einen solchen zurechtzukommen. Hast du vergessen, daß mein Vater mich wohlversorgt zurückgelassen hat?«
Es herrschte tiefes Schweigen, und dann sagte meine Tante energisch: »Ich fürchte, du hast einige sehr berechnende Ansichten entwickelt, Harriet. Und eines will ich dir sagen – deine Art, sie in jener höchst unpassenden Weise auszudrücken, wird dir nicht ...«

»... einen Mann einbringen?« fuhr ich fort.
»Harriet! Ich frage mich wirklich, weshalb ich mir die undankbare Aufgabe aufbürde, dich mit meinen Töchtern herauszubringen. Es ist eine Pflicht, der ich mit ziemlich gemischten Gefühlen entgegensehe.«
Als wir zu Ende Tee getrunken hatten, sagte Tante Clarissa meinen Cousinen, sie sollten mich mit in ihren Schulraum nehmen und mir einige der Kleider zeigen, die sie für ihr Debüt tragen würden. Die kleine Clarissa gesellte sich zu uns. Sie glich ihren Schwestern sehr, hübsch auf oberflächliche Weise und dumm, wie es nicht anders von Mädchen zu erwarten war, die unter Tante Clarissas Aufsicht aufgewachsen waren. Es war ihnen eingedrillt worden, daß das erstrebenswerteste Ziel die gute Partie sei. Ich fragte mich, während ich ihrem Geschwätz zuhörte, wie es ihnen ergehen würde, selbst wenn sie jenes Ziel erreichten. Es würde unmöglich sein, ihnen jetzt klarzumachen, daß das, was in den Jahren nach der Trauzeremonie geschah, wichtiger war als das, was sich in den wenigen Monaten davor abspielte.
Ich war eine Fremde unter ihnen, ein Kuckuck in dem Nest. Sie hatten Angst vor meiner scharfen Zunge, nicht jedoch vor meinem Gesicht und meiner Figur. Da waren sie immer im Vorteil, und sie waren entschlossen, das auszunutzen. Ich war froh, als es Zeit war, wieder zu gehen, und als wir in der Kutsche nach Hause fuhren, konnte ich meiner Gereiztheit bei Fanny Luft machen.
»Ich wünschte, ich brauchte nie wieder dort hin! Meine Tante erklärt sich bereit, ihr Äußerstes zu tun, um einen Mann für mich zu finden! Sie will mich auf ihren elenden Bällen vorführen, die ich in jedem Fall hassen werde. Es wird fast so sein, als hätte ich ein Schild um den Hals: Ausgezeichneter Gelegenheitskauf! Leicht beschädigt, doch beachtliche Vergütungen. Für nähere Einzelheiten wenden Sie sich bitte an Mrs. Clarissa Carew, Tante des Objektes.«
»O Miss Harriet! Sie sind schon eine! Ich weiß nicht, wie Ihnen nur solche Sachen einfallen. Ich glaube, Sie gehören nicht zu denen, die sich gegen ihren Willen verheiraten lassen. Nicht wie ich Sie kenne.«
»Da hast du ganz recht, Fanny. Aber wie ich dieses Markttreiben hasse!«
Ich war dankbar, daß ich noch eine Zeitlang in Menfreya sein konnte, bevor diese unwillkommene Saison begann.

4

Als Fanny und ich in Liskeard ankamen, sah ich zu meinem Erstaunen A'Lee auf mich warten. Ich hatte gewußt, daß man mich abholen würde, doch hatte ich die Kutsche von Menfreya erwartet.
»Miss Gwennans Anweisung«, sagte A'Lee und begrüßte mich, als wäre ich nie fort gewesen.
»Aber ist dies nicht der Leveretsche Wagen?«
»Sie ist fast schon ne Leveret, Miss Harriet. Sie gibt schon ihre Befehle.«
Sein Unterkiefer bebte vor unterdrücktem Gelächter; Gwennan gab, wie ich sicher war, der Gegend etwas zum Reden.
Auf der Fahrt nach Menfreya erzählte er mir, daß Gwennan vorgehabt hatte, mich selbst abzuholen, doch dann nach Plymouth gefahren war, um sich um einige Hochzeitsvorbereitungen zu kümmern.
»Bei den meisten jungen Damen sind es die Mütter, die diese Sachen machen. Nicht so bei Miss Gwennan. Lady Menfrey lernte schon vor langem, das zu tun, was man ihr sagte, nehme ich an.«
»Wie mir scheint, freust du dich auf den Tag, an dem sie Herrin von Chough Towers wird.«
»Da wird mehr als genug los sein, denk ich, Miss Harriet.«
»Es ist schön, wieder hier zu sein«, gestand ich ihm. »Mir ist, als wäre ich gar nicht fort gewesen. Und doch war es eine lange Zeit, A'Lee.«
»Ja, da haben Sie recht. Noch ein ganz kleines Mädchen waren Sie, als ich Sie zuletzt sah. Jetzt sind Sie eine junge Dame. Als nächstes kommen Sie dran, vermut ich.«
»Nun, niemand hat mich bisher gefragt.« Sein Unterkiefer wakkelte. »Sie waren immer ein vorsichtiges Mädchen, das waren Sie, Miss Harriet. Ich bin überzeugt, daß der, der den Verstand hat, Sie zu fragen, gut damit fährt.«
»Laß uns hoffen, daß ich den Verstand habe, ihn zu erhören, wenn er es tut. Es fällt mir auf, daß dies ein Thema ist, das ziemlich häufig in meinem Leben angeschnitten wird. Entweder ist es so üblich, oder aber ich habe das leidige Alter erreicht, in dem man als heiratsfähig gilt.«
»Oh, Sie sind mir ne Vorsichtige, Miss Harriet.«
»Sag mir, gibt es irgendwelche Veränderungen?«
»Der Doktor starb vor sechs Monaten.«
»Dr. Trelarken?«

»Ja. Er hatte einen Partner in die Praxis genommen, Dr. Syms. Der macht's nun allein.«
»Und Miss Trelarken?«
»Oh, Miss Jessie, die ging fort ... nach London, glaub ich. Wohnt da bei ner Tante, und es hieß, sie wäre Gouvernante oder Gesellschafterin. Da war kein Geld, wissen Sie, und sie mußte sich ihren Lebensunterhalt verdienen, die arme junge Dame.«
«Ich möchte annehmen, sie ist sehr ... tüchtig.«
»O ja, sehr tüchtig. 's würd mich nicht überraschen, wenn sie bald heiratete. Sie ist ein so schönes Mädchen.«
»Ja, sehr schön.«
»O ja. Ich sagte immer zu Mrs. A'Lee, daß es einem guttat, sie anzuschauen. Es gab ne Zeit, da dachten wir ...«
»Ja, was dachtet ihr?«
»Tja, Mr. Bevil war hinter ihr her. Vergessen Sie nicht, er hat ne ganze Menge Mädchen gern gehabt, möcht ich behaupten, aber mit Jessie Trelarken sah es aus, als ... Nun ja, es hat anscheinend zu nichts geführt. Er is jetzt ein großer Politiker, wie Sie wissen. Kam mit einer großen Mehrheit hinein, das kann ich Ihnen sagen. Die Leute hier halten zusammen, das wissen Sie. Sie wollen unter sich bleiben. Ich denke, sie finden es gut und richtig, wieder von einem Menfrey vertreten zu werden.«
»O ja, mein Vater war ein wenig ein Außenseiter, nicht wahr?«
»Tja, so ist es nun mal hier. Er gehörte doch nie zu uns, nich? Aber Sie, Miss, Sie scheinen zu uns zu gehören. Ich glaube, weil Sie hierher kamen, als Sie noch klein waren. Und wir vergessen nicht, daß Sie aus London wegliefen, um zu uns zu kommen.«
»Oh ... das ist lange her.«
»Wir vergessen es nicht. Und wir glauben, Sie könnten mehr zu uns gehören, als die meisten Ausländer. Sie waren noch klein, als Sie herkamen, und wir wissen, daß Sie am liebsten hier sind. 's war immer so.«
»Du hast recht. Ich bin hier glücklich.«
»Dann, Miss Harriet, gehören Sie hierher.«
»Schau«, rief ich aus, »ich kann Menfreya sehen!«
»O ja, wir sind jetzt bald da.«
»Es ist immer so aufregend, es zum ersten Male wiederzusehen, wenn ich fort gewesen bin.«
»Ich weiß, daß Sie an dem alten Kasten hängen. Es heißt, Mr. Harry hat versprochen, nach der Heirat alle möglichen Dinge für das Haus zu tun, und Sie können Ihr liebes Leben wetten, Miss Gwennan wird dafür sorgen, daß er sein Wort hält.«

»Sie meinen Reparaturen?«
A'Lee zeigte mit seiner Peitsche dahin. »Häuser wie das brauchen dauernd Reparaturen, Miss Harriet. Was wir wirklich brauchten, sind Männer, die die ganze Zeit an ihm arbeiten, so groß wie es ist ... und wo es all diese vielen hundert Jahre unsere Stürme und Fluten durchgestanden hat; da ist es zu verstehen, wenn es Reparaturen braucht.«
»Und Mr. Harry wird helfen. Ich bin ja so froh.«
»Deshalb sind sie so zufrieden über die Heirat. Ich denke, sie wären nicht so bereit, Mr. Harry willkommen zu heißen, wenn sein Geld nicht wär. Wenn Sie mich fragen, ich denke, die Glückliche bei dieser kleinen Hochzeit ist Miss Gwennan. Menfreys! Warum so stolz sein, nur weil sie ihre Vorfahren einige hundert Jahre zurückverfolgen können? Ich vermute, wir haben alle Vorfahren, eh?«
»Das vermute ich auch.«
»Na, wenn all die Geschichten wahr sind, die ich vom Treiben der Menfreys gehört habe, wär gar nicht so viel Grund, so stolz zu sein.«
»Du hast recht«, antwortete ich. »Und doch, wenn sich die Leverets und die Menfreys freuen, ist das eine glückverheißende Basis. Oh ... schau ... da ist die Insel.«
»Auf mein Wort, ja. Ich hatte es vergessen. Sie gehört jetzt Ihnen.«
»Nicht so ganz mir. Mein Vater heiratete wieder, und ich habe eine Stiefmutter.«
»Oh, dann also ihr?«
»Ihr auch nicht so ganz. Ich weiß es nicht genau. Auf jeden Fall ist sie jetzt in der Familie meines Vaters.«
»Wir mögen das nicht so gerne ... daß das alte Herzogtum in die Hände von Ausländern gerät. Aber wie ich sagte: sie sollte zu Recht dem kleinen Mädchen gehören, jetzt Miss Harriet Delvaney, und das scheint uns nicht so übel.«
»Das ist nett von dir.«
»Es ist nicht nett. Es ist wahr.«
»Dann freue ich mich schon darauf, auf die Insel hinüberzurudern.«
»Sie haben doch nicht vor, noch mehr Nächte da zu verbringen, denk ich.«
»Ich glaube, das wird niemand hier vergessen.«
»Oh, das war ne richtig gute Geschichte. Es stand in den Zeitungen. Tochter des Parlamentsmitglieds ... und ganz London ...

ganz London suchte sie, während sie sich hier im Herzogtum versteckte ... direkt hier, in unserer Mitte, könnt man sagen.«
»Es war töricht, das zu tun. Aber ich war noch sehr jung.«
»Wir fanden es gar nicht so töricht.«
Sein Unterkiefer begann wieder zu wackeln, und ich schwieg, denn wir waren nun an dem Tor von Menfreya angelangt und bogen in den Torbogen ein, auf dessen Turm sich die alte Uhr befand, die nie stehenbleiben durfte.
Ich sah zu ihr empor. Sie ging ganz genau wie immer, und ich sagte es zu A'Lee.
»Natürlich ist sie in Ordnung. Ich nehm an, sie darf sich nie anders erwischen lassen. Es ist Thomas Dawneys Aufgabe, dafür zu sorgen, daß sie immer in Ordnung ist, und dafür sind die Dawneys diese letzten hundert Jahre ernährt und gekleidet und beherbergt worden. Seit die Uhr damals stehen blieb und Sir Redvers Menfrey vom Pferd stürzte, haben die Menfreys alles getan, damit der Uhr nichts passiert.«
Wir fuhren durch den Torbogen unter der Uhr hindurch, vorbei an dem Torhaus und Häuschen, das seit hundert Jahren das Heim der Dawneys war, und da waren die Rasenflächen mit den Hortensien und blühenden Azaleen und dem hübschen Rosazeenbusch, der den ganzen Winter über voll scharlachroter Beeren war.
In der großen Halle mit den Bildern an den Wänden, der gewölbten Decke und der Treppe, zu deren beiden Seiten Rüstungen standen, die im Bürgerkrieg von den damaligen Menfreys getragen worden waren, erinnerte ich mich an jene Nacht, als ich von Bevil von der Insel herübergebracht wurde, und daran, wie Gwennan vorwurfsvoll oben an der Treppe gestanden hatte.
Jetzt zog A'Lee den Klingelzug und Pengelly, der Menfreysche Butler, kam herbei und führte mich in den Salon, wo Lady Menfrey mich erwartete.

Es war wundervoll, wieder bei Gwennan zu sein. Sie war wie eine Flamme; sie schien mit einem strahlenden Feuer geboren zu sein, das einen geradezu blendete. Ich fühlte mich lebendig, wenn ich sie nur anschaute.
Sie kam herein, während ich mit Lady Menfrey Tee trank, stürzte sich in ihrer überschwenglichen Art auf mich und schleppte mich in ihr Zimmer. Sie hatte sich natürlich verändert. Sie war jetzt wahrhaftig eine Frau – verführerisch und schön, voll ungeduldiger Erregung. Dies, dachte ich, ist Gwennan, wenn sie liebt.

Sie erzählte über die Vorbereitungen für die Hochzeit. »Die ganze Nachbarschaft erwartet ein großartiges Ereignis. Es wird ziemlich wie ein mittelalterliches Schauspiel, glaube ich. Mein Hochzeitskleid wird eine Kopie des Kleides, das meine Ur-Ur-Urgroßmutter trug. Ich muß dauernd zu Anproben – so ein Umstand, weil ich immer Dinah mitnehmen muß. Als Chaperon! Unverheirateten jungen Damen ist es nicht gestattet, allein in die große Stadt zu fahren. Das Beste am Verheiratetsein ist die Freiheit, das sag ich dir, Harriet. Du wirst noch in Ketten sein, während ich frei sein werde.«
»Einige Ehemänner können wahre Kerkermeister sein, wie ich gehört habe.«
»Meiner nicht. Glaubst du, ich würde von einem Gefängnis ins andere gehen?«
»Ich finde, deine Familie ist da wirklich großzügiger als die meisten anderen.«
»Worüber reden wir eigentlich, wenn es so viel zu erzählen gibt! Also, du bist meine Ehrenbrautjungfer. Klingt, als sei ich eine Königin, nicht? Und du wirst lila Chiffon tragen und darin ...«
»Gräßlich aussehen«, vollendete ich.
»Das war meine Idee. Ein Kontrast zu der schönen Braut.«
Wir lachten. Es war gut, wieder bei Gwennan zu sein. Sie dachte das gleiche, denn sie sagte es mir.
»Ich bin so froh, daß du gekommen bist, Harriet! Wenn ich verheiratet bin, mußt du unser erster Gast in Chough sein.«
»Es ist merkwürdig, sich dich dort vorzustellen.«
»Ja, nicht wahr? Vergiß nicht, wir lassen enorm viel Änderungen machen. Harry macht einen Palast daraus, würdig seiner Königin.«
»Ich glaube, du bist wahnsinnig verliebt in ihn.«
»Sollte ich das nicht sein? Nur darf ich es ja bis zum Hochzeitstag nicht zeigen. Bis zu dem Tag muß er vor mir auf den Knien liegen, dann zwingt er mich in die Knie, und ich muß ihn anbeten und ihm gehorchen.«
»Das würde er nicht dulden!«
»Das will ich auch hoffen. Er betet mich an. Hör zu. Morgen fahren wir nach Plymouth. Es ist ganz lustig. Dinah hat dort eine Schwester, und ich werde sie zu ihr schicken. Wir sind dann frei.«
»Frei wozu?«
»Das wirst du sehen. Doch zuerst müssen wir zur Schneiderin, um uns um dein lila Kleid zu kümmern.«

Sie lächelte und sah aus, als schweiften ihre Gedanken in die Zukunft; und ich erkannte, wie lieb ich sie hatte, denn ich spürte eine neue Weichheit in ihr – ihre Liebe, wie ich vermutete.
Gwennan würde leidenschaftlicher als die meisten anderen Menschen lieben, da alles, was sie tat, mit einem solchen Feuer geschah. Wenn Harry Leveret sie liebte und sie ihn, würden sie sehr glücklich werden.
Dann sagte sie etwas Seltsames: »Manchmal glaube ich, ich hätte gut auf die Bühne gepaßt, Harriet.«
Ich zog die Augenbrauen hoch und wartete, daß sie sich näher zu diesem Thema äußerte, doch sie schwieg und blickte weiter lächelnd in die Zukunft.
Am folgenden Tag wurden wir zur Bahnstation gefahren und stiegen dort in den Zug nach Plymouth – Dinah, Gwennans Zofe, begleitete uns und brachte uns zur Schneiderin, wo mit ihr verabredet wurde, daß sie uns dort am späten Nachmittag abholen sollte.
»Wir müssen aber lange bei der Schneiderin bleiben«, meinte ich.
Gwennan lächelte jedoch nur und erwiderte, ich solle nur alles ihr überlassen.
Die Schneiderin nahm Maß bei mir und zeigte mir den lila Stoff; dann sagte Gwennan, wir kämen in drei Tagen zur ersten Anprobe wieder. Nur eine halbe Stunde blieben wir in dem Geschäft.
»Ich habe eine Überraschung für dich, Harriet. Wir gehen ins Theater! Es wird dir gefallen. Es ist ganz wunderbar! Romeo und Julia. Du weißt, wie gut du Gedichte vorlesen konntest, aber in den Aufführungen warst du nie gut. Du konntest dich nie selber vergessen. Das ist dein Fehler.«
»Warum hast du nicht gesagt, daß wir ins Theater gehen?«
»Weshalb hätte ich es sollen?«
»Des Interesses halber.«
Sie schwieg, und das Lächeln spielte immer noch um ihre Lippen.
»Ich nehme dich vielleicht sogar hinterher mit zu den Schauspielern.«
»Willst du sagen, du ... hast einen Freund, der mitspielt?«
»Du hast immer gesagt, ich würde dich überraschen und du wüßtest nie, was ich als nächstes tun würde. Bist du jetzt überrascht?«
Ich gab zu, es zu sein.
»Es wird dir Spaß machen, Harriet.«
Sie kaufte Karten für uns, und wir gingen ins Theater. Wie ich aus

dem Programm ersah, war es eine Truppe, die eine kurze Saison in Plymouth verbrachte und Henry Arthur Jones und Pinero neben einer gelegentlichen Shakespeare Aufführung spielte.
Mich interessierte jedoch Gwennans Benehmen mehr als alles andere, das ich auf der Bühne sehen würde. Irgend ein Abenteuer war im Gange. Ich kannte die Anzeichen dafür und hatte böse Ahnungen. Weshalb sollte sie sich unmittelbar vor ihrer Hochzeit so für das Theater interessieren?
Sie zeigte auf einen Namen der mitspielenden Schauspieler. »Eve Ellington«, las ich. »Was ist mit ihr?« fragte ich.
»Kannst du nicht erraten, wer das ist?«
Ich schüttelte den Kopf.
»Erinnerst du dich an Jane Ellington?«
Allerdings. Ich sah sie vor mir, wie sie in unserem Zimmer in Frankreich Szenen aus Hamlet vortrug.
»Mein Gott! ... Das kann nicht sein?«
»Doch. Sie schrieb mir, daß sie hier wäre, und ich kam vorbei, um sie zu sehen. Dann ging ich in die Künstlergarderoben, da sie mich einlud, und lernte einige Schauspieler kennen. Ich war seitdem mehrmals hier.«
»Deshalb meintest du also, du würdest gerne zur Bühne gehen! Etwas spät, daran zu denken, wenn du in Kürze Mrs. Leveret wirst, findest du nicht?«
»Ja«, sagte sie, »sehr spät. Was man so die elfte Stunde nennt.«
»Nein«, entgegnete ich, »es ist Schlag zwölf Uhr Mitternacht!«
»Das ist es nicht bis zur Trauung«, erwiderte sie trotzig.
»Du würdest keine gute Schauspielerin sein. Du würdest ja nie deine Rollen lernen.«
Der Vorhang ging auf, und das Stück begann. Es war billig und geschmacklos, fand ich, und schlecht gespielt; seltsamerweise schien Gwennan jedoch wie verzaubert. Romeo sah gut genug aus, und ich suchte nach seinem Namen im Programm: Benedict Bellairs, und ich sah, daß Eve Ellington die Lady Capulet spielte. Ich erkannte sie sofort und konzentrierte mich darauf, sie zu beobachten. Arme Jane, die so hochfliegende Ideen gehabt hatte!
Als der Vorhang nach dem ersten Akt fiel, äußerte ich mich entsprechend.
»Ach, Unsinn!« erklärte sie. »Sie muß doch einmal anfangen oder etwa nicht? Ich finde, es ist eine ziemliche ... Leistung.«
»Du glaubst also, sie sei eine zweite Ellen Terra, und Romeo ist vermutlich ein angehender Irving!«

»Warum nicht?«

»Ich möchte annehmen, daß die auch am Anfang ihrer Karriere ziemlich anders gespielt haben.«

»Du bist zu zynisch, Harriet. Das bist du ja immer. Bloß, weil du nichts versuchst, brauchst du nicht andere, die es tun, verhöhnen.«

»Nanu! ... Du bist ja völlig verklärt!«

»Ich erkenne ehrliches Bemühen an, das ist alles.«

Ich schwieg. Ich begann wirklich besorgt zu werden.

Mir schien, als ginge das Stück nie zu Ende. Ich schaute immer wieder Gwennan an; sie hatte mich völlig vergessen. Sie ließ den Blick nicht von der Bühne. Dies war ziemlich unerwartet bei ihr; aber es war ja gerade das Unerwartete, das man bei Gwennan erwarten mußte.

Nach der Aufführung nahm sie mich eilfertig mit hinter die Bühne. Ich war noch nie hinter den Kulissen gewesen und fand es aufregend, wenn auch irgendwie armselig. Es war nett, Jane wiederzusehen; sie begrüßte mich sehr herzlich. Wir saßen auf einer Packkiste und unterhielten uns. Sie liebe dieses Leben, sagte sie, und würde es nicht gegen den reichsten Ehemann der Welt eintauschen. Ich vermutete, sie spielte auf Gwennans bevorstehende Heirat an. Ihre Familie war dagegen gewesen, daß sie zur Bühne ging, und so war sie einfach durchgebrannt. Wie sie vermutete, war es sehr gut möglich, daß ihr Vater sie in seinem Testament gestrichen hatte. Wen kümmerte das schon? Der Geruch der Schminke war alle Reichtümer der Welt wert, wenn man achtzehn Jahre alt und in seinen erwählten Beruf verliebt war.

Gwennan sprach mit Romeo. Er war noch in seinem Kostüm, und sein Gesicht glänzte vor Schminke; doch konnte ich sehen, daß er sehr gut aussah.

»Ich möchte dir Benedict Bellairs vorstellen«, sagte sie zu mir.

Er ergriff meine Hand und beugte sich darüber.

»Willkommen hinter der Bühne«, sagte er.

Ich spürte, wie mir ein Schauer dunkler Ahnungen über den Rücken lief. Ich mochte ihn nicht.

Gwennan war verschlossen, und das war merkwürdig, denn sie behielt nur selten etwas für sich und sprach immer ohne weitere Überlegung das aus, was ihr gerade in den Sinn kam. Deshalb war diese Veränderung alarmierend.

Ich konnte auf der Rückfahrt wegen Dinah nicht mit ihr reden;

doch vermutete ich, daß die Fahrten nach Plymouth, die sehr häufig gewesen waren, jedes Mal unweigerlich einen Theaterbesuch enthalten hatten.

Weshalb interessierte sie sich auf einmal so dafür?

Nachdem wir uns für die Nacht zurückgezogen hatten, ging ich zu ihr, entschlossen herauszufinden, wie ernsthaft sie sich darauf eingelassen hatte. Als ich an ihre Tür klopfte, hörte ich sie reden, doch sie rief »Herein«, und ich fand sie mitten im Zimmer stehen in ihrem Morgenrock. Offensichtlich hatte sie vor dem Spiegel laut deklamiert. Ich erblickte ein aufgeschlagenes Buch auf dem Tisch und wußte, es war die Shakespeareausgabe, die wir in der Schule benutzt hatten.

»Julia, wie ich annehme«, sagte ich.

»Wie bitte?«

Ich warf einen Blick auf das Buch. »Die Balkonszene. Laß mich dich hören. Romeo! Romeo! Wo bist du, Romeo ...? Fang da an. Ich werde Mr. Bellairs sein.«

Sie war rot geworden. »Dir soll man noch trauen!« sagte sie wütend und knallte das Buch zu.

»Dich hat wirklich das Bühnenfieber erwischt. Was führst du im Schilde, Gwennan?«

»Nichts.«

»Ich habe immer gewußt, wenn du etwas ausheckst. Erinnere dich, wie ich es immer erriet.«

»Mich hat die Aufführung heute nachmittag begeistert, das ist alles.«

»Gewiß mehr als mich.«

»Könnte dich jemals etwas begeistern?«

»Vielleicht nicht. Es sei denn deine schauspielerische Leistung. Laß mich deine Julia sehen!«

»Hör auf!«

»Das werde ich, wenn du mir sagst, wie weit dies gegangen ist.«

»Ach, hör auf damit! Du klingst wie die Herrin des Hauses, die den Hausherrn dabei überrascht, wie er das Zimmermädchen küßt.«

»Nun, hast du jemanden geküßt?«

»Also Harriet!«

»Was ist mit diesem Burschen Benedict? Du tobst dich nicht, wie du es zu nennen pflegtest, mit ihm aus, oder?«

»Ich finde ihn interessant, das ist alles.«

»Und weiß Harry, wie interessant du ihn findest?«

»Hör auf damit! Ich wünschte, du wärest nicht gekommen.«

»Vielleicht fahre ich lieber zurück.«
»Sei kein Dummkopf. Wie könntest du das jetzt?«
»Aber Gwennan, ich mache mir ernstliche Sorgen. Du bist jetzt kein Schulmädchen mehr; du bist eine junge Frau unmittelbar vor ihrer Heirat. Hast du an Harry gedacht?«
»An Harry werde ich den Rest meines Lebens denken. Jetzt will ich noch einmal an jemand anders denken können ... zum letzten Mal.«
»Wie eine Braut gesprochen! Gwennan, es ist Zeit, daß du erwachsen wirst.«
»Das sagst du mir, du ... Baby! Was weißt du vom Leben? Nur das, was du gelesen hast!«
»Möglicherweise entdeckt man durch Bücher mehr über das Leben als hinter den Kulissen mit einem drittklassigen Ensemble.«
»Hör auf damit!«
»Du fängst an, dich zu wiederholen.«
»Und du bist unverschämt!«
Ich stand auf, um zu gehen, doch sie ergriff meine Hand. »Hör zu, Harriet. Die Truppe geht eine Woche vor der Hochzeit wieder fort. Das wird dann das Ende sein.«
»Mir gefällt es nicht.«
»Das könnte es auch nicht.«
»Ich hoffe nur ...«
»Lügnerin! Deine einzige Hoffnung ist, daß Bevil sich in dich verliebt und dich heiratet.«
Ich wandte mich von ihr ab, doch sie wollte mich nicht gehen lassen.
»Wir wissen zu viel voneinander, Harriet. Und wir wissen noch etwas anderes: wir würden immer zueinander halten – ganz egal, in was für Schwierigkeiten einer von uns wäre.«
Es stimmte.

Am folgenden Tag ruderten Gwennan und ich zur Insel hinüber. Da stand das Haus mit seinen vier Mauern, die alle auf das Wasser blickten. Es war ein wenig aufgefrischt worden, und ich vermutete, daß mein Vater das veranlaßt hatte bevor er starb, doch die alten Menfreyschen Möbel befanden sich noch in den Zimmern.
»Woran erinnert es dich?« wollte Gwennan wissen.
Es war nicht nötig, das zu fragen. Nie würde ich die Insel nach einer Zeit der Abwesenheit erblicken, ohne mich an jene Nacht zu erinnern, die ich dort verbracht hatte, am meisten jedoch an jenen

Augenblick der Angst, als ich Bevils Stimme unten gehört hatte und er mit dem Mädchen aus dem Dorf hereingekommen war. Ich war damals zu unschuldig gewesen, um zu begreifen, zu welchem Zweck er sie herübergebracht hatte. Jetzt jedoch wußte ich natürlich, daß das nur eine Episode in einer langen Kette ähnlicher in Bevils Leben gewesen war.

Ich war irgendwie bedrückt bei dem Gedanken an Harry, der Gwennan liebte, und an Gwennan, die am Vorabend ihrer Heirat ihre Zuneigung zu Benedict Bellairs schweifen ließ, und an Bevil, der wie sein Vater und die meisten der Menfreyschen Männer zu glauben schien, daß es der natürlichen Ordnung entsprach, von einer Frau zur anderen zu fliegen wie eine Biene, deren Aufgabe im Leben die Bestäubung sei.

Das Boot war auf den Strand aufgelaufen, und wir kletterten hinaus. »Stell dir vor«, meinte sie, »es gehört jetzt dir. Dieses kleine Stückchen Land ist nun für immer für die Menfreys verloren. Es ist wie das Meer, das langsam das Land wegreißt. Und hier steigt es nun aus dem Ozean empor. Ein Vorwurf für uns, jedesmal, wenn wir auf das Meer hinausblicken. Später werden zukünftige Menfreys den Kopf schütteln und sagen: »Sir Endelion verlor die Insel. Das war eine dunkle Stunde für Menfreya.« Außer natürlich, sie kommt durch eine Heirat wieder in die Familie zurück.«

»Vielleicht«, warf ich ein, »ermöglicht die Heirat einer Tochter mit einem reichen Mann es, die Insel zurückzukaufen.«

»Es ist nicht einfach, Menfreyschen Grund und Boden denen wieder zu entringen, die ihn erwerben. Geld genügt nicht immer.«

»Laß uns einen Blick in das Haus werfen.«

Ich schloß die Tür auf.

»Typisch«, erklärte Gwennan. »Zu unserer Zeit war die Tür nie abgeschlossen. Veränderungen und Verfall überall, wohin ich schaue ...«

»Es sieht weniger verfallen aus, als damals, als es euch gehörte.«

»Es sieht beinahe adrett aus. Ich möchte wissen, was die Gespenster jetzt davon halten.«

»Gibt es mehr als eines?«

»Ich glaube ja. Dies ist ein Haus, in dem es mächtig spukt. Doch vielleicht erscheinen die Gespenster Fremden nicht. Sie sind sehr eigen, unsere Gespenster.«

Sie war unnatürlich nonchalant. Ich fragte mich, ob sie sich ein wenig schämte.

Wir gingen durch das Haus, zwischen den verhängten Möbelstükken hindurch. Ich verließ sie und ging alleine in das Schlafzimmer, in dem Bevil mich gefunden hatte. Ich sah ihn vor mir, wie er die Staubhüllen wegzog, und mich selbst, wie ich zu ihm aufschaute. Bevil, der mir jetzt ganz besonders fehlte.

»Ich würde nie hier wohnen wollen«, erklärte ich. »Das beste an ihm ist der Blick.«

»Nur Meer bis an den Horizont.«

»Nein, ich meine auf der anderen Seite. Die Küste und Menfreya.«

Gwennan lächelte liebevoll. »Ich glaube, du liebst das alte Ding ebenso sehr wie wir.«

Wir blieben nicht lange auf der Insel und kehrten nach Menfreya zurück; als wir den Klippengarten hinaufstiegen und durch die Veranda gingen, die zum Meer hinausblickte, und an den Ställen vorbeikamen, erschien einer der Reitburschen.

»Mr. Bevil ist gerade angekommen«, verkündete er.

»So, ist er also gekommen, soso«, meinte Gwennan lächelnd und sah mich hinterhältig an.

Ich bemühte mich, ein ausdrucksloses Gesicht zu machen, doch wie mir schien, gelang es mir nicht so recht.

Es folgten einige der glücklichsten Tage, die ich jemals erlebt hatte. Bevil brachte eine Atmosphäre der Fröhlichkeit mit nach Menfreya – vielleicht wurde sie noch dadurch gesteigert, daß ich aufhörte, über Gwennan nachzudenken. Bevil war ständig mit uns zusammen; Harry Leveret kam jeden Tag von Chough Towers herübergeritten, und wir ritten morgens zu viert aus. Lady Menfrey, die in beständiger Angst schwebte, daß ihre eigenwillige Familie etwas Schreckliches tun könnte, tröstete sich damit, daß wir uns ja gegenseitig chaperonierten.

Ich wurde beinahe ausgelassen fröhlich. Zu Pferde war ich glücklicher als auf meinen Füßen; ich fühlte mich den anderen ebenbürtig und war, wahrscheinlich deshalb, eine gute Reiterin. Alles schien zu meinen Gunsten zu stehen: Jessica Trelarken war meilenweit weg; ich wußte nicht wo und fragte auch nicht. Harry war ganz in Gwennan versunken und sie selbst in ihre eigenen komplizierten Angelegenheiten. Blieben also Bevil und ich uns überlassen.

Wir ritten meistens den anderen voran; manchmal verloren wir sie auch.

»Ich glaube nicht, daß sie uns vermissen«, meinte Bevil. Ich werde nie vergessen, wie wir unsere Pferde im Schritt durch die Wälder mit den durch das Laub gesprenkelten Schatten gehen ließen;

jedesmal, wenn ich ein Pferd unter mir fühle, spüre ich wieder jene wilde Seligkeit. Ich entdeckte damals, daß es für mich nie einen anderen Mann in meinem Leben geben würde, der mit Bevil zu vergleichen sein würde. Er schien all das, was ich in meinen Kindheitsträumen in ihm gesehen hatte, in denen ich einen Ritter aus ihm machte ... meinen Ritter! Das Vogelgezwitscher, der sanfte Wind vom Meer – jener weiche Südwestwind von Cornwall, der wie eine Liebkosung ist, weich und feucht und verschönernd, weil er die Haut erglühen läßt, die unerwarteten Ausblicke auf das Meer, mitternachtsblau, azurblau, pfauenblau ... blaß und beinah grünlich-blau, türkis – alle Blautöne auf der Palette des himmlischen Künstlers – und Grau- und Grüntöne und Perlmuttfarben. Niemals jedoch, wie ich zu Bevil sagte, war es so schön wie in den frühen Morgenstunden, wenn der rosige Schein des Sonnenaufganges darauf fiel.

»Erzähl mir nicht, du wachtest so früh auf, um es zu sehen?«

»Doch, das tue ich. Aber der schönste Blick ist von dem Inselhaus; dann kann man auf die Küste zurückschauen, auf Menfreya ... Menfreya am frühen Morgen ist der schönste Anblick auf der Welt. Ich sah es einmal ...«

Er lachte, und der Blick seiner sandbraunen Augen ruhte auf mir, auf meinem Hals und meinem Körper, und dann sahen sie in meine.

»Ich erinnere mich gut daran. Ich fand dich, wie du unter einer Staubhülle kauertest, und dachte, du seiest eine kleine Landstreicherin.«

»Und ich dachte, du seiest ein Gespenst, bis ich eure Stimmen hörte. Du warst nicht allein, wie du dich erinnern wirst.«

»Natürlich nicht. Ich ruderte nicht hinüber, um den Blick zu genießen. Doch eines Tages will ich es tun. Du mußt mich einladen, denn es gehört uns ja nicht mehr; und ich verspreche dir, ich werde ganz früh kommen, und wir wollen uns dann Menfreya im Morgenschein anschauen ... zusammen.«

»Das fände ich herrlich.«

Er blickte über die Schulter zurück.

»Es scheint, wir haben sie schon wieder verloren«, meinte er grinsend.

»Ich glaube, Harry hat einige Anstrengungen gemacht, um verlorenzugehen.«

»Und ich gestehe, ich habe mich nicht bemüht, ihn daran zu hindern.«

»Hältst du es für klug?«

»Wenn du mich besser kennst, Harriet, was du, wie ich hoffe, eines Tages tun wirst, wirst du entdecken, daß ich nicht oft klug bin.«
»Ihr seid alle sehr glücklich über Gwennans Heirat, nicht wahr?«
»Sie ist ideal. Harry ist ein feiner Kerl, und sie werden in Chough Towers leben. Es könnte nicht besser sein.«
»Und er ist sehr reich.«
»Es ist Geld in unserem Herzogtum vorhanden, wenn man es zu finden versteht. Zinn, Porzellanerde, der Stein, mit dem unsere Häuser gebaut wurden und unser Meer, übervoll mit Fisch. Es sind ganze Vermögen da, die auf die Tatkräftigen warten.«
»Und die Menfreys sind nicht tatkräftig?«
»Wir brauchen es ja nie zu sein, doch glaub mir, Mitglied für Lansella zu sein, ist kein Ruheposten. Du weißt das vom Tageslauf deines Vaters.«
»Macht dir das Leben Freude?«
Er wandte sich mir zu. »Ich habe es mir immer gewünscht. Es schien verkehrt, daß Lansella nicht von einem Menfrey vertreten wurde. Es war immer so gewesen, und schon, als ich noch ziemlich klein war, hatte ich mir vorgenommen, in die Politik zu gehen. Ich hatte alle möglichen Reformpläne. Ich war jung und idealistisch. Ich hätte dir alle wichtigen Ereignisse bis zu Peels Kabinett, Russells, Derbys, Aberdeens und Palmerstons aufzählen können. Ich verfolgte Disraelis Karriere und Gladstones ... und natürlich Roseberys und Salisburys.«
»Ja, das habe ich auch gemacht.«
»Du? Aber warum du, Harriet?«
»Weil ich manchmal das Gefühl hatte, mein Vater würde sich vielleicht für mich interessieren, wenn ich mit ihm über Politik reden könnte. Ich hielt es wirklich einmal für möglich.«
Er sah mich aufmerksam an. »Sag mal, Harriet, findest du nicht, daß die Welt der Politik faszinierend ist?«
»Die Menschen in ihr sind faszinierend. Ich hätte zu gerne Mr. Disraeli kennengelernt. Seine Ehe muß ziemlich vollkommen gewesen sein. Er mit seinen Locken, seiner auffallenden Erscheinung und seinem brillanten Witz; sie mit ihren Federn und Diamanten. Ich habe immer gehört, sie hätten sich hingebungsvoll lieb gehabt, und das finde ich etwas Wundervolles.«
»Wie romantisch du bist! Das wußte ich ja noch gar nicht.«
»Es war nur natürlich, daß sie ihn so anbetete, da er Premierminister war, der Günstling der Königin, und jeder wartete nur darauf, was er als nächstes sagen würde. Doch sie war, wie ich hörte, eine

ziemlich lächerliche Frau, Jahre älter als er und nicht sehr intellektuell. Und er heiratete sie wegen ihres Geldes. Man stelle sich das vor! Und doch sagte er später – oder vielleicht hat es jemand anders gesagt –, daß er, obgleich er sie aus Geldgründen geheiratet hatte, sie nach den ersten gemeinsamen Jahren aus Liebe geheiratet hätte.«

»Vernunftheiraten erweisen sich oft am Ende als die besten. Alles spricht für sie. Diese ist ein glänzendes Beispiel dafür.«

»Außer Liebe?«

»Liebe ist etwas, was Zeit zum Wachsen braucht.«

»Und was ist mit Liebe auf den ersten Blick?«

»Das ist Leidenschaft, meine liebe Harriet, eine weniger robuste Pflanze.«

»Glaubst du das wirklich?«

»Ich glaube nur, was bewiesen ist. Ich bin ein Mann, der nicht so ohne weiteres an Dinge glaubt.«

»Nun, hoffen wir, daß es dir eines Tages gelingt, deine Theorien zu beweisen.«

»Das wird es, Harriet, ich habe da nicht den geringsten Zweifel. – Es ist interessant, weißt du, daß du die Tochter des verstorbenen Parlamentsmitgliedes bist.«

»Findest du?«

Er betrachtete mich forschend, die Augen gegen das Sonnenlicht zusammengekniffen.

»Du wirst mir bei den nächsten Wahlen helfen müssen.«

»Das würde mir Spaß machen.«

»Eine Frau kann eine große Hilfe sein – besonders die Tochter des verstorbenen Parlamentsmitgliedes.«

»Aber du brauchst hier unten doch keine Hilfe. Sie sind nur zu erpicht darauf, von dir vertreten zu werden.«

Er beugte sich zu mir und umfaßte mein Handgelenk. »Ich werde deine Hilfe brauchen.« Und ich errötete vor Freude.

Ich war so glücklich! Ich mußte mich immer wieder daran erinnern, daß dies seine Art mit Frauen war. Er wußte genau, was er sagen mußte, um sie zu erfreuen.

Er sah mich lächelnd an. »Ich bin froh«, fuhr er fort, »daß du nun erwachsen wirst, Harriet. Wir müssen uns öfter sehen. Meine Wohnung ist nicht weit von deinem Haus. Du mußt deine Stiefmutter bitten, mich einzuladen.«

»Das werde ich tun.«

Wir berührten leicht die Flanken unserer Pferde mit unseren Gerten und galoppierten über ein offenes Feld, das vor uns lag.

Wir gelangten ans Moor und banden unsere Pferde für eine Weile an und saßen auf einer Steinmauer. Es war ein strahlender Morgen, die Sonne schien auf das lange Gras und ließ die kleinen Tautröpfchen an den Halmen aufstrahlen – es lag ein leichter Dunst über dem Moor – und ließ sie wie Kristalle glitzern. Der weiche Wind strich über meine Haut, und ich war glücklich. Dann kam er auf Jenny zurück.

»Bist du gerne bei ihr im Haus, Harriet?«

»Es ist mein Zuhause, nehme ich an.«

»Es wundert mich, daß sie weiter in diesem Haus wohnt.«

»Sie hatte vor, ein Haus auf dem Land zu kaufen, doch kann sie nicht an das Kapital heran, das mein Vater ihr hinterlassen hat. Wahrscheinlich hält sie es in Aufbewahrung für mich.«

»So ist das also.«

»Ich verstehe es nicht ganz. Ich weiß nur, daß Greville, Baker & Greville ihr gesagt haben, sie könnte das Geld für das Haus nicht bekommen.«

»Dann wirst du, meine liebe Harriet, unter gewissen Umständen eine beachtliche Erbin sein.«

»Ich hoffe, ich werde es nie erben, denn das bedeutet, daß sie zuerst sterben müßte. Das wäre mir schrecklich. Weißt du, ich habe sie recht lieb gewonnen.«

»Diese Gefühle sprechen für dich, Harriet.«

»Sie sprechen für meinen gesunden Verstand. Wenn ich das ganze Vermögen meines Vaters geerbt hätte, wäre ich eine begehrte Beute für alle jene Herren, die sich nach einer Vernunftheirat umsehen. Ich ziehe dem mein eigenes bescheidenes Vermögen und verhältnismäßige Sicherheit vor solchen Angriffen vor.«

»Dein Vermögen, liebe Harriet, bescheiden oder nicht, ist nicht dein einziger Vorzug.«

»Du erstaunst mich.«

»Tue ich das? Dann sind wir quitt. Denn du erstaunst mich mit deiner witzigen Unterhaltungsgabe.«

»Vermutlich dachtest du bisher, ich besäße keine?«

»Du hast mir erst seit kurzem Gelegenheit gegeben, mich ihrer zu erfreuen.«

»Du hast erst seit kurzem diese Gelegenheit gesucht?«

Er lachte und ergriff wieder meine Hand und drückte sie. »Harriet, versprich mir, daß du mir noch viele solcher Gelegenheiten hier und in London geben wirst.«

Er beugte sich zu mir und küßte mich auf die Wange; nicht leidenschaftlich, wie er vermutlich andere Frauen küßte, sondern zärtlich, fragend. Ich dachte: er sieht mich in einem anderen Licht. Er beginnt mich kennenzulernen, mich gernzuhaben. Oder begann er etwas über mein Vermögen zu erfahren und gefiel ihm das?

Doch war es kein großes Vermögen, denn Jenny war nur einige Jahre älter als ich, und ich würde sie aller Wahrscheinlichkeit nach nicht so schnell beerben, wenn überhaupt jemals.

Der Gedanke machte mich glücklich. Es war nicht das Vermögen. Ich war es selbst. Ein derartiges Glück war beinahe berauschend für mich, die ich so gar nicht daran gewöhnt war.

Als wir wieder unsere Pferde bestiegen, sagte er: »Deine Stiefmutter wußte also nicht, wie sie stand?«

»Sie hörte, wie das Testament verlesen wurde; sie sprach mit dem Testamentsvollstrecker, begriff die juristischen Tatsachen jedoch nicht.«

»Ich hätte gedacht, etwas für sie so Wichtiges hätte einen Eindruck auf sie gemacht.«

»Ich war ja auch dabei, als das Testament verlesen wurde, und verstand es nicht. In Wirklichkeit war ich mit meinen Gedanken ganz woanders, ich dachte ...«

»Was?«

»Oh ... was für ein Jammer es war, daß mein Vater und ich nie Freunde gewesen waren und es nun niemals mehr werden konnten.«

»Eines Tages sollte einer an dir all das wieder gutmachen, was du entbehrt hast.«

»Das wäre Gerechtigkeit, aber das Leben ist nicht immer gerecht, nicht wahr?«

»Vielleicht sollten wir dafür sorgen, daß es das wird.«

Was meinte er? Lief es auf einen Antrag hinaus?

»Ich will dir was sagen«, begann er, als wir das Moor hinter uns ließen, »du weißt nicht so recht über dein Erbe Bescheid. Du könntest es aber herausfinden, weißt du.«

»Ja, ich könnte zu Greville, Baker & Greville gehen.«

»Das brauchst du gar nicht. Du könntest dir eine Kopie des Testaments im Somerset Haus anschauen. Möchtest du, daß ich mich für dich darum kümmere, wenn ich in London bin?«

Ich verspürte einen jähen Schauder des Alarms. Trotzdem antwortete ich: »Ja bitte, Bevil, tu das.«

»Gut. Überlaß es nur mir. – Ziemlich kalter Wind hier oben.«

War es der kalte Wind, überlegte ich, der mich frösteln ließ?

Nach einer Tragödie erscheinen die vorhergehenden Tage immer vollkommen unwirklich. Man hat mit dem Offensichtlichen gelebt und doch nicht vermocht, das zu sehen, was man direkt vor der Nase hatte.

Es waren Tage voller Sonnenschein und Vorbereitungen, und die Hochzeit rückte näher. Neun Tage ... acht Tage ... Als ich einige Tage vorher mit Gwennan nach Plymouth fuhr, waren wir ins Theater gegangen, und ich hatte draußen am Gebäude das Plakat der Truppe mit der Aufschrift »Letzte Woche« quer darüber gemalt gesehen.

Gott sei Dank, dachte ich. Wenn sie fort sind, wird Gwennan zur Ruhe kommen und sie ganz vergessen. Bald, wenn sie von ihren Flitterwochen zurück sein und mich zu sich einladen würde, wie sie es versprochen hatte, würden wir darüber lachen und es die Schminkperiode taufen.

Es erstaunte mich jedoch, daß sie am letzten Tag der Truppe in Plymouth nicht hinfuhr, um ihnen Auf Wiedersehen zu sagen. Voller Erleichterung dachte ich: sie hat schon mit ihnen abgeschlossen.

Mein Kleid war fertig und hing in meinem Schrank. Es war sehr hübsch – sich anschmiegender, lila Chiffon – und ich sollte einen Kopfschmuck aus grünen Blättern haben. Die Brautjungfern sollten Grün mit malvenfarbenen Akzenten tragen. Die Farbzusammenstellung würde zweifellos sehr wirkungsvoll sein.

»Grün bringt Unglück«, erklärte Fanny ergrimmt. »Mich wundert, daß Miss Gwennan grün gewählt hat.«

»Mich nicht«, erwiderte ich.

Jener Tag war wie viele andere. Ich ritt am Morgen mit Bevil, Harry und Gwennan aus. Gwennan war ein wenig zerstreut, und ich vermutete, daß sie mit den Gedanken bei der abziehenden Truppe war. Ich hatte keine Gelegenheit, mit Bevil allein zu sein, da wir vier den ganzen Morgen zusammen waren.

Den Rest des Tages schien Gwennan mir aus dem Wege zu gehen, und ich dachte, sie wollte allein sein, um nun ernsthaft an ihre Zukunft zu denken.

Am Abend war eine Whistparty bei den Leverets. Wir spielten mit ziemlichem Ernst und gingen um zehn Uhr. Ich fand, Gwennan sah abwesend aus; ich sagte ein oder zweimal etwas zu ihr, doch sie antwortete nicht. Ich nahm an, sie stellte sich vor, wie die Truppe ihre Siebensachen zusammenpackte und zur nächsten Stadt weiterzog. Eine weitere kleine Episode war vorbei. Gott sei

Dank, dachte ich, daß keine Zeit für noch eine vor der Hochzeit war.

Ich schlief gut, und am Morgen kam Fanny wie immer, um die Vorhänge zurückzuziehen und mir heißes Wasser zu bringen.

»Wieder ein schöner Tag«, sagte sie, »wenn auch noch ein bißchen dunstig. Pengelly sagt, es ist Hitzedunst. Heute früh war es wirklich dicker Nebel.«

Ich ging ans Fenster und schaute auf das Meer hinaus.

Noch eine Woche, und ich würde wieder in London sein, und Tante Clarissa würde sich auf mich stürzen, um mich herauszubringen.

Ich wünschte nicht, daß die Zeit verstrich. Jeden Augenblick hätte ich einfangen und festhalten mögen.

Wir würden heute morgen ausreiten – Bevil, Gwennan und ich –, würden die Ställe hinter uns lassen und nach Chough Towers hinüberreiten, wo Harry uns ungeduldig erwarten würde.

Ich ging zum Frühstück hinunter. Sir Endelion und Lady Menfrey saßen bei Tisch und begrüßten mich liebevoll.

Lady Menfrey sagte, Bevil hätte bereits gefrühstückt, doch Gwennan sei noch nicht heruntergekommen. Wir sprachen über das Wetter, die Hochzeit, und dann schlenderte ich zu den Ställen.

Es war ungefähr eine Stunde später, als ich Bevil sah.

»Reiten wir heute morgen?« fragte er.

»Das hoffe ich.«

»Nun, wo ist Gwennan?«

»Ich habe sie noch nicht gesehen.«

»Ich glaube, sie ist noch nicht aufgestanden. Geh zu ihr ins Zimmer und sag ihr, sie soll sich beeilen.«

Ich ging hinein und begegnete Dinah. »Miss Gwennan hat sich heute morgen aber verspätet«, sagte ich zu ihr.

»Sie sagte, sie würde nach mir klingeln, wenn sie mich brauchte.«

»Wann hat sie das gesagt?«

»Gestern abend.«

»Du bist also noch nicht oben bei ihr gewesen?« Meine Stimme war unnatürlich hoch geworden, wie immer, wenn ich von bösen Ahnungen gepackt wurde.

»Nein, Miss, sie wollte es ja nicht.«

Als ich die Stufen zwei auf einmal hinaufrannte, sah ich ihr Gesicht vor mir, wie es gestern gewesen war ... resigniert. Sie war durchgebrannt. Ich wußte es, bevor ich noch die Tür aufstieß und das unberührte Bett sah, die Briefe, die auf dem Frisiertisch lehnten.

Gwennan mußte es natürlich auf melodramatische Weise machen.
Ich ging zum Frisiertisch. Es waren drei Briefe. Einer für ihre Eltern, einer für Harry, und einer für mich.
Meine Finger zitterten heftig, als ich den Umschlag aufriß, der an mich adressiert war.
›Liebe Harriet‹, las ich. ›Ich hab's getan. Es war der einzige Weg. Ich konnte einfach nicht bleiben. Ich bin mit Benedict gegangen. Wir werden heiraten, und ich gehe vielleicht mit ihm zur Bühne. Versuche zu erreichen, daß sie es verstehen. Besonders Harry. Ich konnte es nicht ändern. Es war eines der Dinge, die sein mußten. Dies ist anders als alles andere, das mir je widerfahren ist. Harriet, wir werden immer Freunde bleiben, egal, was geschieht. Vergiß es nicht, und versuch zu erreichen, daß sie es verstehen.
Gwennan‹
Ich fühlte mich zu betäubt, um mich bewegen zu können. Ich hörte Gelächter unten in der Küche. Ich hörte, wie Bevil einem Reitburschen etwas zurief. Um mich herum ging das Leben noch einige wenige Minuten weiter wie bisher, doch würde das auch sehr bald anders werden.
Ich nahm die beiden anderen Briefe und lief aus dem Zimmer. »Bevil«, schrie ich, als ich hinaus in den Sonnenschein rannte. »Schnell! Komm her!«
Er kam angelaufen. »Was um alles in der Welt ...«
Ich hielt ihm die Briefe entgegen. »Sie ist fort, Bevil! Da ist einer für mich. Sie ist mit Benedict Bellairs durchgebrannt!«
»Was? Mit wem?«
Ich hatte es vergessen. Niemand im Haus außer mir – vielleicht Dinah – wußte etwas von der Existenz dieses Mannes.
»Gwennan ist mit einem Schauspieler durchgebrannt.«
Er riß mir den Brief aus der Hand und las ihn.
»Sie will ihn heiraten ... Aber was wird mit Harry? Was bedeutet das?«
Ich starrte ihn nur an und sah, wie Begreifen sich über sein Gesicht ausbreitete und die Verblüffung jähem Zorn wich.
»Du hast davon gewußt!« beschuldigte er mich.
Ich nickte.
»Warum hast du es dann nicht gesagt? Du hast sie es tun lassen! Wir müssen sie zurückholen.«
Er ging mit großen Schritten ins Haus, und als ich ihm, verletzt und voller Schuldbewußtsein folgte, hörte ich, wie er nach seinem Vater rief.

Sir Endelion, von Lady Menfrey gefolgt, erschien am Fuß der Treppe.
»Gwennan ist mit einem Schauspieler durchgebrannt«, schrie Bevil.
»Wa-a-as?!«
Bevil drehte sich zu mir um. »Harriet wird es euch erzählen. Sie weiß alles darüber.«
»Harriet!« Es war ein herzzerreißender Schrei von Lady Menfrey.
»Ich wußte nicht, daß sie weglaufen wollte«, erklärte ich.
»Aber die Hochzeit ...«, begann Lady Menfrey mitleiderregend.
»Ich werde sie zurückbringen«, verkündete Bevil. »Ich mach mich lieber gleich auf den Weg. Wie war der Name des Mannes? Hier ... macht euren Brief auf.«
»Brief?« fragte Sir Endelion.
»O ja«, entgegnete Bevil wütend. »Sie hat es sehr stilvoll gemacht ... mit Briefen für die Familie ... und Harriet.«
Ich war verletzt, da er den Zorn, den er auf Gwennan empfand, gegen mich richtete.
Sir Endelion sagte mit bebender Stimme, und ich bemerkte nun erst, wie fassungslos und bestürzt er war: »Ich fürchte, ich habe meine Brille nicht bei mir.«
Bevil nahm ihm den Brief weg und las ihn laut vor. Der Inhalt war ziemlich der gleiche wie in meinem Brief. Sie liebe Benedict Bellairs; sie ginge mit ihm fort, da sie die Heirat mit Harry nicht über sich brächte. Sie hoffe, sie würden ihr verzeihen und es verstehen.
»Verstehen!« schrie Bevil. »Ja, wir verstehen, daß sie ein egoistischer kleiner Idiot ist! Verzeihen? Wart nur, bis wir sie wiederhaben!«
Ich sagte: »Es ist natürlich etwas Schreckliches, aus Liebe und nicht aus Berechnung zu heiraten.«
Bevil starrte mich beinahe mit Verachtung an, während Lady Menfrey stöhnte: »Dies ist furchtbar ... furchtbar ...«
»Hört zu«, unterbrach Bevil sie brüsk. »Ich fahre allein nach Plymouth. Haltet den Mund hierüber, bis ich zurück bin. Ich werde sie zurückbringen, und die Angelegenheit braucht keine weiteren Kreise zu ziehen. Haltet es vor dem Personal geheim.«
»Du wirst die Truppe nicht mehr in Plymouth finden«, sagte ich. »Sie sind gestern weitergezogen.«
»Wie heißt die Truppe?«

Ich sagte es ihm.
»Ich werde herausbekommen, wo sie hingegangen sind und werde sie mit zurückbringen«, versicherte er ergrimmt.
»Sie wird nicht mitkommen.«
»Das werden wir ja sehen!«
Er fuhr nach Plymouth, und ich ging mit Sir Endelion und Lady Menfrey in die Bibliothek. Sie stellten mir immer neue Fragen. Was ich darüber wüßte? Wie dieser Mann wäre? Sie waren voller Vorwürfe. Ich hatte Gwennan bei diesem Betrug geholfen.
Mir war ganz elend durch ihre Enttäuschung über mich, am meisten jedoch durch Bevils Verachtung. Ich hatte ihn nie zuvor wütend gesehen und erkannte nun, daß er in der Tat sehr wütend sein konnte.
Ich erzählte ihnen von ihren Theaterbesuchen; es hatte keinen Sinn, jetzt noch etwas zu verschweigen.
»Du gingst also mit ihr dorthin, wenn ihr zur Schneiderin solltet?«
Zornig fragte ich zurück, wie sie annehmen konnten, wir hätten so viel Zeit für die Schneiderin gebraucht.
»Dinah hätte uns warnen sollen«, sagte Lady Menfrey.
»Du kennst doch Gwennan. Sie verbot es Dinah.«
»Ja«, seufzte Lady Menfrey. »Wir kennen Gwennan.«
Sir Endelion war erstaunlich ergeben, und ich vermutete, er dachte an den Skandal, in den er verwickelt gewesen war, und der zur Folge gehabt hatte, daß er seinen Sitz im Parlament hatte aufgeben müssen.
»Und du, Harriet?«
»Wie konnte ich Gwennan verpetzen?« protestierte ich.
»Aber du siehst doch, was geschehen ist. Falls Bevil sie zurückbringt ...«
»Sie wird nicht zurückkommen.«
»Er wird es erreichen. Bevil wird seinen Willen durchsetzen.«
»Und das wird auch Gwennan.«
Lady Menfrey seufzte, und ich vermutete, sie hatte sich viele Male in ihrem Leben mit dem wilden, unlenksamen Wesen ihrer Familienangehörigen konfrontiert gesehen.
Harry Leveret kam herüber, da er sich wunderte, warum Gwennan, Bevil und ich nicht nach Towers herübergeritten waren.
Man mußte ihm den Brief geben, den Gwennan für ihn geschrieben hatte; sogar jetzt mag ich nicht an sein Gesicht denken, als er ihre Worte las.
Er war zutiefst getroffen. Armer Harry! Er hatte Gwennan innig geliebt.

Jener Tag war wie ein böser Traum. Bevil kam alleine zurück, bleich und zornig. Er hatte herausgefunden, daß die Truppe nach Paignton gezogen war, wo er dann hingefahren war, doch als er sie dort aufgespürt hatte, erfuhr er, daß Benedict Bellairs die Truppe verlassen hatte und sein Aufenthalt unbekannt war.
Es war nichts mehr zu machen ... das war alles.
Die Leverets waren herübergekommen, und Mrs. Leveret saß da und weinte. Ich konnte es nicht ertragen, Harry anzuschauen; alle Augenblicke feuerten sie mir Fragen entgegen. Ich konnte ihnen nicht mehr erzählen, als daß Gwennan sich mit einem Schauspieler namens Benedict Bellairs angefreundet hatte. Ich mußte immer wieder das Gleiche sagen, bis ich sie am liebsten angeschrien hätte, sie sollten mich gehen lassen.

5

Ich fühlte mich erbärmlich schlecht, als ich wieder in London war. Ich hatte Gwennan verloren, Bevil war wütend auf mich, und vor mir breitete sich die öde Saison in London aus, durch die Tante Clarissa mich schleifen würde.
Sie saß Jenny gegenüber im Salon, ganz in Schwarz gekleidet, was ein Vorwurf für Jenny sein sollte: seine Schwester hatte noch nicht die Trauerkleidung abgelegt, während seine Frau es schon für angemessen gehalten hatte. Sie sah wie eine Krähe aus, die einen kleinen Kanarienvogel einschüchterte.
Ihre Stimme war hoch und schrill. »Natürlich wäre dieses Haus ideal gewesen. Ich denke da an die Gesellschaften, die mein Bruder zu geben pflegte. Ich habe diese Räume mit hinreißenden Blumen dekoriert gesehen, und in der Bibliothek war sogar ein Goldfischteich.«
Meine Stiefmutter bewegte flatternd die Hände, doch diese hilflosen Gebärden, die meinen Vater so bezaubert hatten, ließen Tante Clarissa ungerührt.
»Natürlich würde es mir nicht im Traum einfallen, dieses Haus jetzt zu benutzen ... ein Haus, das vor noch gar nicht langer Zeit einen solchen Verlust erlitt!«
»Alle Häuser müssen von Zeit zu Zeit ihre Verluste erleiden«, schob ich ein, da ich Jenny zur Hilfe kommen mußte. »Wenn nie Gesellschaften in Häusern gegeben würden, in denen Menschen gestorben sind, würde es nur wenige Gesellschaften geben.«

»Ich sprach mit deiner Stiefmutter, Harriet.«
»Ach wirklich, Tante Clarissa, aber ich bin kein Kind, das nur etwas sagt, wenn es gefragt wird.«
»Bis du offiziell in die Gesellschaft eingeführt bist, betrachte ich dich als ein Kind.«
»Dann werde ich sehr froh sein, die magische Grenze eines Tages überschritten zu haben.«
»Da ist eine Sache, über die ich mit dir reden muß, Harriet. Du hast eine zu scharfe Zunge.«
»Es würde mir nur gelingen, sie künstlich zu mildern.«
»Dies ist eine absurde Abschweifung. Ich sagte gerade, daß es nicht möglich ist, dieses Haus zu benutzen, und ich schlage deshalb vor, daß Harriet bei mir wohnt, bis die Saison vorbei ist.«
Jenny sah mich hilflos an. Ich begriff, daß es so sein mußte, wie Tante Clarissa es vorschlug.
Tante Clarissas Haus lag etwas zurück von der Straße; zu jeder Seite des halbkreisförmigen Auffahrtsweges, der zu der Eingangstür führte, befand sich ein Tor. Das Haus war größer als unseres, doch längst nicht so elegant. Tante Clarissas Mann war nicht so reich wie mein Vater gewesen – eine Tatsache, die sie nie hatte verwinden können und die sie, glaube ich, ständig meinem armen Onkel vorgehalten hatte. Er war vor fünf Jahren gestorben, nach langer Krankheit, und ich hatte gehört, wie man seinen Tod eine gnädige Erlösung genannt hatte. Ich konnte mir gut vorstellen, daß er das gewesen war. Sylvia und Phyllis empfingen mich in ihrem Heim mit verächtlicher Nachsicht. Ich war keine Rivalin, ich würde geradezu einen Kontrast bilden, der ihre rosigblonde Niedlichkeit noch steigerte.
Es herrschte ein Wirbel von Geschäftigkeit im Haus. Die arme kleine Miss Glenister, die Schneiderin, arbeitete vom frühen Morgen bis spät in die Nacht in einer der Mansarden, die das Nähzimmer genannt wurde. Sie tat mir leid; sie wurde nicht nur dauernd von meiner Tante geplagt, sondern auch von meinen Cousinen; und es konnte eine ernstliche Katastrophe sein, wenn Miss Sylvia der Ansatz ihrer Ärmel nicht gefiel und Miss Phyllis, nachdem sie verkündet hatte, daß sie die kaffeebraune Spitze auf ihrem blauen Samtkleid himmlisch fände, plötzlich entschied, daß sie sie doch haßte. Miss Glenister war der Sündenbock, der Prügelknabe. Sie war an allem schuld. Manchmal wunderte es mich, daß sie nicht ihre Nadeln und Garnrollen hinwarf und fortging. Doch wohin? Um bei einer anderen Familie zu arbeiten,

die ihr die gleichen Pflichten auferlegte und sie mit ähnlichen Beschuldigungen überschüttete?
Wenn sie etwas für mich nähte, erklärte ich immer, davon entzückt zu sein, was nicht stimmte, doch vermochte ich einfach nicht, es ihr noch schwerer zu machen.
Meine Cousinen pflegten die Hände an den Mund zu heben, um ihr Lächeln zu verbergen.
»Na, ich würde es nicht haben wollen, liebe Cousine. Aber ich nehme an, du hast das Gefühl, daß es nicht so wichtig ist.«
Miss Glenister brachte dann Entschuldigungen für sie vor. »Wissen Sie, Miss, sie sind so hübsch. Es ist verständlich, daß sie nur das Beste haben wollen.«
Die Kleider begannen unsere Schränke zu füllen, Ballkleider – mehrere für jede – Tante Clarissa hatte gesagt, es wäre verhängnisvoll, dasselbe Kleid so oft zu tragen, daß es erkannt wurde.
»Heißt das, daß wir jedes nur einmal anziehen sollen?« fragte ich.
»Was für eine lächerliche Extravaganz!« erwiderte sie.
»Aber ist es wirklich ungefährlich, es zweimal zu tragen? Manche Leute sind vielleicht scharfsichtig genug, es sogar nach einem Mal wiederzuerkennen. Die Kleiderdetektive!«
»Ich bitte dich, Harriet, glaub nicht, du seiest geistreich. Du bist wirklich sehr albern.«
Doch hatte ich sie unsicher gemacht, und das verschaffte mir boshaftes Vergnügen.
Ich nutzte jede Gelegenheit, um ihr Vertrauen in ihre Töchter und deren Erfolg in dem, was ich den Heiratsmarkt nannte, zu unterminieren. Ich schämte mich über mich selbst; ich redete mir ein, daß ich die ganze Angelegenheit verachtete, doch im geheimen wußte ich in meinem Herzen, daß ich, wäre ich schön, charmant und attraktiv gewesen, mich wahrscheinlich genauso für die Kleider interessiert hätte wie meine Cousinen und genauso auf Erfolg erpicht gewesen wäre wie sie. Das neu erworbene Selbstvertrauen verließ mich wieder, und ich glich dem finster-trotzigen Kind, das ich bis zum Tode meines Vaters gewesen war, wieder mehr, als ich das seit langem getan hatte. Ich besaß zwei Persönlichkeiten – die eine, die lustig, optimistisch, witzig und sogar attraktiv sein konnte, und die finstere, trotzige, sarkastische, die immer in der Defensivstellung war, immer damit rechnete, angegriffen zu werden. Es erinnerte mich an die hölzernen Figuren in dem Wetterhäuschen meiner Cousinen: an die fröhlich gekleidete Frau mit dem Sonnenschirm, um Sonnenschein anzuzeigen, und

den düster gekleideten Mann, wenn es trübe oder stürmisch war. Sonnenschein – und das war Bevil und Menfreya – brachte die eine Seite meines Wesens hervor und trübes Wetter – das waren meine Tante und Cousinen – die andere.
Je mehr ich mir selbst mißfiel, um so unglücklicher wurde ich. Der Unterschied war jetzt, daß diese Stimmung sich nicht in finsterem Schweigen äußerte; ich benutzte lediglich meine scharfe Zunge, um sie zu verletzen und ihnen ihr Vergnügen zu verderben.
Am meisten verletzte mich jedoch die kleine Schneiderin, glaube ich, die meine Cousinen so schlecht behandelten und zu der ich nett zu sein versuchte, denn sie machte trotzdem lieber Kleider für jene. Und obgleich sie wegen ihnen viele Tränen in ihre Säume und Falten weinte, bewunderte und respektierte sie sie.
Was mache ich eigentlich hier? pflegte ich mich während jener Tage zu fragen.

Wir wurden der Gesellschaft vorschriftsmäßig präsentiert, und die Reihe der Festlichkeiten begann.
Ich mußte einfach dem albernen Geschwätz entfliehen, dem Brüten über Namenslisten.
»Wir müssen versuchen, ihn zu bekommen. Mit ihm ist jede Party gelungen.«
›Er‹ war der begehrteste Junggeselle in der Stadt, im Besitz eines Barontitels und eines Vermögens.
»Sogar noch besser als der Earl, meine Liebe, denn er hat Schwierigkeiten, seine riesigen Besitzungen zu unterhalten, und du kannst sicher sein, er wird nach einem Vermögen suchen, nach etwas, das unsere Mitgiften übersteigt. Wenn dein Vater bloß nicht ... Aber wir müssen das Beste aus dem machen, was wir haben. Der Baron ist ein reizender Mann ... und reich ... sehr reich! ... Natürlich weiß ich, daß George Crellan der Sohn eines Earl ist ... aber nur der vierte Sohn, meine Lieben! Wenn er der zweite wäre, bestände vielleicht eine Chance ... aber der vierte! Die ›Ehrenwerte‹ Mrs. Crellan! ... Ja, ja, sehr nett. Doch wäre mir ein solider Titel lieber ... einer, der erblich ist ... ›Ehrenwerte‹ sind so zweifelhaft, finde ich immer. Manchmal ist es auch nicht guter Geschmack, diesen Titel zu benutzen. Wir müssen es also mit dem Baron versuchen ...«
Sie sah, wie sich meine Lippen verächtlich verzogen.
»Wenn du denkst, du hättest eine Chance bei dem Earl, irrst du dich. Wenn dein Vater nicht so ein Dummkopf gewesen wäre, diese Frau zu heiraten ... und ihr sein Geld zur Nutznießung zu

vermachen ... Ach, was für eine Verwicklung! Ich dachte immer, ich würde wenigstens dein Vermögen haben, wenn ich dich herausbrächte. Und jetzt ... es sei denn, sie stürbe ... und sie ist jung ...«

Ich lachte laut los.

»Harriet!«

»Dies ist alles überflüssiges Gerede und völlig sinnlos«, erklärte ich. »Ich will weder den Earl noch den Baron, noch den ›Ehrenwerten‹ George Crellan, wie ich dir ehrlich versichern kann.«

»Keine Angst«, entgegnete meine Tante wütend, »du wirst nie die Gelegenheit haben!«

»Und wenn die Herren etwas Verstand besitzen, werden meine Cousinen das ebenfalls nicht!« feuerte ich zurück.

Es blieb mir nichts weiter übrig, als sie daraufhin zu verlassen; und da ich der Trivialität des Ganzen entfliehen wollte, besuchte ich meine Stiefmutter.

Jenny freute sich, mich zu sehen, und ich fand, sie sah hübscher und munterer aus als gewöhnlich.

»Bevil Menfrey war gestern hier«, erzählte sie. »Was für ein reizender junger Mann! Er war so amüsant!«

Ich stellte mir die Szene vor, malte mir aus, wie Bevil voller Charme gewesen war, wie immer einer hübschen Frau gegenüber.

»Er fragte natürlich nach dir.«

»Ich glaube, er ist nicht sonderlich zufrieden mit mir«, erwiderte ich. »Er findet, ich hätte zum Teil die Schuld an der Sache mit Gwennan.«

»Oh, ich bin sicher, daß er das nicht denkt. Es wäre ziemlich ungerecht, und das könnte er nie sein.«

»Er war es aber. Er gab mir die Schuld. Es war ganz offenkundig.«

»Das war in der Hitze des Augenblicks. Er war da sehr erregt. Natürlich erwartete er nicht, daß du sie verpetzen würdest. Ich fragte ihn, ob er etwas von Gwennan gehört habe, und er sagte nein. Er hat Nachforschungen angestellt und nichts herausgefunden, und er vermutet, daß sie jetzt verheiratet ist, und wenn sie das ist, hat es keinen Sinn mehr, zu versuchen, sie zurückzubringen.«

»Und er ... erwähnte mich?«

»Ja. Er sagte: ›Harriet steckte mit im Komplott ... zum Schweigen verschworen. Wenn sie uns nur einen Wink gegeben hätte ... aber das tat sie natürlich nicht!‹«

»Du meinst also, er versteht es wirklich?«
»Natürlich. Er hätte es genauso gemacht. Er sagte, er käme zu einigen deiner Bälle. Deine Tante hätte ihm Einladungen geschickt.«
Ich wußte, ich sah strahlend aus; doch schlich sich Unsicherheit in mein Denken, als ich meine hübsche Stiefmutter anschaute, deren Augen vor Freude glänzten, als sie an Bevils Besuch dachte, und deren Haut in jener frischen und doch durchsichtigen Klarheit schimmerte, die so ungewöhnlich und reizvoll war.

Einige Tage später gingen wir zu einem Ball, den Lady Mellingfort für ihre Tochter Grace gab. Die Vorbereitungen hatten den ganzen Tag gedauert, und ich war bitterlich enttäuscht, weil Bevil meiner Tante keinen Besuch gemacht hatte, wie ich es erwartet hatte.
In der Abgeschiedenheit meines Zimmers übte ich tanzen. Ich konnte tanzen, wie ich es in jenem Spukgemach in Menfreya und auf dem Fest in Chough Towers bewiesen hatte, doch bildete ich mir ein, es ohne Anmut zu tun.
Es gab nur einen Grund, weshalb ich auf einen Ball gehen wollte, und der war, Bevil dort zu treffen.
Ich war in Grün, was Unglück bringen sollte, wie meine Cousinen mir gesagt hatten. Ich hatte einige Zweifel, als ich es anzog, denn ich hatte es mehr aus Angabe als anderen Gesichtspunkten gewählt. Grüne Seide, von Miss Glenisters zerstochenen Fingern und ihren verbrauchten Augen zu einem Ballkleid verarbeitet! Ich fand, ich sah nichtssagend aus; und wie ich an dem befriedigten Ausdruck meiner Cousinen sehen konnte, fanden sie das ebenfalls.
Sylvia war in Rosa und Silber und Phyllis in Blau und Silber. Dasselbe Silberband für sie beide – es war billiger, in größeren Mengen zu kaufen. Ich mußte zugeben, sie sahen auf ihre Art sehr hübsch aus, die, wie ich mir einredete, keine sehr geschmackvolle war. Ihre Zofe, die wir zu dritt teilten, hatte ihr Haar sehr reizend frisiert, und beide trugen sie eine dicke Locke auf der Schulter. Niemand hätte vermutet, daß diese Locke durch Aufdrehen auf alte Lappen während der vorigen Nacht zustande gebracht worden war, ziemlich unbequem und grotesk, doch war Tante Clarissa gegen Brennscheren. Ich hatte mein glattes Haar gebürstet und es in einen Knoten gedreht, den ich hoch auf dem Kopf trug.
»Das macht alt!« bemerkte Phyllis erfreut.

»Zumindest sind es dann nicht drei Märchenpüppchen von der Spitze des Weihnachtsbaums!« erwiderte ich.
»Eifersüchtig«, flüsterte Sylvia.
»Nein«, entgegnete ich. »Nur eine ganz sachliche Feststellung.«
Ich sah wahrlich nicht am vorteilhaftesten aus. Ich ärgerte mich über das Rouge, mit dem meine Cousinen ihre Wangen belebt hatten. Ich wollte schlicht und unvergoldet auf den Ball gehen, gerade um zu zeigen, daß es mir egal war.
»Sie sieht wie eine Gouvernante aus«, sagte Sylvia zu Phyllis. »Nur daß Gouvernanten natürlich nicht auf Bälle gehen.«
»Phyllis! Sylvia!« sagte ich scharf. »Eure Manieren sind nicht halb so hübsch wie eure Kleider.«
»Was soll das?«
»Ich benehme mich wie eine Gouvernante, da ich ja wie eine aussehe.«
Sie wären erstaunt gewesen, hätten sie gewußt, daß mir ein Klumpen in der Kehle saß und mir die Augen brannten. Ich hätte mich auf mein Bett werfen und weinen können. Ich war so unglücklich, und mein Elend war wie ein Echo aus der Vergangenheit, als mein Vater so deutlich gezeigt hatte, daß er mich nicht lieb hatte und Tante Clarissa sich gefragt hatte, wie sie einen Mann für mich finden sollte.
Die Kutsche stand vor der Tür, und wir fuhren los. Ich beobachtete Tante Clarissa – ihre Blicke ruhten befriedigt auf ihren Töchtern. Sie fand, sie sahen bezaubernd aus.
Bei Lady Mellingforts Haus in der Park Lane blieben wir in dem Strom von Kutschen stecken, die Gäste zu ihrem Ball brachten. Dies war einer der großartigsten Bälle der Saison, und Tante Clarissas Gefühle waren geteilter Art; sie war entzückt, sich unter den Gästen zu befinden, und fragte sich gleichzeitig, wie sie es mit derartigem Glanz aufnehmen sollte, wenn die Reihe an sie als Gastgeberin kam.
Man schaute zu uns herein, einige waren zerlumpt und hatten eingefallene Gesichter. Mir schauderte. Ich hatte soziale Kontraste nie gemocht. Ich überlegte, ob sie uns wohl haßten, wie wir so in unseren Kutschen saßen, nicht nur wohl genährt, sondern in unseren glitzernden Kleidern, von deren Kosten eine ganze Familie eine Woche lang hätte leben können. Ich war froh, als wir weiterfuhren und zu dem Haus gelangten.
Ich hatte eine undeutliche Vision von einem roten Teppich, von Dienern mit gepuderten Perücken und Palmen in weißen Kübeln,

von dem Gesumm erregter Stimmen und habgierigen Blicken besorgter Mamas.

Dann stiegen wir die breite Treppe hinauf, um von Lady Mellingfort begrüßt zu werden, die in weißem Satin, mit Federn und Diamanten auf ihre Gäste wartete.

Es war ein Alptraum, wie ich ihn mir vorgestellt hatte. Mütter begrüßten sich und machten sich Komplimente auf ihre reizenden Töchter, wie Luchse nach einem Anzeichen größerer Schönheit Ausschau haltend und bestrebt, den Blick der lockendsten Beute einzufangen.

Ich weckte keine Beunruhigung in ihnen; ich konnte ihre Gedanken lesen, wenn ich ihnen vorgestellt wurde.

»Sir Edward Delvaneys Tochter! Nicht gerade eine Schönheit! Und da ihr Vater eine junge Frau heiratete ... kein Vermögen. Eine wirkliche Außenseiterin.«

Ich gehörte nicht hierher. Wie sehnte ich den Augenblick herbei, in dem wir uns mit Dankesbeteuerungen von unseren Gastgebern verabschieden würden. Wie viel verlockender schien mir mein eigenes Zimmer.

Es war, wie ich befürchtet hatte. Mir wurden einige Männer vorgestellt – die älteren und unattraktiveren –, die mich abschätzend musterten. Mir schien, mein verkleinertes Vermögen war von einigem Interesse für sie. Ich tanzte linkisch und unterhielt mich eine Zeitlang, und als ich keine Anstrengung machte, Banalitäten zu sagen, entschwanden sie bald.

Ich sah Phyllis und Sylvia tanzen, und es ärgerte mich, daß sie mich ebenfalls sahen. Sie warfen mir ein mitleidiges Lächeln zu, das nicht ganz ihre Befriedigung verbarg.

Ganz egal, was sie sagen, schwor ich mir, ich werde nie wieder auf einen ihrer albernen Bälle mitgehen.

Und da kam er auf mich zu. Ich wußte, daß mehrere raubgierige Mamas ihn beobachteten, doch bemerkte er es nicht. Wenn nicht der bestaussehende, so war er zweifellos der distinguierteste Mann im ganzen Ballsaal.

»Harriet!« sagte er so laut, daß die in der Nähe Sitzenden die Köpfe wandten und Augenbrauen in die Höhe gingen. »Eine volle halbe Stunde bin ich auf der Suche nach dir!«

»Bevil!« rief ich aus, und meine ganze Freude und mein ganzes Glück schwangen in meiner Stimme, für die Zuschauer leicht zu entdecken.

Er setzte sich neben mich. »Ich wäre früher gekommen, doch wurde ich im Parlament festgehalten.«

»Ich hatte ja keine Ahnung, daß du kämest!«
»Ich wußte nicht, ob ich es schaffen würde. Doch hatte ich von Tony Mellingfort gehört, daß deine Tante und ihre Zöglinge eingeladen waren, und hatte deshalb fest vor, auf jeden Fall zu kommen. Freust du dich, mich zu sehen? – Meine Güte, was für ein Krach!«
Ich war zu glücklich, um in jenen ersten Augenblicken etwas zu sagen. Dann erklärte ich ziemlich leise: »Damit müssen wir wohl rechnen, mit der Musik und dem Geschwätz.«
»Ich drücke mich, wenn irgend möglich, immer vor solchen Veranstaltungen.«
»Das werde ich ebenfalls tun, aber es wird für dich leichter sein als für mich. Habt ihr irgend etwas von Gwennan gehört?«
»Nichts«, erwiderte er. »Ich muß mich entschuldigen, nicht wahr? Ich war wütend, und ich dachte, es hätte verhindert werden können, wenn du uns etwas davon gesagt hättest, doch verstehe ich natürlich, daß sie dich ins Vertrauen zog und du daher die letzte gewesen wärest, die sie verraten hätte.«
»Ich bin froh, daß du es verstehst.«
»Du hast diesen Kerl kennengelernt, nicht wahr? O Gott, was für ein Krach! Wollen wir nicht versuchen, ein ruhigeres Eckchen zu finden?«
Er ergriff meine Hand und zog meinen Arm durch seinen; mehrere Augenpaare folgten uns, als wir uns unseren Weg zu einer Nische bahnten, die ein wenig von Palmen abgeschirmt war.
»Hier ist es besser.«
»Fern der tobenden Menge«, bemerkte ich; meine Lebensgeister lebten auf.
»Aber nicht fern genug. Dieser Schauspieler, wie war er?«
»Ich sah ihn nur auf der Bühne und dann ganz kurz hinter den Kulissen.«
»Aber wie fandest du ihn, Harriet?«
»Das ist schwer zu sagen. Er war so sehr Schauspieler, daß er immer eine Rolle zu spielen schien – sei er nun auf der Bühne oder nicht.«
»Ich weiß nicht, was aus ihr werden wird.«
»Sie ist sehr lebenstüchtig.«
»Sie hat dir nicht geschrieben und dich gebeten, es uns nicht zu sagen?« Er lächelte. »Aber falls sie das getan hätte, würdest du es nicht verraten, nicht?«
»Nein. Aber ich kann dir dies sagen: sie hat mir nicht geschrieben.«

»Ich möchte wissen, ob das ein gutes oder schlechtes Zeichen ist.«
»Es könnte beides sein.«
»Du kannst mich nicht täuschen, Harriet. Wenn Gwennan irgend etwas hätte, mit dem sie angeben könnte, hätte sie dir geschrieben. Hat sie das nicht immer getan?«
»Ja. Doch hat sie vielleicht Angst, du könntest ihre Spur finden und versuchen, sie zurückzuholen.«
»Das könnten wir nicht ... wenn sie verheiratet ist. Falls du etwas hörst, wirst du es mir sagen ... vorausgesetzt natürlich, daß sie dich nicht zum Schweigen verpflichtet?«
»Selbstverständlich werde ich das, Bevil.«
»Gut, das wäre das. Nun erzähl mir von dir selbst. Du wohnst bei deiner Tante, wie ich vor einigen Tagen erfuhr, als ich deine Stiefmutter besuchte.«
»Ja, und ich bin froh, wenn all dies vorbei ist. Ich hasse diese Bälle!«
»Ich auch.«
»Für dich bestand kein Zwang zu kommen.«
»Wieder falsch, Harriet. Ich stand unter dem großen Zwang, dich sehen zu wollen. Du weißt, daß du die intelligenteste und amüsanteste junge Dame bist, die ich kenne, nicht wahr?«
»Ich weiß, daß du die Kunst, Komplimente zu machen, beherrschst.« Er beugte sich zu mir und küßte mich auf die Nase. Ich dachte: Nie hat es so eine Glückseligkeit gegeben. Wie konnte ich nur denken, ich wollte nicht zu Lady Mellingforts Ball kommen?
Wir sprachen von Menfreya, und wie ich dort mit Bevil in jener Nische saß, hörte ich das Rauschen der Wellen, sah die zinnenbewehrten Mauern und die alte Uhr im Turm; ich konnte mich selbst mit Bevil durch die Wälder und Feldwege reiten sehen. Ich fühlte mich vor Glück wie berauscht.
Später, als wir zusammen zum Essen gingen, schlossen sich uns zu meinem Kummer Tante Clarissa und Sylvia an, die ohne Begleiter war, wie ich boshaft genug war zu bemerken.
»Mr. Menfrey! Wie freut es mich! Meine Tochter Sylvia.«
Ich verspürte einen Stich der Furcht, als er sie in jener warmen zärtlichen Art ansah, mit der er und sein Vater alle Frauen ansahen.
Sylvia sagte: »Ich freue mich auch sehr, Mr. Menfrey. Ich habe schon so viel von Ihnen gehört.«
»Dann ist die Freude allerseits, Harriet konnte den ganzen Abend

über nichts anderes als ihre reizenden Cousinen reden.«

Ich hielt den Atem an, doch er lächelte mir zu. Er hatte die Situation erfaßt.

Lady Mellingfort hatte gedacht, es würde lustig für ihre Gäste sein, sich selbst an dem Büffet zu bedienen; so schlug Bevil vor, uns unser Essen an den Tisch zu bringen.

»Nehmen Sie doch Sylvia mit. Sie wird Ihnen helfen. Geh mit, Sylvia, mein Herz.«

Ich sah zu, wie sie gemeinsam fortgingen, und ich haßte meine Tante. Sie haßte mich ebenfalls.

»Nein wirklich«, sagte sie leise. »Es wird geredet!«

»Man könnte es kaum anders erwarten. Dies ist kein klösterlicher Orden, der Schweigen vorschreibt.«

»Harriet! Hör einmal zu.«

»Ich höre zu, Tante.«

»Dein Benehmen ist einfach schändlich gewesen!«

»Wieso?«

»Dich mit diesem Mann zu verstecken!«

»Wir uns versteckt? Oh, von Verstecken kann da gar keine Rede sein. Man konnte uns ganz deutlich durch die Palmen hindurch sehen ... und man sah uns auch!«

»Das meine ich ja gerade. Man tut es einfach nicht. Du bist in meiner Obhut, und ich bin überaus ungehalten. Du hast Mr. Menfrey völlig mit Beschlag belegt. Kam dir gar nicht der Gedanke, daß auch andere mit ihm reden wollten?«

»Er hat ein sehr kleines Vermögen, Tante. Selbstverständlich ist da der Titel, den er eines Tages haben wird, wie ich vermute ... aber ein Landsitz ... und noch dazu ein verhältnismäßig kleiner. Nicht zu vergleichen mit Freiherrn und Baronen oder sogar dem ›Ehrenwerten‹ Mr. Crellan.«

»Wirst du still sein! Na, wenigstens scheinen er und Sylvia gut miteinander zu können.«

Das taten sie. Meine forschenden Augen hatten sie beobachtet, wie sie lachend zwischen den Delikatessen am Büffettisch aussuchten, assistiert von Lady Mellingforts gepuderten Lakaien.

»Oh, da kommen sie. Was haben Sie uns für köstliche Sachen gebracht, Mr. Menfrey! Setzen Sie sich hierher. Und du, Sylvia, mein Liebling, setz dich dorthin.«

Bevil hatte seinen Stuhl ein wenig näher zu meinem gezogen.

»Ich glaube«, sagte er und sah mich lächelnd an, »dies wird nach deinem Geschmack sein.«

Er war reizend zu meiner Tante, und Sylvia gegenüber entfaltete er

jene leicht flirtende Art, die er anscheinend nicht zu unterdrükken vermochte. Der Abend war nicht gerade verdorben, doch hatte ich einen langen Abstieg von den elysischen Höhen hinter mir.
Ich hatte auch keine Gelegenheit mehr, sie wiederzuerklimmen, und schon gar zu bald hatten wir uns verabschiedet, hatte Bevil eine Einladung meiner Tante, uns einen Besuch zu machen, angenommen, und unsere Kutsche entführte uns die Park Lane hinunter.
Keiner von uns sagte etwas.
In meinem Zimmer warf ich mein Kleid über einen Stuhl und kroch ins Bett, wo ich mir im Halbschlaf vorstellte, ich sei in Menfreya, schaute aufs Meer hinaus und ruderte auf die Insel hinüber, auf der Bevil mich erwartete, oder ritte mit ihm durch den Wald, lachend und uns unterhaltend; und dann im Galopp, um Tante Clarissa und Sylvia zu entfliehen, die uns verfolgten. Es war eine angenehme Träumerei, die nur den leisesten Anflug von Zweifel und Mißtrauen enthielt – ein wahres Spiegelbild von dem, was sich auf Lady Mellingforts Ball abgespielt hatte.

Am folgenden Tag schlug meine Tante vor, es wäre schicklich, wenn ich meine Stiefmutter besuchen würde, und ich gehorchte ganz bereitwillig. Ich war erstaunt über diese kleine Geste der Rücksicht, bis ich erfuhr, daß Bevil während meiner Abwesenheit dagewesen war – wie es offensichtlich ohne mein Wissen verabredet worden war – und Wein und Kekse im Salon zu sich genommen hatte. Als ich zurückkam und entdeckte, was geschehen war, bekam ich Mordgelüste.
»Er schenkte Sylvia so viel Aufmerksamkeit«, rief Phyllis aus.
»Ich dachte, du versuchtest mit ihm zu flirten«, entgegnete Sylvia. »Nun, er ist recht amüsant, und er redete auf jeden Fall immer weiter mit mir.«
Ich vermochte es nicht zu ertragen, ihrer Unterhaltung zuzuhören; doch der Triumph war mein, als am nächsten Tag – gerade bevor wir uns zu einem anderen Ball der Saison fertigmachten – eines der Mädchen die Blumen hereinbrachte. Sie waren in einer entzückenden Schachtel – zwei Orchideen – höchst geschmackvoll arrangiert.
»Gib sie mir«, quietschte Phyllis. »Oh, ich möchte wissen, wer sie geschickt hat!«
Meine Tante kam geschäftig herbeigeeilt. »Blumen! Keineswegs ungewöhnlich. Werdet nicht so aufgeregt! Ihr werdet merken,

daß dies ziemlich üblich ist, wenn ein Mann zeigen will, daß er sich für ein Mädchen interessiert.«

Sylvia schimpfte auf ihre Schwester und versuchte, ihr die Schachtel wegzunehmen. »Woher weißt du, daß sie für dich sind?«

»Mr. Sorrell war so aufmerksam bei Lady Mellingfort, und er deutete an, er hoffe, mich wiederzusehen, und so wundert es mich nicht ...«

»Oh, sind sie nicht für dich?«

Sylvia betrachtete lachend die Karte, die sie aus der Schachtel gerissen hatte.

»Für dich?« fragte ihre Mutter.

Doch Phyllis versuchte, Sylvia die Karte wegzunehmen, und sie fiel dicht neben mir zu Boden, und als ich auf sie hinunterschaute, sah ich die Schrift auf ihr. ›Ich werde heute abend nach dir Ausschau halten, Harriet. B. M.«

»Das kann nicht stimmen!« erklärte meine Tante.

Ich hob die Schachtel auf. Mein Name stand ganz deutlich darauf. Ich nahm die Blumen heraus und hielt sie an mein Kleid.

Meine Tante hatte mir die Karte weggerissen und las sie.

»B. M.!« rief sie aus.

»Musterexemplare aus dem Britischen Museum, meinst du? Aber ich bin sicher, sie wurden mir von Bevil Menfrey geschickt.«

Ich nahm die Orchideen mit auf mein Zimmer. Ich gab mir große Mühe bei meiner Toilette und wählte das Kleid, das am besten zu den Blumen paßte.

Es war blaßgrün, und als ich die Orchideen dagegenhielt, wußte ich, es sah reizend aus.

Es war nicht leicht, meine Hochstimmung zu verbergen, und meine Cousinen und meine Tante waren sich völlig im klaren darüber.

»Es hat keinen Sinn, Harriet«, meinte meine Tante sanft, »einem Blumengeschenk zu viel Bedeutung zuzumessen.«

»Ich bin sicher, daß es das nicht hat«, antwortete ich nachgiebig.

»Jene Freundin von dir, diese Gwennan, war ein wildes Geschöpf. Es war ziemlich schockierend, wie sie am Vorabend ihrer Hochzeit durchbrannte. Sie müssen sich sehr für sie geschämt haben.«

»Vielleicht machen sie es zu einem festen Brauch durchzubrennen, nachdem sie die Heirat versprochen haben«, gab Sylvia zu bedenken. »Sie sind eine wilde Familie, wie ich immer gehört habe, und ihre Aussichten sind nicht atemberaubend. Wie ich von sehr zuverlässiger Seite hörte, haben sie Schulden! Sie haben irgend einen verfallenden alten Landsitz in der Wildnis von Cornwall, und ich bezweifele, daß wir sie kennen würden, wenn dein Vater, Harriet, nicht das dortige Parlamentsmitglied gewesen wäre. Und er nahm den Sitz, weil das vorhergehende Mitglied wegen eines Skandals zurücktreten mußte. Das war der Vater deiner Freundin. Ich finde, man sollte sehr vorsichtig mit so einer Familie sein.«

»O ja, das solltest du«, erwiderte ich scheinheilig. »Du solltest kein Mitglied dieser Familie zu einem Morgenbesuch einladen, wenn ich nicht da bin.«

Der exotische Duft der Orchideen war in meiner Nase und berauschte mich. Es war mir egal, was sie sagten, was sie dachten.

Ich war überzeugt, der Abend würde wundervoll werden, da ich Bevil sehen würde.

Und ich hatte recht. Er wurde es. Bevil verbrachte den ganzen Abend mit mir, so wie auf dem ersten Ball. Wir tanzten kaum. Da er wußte, wie ich unter meinem Gebrechen litt, schlug er vor, daß wir uns unterhielten. Und das taten wir, wenn auch nicht sehr ernsthaft, doch fühlte ich, wie sprühend ich war – oder bildete es mir zumindest ein. Vielleicht läßt einen Glück – wie starker Wein – das von sich denken. Bevil lachte jedenfalls sehr viel und machte zumindest den Eindruck, sich über meine Gesellschaft zu freuen, denn er wich den ganzen Abend nicht von meiner Seite und sagte mir, er sei entzückt zu sehen, daß ich seine Orchideen trüge.

Das Beste war das Bewußtsein, beobachtet zu werden; zu wissen, daß Spekulationen über uns angestellt wurden.

Kann es möglich sein, daß gleich zu Beginn der Saison Harriet Delvaney, die nichts, aber auch gar nichts hat, das für sie spricht, da ihr Vater jene Schauspielerin heiratete, das erste der jungen Füllen sein wird, das ein Ziel erreicht?

Es war ein Triumph!

Wir fielen auf, Bevil und ich; denn wir waren immer zusammen, und es war nur natürlich, daß die Gesellschaftszeitungen Notiz von uns nahmen.

Tante Clarissa machte mich darauf aufmerksam; sie war halb beeindruckt, halb neidisch. Es schien ihr unglaublich, daß ich, mit keinem größeren augenblicklichen Vermögen als ihre Töchter und nicht einem Viertel ihrer Schönheit, als erste erwähnt wurde.

Ich war zum Frühstück heruntergekommen und fand meine Tante und meine Cousinen bereits bei Tisch.

»Schau dir das an«, sagte meine Tante.

»Oh, über den Ball von Dienstag.«
»Lies, was dort steht.«
»Mr. Bevil Menfrey, Parlamentsmitglied für einen Bezirk von Cornwall, wird ständig in der Gesellschaft von Miss Harriet Delvaney gesehen. Miss Delvaney ist die Tochter des verstorbenen Sir Edward Delvaney, der das Mitglied für den Bezirk war, den Mr. Menfrey jetzt vertritt. Wie man sich erinnern wird, starb Sir Edward Delvaney vor achtzehn Monaten kurz nach seiner zweiten Heirat. Ist die Freude, die diese charmanten jungen Leute in ihrer Gesellschaft finden, auf Politik zurückzuführen oder ... auf ...?«
Ich lachte laut auf.
»Man hat uns also bemerkt.«
»Ich hoffe nur«, sagte Sylvia, »daß er sich keinen Spaß macht.«
»Ich bin sicher, daß er das tut. Er ist kein Mann, der Langeweile erträgt.«
»Du tust, als wärest du wirklich so naiv.«
»Ich, mein liebes Cousinchen?«
»Wirklich, Harriet, du bist sehr leichtfertig«, schalt meine Tante. »Dies könnte eine sehr ernste Angelegenheit sein.«
Ich antwortete nicht. Es war eine ernste Angelegenheit. Die ernsteste der Welt.

Einige Tage später machte Bevil einen Besuch.
Durch einen gütigen Zufall oder durch Vorsehung kam er zu einer Zeit, als meine Tante und meine Cousinen selber Besuche machten. Ich saß in meinem Zimmer, und als das Mädchen erschien, um mir zu melden, daß er im Salon wäre, war ich überrascht und entzückt.
»Er möchte Sie sehen, Miss Harriet«, sagte sie mit einer kleinen Grimasse. Das Benehmen meiner Tante und meiner Cousinen machte sie denen, die für sie arbeiteten, nicht sonderlich lieb und teuer; folglich waren die Dienstboten hier über meinen gesellschaftlichen Erfolg entzückt, da er sie ausstach, wovon sie natürlich gehört hatten, denn ich bezweifelte nicht, daß dieses Thema oft unter ihnen diskutiert wurde.
Ich wünschte, ich hätte nicht mein schlichtes, lavendelblaues Gingankleid angehabt, und überlegte, ob ich wohl Zeit hatte, mich umzuziehen; ich blickte in den Spiegel und sah, daß mein Haar zerzaust war wie gewöhnlich. Ich sah ganz anders aus als die junge Dame, die alle Sorgfalt darauf verwandt hatte, auf das vorteilhafteste bei gesellschaftlichen Anlässen zu erscheinen.

»Sagen Sie Mr. Menfrey, daß ich in wenigen Minuten komme«, beauftragte ich das Mädchen.
Sowie sich die Tür geschlossen hatte, warf ich mein Kleid von mir und zog das graue, grobgewebte Seidenkleid mit dem getrennten Oberteil an. Während ich mich mit den Haken abmühte, war ich mir der verrinnenden Sekunden bewußt, doch als ich den letzten zumachte, bemerkte ich wieder, wie unordentlich mein Haar war und hielt inne, um mich zu kämmen. Die Verwandlung hatte im ganzen etwas über fünf Minuten gedauert. Oft habe ich an diese fünf Minuten als an die bedeutungsvollsten Minuten meines ganzen Lebens gedacht.
Ich eilte in die Bibliothek hinunter und fand Bevil vor dem Kamin stehen. Er ergriff meine Hände und stand einige Sekunden einfach da und lächelte mich an.
»Was für ein glücklicher Zufall, dich ... alleine vorzufinden!«
»Meine Tante und meine Cousinen werden bald zurückkommen«, antwortete ich verhalten. »Es sei denn, sie werden irgendwo unerwartet lange aufgehalten.«
»Damen haben die Gewohnheit, unerwartet lange aufgehalten zu werden«, meinte er und sah mich mit lachenden Augen an, und ich begriff, daß er genau wußte, daß ich mich schnell umgezogen hatte.
»Es steht dir sehr gut«, fuhr er fort, »doch bei so kniffligen Haken sind vier Hände besser als zwei. Erlaub mir.«
Er trat hinter mich, und ich fühlte zuerst seine Finger, als er die letzten Haken schloß, und dann seine Lippen auf meinem Nacken.
»Bevil!« rief ich aus.
»Meine Belohnung«, erwiderte er. »Du mußt immer darauf vorbereitet sein, für erwiesene Dienste zu bezahlen.«
Ich drehte mich nicht zu ihm um, da ich wußte, mein Gesicht würde mein Entzücken verraten.
Ziemlich unvermittelt sagte er dann: »Ich bin froh, daß ich dich alleine antreffe. Ich möchte dir etwas sagen.«
»Ja Bevil?«
»Komm und setz dich.«
Er nahm meinen Arm, und wir setzten uns nebeneinander auf das Sofa.
»Ich fahre heute nach Cornwall«, begann er.
Ich sagte nichts; mein Herz klopfte zu schnell, und meine Kehle war wie zugeschnürt. Mir würde die Freude an seiner Gesellschaft bei dem nächsten Ball versagt sein, doch hatte er mir etwas zu

sagen, und er war gekommen, um es zu sagen. Ich glaubte zu wissen, was es war, und falls ich recht haben sollte, wäre mein Glück vollkommen gewesen. Ich wollte so gerne, daß er mich mit nach Cornwall nahm, fort aus dem Londoner Haus, in das ich sicherlich sehr bald würde zurückkehren müssen. »Ich muß dort zu einer Versammlung«, fuhr er fort. »Es ist unumgänglich – sonst würde ich nicht hinfahren.«

»Natürlich.«

»Die Politikertochter versteht das. Und Harriet ...«

Die Kutsche war draußen vorgefahren, und meine Tante und Cousinen stiegen aus. Ich hörte die schrille Stimme meiner Tante: »Komm schon, Sylvia!«

Bevil sah mich an und schnitt eine Grimasse. Tante Clarissa war bereits in der Halle. Ich vernahm ihre harte Stimme: »In der Bibliothek.« Und dann war sie an der Tür und kam hereingefegt.

»Mein lieber Mr. Menfrey, wie überaus reizend von Ihnen, bei uns hereinzuschauen!«

Ich war niedergeschmettert. Der Augenblick war da gewesen und vorbeigegangen.

Bevil sah ebenfalls kläglich aus, bildete ich mir ein.

Und als Sylvia und Phyllis erschienen und unser kleines Tête-à-tête vereitelt war, versicherte ich mir, daß falls er mich bitten wollte, ihn zu heiraten, es nur eine Verzögerung sein konnte und ich nicht zu verzweifelt sein sollte.

Erst später erkannte ich, was für eine entscheidend wichtige Rolle Zufälle in unserem Leben spielen und daß jene Minuten, in denen ich das Gingankleid gegen das Seidenkleid wechselte, ein alarmierendes Fragezeichen in mein Leben gesetzt hatten, das mich noch einige Zeit verfolgen sollte.

Ich war zutiefst niedergeschlagen, als Bevil gegangen war. Ich fuhr zu Jenny und ging dann auch in mein altes Zimmer hinauf, in dem ich Fanny antraf.

Sie sah unglücklich aus, und ich fragte sie, was los sei.

»Ich hab von Ihnen in der Zeitung gelesen«, antwortete sie. »Sie machen Andeutungen von einer Heirat. Mir hat das nicht sehr gefallen.«

»Was hat dir nicht gefallen?«

»Sie werden jetzt erwachsen, und ich vermute, ich sollte nicht mehr so mit Ihnen reden wie früher. Aber ich nehme mir die Freiheit, weil Sie immer mein kleines Mädchen sein werden ... ich

hab Sie ja gehabt, seit Sie ein Baby waren.«
»Ja, ich weiß, Fanny, aber ich bin jetzt kein Baby mehr, siehst du, und ich könnte schon heiraten. Ich bin achtzehn, weißt du.«
»Das ist es nicht, Miss Harriet, es ist ... es ist die Art, in der sie Ihren Namen mit ... Nun, ich möchte gerne, daß Sie heiraten und mich bei sich haben, und dann werden die Kleinen, die kommen, auch mir gehören.«
»Es besteht kein Grund, warum das nicht so sein sollte, Fanny.«
Sie machte ein wütendes Gesicht. »Nein, es besteht kein Grund, und so würde es auch sein. Aber ich möchte, daß Sie glücklich werden und ... den richtigen Mann heiraten.«
»Du willst ihn doch gewiß nicht für mich aussuchen?«
»Ich würde nicht daran denken, so weit zu gehen. Doch gibt es einige, die die verkehrten sind.«
»Ich weiß nicht, worauf du anspielst.«
»Es gibt Klatsch und Gerüchte, die die Runde machen und nicht immer denen zu Ohren kommen, für die sie am nützlichsten sein könnten. Aber ich werde jetzt kein Blatt mehr vor den Mund nehmen, Miss Harriet. Ich rede von diesem Mr. Bevil Menfrey, genau dem. Es hat keinen Zweck, daß Sie mich jetzt so kalt und hochmütig ansehen. Ich weiß, Sie wollen kein Wort gegen ihn hören. Und ich wollte, ich brauchte es Ihnen nicht zu sagen, um Sie nicht zu verletzen. Aber ein Schlag ins Gesicht jetzt ist besser als ein ganzes Leben lang Unglück. Hören Sie zu, Miss, bekommen Sie jetzt keinen Wutanfall. Ich mache mir Sorgen. Das tue ich, und es ist wegen all dem, in das Sie so leicht hineingeraten könnten.«
»Was weißt du über Mr. Menfrey?«
»Daß er einer der Menfreys ist, das ist alles. Sie taugen nichts. Es steckt in ihnen, da führt kein Weg drum herum. Oh, ich weiß, sie sind nett genug anzuschauen; sie verstehen es, ihren Charme auszuspielen. Darunter taugen sie jedoch nichts. Sehen Sie sich diese Miss Gwennan an – den armen Mr. Harry wegen einer ihrer Launen in der letzten Minute so sitzenzulassen ... Sie ist eine Menfrey. Man kann ihnen nicht trauen!«
»Weißt du etwas über Mr. Menfrey?«
Fanny schloß die Lippen und senkte den Blick.
»Fanny!« Ich nahm sie an den Schultern und schüttelte sie. »Erzähl es mir, ich bestehe darauf!«
»Es wird Ihnen nicht gefallen, Miss.«
»Es wird mir noch weniger gefallen, wenn du versuchst, mir etwas vorzuenthalten.«
»Frauen. Das ist es. Ich habe gehört, daß er eine Geliebte in einem

kleinen Haus in St. John's Wood aushält. Und erinnern Sie sich an Miss Jessie, die Tochter des Arztes? Nun, sie ist Gouvernante bei einer Familie in der Park Lane, und wie ich höre, ist Mr. Menfrey dort ein häufiger Gast – und das nicht nur bei den Herrschaften.«

»Es ist alles nur Klatsch«, rief ich.

»Vielleicht ist es das, Miss, doch wenn ich sehe, daß es Sie betrifft, spitze ich die Ohren ... aber wie!«

»Warum erzählst du mir all dies, Fanny?«

»Ich antworte Ihnen darauf, indem ich Ihnen etwas erzähle, Miss Harriet. Ich habe nie mit Ihnen über mein Kleines gesprochen, nicht wahr ... über mein kleines Mädchen. Irgendwie brachte ich es nicht über mich. Ich konnte mit Ihnen über das Waisenhaus und das ganze Elend sprechen ... doch konnte ich es nicht über mich bringen, von meiner Kleinen zu erzählen. Ich hatte ein kleines Mädchen. Schauen Sie, als ich das Waisenhaus verließ, ging ich in Stellung, und das Hausmädchen dort hatte einen Bruder, Billy ... Billy Carter. Er war Seemann, und wir heirateten. Wir waren noch nicht ein Jahr verheiratet, als die See ihn mir nahm. Als wir da unten in Cornwall waren, kam mir das alles wieder ins Gedächtnis. Ich lag nachts wach und horchte auf das Meer, so laut und wild, und ich sagte mir »Das ist das Meer, das mir meinen Billy nahm«. Das Baby war unterwegs, und ich sagte mir in den Nächten, daß es besser werden würde, wenn das Baby erst einmal da war. Sie sagten, es käme von all dem, was ich durchgemacht hatte ... dem Schock und all dem. Es lebte nur einen Tag ... mein kleines Baby. Ich dachte, ich stürbe. Und dann kam ich zu Ihnen. Da war ein kleines Baby, ein Mädchen, genau so alt wie meines, und es hatte seine Mutter verloren. Sehen Sie, da war ein Baby ohne Mutter und eine Mutter ohne Baby. Es ergab einen Sinn. Ich war die Amme und bekam so doch noch mein Baby.«

»O Fanny«, rief ich und warf mich ihr in die Arme.

»Mein Baby!« flüsterte sie zärtlich und strich mir über das Haar. »Sieh mal ... mein Baby hätte keinen Vater gehabt, und es war, als hättest du auch keinen. Aber nun wurde es anders. Ich weinte mich nicht mehr in den Schlaf. Ich hatte ja mein Baby, an das ich denken konnte. Es war wie eine gütige Vorsehung. Ich hatte nun doch mein Baby bekommen. Und deshalb glaube ich, habe ich ein Recht, dich zu warnen, mein Liebling. Wir stehen uns so nah, Schätzchen, du und ich ... und wenn ich zusehen müßte, wie du nicht glücklich bist, würde es mir, glaube ich, das Herz brechen.«

»Liebe Fanny, denk nicht, daß ich es nicht verstünde ... denk nicht, daß ich es nicht anerkenne. Wir werden immer zusammen bleiben ... und meine Kinder werden ebenso deine sein. Aber bei Bevil und den Menfreys irrst du dich.«
Traurig schüttelte sie den Kopf. »Und du, mein Liebling, bist von ihnen behext. Meinst du, ich kenne dich nicht? Meinst du, ich hätte dies nicht kommen sehen? Du weißt, daß ich recht habe, nicht? Du glaubst mir, was ich dir erzählt habe, nicht?«
Ich wäre am liebsten in Tränen ausgebrochen. Es war unfair von ihr, mich mit ihren Gefühlen zu überschütten und dann verleumderisch über den Mann zu reden, den ich liebte.
Ich wandte mich von ihr ab. »Ich mag keinen Klatsch, Fanny«, erklärte ich. »Oh, denk nicht, ich wüßte nicht, daß du nur um mein Glück besorgt bist. Ich habe immer gewußt, daß ich dir vertrauen kann, und du weißt, daß du mir vertrauen kannst. Doch kenne ich die Menfreys besser, als du sie jemals kennen kannst.«
»Ich mache mir Sorgen«, beharrte sie.
Ich legte den Arm um sie. »Fanny, hast du noch nicht begriffen, daß ich selbst auf mich aufpassen kann?«
Sie schüttelte jedoch nur den Kopf.

Als Fanny mich verlassen hatte, setzte ich mich auf die Kante meines Bettes. Mir war elend zumute, denn wenn ich auch vorgegeben hatte, Fannys Beschuldigungen gegen Bevil nicht zu glauben, so sagte mir mein gesunder Menschenverstand doch, daß durchaus die Möglichkeit bestand, daß sie wahr waren. Es war die Menfreysche Lebensart. Untreue war ihnen so selbstverständlich wie das Atmen. Ich war töricht romantisch, wenn ich dachte, Bevil würde lebenslängliche Gewohnheiten ändern, nur weil er mir begegnet war. Hatte ich das nicht immer gewußt? Ja! Doch hatte ich die törichte Idee gehabt, daß er, wenn erst einmal mein Mann, wie durch ein Wunder all das werden würde, was ich mir von ihm wünschte. Und was ich von Bevil verlangte, war, daß er genau so bliebe, wie er immer gewesen war, ausgenommen in einer Hinsicht – er sollte einer Frau treu sein, und diese Frau war ich!
Sogar jetzt machte ich mir etwas vor. Ich konnte Bevil nicht trauen, wenn er, während er mich umwarb – und das tat er wahrhaftig –, eine Geliebte in St. John's Wood hatte und gleichzeitig in Jessica Trelarken verliebt war. Nur ein Mann mit einem elastischen Moralbegriff konnte das – doch was waren die Moralbegriffe der Menfreys?

Konnte jemand, der eines solchen Verrates fähig war, der Felsen sein, auf dem man sein künftiges Leben aufbauen wollte? Wie konnte ich so einem Mann vertrauen, wie konnte ich mich bei ihm geborgen fühlen?
Und das war, was ich brauchte, was ich immer schmerzlich entbehrt hatte. Geborgenheit. Das verzweifelte Verlangen junger und verwundbarer Menschen. Mein Vater hatte sie mir vorenthalten, und ich hatte sie in Fanny gefunden. Und nun warnte Fanny mich, versuchte mich davor zu beschützen, in den Morast einer Heirat mit einem Mann zu geraten, den sie für verkehrt hielt, genauso, wie sie mich einmal aufgefangen hatte, als ich gerade in ein Brennesselgebüsch laufen wollte.
Nachdenklich kehrte ich zu meiner Tante zurück.

Wir waren im Nähzimmer bei Miss Glenister, und mehrere Meter weißen Satins, mit winzigen goldenen Blümchen bestickt, lagen auf dem Tisch ausgebreitet.
Tante Clarissa hatte den Stoff billig bekommen und frohlockte über den guten Kauf. Miss Glenister maß ihn nervös aus und berechnete, was für ein Kleid daraus zu machen war, während Sylvia und Phyllis sich stritten, wem von ihnen beiden es besser stehen würde.
Ich hörte zu, wie ich in diesen Tagen immer zuhörte, voller Belustigung und Interesse. Ich wollte an derartig triviale Dinge denken; es war eine Art, meine Gedanken daran zu hindern, in unerwünschte Richtungen zu wandern.
»Bischofsärmel«, flötete Sylvia.
»Die stehen dir nicht. Du bist zu pummelig«, entgegnete Phyllis.
»Vielleicht möchtest du, mein Fräulein, einen weiten Rock, in dem du sehr gedrungen aussiehst, wie ich dir versichern kann!«
»Schluß damit«, rief Tante Clarissa. »Wenn ihr ungezogen seid, wünschte ich, ich hätte ihn nicht gefunden. Miss Glenister wird uns sagen, was daraus gemacht werden kann, und dann werden wir entscheiden, für wen das Kleid genäht wird.«
»Es muß für Lady Carronts Ball fertig werden«, erklärte Sylvia.
»Und der ist in zwei Tagen«, bemerkte ich.
»Oh, ich nähe die Nacht durch, wenn das Kleid fertig werden muß«, erklärte Miss Glenister unterwürfig.
Ich befühlte das Material, hielt es an mein Gesicht und blickte in den Spiegel. Sylvia lachte. »Mama hat den Stoff für einen von uns gekauft, liebe Cousine«.

»Das weiß ich, aber ich dachte, ihr hättet nichts dagegen, daß ich ihn mir anschaue.«
»Er ist zu apart für dich.«
»Vielleicht ist er das für uns alle«, entgegnete ich. »Er ist ziemlich elegant.«
»Und weshalb sollten wir nicht elegant sein?«
»Wir sollten es natürlich, wenn wir es könnten.«
»Geistreich wie immer. Na, dein Geist hat einen gewissen Herrn nicht daran gehindert, die Flucht zu ergreifen, das mußt du wohl zugeben.«
»Wer hat die Flucht ergriffen?«
»Das weißt du gut genug. Nachdem er dich ziemlich kompromittiert hatte, bekam er es mit der Angst, vermutlich für den Fall, daß du auf Ideen kamst.«
Ich glühte vor Wut und stürzte mich wütend auf meine Cousine, doch genau in jenem Augenblick klopfte es an die Tür, und eines der Mädchen kam herein.
»Eines der Mädchen vom Westminster Platz, Madam. Sie fragt nach Miss Harriet.«
Ich rannte aus dem Zimmer und in die Halle hinunter, wo Fanny wartete. Sofort wußte ich, daß etwas passiert war ... etwas Entsetzliches!
Einige Sekunden lang sah sie mich an, als suchte sie vergeblich nach den richtigen Worten, um das Ausmaß des Unglückes auszudrücken.
»Miss Harriet ... Ihre Stiefmutter!«
»Ist sie krank?«
Fanny schüttelte den Kopf. »Sie ist tot!«

6

Die Tage waren unwirklich geworden. Ich vermochte nicht zu glauben, daß dies sich tatsächlich abspielte. Einzelne Szenen schoben sich immer wieder vor mein inneres Auge wie die grauenvollen Bilder eines Malers, der den Verstand verloren hat. Ich sah die Gesichter von Polden, von Mrs. Trant und den Dienstboten – verängstigt und doch voller Erregung, entsetzt und doch entzückt. Dies war eine Tragödie, wie man sie in Büchern las, und sie befanden sich mitten darin!
Sie sagten, meine Stiefmutter sei vergiftet worden. Es würde eine

gerichtliche Untersuchung stattfinden, und dann würden sie es wissen, und man würde herausbekommen, warum sie gestorben war und wer für ihren Tod verantwortlich war.
Tante Clarissa beorderte mich in die Bibliothek. Sie sah fünf Jahre älter aus als am Morgen, als sie sich mit dem goldbestickten Satin befaßt hatte.
»Harriet, dies ist entsetzlich!«
»Ja, Tante.«
»Eine Überdosis von einer Medizin sagen sie. Es ist furchtbar! Es wird einen Skandal geben. Und das mitten in der Saison! Es könnte verhängnisvoll sein ... einfach verhängnisvoll!«
»Oh!« sagte ich und hörte, wie meine Stimme in ein Gelächter ausbrach, das mich erschreckte. »Die Saison!«
»Es ist nicht zum Lachen, das kann ich dir sagen!« Armselige Tante Clarissa, sie besaß selbst keinerlei Sensibilität und vermochte diese auch in anderen nicht zu erkennen.
»Wer, meinst du, möchte sich mit einer Familie verbinden, in der sich derartige Skandale ereignen? Dies wird vernichtend für all unsere Hoffnungen. Es hätte in keinem schlimmeren Augenblick passieren können!«
»Es hätte nicht schlimmer sein können, ganz egal, wann es passiert wäre. Sie ist tot, Tante Clarissa ... tot!«
»Schrei nicht so! Die Dienstboten hören es. Sie reden zweifellos schon darüber. Ich finde wirklich, du solltest nicht hier bleiben, Harriet. Wenn du nicht hier bist, wird es schließlich nicht so offenkundig mit uns in Verbindung gebracht. Natürlich wird es herauskommen, daß sie Edwards Frau war. Oh, wie konnte er nur so blind sein? Er war immer so klug ... außer in dieser einen Sache. Betört von dieser fürchterlichen Frau ... und ich sage es trotzdem, obwohl sie jetzt tot ist ... betört von einer Frau, die sich umbringt, kaum daß er tot ist ... oder noch schlimmer: sich von jemand anders umbringen läßt!«
Während ich ihren Worten zuhörte, spürte ich, wie hysterische Erregung in mir aufstieg. »Du setzt mich also vor die Tür, Tante?«
Sie antwortete nicht, und ich fuhr fort: »Ich gehe gleich morgen früh.«
Ich war völlig erschöpft in jener Nacht, schlief jedoch kaum, und wenn ich es tat, fuhr ich entsetzt wieder hoch. Alpträume peinigten mich, und ich war froh, als es dämmerte.
Das Mädchen, das mir mein warmes Wasser brachte, betrachtete mich neugierig. Ich war jetzt in eine Tragödie verwickelt – einen

jähen Tod, Selbstmord ... oder Mord. Ich badete und zog mich sehr langsam an, um so den Augenblick hinauszuzögern, in dem ich gehen mußte. Wie seltsam, daß ich jetzt in dem Haus meiner Tante bleiben wollte! Ich hatte immer gedacht, ich sehne mich danach, es zu verlassen. Dieser neue Umstand erfüllte mich mit noch größerer Verzweiflung. Nie in meinem Leben hatte ich mich so verlassen, so jeder Geborgenheit beraubt, so im Ungewissen über die Zukunft gefühlt.

Es klopfte an die Tür, und eines der Mädchen trat ein.

»Sie werden in der Bibliothek verlangt, Miss.«

Ich nickte und tat, als schaute ich in den Spiegel und striche mein Haar glatt, damit sie nicht das Unglück in meinem Gesicht sah. Ich konnte es nicht länger hinauszögern. Mein Koffer war gepackt. Ich war fertig. Ich erwartete, Tante Clarissa in der Bibliothek vorzufinden, wo sie mir sagen würde, daß es in unser aller Interesse am besten wäre, wenn ich ginge, und daß sie die Kutsche in zehn Minuten bestellt habe.

Langsam ging ich in die Bibliothek. Tante Clarissa war da, doch nicht alleine. Lady Menfrey kam auf mich zu und ergriff meine Hände. Sie küßte mich.

»Meine liebe Harriet«, murmelte sie. »Meine arme, liebe Harriet!«

Und dann sah ich Bevil aus einem Sessel aufstehen. Er nahm mich in die Arme und hielt mich an sich gezogen. Mir wurde schwindlig. Der Wechsel war zu unvermittelt. Von Verzweiflung, vom Leid des Alleinseins zum Trost durch den einen Menschen auf der Welt, bei dem zu sein ich mir mehr als alles andere wünschte. Ich vermochte nicht zu sprechen; ich fürchtete, in Tränen auszubrechen, falls ich es versuchte.

»Meine liebste Harriet«, sagte er mit einer so wunderbar liebevollen Stimme, daß ich am liebsten zu weinen angefangen hätte, »dies ist ganz schrecklich für dich gewesen! Du mußt dich nicht mehr quälen. Wir sind jetzt hier ... wir sind hier, um uns um dich zu kümmern.«

Ich konnte immer noch nicht sprechen.

»Harriet!« Das war Tante Clarrisa. »Mr. Menfrey und seine Mutter sind von Cornwall heraufgekommen, um sich deiner anzunehmen, bis diese gräßliche Angelegenheit vorbei ist. Lady Menfrey hat mir vorgeschlagen, dich mit zu Mr. Menfreys Haus zu nehmen, wo du mit ihr bleibst, bis neue Pläne gemacht werden können. Ich finde, es ist eine ausgezeichnete Idee.«

Ich fühlte, wie Erleichterung über mein Gesicht flutete und hörte mich ausrufen: »O ja, o ja ... bitte!«

Man fuhr mich zu Bevils kleinem Stadthaus in einer kleinen Sackgasse auf der Nordseite des Parks. Lady Menfrey blieb dort bei mir. Es waren nur zwei Dienstboten vorhanden – ein Mädchen und eine Haushälterin, die das Bißchen kochte, das Bevil bisher dort gegessen hatte. Das Haus, das er gekauft hatte, als er Parlamentsmitglied wurde, bewohnte er nur gelegentlich.
Lady Menfrey bestand darauf, daß ich sofort zu Bett ging, denn sie erklärte, ich wäre völlig erschöpft, auch wenn ich es nicht selbst merkte. Ich war gefügig; ich fand es den herrlichsten Luxus, mich dieser gütigen, sanften Frau zu überlassen, besonders, wo Bevil jeden Versuch machte, mir zu zeigen, wie besorgt er um mich war.
Wir sprachen kaum über die Tragödie, sondern über Menfreya, und Lady Menfrey sagte, es wäre Bevils Wunsch – und der ihrige –, daß ich, sobald die gerichtliche Untersuchung vorbei wäre, mit ihnen nach Menfreya käme, um mich von diesem schrecklichen Schock zu erholen. Gerührt und begeistert sagte ich ihnen, daß ich nichts lieber täte, nichts mir wohler tun würde. So wurde es verabredet.
So durchlebte ich jene Tage, die auf die Tragödie folgten; es waren lange, unwirkliche Tage, doch weil ich Bevil oft sah und ständig mit Lady Menfrey zusammen war, deren Hauptanliegen es zu sein schien, mir das Gefühl zu geben, daß sie wie um eine eigene Tochter um mich besorgt war, hatte ich die Empfindung, doch einen Halt zu haben, und sie war die beste Gesellschaft, die ich hätte haben können. Sie war immer noch heiter gelassen, sie, die Erbin, die von Sir Endelion entführt worden war und die sich so romantisch in ihn verliebt hatte und dann gezwungen war, ihre romantischen Ideen zu korrigieren und zu lernen, mit einem Mann zu leben, der niemals treu zu sein vermochte und dessen unwiderstehliche Leidenschaft nicht ihr, sondern ihrem Vermögen gegolten hatte! Doch hier war sie nun, immer noch schön, von einer anderen Schönheit als der der Menfreys – mit ruhigen, klassischen Zügen, sanft und gütig und sozusagen resigniert. Zweifellos das Ergebnis eines Lebens der Kompromisse und der Anpassung an die wilde Art der Menfreys, die, wenngleich sie sehr irdisch und vielleicht egoistisch und berechnend – für Menfreya – waren, doch über den stärksten Charme der Welt verfügten. Und da war Bevil, so besorgt um mich, so bestrebt, daß alles für meine Bequemlichkeit getan wurde, so liebevoll in einer Weise, die mir unterdrückte Leidenschaft verriet. Seine Hände verweilten auf meinem Arm, seine Blicke waren wie Zärtlichkeiten, und es war,

als warte er nur die Zeit ab, was mir bedeutungsvoll schien. Es war, als wäre ich bereits mit ihm verlobt, und ich war überzeugt, das bald zu sein. Lady Menfrey verriet es in ihrer ganzen Art, und wenn sie von Menfreya redete, sprach sie davon wie von meinem Zuhause. So lebte ich durch jene Tage der Spannung, in denen die Menfreys versuchten, einem Bild der Tragödie ein anderes aufzuprägen, das eines glücklichen Lebens. Es gelang ihnen, und ich liebte sie dafür – Lady Menfrey als die Mutter, die ich nie gehabt hatte, und Bevil mehr, als ich jemals geglaubt hatte, daß man einen Menschen lieben könne.

Es bestehe keine Notwendigkeit für mich, sagte Bevil, zu dem Gerichtstermin zu gehen. Es könnte unangenehm sein, und ich war ja nicht in dem Haus gewesen, als es passierte.

Ich war nur bestrebt, ihn alles so arrangieren zu lassen, wie er es für richtig hielt.

»Und sobald es vorbei ist«, fuhr er fort, »solltest du nach Menfreya gehen. Du kannst mit Mutter reisen, und ich komme in einigen Tagen nach.«

Ich erwiderte, ich wüßte nicht, wie ich ihnen danken sollte, und ich könnte mir nicht vorstellen, wie ich es fertiggebracht hätte, in jenes Haus zurückzukehren ... und dort diese Tage zu überstehen. Bevil nahm meine Hand und drückte sie beruhigend.

»Du weißt jetzt, daß du dich getrost den Menfreys anvertrauen kannst«, meinte er.

Ich dachte, er wäre drauf und dran, eine Erklärung seiner Gefühle für mich abzugeben, doch tat er es nicht – nicht mit Worten, obwohl seine Blicke voller Zärtlichkeit waren und – wie mir schien – dem Wunsch, mich für immer zu beschützen.

Am Tage des gerichtlichen Termins waren sogar Bevil und Lady Menfrey besorgt, wenngleich sie es vor mir zu verbergen versuchten.

Lady Menfrey blieb fast den ganzen Vormittag in ihrem Zimmer, mit Vorbereitungen für die Abreise nach Cornwall beschäftigt, wie sie sagte; dies sollte am nächsten Tag erfolgen.

»Ich werde einiges von meinen Sachen brauchen«, meinte ich. »Ich werde hingehen müssen ...«

Sie schüttelte den Kopf. »Das ist nicht nötig. Schreib von Cornwall und laß nach deiner Fanny schicken. Sie wird dir mitbringen, was du brauchst.«

»Das werde ich tun«, erklärte ich. »Aber das Haus – was wird jetzt damit? Ich möchte es nie wieder betreten. Nie würde es mir gelingen zu vergessen ...«

»Du brauchst dir darum noch keine Sorgen zu machen. Laß es erst einmal wie es ist. Die Sache mit den Dienstboten muß geregelt werden. Du brauchst Hilfe bei diesen Dingen. Mein Mann und Bevil werden dir dabei helfen. Laß für den Augenblick alles, wie es ist. Du mußt jetzt von hier fort, sobald diese unglückselige Angelegenheit vorüber ist.«
»Manchmal denke ich, sie wird nie vorüber sein.«
»Mein liebes Kind, was meinst du damit?«
»Ich glaube, ich werde es nie vergessen können ... daß es immer in meinen Gedanken sein wird ...«
»Oh, derartige Tragödien erscheinen uns so, wenn sie ganz frisch sind.«
»Es ist mir eine solche Erleichterung, euch die Entscheidungen zu überlassen.«
»Ich hoffe, du wirst dir immer von uns in dieser Weise helfen lassen.«
Ich war überzeugt, bald Bevils Frau zu sein.

Es war der Tag der Gerichtsverhandlung, den Bevil abgewartet hatte. Ich war in dem kleinen Gästezimmer, von dem man auf den winzigen, mauerumgebenen Garten hinunterschaute, als er zurückkam. Lady Menfrey war im Salon; ich war nicht hinuntergegangen, da ich das Bedürfnis hatte, mich innerlich zur Ruhe zu zwingen.
Den ganzen Tag war ich ruhelos gewesen. Ich hatte mir den Gerichtssaal so lebhaft vorgestellt, daß ich das Gefühl hatte, dort zu sein. So viel hing von dem Urteilsspruch des Leichenbeschauers ab.
Schließlich kam Lady Menfrey herauf, um mir zu sagen, daß Bevil zurück sei und mich sehen wollte. Der Urteilsspruch laute auf Tod durch Unglücksfall.
»Aber wie?« hauchte ich.
»Komm und sprich mit Bevil. Er wird es dir erzählen. Und dann reisen wir gleich morgen ab.«
Als ich den Salon betrat, kam Bevil auf mich zu und nahm mich in die Arme.
»Es ist vorbei«, erklärte er. »O Gott, war ich erleichtert! Ich weiß nicht, was ich befürchtete. Dies ist jetzt das Ende vom Ganzen. Komm und setz dich.«
Wir setzten uns auf das Sofa, und er küßte mich.
»Aber Bevil, was geschah denn? Wie konnte es passieren?«
»Es stellte sich heraus, daß sie Arsenik genommen hatte ... für

ihren Teint. Offensichtlich ist das nicht ungewöhnlich. Frauen nehmen es, um schöner zu sein. Unglückseligerweise hat das Zeug jenen Effekt ... zumindest eine Zeitlang.«
»Arsenik!« rief ich aus. »Für ihren Teint! Natürlich, da war etwas mit ihrem Teint! Er war einfach wundervoll, aber ...«
»Offensichtlich die Wirkung dieses Mittels. Der Untersuchungsrichter redete ausführlicher darüber. Manche wenden es äußerlich in einer Lotion an, doch andere sind töricht genug, es einzunehmen. Wo sie es herbekam, konnten sie nicht herausfinden. Natürlich hat ihr Lieferant sich im Verborgenen gehalten. Einer ihrer Theaterfreunde, vermute ich. Doch deine Fanny hatte gesehen, wie sie es in Getränken nahm ... in Limonaden und ähnlichem.«
»Aber die Idee, Arsenik zu nehmen! Wie grauenhaft!«
»Anscheinend wird es viel von Ärzten verwandt, um Arzneien herzustellen, doch die wissen natürlich, was sie tun. Der Gerichtsmediziner wies auf den Maybrick Fall vor einigen Jahren hin. Damals erregte diese Anwendungsart ziemliches Aufsehen. Der Mann starb an einer Arsenikvergiftung, und seine Frau stand unter der Anklage, ihn ermordet zu haben. Sie wurde zum Tode verurteilt, doch im letzten Augenblick begnadigt – weil Zweifel entstanden, glaub ich; er konnte das Zeug genauso genommen haben, wie Jenny es tat. Du siehst, es ist wirklich nicht so ungewöhnlich, doch höchst gefährlich wie im Fall von James Maybrinck und deiner Stiefmutter. Sie fanden eine Menge davon in ihrem Zimmer. Der Gerichtsarzt hielt eine Predigt über die Torheit ignoranter Leute, die Drogen nehmen, deren Wirkung sie nicht kennen – und dann wurde das Urteil auf Tod durch Unglücksfall verkündet.«
Ich vermochte nicht, die Vision der munteren, hübschen, kleinen Jenny loszuwerden ... tot. Bevil wußte es und versuchte mich zu trösten.
»Es ist jetzt vorbei. Morgen wirst du mit Mutter abreisen. Ich bin in einigen Tagen bei dir. Willst du bitte gleich mit den Vorbereitungen beginnen, denn wir wollen doch keinen Aufschub.«
»Vorbereitungen ...?«
Er lachte. Wie zuversichtlich er war, und das mit Recht, denn ich hätte ihm nie zu widerstehen vermocht, selbst wenn ich es versucht hätte.
»Für die Hochzeit natürlich. Es wird ziemlich unkonventionell, aber das sind wir ja auch. Aus dem Haus des Bräutigams zum Altar! Das wird erhebliches Aufsehen erregen!«
»Da wäre das Haus auf der Insel«, schlug ich vor.

»Stell es dir vor ... die Braut steigt in ihrem Hochzeitsstaat in das Boot. Der Südwestwind – falls zur Stelle, und du kannst so gut wie sicher sein, daß er es wäre – würde den Schleier und die Orangenblüten entführen ...«
»Und das Boot würde kentern und gigantische Wellen spülten die Braut an den Strand, zu spät für die Trauung ...«
»Mir fällt gerade ein«, sagte Bevil, »du hast noch nicht gesagt, daß du es willst.«
»Was ... willst?«
Er sah mich ungläubig an; dann kniete er sich nieder, nahm meine Hand und sagte: »Madam, wenn Sie mich heiraten, gebe ich Ihnen die Schlüssel zum Himmel ...«
»Die Schlüssel für Menfreya genügen für den Anfang«, erwiderte ich ernst.
Er war neben mir, lachte und umarmte mich. »Harriet, weißt du eigentlich, warum ich dich liebe? Du amüsierst mich. Deshalb! Und ich liebe es, amüsiert zu werden, mehr – oder beinahe mehr – als alles andere. Ich möchte, daß du jetzt sagst, daß du mich liebst, daß du mich tatsächlich anbetest, und ebenso gerne – oder beinahe ebenso gerne – meine Frau werden möchtest, wie ich dein Mann sein möchte, wenn ich auch glaube, daß niemand so wahnsinnig darauf versessen sein kann wie ich es bin.«
»Du machst mir einen wundervollen Antrag, Bevil, wenn er auch ein bißchen leichtfertig ist.«
»Mein Liebling, es klingt leichtfertig, weil ich so bewegt bin. Ich sollte wirklich auf den Knien liegen und dir sagen, wie sehr ich mir dies wünsche ... wie ich es mir immer gewünscht habe ... und wie es nie jemanden gegeben hat, den ich so lieben könnte, wie ich dich liebe. Du gehörst zu uns, liebste Harriet ... zu Menfreya. Es war immer so bestimmt, daß wir dort zusammen sein sollten. Du willigst ein, nicht wahr?«
»Ich liebe dich, Bevil. Ich könnte es nicht leugnen, auch wenn ich es wollte, denn ich habe es in der Vergangenheit deutlich gezeigt und habe es jetzt gezeigt. Aber du ...«
»Ja, was ist mit mir? Zeige ich es jetzt nicht deutlich?«
»Du sagst mir, du liebst mich, doch hast du das natürlich nicht immer getan. Wie konntest du ein farbloses, hinkendes Kind mit einer ziemlich brüsken und im ganzen unglücklichen Art lieben?«
Er legte die Lippen auf meinen Mund. Er hatte all die bezaubernden und unwiderstehlichen Gesten, die sich ein liebendes Mädchen wünscht und angesichts derer es sich weigert, sich einzuge-

stehen, daß diese vielleicht durch lange Übung erworben wurden.
»Ein interessantes Kind, ein amüsantes Kind, das so eine unsinnige Idee hatte, es sei nicht so hübsch wie einige andere Kinder, nur weil es nicht wie ein hirnloses Püppchen aussah. Ich mag keine Puppen, Harriet, aber ich bete eine lebendige, vitale junge Frau an, die ich heiraten werde, ob sie mich nun erhört oder nicht.«
»Du meinst, du würdest mich entführen?«
»Aber gewiß. Es ist eine Tradition in unserer Familie.«
»Und folglich ist es eine gute Basis, um darauf eine Ehe aufzubauen!«
»Du hast ein Beispiel dafür vor Augen.«
Hatte ich das? Lady Menfrey war heiter, glücklich, ja. Doch wie hatte sie jene Jahre der Demütigung durchlebt, als Sir Endelions Affaire mit anderen Frauen das Gesprächsthema der ganzen Gegend gewesen war? War das Bevils Vorstellung von einer guten Ehe? Ein treuloser Ehemann war vielleicht eine Lebensordnung, die Zufriedenheit der Ehefrau jedoch eine andere.
Nein, dachte ich, so würde es mir nicht widerfahren. Ich war keine zweite Lady Menfrey. Doch war ich zu glücklich über die Aussichten des Augenblicks, mich mit der Zukunft zu befassen.
»Die Entführung wird nicht nötig sein«, erklärte ich. »Du brauchst also deine Pläne dafür nicht weiter zu verfolgen. Erzähl mir statt dessen mehr Gründe, weshalb du mich heiraten willst.«
Er legte den Kopf auf die Seite und betrachtete mich mit gespieltem Ernst. Ich dachte: Wir werden immer zusammen lachen können. Das war das Wesentliche an meiner Beziehung zu Gwennan gewesen – wir waren aufeinander abgestimmt. Ich dachte flüchtig an Gwennan, die am Vorabend ihrer Hochzeit fortgelaufen war. Ich hörte Fannys Stimme und ihre erbitterte Prophezeiung: »Man kann diesen Menfreys nicht trauen!«
»Als Tochter eines Parlamentsmitglieds wirst du eine gute Frau eines Parlamentsmitglieds.«
»Eine sehr praktische Überlegung.«
»Warum nicht praktisch sein? Die Wahl einer Frau ist es wert, mit äußerster Überlegung getroffen zu werden. Weit mehr als die Wahl eines Parlamentsmitglieds weißt du. Die können nach fünf Jahren wieder gehen. Eine Frau muß ein Leben lang halten. So ist die Tochter eines Parlamentsmitglieds die ideale Frau für ein aufsteigendes Mitglied, besonders, wenn es für denselben Wahlbezirk ist.«

»Du erwartest also, daß ich dir bei den Wahlen und den notwendigen Pflegeprozeduren dazwischen helfe?«
»Aber gewiß. Du wirst fabelhaft sein.«
Ich spürte Tränen in den Augen und vermochte nicht, sie zurückzuhalten. Ich schämte mich so, denn er hatte mich nie vorher weinen sehen. Tatsächlich konnte ich mich nicht erinnern, wann ich es jemals getan hatte.
Er beugte sich ein wenig zurück, und ich habe niemals solche Zärtlichkeit bei einem Menschen gesehen, wie nun bei ihm, als er sein Taschentuch herauszog und mir die Tränen abwischte.
»In so einem Augenblick«, schalt er. »Tränen ... bei Harriet!«
»Das paßt nicht zusammen, nicht wahr? Denk nicht, daß ich ein heulendes Weib werde. Es ist nur, weil ich so glücklich bin.«
Er war ebenfalls bewegt und bemühte sich, es zu verbergen.
»Du weißt noch gar nichts«, meinte er. »Dies ist nur der Anfang. Wir werden in der Grafschaft als die ›glücklichen Menfreys‹ bekannt sein.«
Bevor wir nach Cornwall abfuhren, ging ich zu Mr. Greville von Greville, Baker & Greville, damit er mir meine finanzielle Situation erklärte. Er teilte mir mit, daß ich durch den Tod meiner Stiefmutter zur Erbin eines beachtlichen Vermögens geworden wäre. Alles würde jetzt mir gehören, sobald ich einundzwanzig würde oder im Falle meiner Heirat, die seine Zustimmung und die des zweiten Testamentsvollstreckers finden müßte.
»Ich habe bereits von Mr. Menfrey gehört, daß Sie ihm Ihr Jawort gegeben haben, und ich kann Sie gleich beruhigen. Es wird keinerlei Einwände geben, und Ihr Vermögen geht alsbald nach der Trauung in Ihren Besitz über.«
»Und was ist mit dem zweiten Testamentsvollstrecker?«
»Das ist Sir Endelion Menfrey.« Mr. Grevilles herbe Züge kamen einem Lächeln so nahe, wie sie es vermochten. »Ich glaube, Ihr Vater wäre sehr zufrieden über Ihre Verlobung. Es war eine Heirat, die schon zwischen ihm und Sir Endelion besprochen wurde, als Sie noch ein Kind waren.«
»Dann«, meinte ich tonlos, »tun wir also, was von uns erwartet wird.«
Die plumpen, weißen Hände lagen ausgebreitet auf dem Tisch, und ihr Besitzer betrachtete sie befriedigt. »Ich bin sicher«, erklärte er in seiner präzisen, trockenen Art, »daß dies eine sehr erwünschte Verbindung ist, und ich kann Ihnen versichern, Miss Delvaney, daß es die ganze Angelegenheit bedeutend vereinfacht.« Er nahm einige Papiere in die Hand, als wöge er sie, und sah

mich über seinen goldgerahmten Zwicker hinweg an. »Ihre monatlichen Zahlungen werden wie bisher weitergehen, bis wir die Formalitäten erledigt haben. Wie ich höre, werden Sie in Kürze mit Lady Menfrey nach Cornwall fahren. Ausgezeichnet! Ausgezeichnet! Und die Hochzeit wird dort stattfinden. Meine Glückwünsche. Ich glaube, es hätte keinen befriedigenderen Abschluß für diese unglücklichen Geschehnisse geben können.«
Mir war, als würde ich ordentlich in ein Fach abgelegt mit der Aufschrift: Erbin wie geplant untergebracht. Unglückliche Angelegenheiten zufriedenstellend erledigt.
Und als ich zur Kutsche hinausging, wünschte ich, mein Vater und die Menfreys hätten meine Zukunft nicht so gründlich miteinander besprochen. Ich wünschte, Bevil und ich hätten uns erst vor einigen Monaten kennengelernt und wären von einer unwiderstehlichen Leidenschaft mitgerissen worden.
Ich begann zu argwöhnen, daß ich trotz all meines zur Schau gestellten Zynismus im Herzen eine Romantikerin war.

»Es besteht kein Grund, unsere Abreise nach Cornwall zu verschieben«, meinte Lady Menfrey. »Dort kannst du dann planen, was du mit dem Haus machen willst ... überhaupt mit allem. Bevil wird natürlich dafür sorgen, daß deine Wünsche ausgeführt werden, wenn du deine Entscheidung getroffen hast.«
Ich dachte an das Haus, in dem das Leben so wie vor dem Unglücksfall weitergehen würde. Es würde jetzt ein stilles Haus sein. Ich stellte mir vor, wie die Dienstboten im Flüsterton miteinander sprachen und auf Zehenspitzen an dem Zimmer vorbeigingen, in dem man Jenny gefunden hatte. Sie würden sich fragen, was die Zukunft ihnen bringen würde, und es war unfair, sie im Ungewissen zu lassen.
Fanny würde selbstverständlich mit mir kommen, doch die anderen mußten neue Stellungen finden, und sie waren zweifellos besorgt um ihre Zukunft. Ich besprach dies mit Bevil und ging als Ergebnis noch einmal zu Greville, Baker & Greville, und es wurde beschlossen, Mrs. Trant, Polden und den älteren unter ihnen Renten auszusetzen und den jüngeren einmalige Summen; sie sollten die nächsten zwei bis drei Monate noch bleiben, sich jedoch schon nach etwas anderem umsehen und, falls sie neue Stellen fanden, vorzeitig entlassen werden.
Ich war erleichtert, nachdem ich dies erledigt hatte, und ging einen Tag vor unserer Abreise hin.
Ich beauftragte Mrs. Trant, alle Dienstboten in die Bibliothek zu

rufen, und teilte ihnen dort meine neue Situation mit und was für sie vereinbart worden war. Ich war tief bewegt, ihre Erleichterung zu sehen. Polden drückte mir stellvertretend für sie alle ihren Dank und ihre guten Wünsche für eine glückliche Zukunft aus.
»Sie werden das Haus verkaufen, nehm ich an, Miss Harriet«, sagte Mrs. Trant.
»Gewiß.«
»Nun, Miss, falls Sie und Mr. Menfrey jemals die Dienste von einem von uns brauchen sollten ... Sie brauchten es nur zu sagen und – das sage ich für uns alle – wir wären froh, die Stellung, die wir dann hätten, aufzugeben und zu Ihnen zurückzukommen.«
Ich dankte ihnen und ging dann mit Fanny in mein altes Zimmer hinauf, um mit ihr zu besprechen, was sie mir nach Cornwall mitbringen sollte, wenn sie in einigen Tagen nachkam.
Ich bemühte mich, praktisch zu sein, als wir in mein Zimmer kamen. »Ich werde die meisten Sachen fortwerfen«, erklärte ich. »Wir werden auf unserer Hochzeitsreise durch Paris kommen, und ich habe vor, mir dort einige Kleider zu kaufen. So brauche ich nur wenige Sachen, Fanny.«
»Da sind noch Ihre Bücher und einige der Kleinigkeiten, die Sie so liebten.«
Sie fielen mir wieder ein. Mein Postkartenalbum; Briefe, die ich immer aufzubewahren pflegte; eine mit Muscheln beklebte Schachtel, in der ich Knöpfe und Nadeln aufhob; eine Spieldose, die ›Widdicombe Fair‹ spielte; William Lister hatte sie mir mitgebracht, als er einen kurzen Urlaub in einem Dorf in Devonshire verbrachte; schließlich eine Perlenkette, die mein Vater mir geschenkt hatte; sein Weihnachtsgeschenk – er zog es vor, meine Geburtstage zu vergessen – in all den Jahren; jedes Jahr eine neue Perle. Ich hatte sie nie gemocht, obgleich ich jetzt erkannte, als ich die vollendet gerundeten Perlen in ihrer satten, sahnigen Farbe betrachtete und die blitzenden Diamanten in dem Verschluß, daß es ein wunderschönes Schmuckstück war und wahrscheinlich sehr wertvoll. Für mich war es jedoch ein Symbol für sein mangelndes Interesse gewesen. Der Brauch verlangte von ihm, daß er mir etwas schenkte, also lag eine Perle da, die so viel mehr kostete als die Kleinigkeiten, die Fanny mir schenkte, und mir doch so viel weniger bedeutete.
Ich dachte wieder daran, wieviel ich Fanny schuldete, die verstanden hatte, wie einem Kind zumute ist, wenn es am Weihnachtsmorgen aufwacht und vergeblich nach dem berstend vollen Strumpf sucht. Sie war es, die mir die Weihnachtsgeschichte

erzählt hatte, die mir Apfelsinen, Nüsse, die Tüte mit Zuckerwerk gekauft hatte, jene faszinierenden Ausschneidewunder, billigen Tand, jene Pfennigs Puppen. Fanny hatte das Glück in meine Weihnachtsfeste gebracht, wenn sie die Marktbuden nach bunten, glitzernden Sachen durchsuchte, die ein Kind entzücken, und nicht mein Vater, wenn er die Perle für meine Kette, die eine gute Kapitalanlage war, in dem mit dicken Teppichen ausgelegten Juweliergeschäft aussuchte.

Ich legte einige Sachen auf mein Bett – die Spieldose von William Lister, meine Bücher – ja, die mußten mit, alle, denn sie hatten mir damals die Flucht aus der Wirklichkeit ermöglicht. Elsie Dinsmore, Misunderstood, The Wide Wide World, Peep Behind the Scenes, A Basket of Flowers ... Geschichten von Kindern, deren Schicksal ebenso unglücklich gewesen war wie mein eigenes; Little Woman (wie hatte ich mich in jene wundervolle Familie gestürzt und abwechselnd die Rollen von Meg, Jo, Beth und Amy übernommen); Jane Eyre und Wuthering Heights. Geschichten von Ausdauer und Triumph. Ich konnte mich niemals von ihnen trennen. Fanny sah mir zu. »Aber die wollen Sie doch nicht mitnehmen«, meinte sie.

Es war die ausgeschnittene Puppenbühne aus Pappe.

»Fanny, ich weiß noch genau, als ich sie zuerst sah. Es war wunderbar! Sechs Uhr morgens am Weihnachtstag.«

»Sie wachten früh auf. Ich lag dann immer wach und horchte. Ich war an den Tagen immer um fünf wach. Sie krabbelten im Dunkeln aus dem Bett.«

»Ja, und ich befühlte den Strumpf, und dann nahm ich ihn mit ins Bett und hielt ihn fest und versuchte zu erraten, was darin war. Ich hatte einen Pakt mit mir selbst geschlossen, daß ich ihn nicht aufmachen durfte, bevor der erste Lichtstreifen am Himmel erschien; sonst würde er verschwinden und alles nur ein Traum sein.«

»Sie und Ihre Phantasie!«

»Wenn du nicht gewesen wärest, Fanny, hätte es keinen Strumpf für mich gegeben.«

»Oh, jemand von den anderen hätte dafür gesorgt.«

»Das glaube ich nicht. Es waren die schönsten Morgen des Jahres. Ich weiß noch, wie ich eine Woche später aufwachte und schrecklich enttäuscht war, daß es nicht Weihnachten war und daß ich einundfünfzig Wochen bis zum nächsten warten mußte.«

»Kinder!« meinte Fanny und lächelte liebevoll.

Ich stand unvermittelt auf und warf mich ihr in die Arme.

»O Fanny, liebe Fanny, wir werden immer zusammen sein!«

Sie war kämpferisch in ihrer Entschlossenheit. »Darauf können Sie sich verlassen, Miss! Ich möchte den sehen, der mich von Ihnen trennen könnte!«

Ich ließ sie los und setzte mich auf das Bett.

»Ich bin froh, wenn ich mit diesem Haus fertig bin. Ich kann mich nicht erinnern, hier jemals wirklich glücklich gewesen zu sein mit Ausnahme der Weihnachtstage und Stunden mit dir. Weißt du noch, wie wir zu den Märkten zu gehen pflegten – wie wir die Münze bei dem Kuchenmann warfen und heiße Maronen kauften?«

»Sie liebten die Märkte immer, Miss.«

»Sie schienen so aufregend und bunt ... und jene Menschen, die sich so anstrengten, ihre Waren zu verkaufen ... sie waren arm, und ich war reich ... und doch beneidete ich sie, Fanny.«

»Sie wußten nicht, wie deren Leben war, Miss. Sie dachten nur, was für ein schönes Spiel es wäre, dort auf dem Markt zu verkaufen, und da Sie nie Frostbeulen hatten, die Sie mit ihrem Jucken und Brennen verrückt machten, und nie von Rheumatismus zusammengekrümmt wurden, dachten Sie, was für eine lustige Zeit die dort hätten. Sie können nicht immer wissen, was sich außerhalb Ihres Gesichtskreises abspielt, nicht wahr?«

»Ich hatte damals zuviel Mitleid mit mir, Fanny. Das ist jetzt alles vorbei. Ich erwarte dich Ende der Woche in Cornwall.«

»Sie können sich darauf verlassen, Miss, daß ich im Zug sitze, sobald ich hier alles fertig habe. Und was wird mit all den Möbeln und allem?«

»Ich vermute, die guten Stücke werden nach Menfreya kommen, den Rest werden wir verkaufen. Mr. Bevil wird sich darum kümmern.«

»Ich glaube, er wird sich in der Zukunft um alles kümmern, Miss.«

Ich lächelte, und ich nehme an, mein Glück schien durch jenes Lächeln, denn sie schwieg einen Augenblick; dann bemerkte ich, wie sich ihre Gesichtszüge verhärteten, und ich begriff, daß sie meine Heirat nicht billigte, denn Fanny verbarg gewöhnlich nicht ihre wahren Gefühle.

»Das hoffe ich, Fanny. Es ist nur natürlich, daß er es als mein Mann tut.«

»O ja, er wird es schon tun!«

»Um Himmelswillen, Fanny, hör auf damit. Dies ist ein Augenblick für Glückwünsche und nicht für düstere Prophezeiungen.«

»Der Augenblick für Prophezeiungen ist da, wenn sich diese von alleine ergeben.«
»Was um alles in der Welt meinst du damit?«
»Ich habe keine Ruhe. Könnten Sie nicht noch etwas warten?«
»Warten, Fanny? Worauf?«
»Sie sind in dies hineingedrängt worden.«
»Hineingedrängt?! Ich habe seit Jahren darauf gewartet, daß Bevil mich bittet, ihn zu heiraten.«
»Ich fürchte ...«
»Fürchte gar nichts! Und jetzt werde ich dies nicht mehr mit dir diskutieren. Alles wird gut werden.«
»Da ist etwas, was ich gerne wissen möchte.«
»Na schön. Was ist es?«
»Hat er Sie gefragt, bevor Ihre Stiefmutter starb ... oder hinterher?«
»Was hat das zu bedeuten?«
»Es bedeutet eine ganze Menge für mich, Miss. Vorher hatten Sie nur Ihr Einkommen, nicht wahr? Ich versteh nicht viel von diesen Dingen, aber ich denke mir, nachdem Ihre Stiefmutter starb, gehörte all das Geld Ihnen ... ohne Einschränkungen wie ... sie eine war. Sehen Sie, wenn er wartete, bis sie tot war ...«
Ich hätte sie schlagen können, so zornig war ich, und ich kannte mich selber gut genug, um zu begreifen, daß ich meinen Zorn aufpeitschte, um meine Furcht zu verbergen. Warum hatte sie jenes vage Gefühl der Unsicherheit in Worte gefaßt, so daß ich es jetzt nicht länger ignorieren konnte? Ich mußte es hervorholen und bei Tageslicht prüfen.
»Was für ein Unsinn!« erklärte ich. »Er wollte mich schon fragen, bevor sie starb ... nur wurden wir gestört.«
Wenn nur Tante Clarissa nicht in jenem Augenblick hereingeplatzt wäre, als er mich besucht hatte! Ich war damals überzeugt gewesen, daß er mir einen Antrag machen wollte. Aber hatte er das wirklich gewollt? Wenn er das vorgehabt hatte, hätte er dann nicht eine Gelegenheit dafür herbeigeführt?
Fanny sah mich unverwandt an, ihre Augen dunkel vor Furcht und Mißtrauen. Sie war fest überzeugt, daß Bevil mich meines Geldes wegen heiratete; darüber hinaus begoß sie jene Samen des Zweifels in meinem Denken, so daß sie bereits zu keimen begannen.
Sie rang linkisch die Hände. »Sehen Sie, Miss Harriet, ich will, daß Sie glücklich sind. Ich will einfach alles Beste für Sie. Und wenn die Dinge erst einmal anfangen, schief zu gehen, haben sie die Ange-

wohnheit, es weiter zu tun.«
»Was um alles auf der Welt willst du damit sagen?«
»Ich muß immer an diese arme Lady denken. Sie geht mir immer durch den Sinn. Ich sehe sie, wie sie sich ihre schöne Haut im Spiegel anschaut und dann das Zeug in ihr Getränk tut... und dann so stirbt.«
»Es ist grauenhaft. Ich versuche nicht daran zu denken, Fanny, doch läßt sie mich nicht los. So zu sterben ... ohne darauf vorbereitet zu sein.«
»Ohne darauf vorbereitet zu sein«, flüsterte Fanny. »Ja, so war es. Sie bekam keine Warnung. Sie war den einen Tag da und am nächsten schon tot. Ich glaube, mein Billy bekam eine Warnung. Er hörte, wie sich der Sturm erhob, das tat er, nicht? Sie hatten gegen den Sturm gekämpft, und sie wußten, die Gefahr war rings um sie herum ... aber sie, die Arme, sie hatte keine Ahnung ...«
»Wir müssen aufhören, daran zu denken, Fanny.«
»Ja, alles Denken hilft nun da nichts«, pflichtete sie bei.
»Hör jetzt auf, dich um mich zu sorgen. Alles wird gut werden.«
»O ja. Dafür werden wir beide schon sorgen!«
Ihre Lippen waren zusammengepreßt, ihre Augen blickten hart; sie sah wie ein General aus, der in die Schlacht zog.
Und wenn sie auch jene Zweifel in meinem Denken aufkeimen ließ, wußte ich, daß ich, solange Fanny lebte, immer jemanden haben würde, der mich liebte.

Lady Menfrey und ich wurden in Liskeard abgeholt, und ich werde nie diese Fahrt nach Menfreya vergessen. Die Wege, die durch das sommerliche Laub der Hecken enger waren, hatten nie so grün und bunt geschienen; ich atmete den warmen Seewind ein, als wir nahe ans Meer kamen, und als ich die Türme von Menfreya erblickte, hätte ich vor Bewegung weinen können. Jetzt war es mehr als ein Haus, das meine Phantasie gefesselt hatte, mehr als ein altes, faszinierendes Gebäude; es war mein Zuhause.
Da war auch das Haus auf der Insel; und da war die Felsenküste, auf der steil die Mauern von Menfreya aufstiegen, als seien sie ein Teil des Felsens selbst.
Durch den Torbogen unter dem Uhrturm mit der alten Uhr hindurch, die nie stehen bleiben durfte, in den Hof, wo wir ausstiegen. Sir Endelion stand am Haupteingang und erwartete uns.
»Willkommen, willkommen, mein liebstes Kind!«

Er nahm mich in die Arme und küßte mich.
Niemals war eine Braut herzlicher von ihrer neuen Familie empfangen worden.

Jene Tage in Menfreya nehmen einen besonderen Platz in meinen Erinnerungen ein. Ich wollte, wie ich ihnen sagte, das Haus erkunden – jeden Raum und jeden Gang, jede Nische und jeden Winkel.
»Ich finde, es ist das wunderbarste Haus der Welt«, sagte ich am ersten Tag zu Sir Endelion und Lady Menfrey.
»Es ist schön, daß du das findest, da es dein Zuhause sein wird«, erwiderte Sir Endelion.
»Ich möchte alles sehen ...«
»Du wirst feststellen, daß der Ostflügel Reparaturen benötigt.«
Ich lächelte, da ich mich an den Tisch mit den Rubinen erinnerte, die nicht mehr da waren. Menfreya brauchte Geld, mit dem es von jenen verschwenderisch überschüttet werden wollte, denen das Glück zuteil wurde, unter sein Dach aufgenommen zu werden. Es würde mich jedoch nie ärgern, mein Geld in die Erhaltung des Hauses auszugeben.
Am Tage nach meiner Ankunft nahm Sir Endelion mich persönlich auf einen Besichtigungsrundgang mit. Er war entzückt, mir alles zu zeigen und sagte mir, als wir den Schild über dem Kamin in der großen Halle studierten, daß ihn nichts auf der Welt hätte glücklicher machen können als unsere Verlobung.
»Es war, was dein Vater sich wünschte, und ist das, was ich mir immer gewünscht habe. Die Verbindung unserer beiden Familien. Dein Name, mein Liebes, wird auf den Schild eingetragen, denn da stehen die Namen all der Familien, in die die Menfreys hineingeheiratet haben.«
Ich las jene Namen, fragte mich, was deren Trägerinnen wohl empfunden haben mochten, als sie als Bräute in dieses großartige Haus kamen. Sehr bald würde Delvaney ihnen hinzugefügt werden, und ich dachte an die Namen, die nach meinem kommen würden, wenn meine Söhne ihre Frauen heimführten.
Es war ein glückliches Gefühl, an einen festen Ort zu gehören, und es war das, was ich mir immer gewünscht hatte.
Es gab so vieles zu sehen und zu bewundern, so vieles, was ich noch nie gesehen hatte und was jetzt von besonderem Interesse für mich war, da es mein Zuhause sein sollte. Da war ein herrlicher Mosaikboden in der großen Halle, die Treppe und die alten Rüstungen, die unvermeidlichen Ahnenbilder in der Galerie. Da

waren so viele, in denen ich das Menfreysche Aussehen entdeckte. Sie hätten Bevil oder Sir Endelion im Kostüm einer anderen Epoche sein können.
Ich ging in die Kapelle, die nie benutzt wurde, auf deren Altar jedoch immer frische Kerzen standen; man zeigte mir den geheimen Raum im Turm, und Sir Endelion erzählte mir die Geschichte von dem Menfrey, der dort die Frau, die er liebte, vor seiner Familie verborgen gehalten hatte.
»Es heißt, die Uhr im Turm sei stehengeblieben, und niemand hätte sie wieder in Gang bekommen. Dann kam der Herr des Hauses zurück und ging in den geheimen Raum und fand seine Geliebte und ihr Kind tot vor. Aber glaub nicht alles, was du über die Menfreys hörst, mein Liebes. Es gibt genügend Geschichten über unsere Missetaten, um daraus ein Tausendundeinenacht zu machen. Ich glaube nicht, daß du uns so schlimm finden wirst, wie man uns schildert. Sag, Harriet, du findest uns doch nicht so schlimm, nicht wahr?«
»Ich kenne euch zu lange, um Angst vor dem zu haben, was ich vielleicht entdecke.«
»Und bald wirst du eine der unseren sein. Bevil ist ein Glückspilz. Ich hab es ihm gesagt, und ich glaube, du fährst auch nicht so schlecht mit ihm.«
Ich liebte es, das alte Gebäude kennenzulernen und die Geschichten zu hören. Lady Menfrey drängte jedoch, daß die Vorbereitungen für die Hochzeit ohne Aufschub in Angriff genommen würden; so fuhren wir nach Plymouth, und ich suchte den Stoff für mein Brautkleid aus, und wir kamen an dem Theater vorbei, in dem Gwennan Benedict Bellairs kennengelernt hatte, und ich war traurig, als ich an Gwennan dachte und mir überlegte, warum sie wohl nie geschrieben hatte, um uns wissen zu lassen, wie es ihr erging. Welch ein Spaß wäre es gewesen, sie jetzt bei mir zu haben! Nun wirklich Schwestern! Wenn sie nur Harry Leveret geheiratet hätte und jetzt glücklich mit ihm in Chough Towers lebte, wie schön wäre es gewesen!
Wir wählten weißen Satin für mein Kleid, und ich sollte einen Schleier tragen, den bereits Lady Menfrey getragen hatte und vor ihr ihre Vorgängerin. Sie erwähnte Gwennan mit keinem Wort, was mich überraschte, denn ich hatte gedacht, unsere Fahrt nach Plymouth würde sie daran erinnern.

Bevil kam von London, und das Aufgebot wurde bestellt. Wenn ich mit ihm über Land fuhr, machten wir auf verschiedenen

Nachbargütern Besuch und wurden mit großer Herzlichkeit empfangen.
»Ich habe Ihren Vater gekannt. So ein reizender Mensch! Wie glücklich wäre er, wenn er diesen Tag erleben könnte!«
»Es paßt alles so gut! Ich bin sicher, Sie werden Ihrem Mann eine große Hilfe bei der Wählerschaft sein.«
»So eine glänzend passende Heirat! Wir sind alle ganz begeistert.«
Bevil machte unsere Gastgeber nach, wenn wir dann weiterfuhren. Es war etwas boshaft, doch sehr komisch, und ich entdeckte, daß ich im Zusammensein mit ihm ständig lachte. Es war das Lachen des Glücks, doch das ist schließlich das beste Lachen der Welt.
Ich lernte Bevil besser kennen. Er hatte einen schlagfertigen Witz und ein heftiges und leidenschaftliches Temperament; er war gütig, konnte im Zorn jedoch ungerecht sein, doch dem folgte dann rasch Reue, und wenn auch sein angeborener Stolz es ihm schwer machte zuzugeben, daß er unrecht hatte, so war sein Gerechtigkeitsgefühl doch noch größer als sein Stolz. Ich war mir nie ganz sicher, ob er wirklich so in mich verliebt war, wie er mir zu verstehen gab. Er hatte mich gern – das war schon immer so gewesen – doch war er nicht vielleicht mehr in die so passenden Begleitumstände unserer Heirat verliebt als in mich selbst als Mensch? Ich fürchtete mich vor dieser Möglichkeit und fragte mich, ob er nicht irgendein anderes Mädchen hätte ebenso gern haben können, das sich um ihn bemühte und genügend Geld besaß, um es für Menfreya interessant zu machen. Manchmal betrachtete ich mich kritisch in meinem Zimmer im Spiegel. Mein Aussehen hatte sich seit meiner Verlobung verbessert, denn Glück kann jedem Gesicht eine gewisse Schönheit verleihen, doch vermochte ich nicht die Art zu ignorieren, in der seine Augen beim Anblick eines hübschen Mädchens aufleuchteten; er hatte ein besonderes Lächeln für sie alle, und sei es eine Milchmagd, an der wir auf der Landstraße vorbeikamen.
Als wir Dr. Syms einen Besuch machten, hätte ich gerne gewußt, was Bevil dachte. Hierher war Gwennan gebracht worden, als sie ihren Unfall hatte, und hier hatte er zum erstenmal Jessica erblickt; doch falls er an jene Zeit dachte, gab er es durch nichts zu erkennen.
»Werden Sie zur Hochzeit kommen, Dr. Syms?« erkundigte er sich freundlich.
»Ich werde zur Stelle sein, wenn die Pflichten es mir erlauben.«

Dr. Syms, ein Mann in mittleren Jahren, pausbackig und energisch, brachte strahlend seine Glückwünsche vor.
»Wenn jedoch irgend jemands Baby zu dem Zeitpunkt zu erscheinen geruht ... na, ich werde alles darüber hören, denn die Leute scheinen über nichts anderes reden zu können als über die Menfreya-Hochzeit.«
Mrs. Syms bat uns ins Wohnzimmer, und wir tranken Wein, während wir von der Hochzeit, der Wählerschaft und darüber sprachen, was sich bei der nächsten Wahl abspielen würde. Sie war eine begeisterte Mitarbeiterin für die Partei, wie ich entdeckte.
»Ich bin überzeugt, Sie werden ein Trumpf sein«, sagte sie zu mir. »Ein M. P. braucht eine Frau – und die Tatsache, daß Sie die Tochter des früheren Mitglieds sind, wird ihre Wirkung haben. Ich höre, Ihr Vater war ein großartiges Mitglied, und jetzt, wo er tot ist und wir wieder nach der alten Tradition einen Menfrey für Lansella haben, ist es zu nett, daß unser jetziges Mitglied der Schwiegersohn des vorhergehenden ist. Es wird so sein, als sei der Sitz nie aus der Familie gekommen. Das wird hier von großer Bedeutung sein.«
Ich ahnte, wie mein zukünftiges Leben aussehen würde. Ich würde für die Partei arbeiten, ich würde Bazars eröffnen und vielleicht von Rednerbühnen sprechen müssen. Es war aufregend, wenn auch ein bißchen beängstigend, doch würde Bevil ja bei mir sein. Ich stellte mir vor, wie ich geistreiche Reden hielt – Mrs. Menfrey, die Frau des M. P. – und ein angenehmes Bild der Zukunft begann Gestalt anzunehmen.
»Ich bin so froh, daß wir hierherkamen«, erzählte Mrs. Syms mir. »Es ist viel interessanter als in der Stadt. Ja, wir lebten in Plymouth, aber es scheint hier ein viel regeres gesellschaftliches Leben zu geben. Es ist anstrengend, ohne Zweifel. Der arme Dr. Trelarken brachte sich mit der Arbeit um. So ein reizender Mensch ... wie auch seine Tochter, Sie kennen sie natürlich.«
»Nur sehr flüchtig.«
»Ziemlich traurig. Das arme Mädchen blieb ohne einen Pfennig zurück. Wie ich höre, ging sie nach London oder sonst wohin, um Gouvernante zu werden. Es ist kein Leben für ein Mädchen – und noch dazu ein so schönes. Sie war eine wirkliche Schönheit. Vielleicht heiratet sie ja – aber es ist schwer für ein Mädchen in ihrer Lage. Das Leben kann in solchen Umständen sehr schwierig sein ... sehr schwierig in der Tat!«
Als wir weiterfuhren, bemerkte ich: »Sie ist eine redselige Frau.«

»Sie redete genug, um ein Politiker zu sein. Sie sollte wirklich im Parlament sitzen. Ein Jammer, daß sie keine Frauen zulassen. Vielleicht werden sie es eines Tages tun.«
»Sie sind ganz anders als die Trelarkens.« Ich hörte den schrillen Ton in meiner Stimme und fragte mich, ob Bevil ihn bemerkt hatte. Es war ein Anzeichen innerer Bewegung. Er schwieg, und ich blickte ihn rasch von der Seite an und sah, daß er lächelte.
»Arme Jessica«, fuhr ich fort.
»Pech für sie«, stimmte er zu.
»Ich muß immer an meine eigene Gouvernante, Mrs. James, denken. Sie war eine furchtsame Frau, die dauernd in Angst zu schweben schien, ihre Stellung zu verlieren – furchtsam, das heißt, ausgenommen mir gegenüber; sie neigte dazu, mich zu tyrannisieren.«
»Es ist kein Leben für eine Frau, wenn sie nicht in die richtige Familie kommt.«
»Ich möchte wissen, wie es Jessica gefällt?«
Er antwortete nicht, und ich befürchtete, falls ich das Thema weiter verfolgte, meine Gefühle nicht beherrschen zu können und meinen Verdacht und meine Eifersucht hervorbrechen zu lassen.
Es blieb keine Zeit zum Grübeln. Nur noch drei Wochen bis zur Hochzeit! Lady Menfrey hatte beschlossen, das Haus mit Gästen zu füllen, hauptsächlich Freunden aus London – Freunden aus dem Parlament, die, wie Bevil hoffte, auch meine Freunde werden würden, da ich für ihn von Nutzen bei seiner Arbeit wäre. Es sollten auch Freunde aus der Nachbarschaft kommen.
William Lister, meines Vaters ehemaliger Sekretär, der jetzt in derselben Funktion für Bevil arbeitete, traf die meisten Vorbereitungen. Es war nett, ihn wiederzusehen, und die Vermutung, daß es ihm mehr Freude machte, für Bevil zu arbeiten als früher für meinen Vater, entzückte mich.
Fanny war angekommen, um sich um meine persönlichen Belange zu kümmern. Sie irritierte mich durch ihre resignierte Art; es war, als sähe sie einer unvermeidlichen Katastrophe entgegen und sei entschlossen, so gute Miene wie nur möglich dazu zu machen. Dies war jedoch nur ein kleines Ärgernis in einem wundervollen Dasein. Ich war glücklich. Bevil war ständig bei mir. Er hatte sogar mit zur Schneiderin kommen wollen, um bei den Anproben zuzusehen, bis seine Mutter es entrüstet verbot, da es Unglück bringen sollte. Wir besprachen unser zukünftiges Leben, das von einem rosigen Licht gleich der Morgendämmerung überglänzt

schien, und ich wurde an die Zeit erinnert, als ich von Zuhause fortgelaufen war und nach einer furchterfüllten Nacht aufwachte und Menfreya im Morgenlicht erblickte.
Mir hing der Himmel voller Geigen. Ich war glücklich. Ich würde ihn durch die Art, in der ich ihm helfen wollte, in Erstaunen setzen. Ich informierte mich über Politik, und Bevil war zuerst belustigt und dann beeindruckt, als ich mit ihm über den Freihandel und den Schutzzoll diskutieren konnte.
Ich war nur zu froh, ihm die Auflösung des Londoner Hauses zu überlassen. Er sagte, William Lister würde sich um all das kümmern, während wir auf unserer Hochzeitsreise wären. Mein Vater hatte einige wertvolle Möbelstücke gesammelt, und Lister, der in diesen Dingen Experte war, würde dafür sorgen, daß alles, was Wert besaß, nach Menfreya gebracht wurde, so Platz genug dafür vorhanden war. Das Übrige konnte verkauft werden.
Wir wollten nach Südfrankreich fahren – in ein kleines Städtchen in den Bergen mit einem Blick auf die Riviera hinunter. Bevil war bereits dort gewesen; es sollte ideal für Flitterwochen sein. Überdies würde das Wetter um diese Jahreszeit dort einmalig schön sein.
Die Hochzeit stand nun vor der Tür, und als es mir gelang, mich von einer leisen Unruhe zu befreien, war ich restlos glücklich. Ich mußte immer wieder an Gwennan denken, die fortgelaufen war, und ich hatte furchtbare Angst, daß etwas geschehen könnte, das meine Hochzeit verhinderte. Dann dachte ich an all die Frauen, die Bevil geliebt hatte, und ich hätte gerne gewußt, wie sich die Gefühle, die er für mich empfand, von denen unterschieden, die er für jene anderen empfunden hatte. Er versicherte mir, sie seien ganz anders, und das mit solcher Aufrichtigkeit, daß ich ihm glaubte; doch begann ich ihn wirklich sehr gut zu kennen. Wollte er etwas haben und wünschte er sich etwas, so tat er das mit einem solchen Enthusiasmus, daß er glaubte, es mehr als alles auf der Welt zu begehren. Doch ein Begehren verging, und ein neues tauchte auf, es zu ersetzen. Tief im Innern wußte ich, daß das Glück kein Preis auf dem Gipfel eines Berges ist, der einem für immer gehört, wenn man diesen erklommen hat. Das Glück war ein Preis, doch gehörte es einem nur einen kurzen Augenblick lang, und es zu behalten war genauso schwer, wie es überhaupt zuerst einmal zu erlangen. Das Glück kam in Augenblicken. Unzuverlässig. Unvorhersehbar. Es kam, wenn Bevils Augen sich vor Anerkennung über eine kluge Bemerkung weit öffneten, wenn er sich mir im plötzlichen Erkennen des zwischen uns

bestehenden Bandes zuwandte, wenn er mir aus vollem Herzen sagte »Ich liebe dich, Harriet Delvaney. Es gibt keine zweite wie dich.« Er gebrauchte oft meinen Nachnamen in Momenten, in denen er bewegt war, ich glaube, weil er die Tiefe seiner Gefühle nicht zeigen wollte. Er, der so an rasch aufsteigende Wünsche gewöhnt war, heftig und unwiderstehlich, solange sie dauerten, war ein wenig überrascht, daß Liebe Hand in Hand mit Leidenschaft einhergehen konnte. So wollte ich es jedenfalls gerne glauben.

Unser Hochzeitstag brach an. Es war Anfang September. Ich wachte früh auf und blickte über das Wasser zu dem Haus auf der Insel hinüber. Das Meer war rosig überhaucht wie an jenem anderen Morgen, und der rosige Schein lag auf dem Haus.

Da Sir Endelion dadurch, daß mein Vater ihn zu einem der Testamentsvollstrecker ernannt hatte, eine Art Vormund war, sollte er mich zum Altar führen. Die Braut würde also dem Bräutigam von dessen eigenem Vater übergeben werden! Das hatte es bestimmt nicht so oft gegeben, und Harry Leveret, der Gwennan hätte heiraten sollen, war Trauzeuge. Eine seltsame Wahl, doch Harry selbst hatte es vorgeschlagen. Möglicherweise wollte er beweisen, daß er nicht mehr dem Mädchen nachtrauerte, das ihn so schändlich hatte sitzenlassen.

Da war ich nun in weißem Satin und dem fließenden Menfreya Schleier und meinen Orangenblüten. Sie erklärten alle, ich sähe bezaubernd aus, und dieses eine Mal glaubte ich es beinahe selbst.

Ich betrachtete mein Spiegelbild. »Mach dir keine Sorgen, Fanny. Ich werde glücklich sein. Ich habe mich dazu entschlossen.«

»Sie fordern die Vorsehung heraus.«

»Sei nicht so eine alte Unke, Fanny. Du wolltest nicht, daß ich eine Menfrey werde, nicht wahr? Nun, ich werde jetzt eine sein, und es gibt nichts, was du daran ändern könntest.«

»Nein«, erwiderte sie, »ich sehe nichts, was ich tun könnte.«

»Jetzt weiß ich, was sie meinen, wenn sie von einem Skelett bei dem Festmahl sprechen.«

Lady Menfrey kam herein. »Wie kommst du zurecht, mein Liebes? Oh, du siehst ja entzückend aus! Nicht wahr, Fanny?« Ihre Augen füllten sich mit Tränen. Sie dachte an die Entführung, die Verführung und die eilige Heirat. Wie ich war sie eine Erbin gewesen. Wäre sie es nicht gewesen, hätte es keine Entführung gegeben, keine Verführung – oder vielleicht doch. Die einzige Gewißheit war, daß es keine Heirat gegeben hätte.

»Mein Liebes, ich glaube, wir sollten jetzt fahren.«
Zu der Dorfkirche mit Sir Endelion. »Du siehst bezaubernd aus, mein Liebes. Ich bin stolz, dich zum Altar führen zu dürfen ... Dies ist ein glücklicher Tag für uns alle.«
Bevil war bereits da, und seine Blicke lagen auf mir. Es waren ganz besondere Blicke nur für mich allein bestimmt. Ein Jammer, daß wir durch dieses ganze Theater hindurch müssen, sagten sie. Eine einfache Trauung wäre so viel schöner gewesen ... und dann fort in jenes kleine Städtchen hoch über der Küste, wo wir allein sind und ich dir zeigen kann, daß ich dich liebe, wie ich noch nie jemanden geliebt habe, und daß ich dich auch geheiratet hätte, wenn deine Stiefmutter nicht gestorben wäre und so das Vermögen deines Vaters freigegeben hätte, Harriet Delvaney ... nein, Harriet Menfrey!
So schritten wir den Mittelgang entlang zu den Klängen von Mendelssohns Hochzeitsmarsch. Ich sah die Gesichter in den Bankreihen, die uns ansahen ... verschwommen und aufmerksam. Von mir waren keine Verwandten da. Tante Clarissa hatte sich damit entschuldigt, zu dieser Zeit nicht von zu Haus wegzukönnen, doch ich wußte, daß sie in Wahrheit nicht zu ertragen vermochte, mich heiraten zu sehen, wo Sylvia und Phyllis sich noch keine Ehemänner gesichert hatten.

Hinaus zur Kutsche und zurück nach Menfreya, Bevil neben mir; er hielt meine Hand fest in der seinen und lachte von Zeit zu Zeit – ein neuer Bevil, überlegte ich, ernst und in Gedanken an die Zukunft versunken. Ich war so glücklich, daß, hätte ich einen Wunsch tun dürfen, ich mir gewünscht hätte, diese Fahrt möge den Rest meines Lebens dauern, so in der Kutsche mit Bevil neben mir zu sitzen, ernst und zärtlich, überzeugt – wie ich fest annahm –, daß dies der Anfang eines neuen Lebens für ihn war. Er würde mich lieben und werthalten, in guten und schlechten Zeiten, wie er es gelobt hatte; es würde das Ende des Lebens leichter Abenteuer sein. Er würde einer der gebändigten Windhunde sein, die die besten Ehemänner wurden.
Unter der Uhr hindurch, die nur stehen blieb, bevor ein Menfrey eines unnatürlichen Todes starb, in den Hof, dessen Pflastersteine durch die Kutschenräder und Pferdehufe während all der Jahrhunderte abgenutzt waren. Ich war heimgekehrt – eine Menfrey.
Bevil mußte das gleiche gedacht haben, denn er sagte: »So, Harriet Menfrey, wir sind zu Hause.«

Glückliche Frauen haben gleich glücklichen Ländern keine Geschichte, wie man sagt; so gibt es wenig über die erste Zeit meiner Flitterwochen zu berichten.
Wir fuhren zuerst nach Paris, wo ich mir die Kleider kaufte, die ich mir versprochen hatte. Eine ermüdende Angelegenheit, dort vor den Spiegeln zu stehen und sich gurrende Komplimente in französisch-englisch anzuhören. Doch legte ich mir einige entzückende Kleider zu; und Paris ist die wundervollste Stadt der Welt, wenn man liebt und geliebt wird.
Der Eiffelturm, der Bois de Boulogne, Sacŕe Cœur und das Quartier Latin – alles noch heute geheiligte Erinnerungen für mich. Einen lachenden Bevil an meiner Seite, der mir das Reden überließ, da ich die Sprache besser beherrschte, denn er weigerte sich, zu versuchen, seinen englischen Akzent fahren zu lassen. Ich erinnere mich an die gedämpfte Beleuchtung der Restaurants und an die Blicke derjenigen, die uns bedienten und mit echter gallischer Intuition für derartige Dinge wußten, daß wir Liebende waren. Wir verrieten es auch – jeder von uns; das kam durch das Glück – er ebenso wie ich.
Unser endgültiges Ziel war jedoch jener kleine Ort in den Bergen; wir verließen also Paris und fuhren gen Süden.
Die provençalische Blumensaison war vorbei, doch wie liebte ich dieses Land mit seiner großartigen Gebirgslandschaft und seiner herrlichen Küste! Ich war sofort entzückt von unserem Hotel, und als ich auf dem Balkon stand und zum Meer hinunterblickte, war mir, als hätte ich nie so etwas Schönes gesehen. Es waren glückliche Tage.
Die Besitzerin kannte Bevil; er war schon früher hier gewesen. »Und diesmal kommt er mit Madame Menfrey. Das ist sehr schön!« Ihre dunklen Augen blickten jedoch nachdenklich, und ich überlegte, mit wem Bevil wohl in diesem Hotel gewohnt hatte. Vielleicht ja ganz alleine, doch konnte es sein, daß er in dem Ort neue Freunde gefunden hatte. Während der zehn Tage in Paris waren mir keine derartigen Gedanken gekommen; ich hatte zu glauben begonnen, daß ich ihn erobert hatte; doch hier waren sie, bei dem ersten Anzeichen eines Verdachtes.
Ich vergaß sie jedoch, als wir in den Speisesaal hinuntergingen, dessen Fenster zur Terrasse den Blick über die Berge freigaben. Wir saßen bei Kerzenlicht, und all mein Glück kehrte zurück.
»Wir sollten vier oder fünf Wochen hier bleiben«, meinte Bevil, denn er wollte, daß ich die Provence ebenso lieben lernte wie er. Hier wurde das Leben einfach gelebt, und das war die richtige Art,

um Flitterwochen am besten auszukosten. »Keine Ablenkungen«, sagte er. »Nicht, als ob irgend etwas mich von Harriet Menfrey ablenken könnte – aber ich bin nun einmal für das einfache Leben.«
Ich war restlos zufrieden. Vormittags erforschten wir das alte Städtchen mit seinen gewundenen Straßen und ausgetretenen Treppen und Gassen. Die dunkeläugigen Kinder beobachteten uns fast verstohlen – wir waren so offensichtlich Ausländer; und die Budenverkäufer auf dem Marktplatz waren entzückt, wenn wir stehenblieben, um Obst und Blumen zu kaufen. Wir saßen vor den Cafés und ließen das Leben an uns vorbeiziehen. Nachmittags saßen wir unter den Palmen im Garten und lehnten uns auf die Steinbalustrade und blickten über die Berge zum Meer hinunter. Wir mieteten Pferde und ritten in die Berge – durch einsame Dörfer und gefährlich schmale Pfade entlang. Bevil bestand darauf, mein Pferd an solchen Stellen zu führen, und obgleich ich eine gute Reiterin war und durchaus fähig, mein Pferd alleine zu dirigieren, genoß ich dies Beschütztwerden, diese Fürsorge. Manchmal hielten wir an Gaststätten für das Mittagessen an; wir probierten all die einheimischen Gerichte und den Wein der Gegend und pflegten dann den halben Nachmittag schläfrig zufrieden dort sitzen zu bleiben, bevor wir weiterritten.
Wir machten nur selten Pläne. Jedem goldenen Tag ließen wir seinen eigenen Lauf. Wie liebte ich die warmen, sonnigen Tage und die Abende, wenn die Sonne verschwand und die Hitze mit fortnahm. Dann holte ich mir eine warme Stola, und wir gingen manchmal hinaus, um in der kühlen Bergluft spazierenzugehen.
Eines Tages ritten wir am Spätnachmittag in die Berge hinauf. Wir wollten in einem der Dörfer zu Abend essen, wo wir provençalische Tänze sehen konnten, wie Madame uns gesagt hatte.
Wir zogen los und nahmen uns vor, bei Mondschein zurückzureiten. Wir waren sehr ausgelassen und glücklich, als wir so dahinritten, und wir sangen ein Lied, das Monsieur, der Mann von Madame, uns beigebracht hatte. Der Text wurde von der Melodie des ›Mädchen von Arles‹ begleitet und handelte von den drei Weisen, die nach Bethlehem kommen. Wann immer ich dieses Lied höre, bin ich wieder auf jenem rauhen Gebirgspfad und singe es mit Bevil neben mir … es war ein glücklicher Augenblick, in gewisser Weise der Abschluß der ungetrübten Zufriedenheit. Doch wußte ich das, vielleicht, glücklicherweise, damals noch nicht.

Drei mächt'ge Könige,
Bescheiden alle drei,
So glänzend wie die helle
Sonne allesamt.
Drei mächt'ge Könige,
bescheiden alle drei,
So funkelnd schön auf ihren
weißen Pferden.
Der weiseste ritt voran.
Ein goldner Stern jedoch sie
leitete des Nachts.
Der weiseste ritt voran.
Ich hab seinen langen Bart
Im Winde flattern sehn.

Ich mußte unbändig über Bevil lachen, der völlig falsch mit seinem entsetzlichen britischen Akzent sang, und er rief: »Na, dann mach du es besser, Harriet Menfrey!«
»Das wird nicht schwierig sein«, gab ich zurück. »Es ist so wenig Konkurrenz da.« Und als ich sang, meinte er: »Deine Stimme ist gar nicht übel, Liebling. Und du sprichst die Sprache wie eine Einheimische.«
So sangen wir weiter, bis wir zu dem kleinen Dorf kamen, wo wir herzlich von Madame und Monsieur empfangen wurden. Man hatte uns erwartet, wie sie uns sagten. Sie wären sehr enttäuscht gewesen, wenn der englische Herr und seine junge Frau nicht heraufgekommen wären, um sie zu besuchen. Die Madame von unserem Hotel bemutterte uns, doch erzählte sie offensichtlich von uns. Auf jeden Fall gab man uns in dem kleinen Speisezimmer den Ehrenplatz dicht bei den Geigern, die die Musik für die Tänzer liefern würden.
Das Essen wurde mit der Feierlichkeit serviert, an die wir uns inzwischen gewöhnt hatten; der Wein wurde gebracht und eingeschenkt, als sei er Götternektar, und Madame und ihr Kellner beobachteten uns, als ließen sie uns ins Paradies ein, während wir das reich gewürzte Gericht probierten und erklärten, es sei köstlich.
Es versprach, einer der vielen glücklichen Abende zu werden, bis das englische Paar hereinkam. Ich bemerkte sofort Bevils Überraschung; und als der Blick der Frau auf ihn fiel, blieb sie abrupt stehen – genauso überrascht wie er. Sie war entzückt.
Als sie auf unseren Tisch zukam, nahm ich ihr helles, honigfar-

benes Haar wahr und ihre langen, grauen Augen, sah, daß ihre Lippen lächelten, ihr Körper von sinnlicher Üppigkeit war und sie sich trotzdem mit der Anmut eines Dschungelgeschöpfes bewegte, was besonders auffiel, da ihr Begleiter schwerfällig neben ihr ging und eine Neigung zum Dickwerden aufwies.

»Träume ich?« fragte sie. »Kneif mich, Bobby ... damit ich aufwache.«

»Ich hoffe, es ist kein Alptraum«, erwiderte Bevil.

»Es ist die netteste Art von Traum. Was machst du denn hier, Bevil?«

Er sah mich lächelnd an. »Dies ist eine alte Freundin.«

Sie schnitt eine Grimasse. »Hast du das gehört, Bobby? Eine alte Freundin! Mir gefällt die Beschreibung nicht. Sie könnte doppelsinnig sein.«

»Nur für Blinde«, entgegnete Bevil.

»Du solltest uns vorstellen, meine Liebe«, meinte Bobby.

»Natürlich«, stimmte Bevil zu. »Dies ist meine Frau.«

Die grauen Augen der Frau glitten über mich, und ich bildete mir ein, daß ihnen wenig entging.

»Dies ist mein Mann.«

Dann lachten sie, als sei es ein großartiger Witz, daß Bevil eine Frau und sie einen Mann haben sollte.

»Erzähl mir nicht«, fuhr sie fort, »daß auch du hier deine Flitterwochen verbringst.«

»Ich finde, das muß irgendwie gefeiert werden«, erklärte Bevil und wandte sich mir zu. »Lisa und ich lernten uns vor langer Zeit einmal kennen.«

Madame war an unserem Tisch. »Sie kennen sich? Möchten Sie zusammen speisen?«

»Was für ein Spaß!« rief Lisa. »So, Bevil, jetzt kannst du mir alles erzählen.«

Madame bedeutete dem Kellner, noch zwei Stühle zu bringen, und bald saßen wir alle rings um den Tisch, und das Theater des Servierens begann. Sie wäre Lisa Dunfrey, erzählte Bevil mir. Jetzt nicht mehr, erinnerte sie ihn. Da war ja nun Bobby. Lisa Manton. »Manton Biskuits, weißt du«, sagte sie. »Bobby macht sie, nicht wahr, Liebling? Natürlich nicht selbst. Es ist nur sehr einträglich. Aber dies ist so lustig, Bevil! Daß wir beide unsere Flitterwochen am selben Ort verbringen!«

Ich wünschte, Bobby und ich hätten das ebenso lustig finden können. Ihm war es genauso verhaßt wie mir, denn sie wandte ihre ganze Aufmerksamkeit Bevil zu und überließ ihn mir.

Das Wetter sei doch fabelhaft, meinte Bobby. Wie ich die Gebirgslandschaft fände? Wie mir die französische Küche gefiele?
Meine Antworten interessierten ihn nicht mehr als mich seine Fragen; beide hörten wir der Unterhaltung zwischen seiner Frau und meinem Mann zu, und keiner von uns schenkte den provençalischen Tänzern, die so anmutig zu unserem Vergnügen tanzten, echte Aufmerksamkeit.
Ich kannte den Blick, der in Bevils Augen kam, wenn er sich von einer Frau angezogen fühlte. Ich hatte jenen Blick auf mich gerichtet gesehen; nun galt er Lisa. Wären Bobby und ich nicht gewesen, hätten sie dann eine Beziehung erneuert, auf die sie beide mit Sehnsucht zurückzublicken schienen? fragte ich mich. Einmal wandte sie sich mir zu und meinte: »Sie sind also Sir Edward Delvaneys Tochter. Ich sah die Anzeige in der Zeitung, und ich erinnere mich, daß ich dachte, was für eine passende Heirat für Bevil.«
»Vielen Dank«, entgegnete ich. »Ich hoffe, Ihre ist ebenso passend.«
Sie lachte und blickte in ihr Glas. »O ja, ist das nicht befriedigend? Alle so passend verheiratet – und alle zusammen in den Flitterwochen. Und Bevil hat seine Politik ...«
»Und Sie Ihre Biskuits«, gab ich zurück.
Sie musterte mich kühl und wandte sich wieder Bevil zu. Ich schaute zu den Tänzern hinüber, ohne sie zu sehen – statt dessen sah ich im Geiste Bevil und diese Frau in der Liebesumarmung. War dies ein Vorgeschmack auf die Zukunft? Würde ich dann und wann Freundinnen von Bevil kennenlernen und unter der Eifersucht leiden, die mich jetzt quälte?
Ich dachte, der Abend würde nie zu Ende gehen; doch schließlich gab es keinen Vorwand mehr, noch länger zu bleiben, und wir verließen sie, um zu unserem Hotel zurückzukehren. Ich war erleichtert, die Nachtluft einzuatmen, doch hatte ich meinen Seelenfrieden verloren.
Wir sangen nicht, als wir zurückritten. Bevil war schweigsam – noch ganz in der Vergangenheit, wie ich glaubte.
»Wie gut kanntest du sie?« fragte ich.
»Kannte ich wen?« fragte er völlig überflüssig zurück.
»Die schöne Lisa.«
»Oh, ich kannte sie einfach so.«
Es verriet mir nichts, und doch bildete ich mir ein, daß es mir so viel verriet. Als wir im Hotel anlangten, wollte Madame wissen, ob uns die Tänze gefallen hätten. Bevil war ungewöhnlich still, doch

gelang es mir, fröhlich zu antworten, es sei einer der schönsten Abende gewesen.
Bevil nahm mich in jener Nacht voller Heftigkeit in die Arme, und ich fragte mich, als wir dort in der Dunkelheit lagen: Ist es Lisa, die er jetzt im Arm hält? Bin ich der Ersatz?
Wir trafen sie nicht wieder, und nach wenigen Tagen hatte Bevil seine gute Stimmung wiedergefunden, und ich schaffte es, meine bösen Ahnungen zu verbergen. Die Flitterwochen gingen weiter, doch war nichts mehr ganz das gleiche.

7

Sechs Wochen waren wir in der Provence gewesen. Es waren lange Flitterwochen gewesen. Der November brach an, und das Regenwetter hatte eingesetzt. Es regnete in Sturzbächen, die auf dem Balkon auf und nieder spritzten und das Schlafzimmer überfluteten. Die Wolken verhüllten vollständig die Berge und das Meer, und ohne die Sonne lag ein ausgesprochen kalter Hauch in der Luft.
Es war Zeit, nach Hause zu fahren.
Es tat gut, wieder in Menfreya zu sein. Meine Stimmung stieg, als ich den ersten Blick vom Haus erhaschte; und als wir unter dem alten Uhrturm hindurchfuhren, versicherte ich mir, daß ich in meinem neuen Zuhause glücklich sein würde.
Ich war entschlossen, all das zu sein, was Bevil sich bei einer Frau wünschte.
Wie sich bald herausstellte, braute sich eine Ministerkrise zusammen. Balfour hatte Salisbury nicht lange nach der Krönung des neuen Königs als Premierminister ersetzt, und Chamberlain drohte mit seinen Anhängern wegen der Schutzzollvorschläge zurückzutreten. Ich mußte diese Probleme genauestens verstehen, wenn ich Bevil eine wirkliche Hilfe sein wollte. Die Pflicht eines Politikers bestand darin, Gesetze zu machen, die dem Wohl des Landes dienten. Dies schien mir ein nobler Gegenstand des Ehrgeizes zu sein. Ich glühte vor Begeisterung. Als ich ihm dies erzählte, küßte er mich und sagte, ich würde die ideale Politikerfrau. Er pflegte sich über ein Unrecht zu erregen, das in seinen Augen ein besonderes Übel war. Er pflegte die Probleme mit mir zu besprechen, und ich merkte, wie ich von seiner Begeisterung angesteckt wurde.

Er nahm seine Pflichten so ernst. Er hatte ein Büro in Lansella und verbrachte dort zwei Vormittage in der Woche, wenn er in Cornwall war, damit jene, die er im Parlament vertrat, mit allen Problemen zu ihm kommen konnten, über die sie gerne sprechen wollten. Ich begleitete ihn manchmal und entdeckte zu meinem Entzücken, daß ich ihm von Nutzen sein konnte und er dieses erkannte. Da vergaß ich jenen Vorfall aus den Flitterwochen, der mich so beunruhigt hatte; es gelang mir sogar, mir einzureden, ich hätte mir das Ganze nur eingebildet.
Ich begann genauso besessen von Bevils Karriere zu sein wie er. Es beglückte mich zu entdecken, daß ihm, obgleich er ehrgeizig war – er träumte vom Kabinett und dem höchsten Preis, dem Amt des Premierministers –, wirklich das Wohl seiner Wähler am Herzen lag und er entschlossen war, sich ihnen so weit wie möglich zur Verfügung zu stellen. Dies bedeutete eine Menge harter Arbeit; es kam ein ständiger Strom von Leuten, die ihn sprechen wollten, und ein riesiger Berg von Briefen. Und wenn William Lister auch sehr tüchtig war, gab es doch viele Möglichkeiten, mich nützlich zu machen.
Ich war glücklicher, als ich es jemals zuvor gewesen war.

Es hat mich immer erstaunt, wie Veränderungen in das eigene Leben treten. Die allmähliche Veränderung wird annehmbar, doch der jähe Schock, der sich ohne Warnung einstellt, um die Existenz so völlig zu erschüttern, daß nichts mehr das gleiche ist, weist einen in unbehaglicher Weise auf die ständigen Unsicherheitsfaktoren des Lebens hin.
Dies widerfuhr mir an jenem Aprilmorgen. Unter den Hecken blühten die wilden Veilchen und auf den Wiesen die Schlüsselblumen, und ich wachte jeden Morgen auf, um mein Zimmer voller Sonnenschein zu finden und das Geräusch der Wellen zu vernehmen, wie sie langsam in stetem, beruhigendem Rhythmus kamen und gingen.
Es war der Tag, an dem Bevil Leute in seinem Büro in Lansella empfing, und ich war daher an jenem Morgen allein, da er mit William Lister zu arbeiten hatte. Ich ging hinunter zu gebratenen Nieren und Schinkenspeck, die in einer Wärmeschüssel auf dem Büfett standen. Frühstück gab es auf Menfreya von einhalb acht bis neun Uhr, und da an diesem Morgen keiner meiner Schwiegereltern unten war und Bevil bereits fort war, frühstückte ich allein. Ich studierte sorgfältig die Zeitung, als einer der Diener die Post hereinbrachte und sie auf den Tisch legte.

Ich warf einen Blick auf die Briefe, und die Schrift auf einem von ihnen ließ mich nach Luft schnappen.

»Gwennan!«

Ich schnitt den Umschlag auf. Oben auf dem Bogen stand eine Adresse in Plymouth. Ich las:

›Liebe Harriet! Dies ist wie in alten Zeiten, nicht wahr? Ich vermute, Du hast dich gefragt, was wohl in dieser ganzen Zeit aus mir geworden ist. Ich bin bereit, Deine Neugier zu befriedigen, falls Du sie noch verspürst und sie befriedigt haben möchtest. Dies bleibt ganz unter uns. Ich möchte zuerst Dich sehen, und das im geheimen. Kommst Du entweder morgen oder übermorgen zu dieser Adresse? Ich werde hier sein. Unter einer Bedingung: Du mußt allein kommen und niemandem davon erzählen. Ich hoffe, Du wirst es tun. Ich verlasse mich auf Dich. Gwennan‹

P. S. Es ist leicht zu finden. Wenn du aus dem Bahnhof herauskommst, geh nach rechts, dann die erste Straße links rein und die so weit entlang, wie es geht. Dann wieder rechts, und Du wirst es sehen, Nr. 20. Ich werde auf Dich warten.

Sie wußte also, daß ich in Menfreya war; sie wußte, daß ich mit Bevil verheiratet war, denn der Brief war an Mrs. Menfrey adressiert. Ich war dankbar, daß ich allein gewesen war, als ich ihn erhalten hatte.

Als ich durch jene Straßen ging, die mit jedem Schritt dreckiger wurden, war ich auf das, was ich vorfinden würde, vorbereitet. Nummer 20 war ein dreistöckiges Haus im letzten Stadium des Verfalls. Die Haustür stand offen, und als ich in den Flur trat, rief mich eine alte Frau an. Sie saß in einem Schaukelstuhl in einem Zimmer zur Rechten, dessen Tür weit offen stand. Ich sah eine vollgehängte Wäscheleine im Zimmer und mehrere Kinder in zerlumpten Sachen.

»Ich möchte zu Mrs. Bellairs«, sagte ich ihr.

»Ganz oben«, antwortete sie.

Mir war übel, als ich jene knarrende Treppe hinaufstieg; es war nicht der Gestank, nicht der Schmutz und die offensichtliche Armut; es war die Angst vor dem, was ich vorfinden würde, wenn ich jene Tür öffnete, hinter der Gwennan auf mich wartete.

Ich klopfte und vernahm ihre Stimme mit dem schwingenden Klang, die so sehr Bevils Stimme ähnelte.

»Harriet! Du bist also gekommen ... du Engel!«

»Gwennan!« Ich stand und starrte sie an. Wo war meine schöne Gwennan mit den spöttisch blitzenden Augen, dem vollen, lohfarbenen Haar, dem Aussehen der Menfreys geblieben? Statt ihrer erblickte ich eine ausgemergelte Frau, so mager, daß ich einige Sekunden brauchte, um mich zu vergewissern, daß es wirklich Gwennan war. Ihr Körper war in einen Morgenrock gehüllt, der einst fröhlich gewesen sein mochte. Ich bemerkte, daß er an einigen Stellen zerrissen war. Ich hätte weinen können über die Veränderung, seit ich sie zuletzt gesehen hatte. Ich wollte das Entsetzen in meinem Gesicht vor ihr verbergen und zog sie daher an mich und hielt sie fest an mich gedrückt.

»O Harriet ... du sentimentales Geschöpf! Du bist es immer gewesen, ich weiß es ja.«

»Du erzählst mir besser alles«, sagte ich. »Wo ist Benedict Bellairs?«

»Ich weiß es nicht.«

»Du hast ihn also verlassen?«

Sie nickte. »Es war der größte Fehler, den ich jemals gemacht habe, Harriet, als ich mit ihm durchbrannte.«

»Es ging also schief?«

»Beinah gleich von Anfang an. Er dachte, ich hätte Geld. Er hatte von den Menfreys gehört ... alte Familie ... Traditionen und den ganzen Rest. Und dann ... brachte ich nichts mit.«

»Du merktest also, daß deine Ehe ein Irrtum war und ...«

»Es war gar keine richtige Ehe. Ich dachte, es wäre es, doch er war schon verheiratet. Ich war ein Einfaltspinsel, Harriet. Es brauchte nicht viel Geschick, um mich zu täuschen. Wir hatten eine Art Trauung ... doch er beging für mich nicht einmal Bigamie. Ein Freund von ihm spielte den Pfarrer. Ein anderer Schauspieler, der es daher recht gut machte.«

»Gwennan!«

»Du siehst entsetzt aus. Ich las über dich in der Zeitung: ›Tochter des verstorbenen Parlamentsmitglieds für Lansella heiratet das jetzige Parlamentsmitglied Miss Harriet Delvaney, Tochter des verstorbenen Sir Edward Delvaney, heiratete Mr. Bevil Menfrey, Parlamentsmitglied von Lansella und Distrikt.‹ Du hast also deinen Wunsch erfüllt bekommen, Harriet. Du wolltest doch immer Bevil, nicht wahr?«

Ich nickte.

Sie lächelte ziemlich traurig. »Erzähl mir, was geschah, als ich weglief.«

Die alte Gwennan! Ihre eigenen Angelegenheiten waren immer interessanter als die von anderen, und sie machte keinen Versuch, dies zu verbergen.

»Bestürzung.«
»Das möcht ich wetten. Und Harry?«
»Es brach ihm das Herz.«
»Der arme Harry! Er wäre mir ein guter Mann gewesen.«
»Was geschah nach dieser ... Scheintrauung?«
»Ich erwartete ein Kind.«
»Du hast ein Kind?«
»Es ist der wirkliche Grund, weshalb ich dich bat, herzukommen. Ich lasse meinen Stolz für ihn fahren.«
»Wo ist er?«
Sie ging zu einer Tür und öffnete sie. In einem kleinen Raum stand ein alter Weidenkorb, und in diesem lag ein schlafendes Kind. Es war blaß und nicht sehr sauber, doch hatte es das lohfarbene Haar der Menfreys, und ich erkannte ihn als einen von ihnen.
»Benedict«, erklärte sie sanft.
»Benedict Bellairs«, fügte ich hinzu.
»Benedict Menfrey«, verbesserte sie mich.
»Natürlich.«
»Es ist eine schwierige Situation, Harriet.«
Ich stimmte dem zu. »Weshalb hast du mich gerufen? Erzähl mir alles, Gwennan.«
»Ich bat dich zu kommen, weil du jetzt zur Familie gehörst und ich mehr Hilfe von dir erwarte als von den anderen. Ich möchte nach Menfreya zurückkommen, Harriet. Ich kann dies Leben nicht länger aushalten. Und ich möchte, daß er in Menfreya aufwächst.«
»Nun, selbstverständlich wirst du zurückkommen.«
»Und wie es erklären ...?«
»Das ist schon irgendwie zu machen. Du hast deinen Mann verloren und bist also mit deinem Kind nach Hause gekommen. Es ist eine delikate Situation, die aber zu meistern ist.«
»Ich komme nur, wenn sie es wollen.«
»Aber Gwennan, selbstverständlich wollen sie das! Du gehörst doch zu ihnen.«
»Liebe alte Harriet! Du hast so nette Gedanken! Wir echten Menfreys, Harriet – nicht die Angeheirateten – sind vielleicht nicht so gütig. Ich möchte zurückkommen. Ich möchte, daß mein Kind zurückkommt. Aber ich will keine Anklagen und Vorwürfe. Ich will nicht nur widerstrebend eingelassen werden.«
»Willst du, daß sie das gemästete Kalb für die Heimkehr der verlorenen Tochter schlachten?«
»Nein. Ich will zurückkommen ... und ich möchte, daß du es

arrangierst. Und ich möchte, daß Benedict als ein Menfrey gilt. Ich möchte vergessen, daß es jemals einen Menschen wie Benedict Bellairs gab.«
»Aber der Junge heißt nach ihm!«
»Nun ja, wir waren zusammen, als er geboren wurde. Es war erst danach ... als ich nicht wieder gesund wurde ... daß es zwischen uns schlecht stand.«
»Als du nicht wieder gesund wurdest? Du bist also krank, Gwennan. Du siehst nicht ...«
»Ich bin jetzt keine Schönheit, willst du sagen. Ich habe harte Zeiten hinter mir, Harriet.«
»Das kann ich sehen. Sag mir, was dir fehlt, Gwennan.«
»Oh ... nichts, was der Seewind nicht kurieren könnte.«
»Was machst du jetzt? Wovon lebst du?«
Sie zuckte die Achseln.
»O Gwennan, du mußt mit mir zurückkommen«, rief ich entsetzt aus.
»Wir sähen nett zusammen aus, was? Die Frau des Parlamentsmitglieds, die elegante Dame und das, was aus mir geworden ist.«
»Ich kann dich nicht hier lassen!«
»Ich möchte, daß zu zurückgehst und ihnen sagst, daß du mich gesehen hast. Ich möchte eingeladen werden, nach Menfreya zurückzukommen. Ich hoffte, dies nie tun zu müssen, doch jetzt tue ich es.«
»Ich fahre sofort zurück. Aber du solltest mitkommen, Gwennan! Es ist schrecklich, dich hier zu lassen.«
Sie schüttelte den Kopf.
»Du kommst mit mir zurück!« beharrte ich.
»Wenn Bevil oder mein Vater kommt, um mich zu holen, Harriet.«
»Ich fahre sofort zurück, und sie werden morgen hier sein.«
»Meinst du, sie werden das?«
»Selbstverständlich werden sie das, ich werde darauf bestehen.«
»Du, Harriet?« Sie lachte.
Ich leerte mein Portemonnaie aus und behielt nur einige Schillinge, die ich auf der Rückfahrt brauchen mochte, und war zornig auf mich, weil ich nicht mehr mitgebracht hatte.
Ich küßte sie und verließ sie.
»Ich sehe dich ganz bald wieder«, versicherte ich ihr.
Ich rannte zum Bahnhof, und während ich auf den Zug wartete, saß ich da und sah sie in hundert verschiedenen Bildern vor meinem inneren Auge. Gwennan zu Pferde, wie sie die Wege um

Menfreya entlangritt; auf dem Kostümfest in Chough Towers; wie wir zur Anprobe ihres Hochzeitskleides nach Plymouth fuhren. Ich konnte es nicht ertragen, mich an sie zu erinnern, so wie sie gewesen war, und an sie zu denken, so wie sie jetzt war.

Wie lang mir die Fahrt erschien! Und als ich in Liskeard ankam, mußte ich, da ich nicht gewußt hatte, wann ich zurückkommen würde, einen Bummelzug nach Menfreystow nehmen und dann zu Fuß nach Menfreya gehen. Als ich gerade ins Haus laufen wollte, kam Bevil in den Hof geritten.

»Bevil«, rief ich. »Ich muß sofort mit dir sprechen.«

»Ich habe dir etwas zu erzählen.«

Er war aufgeregt, doch meine Gedanken waren so von Gwennan erfüllt, daß ich an nichts anderes zu denken vermochte. Er rief einem der Reitburschen zu, ihm sein Pferd abzunehmen und folgte mir ins Haus.

»Bevil ... komm in unser Zimmer herauf. Ich möchte mit dir sprechen.« Er ergriff meinen Arm. »Du wirst es nie erraten! Es ist unglaublich!«

»Was meinst du, Harriet?«

»Bevil, ich muß dir etwas erzählen. Ich bin in Plymouth gewesen...«

»Harry Leveret! Er hat sich als Gegenkandidat aufstellen lassen! Wie findest du das? Hast du schon jemals so etwas gehört?«

»Bevil, ich habe ...«

»Natürlich glaube ich nicht, daß er auch nur eine Chance hat. Aber es wird nun ein härterer Kampf, als ich gedacht hatte. Ein Einheimischer wie er ...!«

Er bemerkte nicht, wie überreizt ich war. Er konnte an nichts anderes denken als die durch Harry Leverets Gegenkandidatur geschaffene neue Situation.

Wir kamen zu unserem Zimmer. Ich schloß die Tür und platzte heraus. »Ich habe Gwennan gesehen!«

Das rüttelte ihn auf. Er starrte mich einige Sekunden lang ausdruckslos an und fragte dann scharf: »Wo?«

»In einem dreckigen Zimmer in Plymouth.«

»Allmächtiger!«

»Sie hat ein Kind.«

»Und dieser Schauspieler?«

»Sie hat ihn verlassen. Sie war nie richtig mit ihm verheiratet.«

Er war sprachlos. Ich konnte sehen, wie er sich dieses Schreckliche vorzustellen versuchte, das der stolzen Gwennan widerfahren war; gleichzeitig würde ein Gedanke in seine Besorgnis um seine

Schwester hineinfunken. Er stellte sich ihre Rückkehr mit diesem Kind nach Menfreya vor. Es würde entrüstete Kommentare geben; man würde sich an die Skandalgeschichten seines Vaters erinnern. Diese wilden Menfreys würde es heißen. Sind sie diejenigen, von denen wir in London vertreten werden möchten? Und da war Harry Leveret, der darauf wartete, auf Bevils Platz zu schlüpfen.

»Sie ist krank. Sie möchte, daß der Junge hier aufwächst... als ein Menfrey.«

»Das kann nicht sein, Harriet!« erklärte er, und seine Stimme war beinahe ein Flüstern.

»Wenn du sie gesehen hast, Bevil, wirst du erkennen, daß es sein muß.«

»Es muß einen Ausweg hieraus geben. Wir werden für sie sorgen, aber wenn sie herkommt ... mit einem Kind ohne Mann ... und einer womöglich bevorstehenden Wahl ...«

»Ich weiß, es wird schwierig«, sagte ich. »Aber es ist Gwennan!«

»Du mußt dies mir überlassen«, erwiderte er energisch.

Ich sah ihn aufmerksam an und fragte mich, wie gut ich meinen Mann kannte. Ich war enttäuscht. Ich hatte gedacht, er würde so wie ich empfinden, und das hieß, daß wir sofort der Familie von Gwennans schlimmer Lage erzählen mußten und sie ohne Aufschub nach Menfreya zurückholten.

»Ich werde morgen zu ihr fahren«, erklärte er. »Inzwischen sag den anderen nichts.«

Ich mußte mich damit zufrieden geben. Ich war überzeugt, daß er, wenn er Gwennan sah, genauso entsetzt und bewegt sein würde wie ich, und ich war sicher, daß sie bald nach Hause kehren würde.

Es war spät am folgenden Tag, als Bevil von Plymouth zurückkam. Es erschreckte mich, ihn alleine ankommen zu sehen.

Ich wartete auf ihn, als er ins Haus kam.

»Gwennan ...« begann ich.

»Sie ist in Ordnung. Du brauchst dich nicht zu sorgen.«

»In Ordnung, aber ...«

»Sie beschloß, daß sie nun doch nicht zurückkommen wollte.«

»Nicht zurückkommen wollte! Aber ...«

»Sie sah ein, was es bedeuten würde, wenn sie es täte. Sie wollte keine Aufregung machen. Sie sagte, sie hätte schon genug gemacht. Sie wird gut versorgt werden.«

Ich war plötzlich zornig. Er war dort gewesen, hatte mit ihr geredet, hatte ihr klargemacht, wie ihre Anwesenheit seine Karriere beeinflussen mochte. Er hatte es ihr unmöglich gemacht, zurückzukommen.
»Ich werde zu ihr fahren«, erklärte ich. »Ich werde mit ihr reden.«
Er zuckte die Achseln. »Glaubst du mir nicht, Harriet?« fragte er kalt. Er war müde, wie ich sehen konnte – körperlich und seelisch. Ich begriff, daß Gwennans Rückkehr das Ansehen der Familie in der Nachbarschaft nicht gerade heben würde, doch das einzige, worauf es ankam, schien mir zu sein, daß wir uns ihrer annahmen.
»Ich weiß nicht, was ich glauben soll«, erwiderte ich.
»In dem Fall sei versichert, daß ich alles, was ich konnte, für sie getan habe.«
»Alles, was du konntest?« begehrte ich auf. »Für wen? Für Gwennan oder für den guten Namen der Familie, der jetzt so wichtig ist mit einer bevorstehenden Wahl?«
»Um Himmelswillen, Harriet, sei kein Dummkopf! Es ist nicht sehr angenehm gewesen, das kann ich dir sagen. Gwennan will nicht nach Hause kommen. Es wird jedoch für sie gesorgt werden. Sie wird einen Unterhalt bekommen, und man wird sich um das Kind kümmern. Du hast es nicht meiner Mutter erzählt? Es würde sie furchtbar aufregen.«
Ich schüttelte den Kopf.
Ich ging in unser Schlafzimmer hinauf und saß am Fenster und blickte auf das Meer hinaus. Ich dachte: Er war entschlossen, sie nicht hierzuhaben. Er denkt, es genüge, dafür zu sorgen, daß sie Geld hat. Aber das genügt nicht! Sie sehnt sich nach Menfreya. Ich dachte an ihre Mutter – gütig und unfähig, sich durchzusetzen. Sie hatte die Regeln der Menfreyschen Männer anerkannt, wie ich es niemals tun würde. Ich war jetzt eine von ihnen, doch war ich immer entschlossen, ich selbst zu sein und zu bleiben.
Das Haus dort auf der Insel gehörte mir. Wenn Gwennan nicht nach Menfreya kommen durfte, konnte sie zu dem Inselhaus kommen. Von dort würde sie Menfreya sehen, und es würde sie glücklicher machen.
Ich hatte meinen Entschluß gefaßt. Morgen würde ich nach Plymouth fahren, um mit ihr zu sprechen.

Am nächsten Morgen war Bevil wieder der alte. Mir schien, die Sache mit Gwennan war in seinem Denken fein säuberlich als abgeschlossen abgehakt worden. Er würde wahrscheinlich mit seinem Anwalt sprechen und dafür sorgen, daß ihr ein Unterhalt gezahlt wurde, und später würde er sich um die Ausbildung des Jungen kümmern. Er würde sie vielleicht sogar in regelmäßigen Abständen besuchen. Meiner Ansicht nach war das jedoch nicht die Art von Fürsorge, die Gwennan brauchte. Ich sprach nicht von der Sache, und das muß ihn getäuscht haben. Er redete wie immer, als wir zusammen frühstückten.

»Es wird einen ziemlich harten Wahlkampf geben, und ich möchte, daß du mit mir auftrittst. Wir sollten eine Tour durch die Dörfer und die entlegenen Bezirke machen. Ich glaube, du könntest ein natürliches Talent dafür entwickeln, Harriet.«

Es freute mich, mit beteiligt zu werden. Bei ihm zu sein, sein Leben zu teilen, war, was ich mir mehr als alles andere wünschte. Das Leben der Menschen, die wir vertraten, interessierte mich. Ich liebte die Arbeit, die ich machte, wenn wir nach Lansella fuhren. Sehr oft konnten wir einigen der alten Landarbeiter helfen, die befürchteten, aus ihren Häusern herausgeworfen zu werden. Bevil war es ein starkes inneres Bedürfnis, für die alten Leute zu sorgen. Er sagte, es sei in den alten landbesitzenden Klassen angeboren und seit Generationen herangebildet worden. Er wollte einige der Fischerhäuschen entlang der Küste modernisieren, die schon mehrere hundert Jahre dort standen, und, wenn auch höchst malerisch, doch kaum den hygienischen Anforderungen entsprachen. Um all diese Dinge mußten wir uns kümmern, und Bevil arbeitete unermüdlich für das Volk. Er arbeitete für diese Menschen, sagte ich mir, und doch hatte ich den Verdacht, daß er seiner eigenen Schwester nicht erlaubte, nach Hause zu kommen, und das alles, weil er einen Skandal fürchtete. Ich verstand seine Befürchtungen bis zu einem gewissen Grade. Der Kampf um seinen Sitz würde erbittert werden, und die Gefährdung hatte sich drohend aus einer unerwarteten Ecke erhoben. Ich wußte sehr genau, was unsere Gegner sagen würden. Der Vater in einen Skandal verwickelt, und als Resultat davon saß mehrere Jahre lang kein Menfrey im Parlament. Jetzt diese Gwennan Menfrey, die nach Plymouth durchbrannte und mit einem Baby und keinem Vater dafür zurückkommt! Da habt ihr eure Menfreys! Sind sie die Sorte von Menschen, von denen ihr im Parlament vertreten werden möchtet?

Die Macht der Radikalen im Land nahm zu. Der Einfluß William Ewart Gladstones wurde, obgleich er schon seit mehreren Jahren tot war, sogar in Wahlkreisen eine Legende, die seit Generationen

als stockkonservativ bekannt gewesen waren.
Harry Leveret hatte eine Rechnung mit den Menfreys zu begleichen, und er verfügte über die Mittel eines Millionärs für seine Wahlkampagne.
»Wir haben einen Kampf vor uns, Harriet«, sagte Bevil, »und du wirst mir helfen, ihn zu gewinnen. Ich nehme dich heute nachmittag mit nach Lansella, damit du die Agenten und einige der Wahlmitarbeiter kennenlernst. Ich habe ihnen gesagt, daß meine Frau in der Kampagne mithelfen möchte.«
Ich hörte ihm kaum zu. Ich dachte: ich werde, sobald er fort ist, nach Plymouth fahren und rechtzeitig wieder zurück sein, um mit ihm nach Lansella zu fahren. Aber ich muß Gwennan sprechen! Ich muß verstehen, warum sie ihren Entschluß geändert hat.
Ich liebte Bevil, doch mußte ich mir meine eigene Persönlichkeit bewahren. Niemals würde ich die Art von Frau werden, wie Lady Menfrey es war – ohne eigenen Willen, eine Sklavin der Männer. Wenn Bevil und ich eine lohnende Beziehung zueinander aufbauen sollten, mußte er verstehen, daß ich kein Schatten eines anderen Menschen war – auch nicht der seinige. Ich mußte ich selbst sein.
Sobald Bevil abgefahren war, bestellte ich die Kutsche und fuhr nach Liskeard, wo ich den Zug nach Plymouth nahm. Ich wollte mit dem Mittagszug zurückkommen, und die Kutsche sollte mich abholen.
Zum zweiten Mal ging ich die enge Straße entlang und öffnete die Tür zu dem schmutzigen Haus, das zimmerweise vermietet war.
Ich ging die Treppe zu Gwennans Zimmer hinauf und klopfte. Keine Antwort. Ich öffnete die Tür.
»Gwennan«, rief ich. »Ich bin es, Harriet.«
Sie war nicht da. Niemand war da. Ich ging die Treppe wieder hinunter. Die Tür, die bei meinem ersten Besuch offen gestanden hatte, stand immer noch auf. Die Frau saß immer noch in ihrem Schaukelstuhl. Ich glaube, sie war die Hauswirtin – eine Art Concierge.
»Ich wollte Mrs. Bellairs besuchen«, sagte ich.
»Sie ist fort. Ging mit einem Herrn weg, der zu ihr kam.«
»Wo ist sie hingegangen?«
»Sie hat keine Adresse hinterlassen.«
»Sie ist mit dem Baby fortgegangen?«
»Mit dem Baby und dem Herrn. Sie schuldete mir drei Wochen. Er

bezahlte mich bis zum Ende der Woche ... und das war nur recht und billig, meine ich, nachdem ich so hingehalten wurde.«
»Aber sie muß doch eine Adresse hinterlassen haben.«
»Hat sie aber nicht. War im Nu weg. Ging einfach mit ihm weg.«
Deshalb also war Bevil zufrieden! Er hatte Gwennan fortgeschafft und würde niemandem auf Menfreya verraten, wohin.
Ich war empört und sehr traurig. Ich ging zur ›Goldenen Hacke‹ und saß dort lange Zeit und dachte über Gwennan und Bevil nach und war sehr unglücklich.
Ich wußte nicht, wie lange ich dort gesessen hatte, bis ich auf meine Uhr schaute und sah, daß ich meinen Zug verpaßt hatte.
Erst spät am Nachmittag kam ich in Menfreya an.

Als Bevil abends nach Hause kam, war ich in unserem Zimmer. Er war böse – und das mit Recht, wie ich mir sagte.
»Du hast mich ziemlich lächerlich gemacht«, platzte er los.
»Es tut mir leid.«
»Du bist also nach Plymouth gefahren. Du hast nicht geglaubt, was ich dir sagte. Du fuhrst hin, um dich selbst zu überzeugen. Ein überflüssiger Gang!«
»Es sollte ein Gang der Barmherzigkeit sein.«
»Ich mußte Entschuldigungen für dich in Lansella erfinden. Ich sagte, du fühltest dich nicht gut. Ich habe verabredet, daß du einige Worte bei einer Versammlung nächste Woche sagen kannst.«
»Was soll ich denn sagen? Was für eine Art Mann ich habe und wie überzeugt ich bin, daß sie ihm vertrauen können, weil sein Verhalten gegen seine Schwester ...«
Bevil war jetzt wirklich böse; ich konnte es an dem Glitzern in seinen Augen sehen.
»Ich sagte dir, daß Gwennan nicht zurückkommen wollte und daß ich mich darum kümmern würde, daß sie versorgt wird. Und du sagst mir, daß du mir nicht geglaubt hast. Du wolltest dich selbst überzeugen. Das ist es doch, nicht wahr?«
»Wie kannst du so zu deiner Schwester sein?«
»Es war ihr Wunsch.«
»Es war dein Wunsch, Bevil. Denkst du, ich begreife nichts?«
Er packte mich am Arm und schüttelte mich. »Ich habe dies satt; und ich mag nicht lächerlich gemacht werden!«
»Ich bin sicher, du bist lieber grausam in den Augen deiner Frau als lächerlich in denen deiner Freunde.«
Sein Griff um meinen Arm tat weh, und als ich zusammenzuckte,

sagte er: »Ich muß doch deiner Meinung von mir gerecht werden!«
»Ich finde, wir sollten zu einer Verständigung kommen«, sagte ich und riß mich mit einem Ruck los. Er war neben mir.
»Zu einer Verständigung – ja!«
»Die Tatsache, daß ich dich geheiratet habe, bedeutet nicht, daß ich all deine Ansichten teile. Ich werde nicht brutal sein, nur weil du es bist. Gwennan will nach Menfreya zurückkommen.«
»Das will sie nicht!«
»Sie wollte es, bis du mit ihr sprachst.«
»Ich habe dir doch gesagt, daß sie es so vorzieht, wie es jetzt ist. Kannst du mir nicht glauben?«
Ich antwortete nicht, sondern wandte mich von ihm ab.
»Wo gehst du hin?« wollte er wissen.
»Ich finde, einer von uns sollte das Ankleidezimmer benutzen.«
»Aber ich finde das nicht!«
»Du willst es nicht ... also werde ich es tun.«
»Ich möchte, daß keiner von uns beiden es tut.«
Natürlich war er stärker als ich. Nie hatte ich gedacht, daß ich mit meinen Körperkräften kämpfen müßte, um mich ihm zu widersetzen. Ich tat es jedoch, und je mehr ich mich wehrte, umso entschlossener wurde er, mich zu überwältigen.
Er war grausam; er war brutal.
»Bist du wahnsinnig?« begehrte ich atemlos auf. »Ich bin kein Dorfmädchen, das du vergewaltigen kannst, wenn dich die Laune dazu packt!«
Ich war machtlos gegen ihn. Ich war in seiner Gewalt. Es war das niederschmetterndste Erlebnis meines Lebens.

Fanny brachte mir das Frühstückstablett ans Bett.
»Sie sehen müde aus«, erklärte sie.
»Ich habe keine besonders gute Nacht gehabt.«
»Mr. Menfrey fuhr früh weg. Kommen Sie, lassen Sie mich Ihnen etwas um die Schultern tun.« Sie hob eine Bettjacke auf, und als ich meinen Arm hineinsteckte, wurde der Ärmel meines Nachthemdes über den Ellbogen hinaufgestreift. Auf dem Unterarm war ein langer, dunkelvioletter Fleck.
»Meine Güte!« rief Fanny. »Wo haben Sie sich denn das geholt?«
Ich starrte bestürzt darauf nieder. »Ich ... weiß es nicht.«
»Ich habe eine Lotion, die gut gegen Quetschungen ist. Es verteilt sie im Handumdrehen.«

Als sie die Lotion daraufstrich, entdeckte sie die Quetschstellen über meinen Schultern.
»Sie wissen vermutlich auch nicht, wo Sie die bekommen haben«, sagte sie.
Zornige Funken schossen ihr in die Augen. Ich wußte, was sie dachte. Sie hatte Bevil nie gemocht, und ich erinnerte mich daran, wie sie mich vor ihm gewarnt hatte. Nun würde sie ihn noch weniger denn je mögen. Sie war zu dem Schluß gekommen, daß er mich körperlich mißhandelte.

Ich saß neben Bevil auf dem Podium und sah auf das Meer von Gesichtern hinunter. Er schien entspannt zu sein; er hatte gerade eine ausgezeichnete Rede gehalten und war sehr aufmerksam gegen mich gewesen; er hatte jedoch Angst.
Unser Verhältnis hatte eine Veränderung erfahren. Wir waren höflich zueinander; ich vermutete, er schämte sich ein bißchen wegen der Gewalt, die er angewandt hatte, aber er war nicht wieder auf den Vorfall zurückgekommen, und ich wußte, es sollte symbolisch für unser Verhältnis sein. Er war der Herr, ließ er mich wissen. Er erwartete Gehorsam von mir, und solange ich diesen leistete, würde ich mit Respekt behandelt werden; doch wenn ich eine Lektion brauchte, war er bereit, mir diese zu erteilen, wie unangenehm auch immer.
Meine Liebe zu ihm war unverändert. Sie hatte mich, seitdem ich ein Kind war, immer begleitet, und ich glaubte nicht, daß sie jemals verblassen könnte. Was immer er auch war, ich wollte ihn haben. Ich wußte, daß das einzige, was ich nicht würde ertragen können, Gleichgültigkeit von ihm war. Er wußte dies, denn obgleich ich ihm den Affront meiner Würde durch seine rohe Gewalt zutiefst übelgenommen hatte, hatte mein leidenschaftliches Verlangen nach ihm mich verraten.
Was wollte ich? fragte ich mich selbst. Wollte ich einen Helden, den es nicht gab? Bevil war der Mann für mich – der wilde Menfrey, der wußte, was er haben wollte und wie er es sich nehmen mußte.
Ich verabscheute jedoch das, was er meiner Überzeugung nach Gwennan angetan hatte, und wenn es mir möglich gewesen wäre, hätte ich sie nach Menfreya zurückgebracht. Ich würde es tun müssen, um meines eigenen Friedens willen, wie sehr Bevil mir das auch verübelte.
Er hatte diese Schlacht gewonnen, da er schlauer als ich gewesen war. Und dann hatte er sich wie der Eroberer gegen die Besiegten

benommen. Nun ließ er mich wissen, daß er bereit war, meine Torheit zu vergessen und mich wieder in Gnaden aufzunehmen. So saß ich also mit ihm auf dem Podium, und jeden Augenblick konnte ich nun aufgefordert werden, jene paar Worte zu sagen, die den Zuhörern beweisen sollten, daß ich meinen Mann anbetete, daß ich ihn in allem, was er tat, unterstützte, daß wir uns zärtlich liebten und es um uns nie einen Skandal geben würde wie jenen, der seinen Vater gezwungen hatte, sich aus der Politik zurückzuziehen.

Bevil war unsicher. Ich fühlte es. Er wußte, daß ich meinen eigenen Willen hatte und Gwennan zwischen uns stand. Der Augenblick kam, und ich erhob mich. Ich sah den Vogel auf dem Hut der Frau in der ersten Reihe, die Reihen von Gesichtern, all die neugierigen auf mich gerichteten Blicke. In der Hand hielt ich die kurze Rede, die der Agent für mich entworfen hatte und die ich auswendig gelernt hatte. Sie war typisch für Tausende solcher Reden.

Ich begann zu sprechen, und was ich sagte, war nicht das, was auf dem Blatt Papier stand. Ich sah, wie Bevil sich vorbeugte. Er war bestürzt. Und dann ... lächelte er. Ich sah, wie die Gesichter sich verwandelten; sie wurden aufmerksam und interessiert.

Ich weiß nicht mehr, was ich sagte, doch war ich einfach natürlich; ich sagte ihnen, warum sie meinen Mann unterstützen müßten.

Nach drei Minuten war es vorbei, doch ertönte lauter Applaus, und ich setzte mich, leicht zitternd. Ich war ein Erfolg gewesen.

Das war ein wundervoller Abend! Bevil sagte: »Du bist ein Fund, Harriet Menfrey!« Und er war zärtlich und liebevoll, und ich war beinahe glücklich, als ich mit ihm nach Hause fuhr. Ich wäre es vollkommen gewesen, hätte ich Gwennan vergessen können.

Ich erwähnte sie nicht, und Bevil war kein Mensch, der die Stimmungen anderer fühlte. Für ihn war alles so, wie es sein sollte. Er hatte eine Frau geheiratet, die eine gute Politikerfrau sein würde; sie hatte Geld mitgebracht, um das Familienvermögen aufzufüllen; sie war manchmal zu eigensinnig, um bequem zu sein, doch wußte er, wie man damit fertig wurde, denn er war der allmächtige Mann und sie trotz ihrer scharfen Zunge nur eine Frau. Noch dazu keine schöne Frau und deshalb nicht verwöhnt.

Bevil war an jenem Abend sehr zufrieden mit seiner Heirat.

Während der folgenden Wochen war ich ständig mit Bevil zusammen. Er nahm mich überallhin mit, und allmählich wurde unser Verhältnis wieder so, wie es zur Zeit unserer Flitterwochen gewesen war. Wie froh war ich, daß ich mich seit einiger Zeit intensiv mit Politik befaßt hatte, so daß ich jetzt sachkundig über die Ereignisse reden konnte. Nie war ich glücklicher, als wenn ich sah, wie Bevil sich mit verschränkten Armen und einem feierlichen Ausdruck im Gesicht zurücklehnte, den Blick gesenkt, um seine Befriedigung zu verbergen, wenn ich eine wohl durchdachte Bemerkung machte oder meine gelegentliche Rede hielt.

Zum erstenmal in meinem Leben vergaß ich mein Hinken vollständig; ich wußte, daß keine körperlich vollendet schöne Frau Bevil mehr hätte entzücken können als ich es tat ... damals jedenfalls.

Aber das Leben bleibt nie unverändert.

Ungefähr zwei Monate nachdem ich jenen Brief von Gwennan erhalten hatte, kam der nächste. Er war nur kurz.

›Liebe Harriet! Dies ist sehr dringend. Ich muß dich sprechen. Bitte komm, sobald du diesen Brief erhältst, hierher zu mir. Laß dich durch nichts aufhalten! Bitte, Harriet! Gwennan‹

Auf dem Bogen stand eine Adresse in Plymouth.

Bevil war im Ankleidezimmer, als ich den Brief öffnete. Ich wagte nicht, ihn ihm zu zeigen, denn ich glaubte, er würde mir alle nur möglichen Hindernisse in den Weg legen, damit ich nicht hinfahren könnte, und ich war entschlossen, Gwennan diesmal nicht im Stich zu lassen.

Ich hatte den Brief versteckt, als er hereinkam und sich auf das Bett setzte und über das Tagesprogramm plauderte. Ich sollte den ganzen Vormittag mit ihm im Büro in Lansella bleiben, weil eines der Dinge, die ich besonders gut verstand, darin bestand, mir die Probleme der Frauen anzuhören, sie aufzuschreiben und dann Ratschläge zu erteilen.

Ich konnte nicht sagen, daß ich nach Plymouth fuhr. Ich stellte mir vor, wie er mit mir rang, den Brief fand und vielleicht statt meiner hinfuhr.

Wir wollten zum Mittagessen nach Menfreya zurückkommen, und am Nachmittag war ich frei, da er eine Verabredung ohne mich hatte.

Niemals war mir ein Vormittag so lang erschienen! Ich hatte entsetzliche Angst, es könnte etwas geschehen, was mich am Fortfahren hindern würde; doch endlich war ich frei.

Es war ungefähr vier Uhr, als ich am Bahnhof ankam und ein Taxi zu der Adresse nahm, die Gwennan angegeben hatte.

Wir hielten vor einem kleinen, aber anständigen Hotel, wo Bevil sie, wie ich vermutete, untergebracht hatte.

Als ich nach Mrs. Bellairs fragte, riß das Mädchen am Empfang die Augen weit auf und bat mich, einen Augenblick zu warten. Sie ging fort, und nach wenigen Minuten kam die Besitzerin des Hotels herbeigeeilt.

»Ich bin ja so erleichtert«, sagte sie. »Bitte kommen Sie hier herein.«

Sie führte mich in einen freundlichen, wenn auch bescheidenen Empfangsraum.

»Sind Sie mit ihr verwandt?« fragte sie.

»Ich bin ihre Schwägerin.«

Ihre Erleichterung war offenkundig.

»Sie ist heute früh gestorben.«

»Gestorben ...« wiederholte ich töricht.

»Es war nicht zu verhindern. Sie war so schwach und hatte offensichtlich ihre Gesundheit seit langer Zeit vernachlässigt. Es war schon zu spät, als sie hierher kam, und wir wußten, es konnte nicht mehr lange dauern. Ich habe ihren Bruder benachrichtigt.«

»Wann?«

»Der Brief wurde heute morgen eingesteckt.«

»Und das Kind?«

»Eines der Mädchen ist bei ihm. Ich bin so dankbar, daß Sie gekommen sind. Wir möchten natürlich wissen, was wir tun sollen. Sie sind dann vielleicht Mrs. Harriet Menfrey?«

»Ja.«

»Ich habe einen Brief für Sie. Sie bat mich, ihn Ihnen persönlich zu übergeben, falls das möglich wäre. Ich hole ihn.«

Einige Sekunden lang vermochte ich nur auf die vertraute Handschrift zu starren und an Gwennan zu denken ... tot.

›Meine liebe Harriet!

Ich schreibe dir für den Fall, daß keine Zeit mehr zum Reden bleibt. Ich sterbe. Ich habe es seit Monaten gewußt. Ich machte eine schreckliche Zeit durch, nachdem Benedict mich verlassen hatte. Ich machte mir Sorgen, und es war kein Geld da. Einmal wollte ich nach Menfreya zurückkommen, um dort zu sterben, doch sah ich ein, daß das unmöglich war. Als Bevil zu mir kam, erkannte ich es. Nicht, daß er etwas derartiges gesagt hätte. Er sagte sogar, ich müßte mit zurückkommen und für mich sorgen lassen, aber ich sah ein, daß es zu nichts Gutem führen würde. Man kann nicht zurückgehen und die Dinge ungeschehen machen. Der Finger Gottes schreibt weiter. Ich wußte, ich wäre den Erklärungen nicht gewachsen, mit dem Kind, dem Bankrott, den ich aus

allem gemacht habe. Es wäre zu demütigend gewesen, und ich bin zu stolz. So bin ich, obwohl Bevil mich überreden wollte, nicht mitgekommen. Ich hatte meinen Entschluß gefaßt; er sah es ein, denn wir beide verstehen uns. Da ist aber nun Benny, und ich schreibe dies an dich, Harriet, weil ich möchte, daß du dich um ihn kümmerst. Ich möchte, daß er nach Menfreya zurückkommt, aber ich möchte, daß du eine Mutter für ihn bist. Er wird im Nachteil sein, so wie du es warst, als du klein warst, und du wirst mehr Verständnis dafür haben als irgend jemand anders.
Ich bin vielleicht tot, wenn du dies liest. Ich sterbe jetzt, Harriet. Es war ein so anderes Leben nach Menfreya. Späte Nächte, vollgepferchte Zimmer, billige Theaterunterkünfte – und dann natürlich die elende Armut. Ich vermute, ich konnte es nicht aushalten. Bevil ist sehr gut zu mir gewesen. Er brachte mich hierher, und seitdem konnte ich dafür sorgen, daß Benny richtig ernährt und gekleidet wurde. Ich sehnte mich danach, zurückzukommen, doch konnte ich es nicht ertragen. Aber wenn ich nicht mehr bin, muß Benny nach Menfreya kommen.
Und dies, Harriet, ist mein letzter Wunsch ... wie sie es nennen. Nimm meinen Jungen und zieh ihn wie deinen auf. Überlaß ihn niemand anders, und denke an mich, wenn er dich braucht. Erinnere dich daran, daß es Gwennan ist, die dich braucht, Harriet ... dann wie jetzt. Er ist Benedict Menfrey. Vergiß es nicht! Laß ihn unter seinem wahren Namen bekannt sein; und falls du und Bevil keine Kinder haben solltet, wird Menfreya rechtmäßig ihm gehören.
Ich hatte gehofft, dich noch zu sehen, bevor ich sterbe, aber ich weiß nicht, wann mein Augenblick kommt. Es mag ganz plötzlich sein, und wie die törichte Jungfrau (denn das Adjektiv trifft wahrlich auf mich zu, wenn auch nicht das Substantiv!) könnte es mich ohne Öl in meiner Lampe überraschen, so daß ich meinen Jungen allein in der Finsternis weiterstolpern lasse.
Wir standen uns sehr nahe, nicht wahr, Harriet? Ich weiß, daß du mir immer eine bessere Freundin warst als ich dir. Deshalb bitte ich dich jetzt, dies für mich zu tun. Und ich bin glücklich, jetzt zu sterben, wo ich diesen Brief geschrieben habe, denn ich vertraue dir.
Dir all meine Liebe, meine liebste Freundin! Gwennan‹
Einige Minuten lang vermochte ich nicht zu sprechen. Die Besitzerin des Hotels ging auf Zehenspitzen hinaus und ließ mich allein. Gwennan war tot. Ich war schrecklich unglücklich und doch zornig. Es hätte nicht geschehen müssen, sagte ich mir immer

wieder. Wenn sie Harry geheiratet hätte, lebte sie jetzt. Es hatte ja nicht einmal eine große Leidenschaft zwischen ihr und Benedict Bellairs bestanden. Sie hatte ein Mal zu viel in ihrer wilden, unüberlegten Art gehandelt, und nun war dies wunderschöne, lebensvolle Mädchen tot.
Und Bevil? Ich hatte Bevil unrecht getan, und mir war übel vor Scham. Wie töricht war ich gewesen! Heftig, töricht und mißtrauisch. Wie mußte er mich dafür verachtet haben! Und doch war ich froh, denn er war nicht hartherzig zu ihr gewesen. Er hatte versucht, sie zurückzuholen, und sie war es gewesen, die sich geweigert hatte, mitzukommen.
Ich faltete den Brief zusammen, steckte ihn in meine Manteltasche und ging auf den Flur hinaus. Die Besitzerin wartete auf mich, und ihr Gesicht erhellte sich, als sie sah, daß ich mich zusammengerissen hatte.
»Und das Kind?« fragte ich. »Wo ist es?«
»Ich bringe Sie zu ihm.«
Ich nickte.
»Möchten Sie zuerst sie sehen?« fragte sie.
Ich zögerte. Wie würde sie aussehen im Tode, meine stolze und schöne Gwennan? Ich dachte an den Schock, den ich letztes Mal bekommen hatte, als ich sie sah. Ich wollte sie nicht so in Erinnerung behalten.
»Sie sieht friedvoll aus«, murmelte sie.
So folgte ich ihr zu dem Zimmer hinauf, in dem Gwennan gelebt hatte, seit Bevil sie aus ihrer armseligen Behausung geholt hatte. Es war ein kleiner, ziemlich dunkler Raum, doch ordentlich und sauber. Sie lag auf dem Bett und sah anders aus, doch ihr lohfarbenes Haar stach leuchtend von der Blässe ihrer Haut ab. Was mich jedoch am meisten beeindruckte, war der heiter-friedliche Ausdruck ihres Gesichtes. So hatte ich sie nie zuvor gesehen. Meine Blicke wanderten zu der Schreibunterlage auf dem kleinen Tisch. Der Deckel des Tintenfasses in dem Ständer war offen; der Federhalter lag quer über dem Löschblatt, und ich stellte mir vor, wie sie dort saß und den Brief an mich schrieb.
Gwennan, dachte ich, du kannst dich auf mich verlassen, ganz gleich was passiert!
Ich drehte mich um und ging aus dem Zimmer.
»Ich ließ sie aufbahren«, sagte die Besitzerin. »Ich nehme an, ihre Familie wird für alles sorgen.«
»Ja«, erwiderte ich. »Ihr Bruder – mein Mann – wird herkommen, sobald er den Brief erhält. Ich kam auf einen Brief von ihr hin. Er

weiß es noch nicht, doch sobald ich zurück bin, wird er es erfahren ... Außerdem wird er ja bald Ihren Brief haben.«
Sie nickte. »Solche Dinge regen die übrigen Bewohner so auf. Ich weiß, Sie haben Verständnis dafür.«
»Das habe ich.«
»Und das Kind?« fragte sie besorgt.
»Ich nehme es mit zurück.«
»Ich bin sicher, das ist die bestmögliche Lösung. Ich bringe Sie jetzt zu ihm.«
Er saß auf einem roten Kaminvorleger und untersuchte nachdenklich die Spitzen seiner kleinen Stiefelchen, als ich die Tür öffnete. Ein junges Mädchen saß in einem Stuhl und paßte auf ihn auf.
Es lächelte mich an. »Er ist brav wie ein Goldstück gewesen«, erklärte es.
Ich ging zu ihm und kniete mich auf den Kaminvorleger. Es konnte gar keine Frage darüber bestehen, ob dies ein Menfrey war. Er hatte das gleiche lohfarbene Haar und die gleichfarbigen Augen; und der Funke war da, in seinen Augen. Er konnte nicht viel mehr als ein Jahr alt sein, doch war er weit für sein Alter.
»Hallo, Benny«, sagte ich.
»Hallo.«
»Ich bin Tante Harriet.«
Er nickte. »Tante Harriet.« Mein Name bereitete ihm keine Schwierigkeit, was mir verriet, daß er ihn oft genug gehört hatte.
Er griff nach meinem Arm, um sich hochzuziehen; dann kam er dicht zu mir und musterte mich eingehend. Ich betrachtete die glatte Haut, die kurze Nase – eine Nachbildung von Gwennans Nase mit den weitgeschwungenen Nasenflügeln. Nie würde ich Gwennan vergessen, solange ihr Sohn da war, um mich an sie zu erinnern.
»Kommst du mit mir?« fragte ich.
Er nickte, und seine Augen glänzten sofort voller Abenteuerlust, die das charakteristische Merkmal und vielleicht sogar das Verderben seiner Mutter gewesen war.
»Wir fahren nach Menfreya«, erzählte ich ihm.
Seine Lippen formten den Namen ohne Schwierigkeit und ich wußte, er hatte ihn ebenfalls schon vorher gehört.
»Es ist Zeit, daß wir gehen«, sagte ich zu ihm.

Meine Rückkehr hätte nicht dramatischer sein können. Es war mir gelungen, am Bahnhof von Menfreystow eine Droschke zu bekommen, doch war es beinahe acht Uhr, als ich in Menfreya

ankam, und man begann sich große Sorge über mein Ausbleiben zu machen. Ich mochte nachmittags ohne etwas zu sagen fortgegangen sein, hätte aber doch bestimmt rechtzeitig zum Abendessen wieder da sein müssen.
Bevil hatte Gäste eingeladen, und das Essen sollte gleich serviert werden; glücklicherweise war Lady Menfrey da, um die Gastgeberin zu spielen, doch erwarteten sie natürlich, mich zu sehen.
Ich konnte die angespannte Atmosphäre spüren, als ich mit dem schlafenden Kind in den Armen ins Haus stolperte.
Ich hörte Pengellys erschreckten Ausruf; und dann schienen plötzlich Bevil, meine Schwiegermutter und ihre Gäste alle auf der Treppe aufzutauchen. Ich rufe mir oft diese Szene mit einem Lächeln ins Gedächtnis. Sie muß wie ein böser Traum geschienen haben. Der Ausreißer kehrt zurück – nicht allein, sondern mit einem Kind in den Armen!
Ich hörte Bevils Stimme. »Harriet! Was in Gottes Namen …«
Ich sagte: »Gwennan ist tot. Ich habe ihr Kind mit nach Hause gebracht.«
Lady Menfrey kam die Treppe heruntergelaufen. »Harriet … Harriet … was sagst du da?«
Bevil war an meiner Seite. Ich war mir der fremden Gesichter bewußt, doch war ich so erschöpft von der Reise, von meinen Empfindungen, von der Angst, wie das Kind aufgenommen würde, daß ich fühlte, ich konnte nur noch wenig mehr aushalten.
»Du wirst es morgen hören«, sagte ich zu Bevil. »Es kommt ein Brief von dem Hotel, in dem sie ist. Sie starb heute morgen. Er soll Benedict Menfrey heißen. Das ist ihr Wunsch.«
Lady Menfrey nahm mir das Kind ab; die Tränen liefen ihr die Wangen herab, doch konnte ich sehen, sie würde es lieben – schon hatte sie jemanden, um Gwennans Platz in ihrem Herzen einzunehmen. Das muß es gewesen sein, was Gwennan hoffte.
»Du bist erschöpft«, erklärte Bevil scharf.
»Es war ein anstrengender Tag …«
»Wir haben Gäste«, sagte er, nicht mehr scharf, sondern eher ratlos.
»Es tut mir leid«, antwortete ich.
Eine Frau, die ich kannte, da sie die Frau eines der aktiven Parteimitglieder war, ergriff meine Hand und drückte sie. »Machen Sie sich um uns keine Sorgen, Mrs. Menfrey. Sie müssen sich jetzt ausruhen.«
Ich lächelte sie dankbar an, und Bevil sagte: »Du solltest sofort zu

Bett gehen, Harriet.« Er wandte sich an seine Gäste. »Entschuldigen Sie mich bitte einen Augenblick.«
Er folgte mir in unser Zimmer hinauf. Er schloß die Tür, und ich wartete darauf, daß der Sturm losbrach. Was hatte ich getan? Ich hatte seine Chancen aufs Spiel gesetzt. Der Skandal, den Gwennan über die Familie gebracht hatte, würde jetzt öffentlich bekannt werden – und es war alles meine Schuld.
Ich spürte, wie sich die Trotzfalten um meinen Mund bildeten. Ich hielt den Kopf hoch erhoben und hinkte unter Schmerzen zum Bett, setzte mich darauf und sah ihn an.
»Es ging nicht anders zu machen«, erklärte ich mit kalter, zorniger Stimme. »Ich würde nie daran denken, es anders zu machen.«
Und dann dachte ich an Gwennan, wie sie auf jenem Bett lag, weiß und still im Tode, wie sie es niemals im Leben gewesen war, und ich bedeckte mein Gesicht mit den Händen.
Ich fühlte, wie er sie sehr behutsam in seine nahm. »Harriet«, sagte er, und seine Stimme war zärtlich.
»Tot!« stieß ich aus. »Gwennan! Sie war immer so voller Leben!«
Er sagte nichts und sah mich nur traurig an.
»Das Kind wird hierbleiben«, fuhr ich fort und zwang Zorn in meine Stimme, um meinen Kummer zu verbergen.
»Ich werde mich um ihn kümmern. Und wenn du ihn nicht hier haben willst, dann ... dann nehme ich ihn mit fort.«
»Was sagst du da, Harriet?«
Ich versuchte, ihm meine Hände zu entziehen, denn ich fürchtete mich vor meinen Gefühlen. Es war zu viel, um es ertragen zu können. Gwennan tot ... sie nie wieder zu sehen ... und Bevil, der mir zürnte, weil ich gegen seine Wünsche gehandelt und das Kind nach Menfreya gebracht hatte.
Er legte den Arm um mich und zog mich an sich. »Selbstverständlich bleibt das Kind hier. Und du ebenfalls. Hör zu, Harriet Menfrey: du meinst, du hast einen Unmenschen geheiratet ... Vielleicht hast du das auch. Und ich sage dir folgendes: es gibt eins, was er nicht ertragen wird, und das ist ein Leben ohne dich ... also begreif das nun mal richtig!«
»O Bevil, Bevil«, sagte ich schwach.
Er hielt mich einfach im Arm, und ich fühlte mich getröstet.
Unvermittelt wurde er praktisch.
»Ich werde dir Fanny heraufschicken. Mutter wird sich um den Jungen kümmern. Es besteht kein Grund mehr zur Sorge.« Er küßte mich. »Das mußt du doch wissen.« Er verließ mich und ging

zu unseren Gästen zurück, die vor Neugierde platzen würden, wie ich überzeugt war. Ich fragte mich, was für eine Geschichte er ihnen wohl erzählen würde, war jedoch so müde, daß es mir gleichgültig war.
Fanny kam, und ich ließ mir von ihr beim Zubettgehen helfen; und als ich still in den Kissen lag, brachte der Gedanke an Gwennan, wenngleich ich erleichtert war, weil ich das Kind nach Menfreya gebracht hatte, eine Trauer über mich, die wie ein körperlicher Schmerz war.

Benedicts Anwesenheit war in Menfreya leicht zu erklären. Gwennan war mit einem Schauspieler durchgebrannt, den sie gegen den Willen der Familie geheiratet hatte; sie war gestorben, und nun war ihr Sohn in Menfreya, was eine völlig natürliche Sache war. Der Junge hieß Benedict Menfrey, was den Menfreys ähnlich sah. Es war nicht das erste Mal, daß der Familienname wieder angenommen wurde. Eine Tochter hatte einmal den Besitz geerbt, und als sie heiratete, mußte ihr Mann ihren Namen annehmen.
Es war ein Trauerhaus, und als ich Bevil zerknirscht sagte, wie leid es mir täte, ihn falsch eingeschätzt zu haben, sagte er: »Du hast in gewisser Weise recht gehabt, Harriet. Ich hätte darauf bestehen sollen, daß sie nach Hause kam.«
William Lister, jener stille und tüchtige junge Mann, der den großen Vorzug hatte, unbemerkt zu bleiben außer, wenn er gebraucht wurde, fuhr mit Bevil nach Plymouth, und sie trafen dort alle Vorbereitungen für die Beerdigung; und Gwennan wurde in der Menfrey-Gruft auf dem Friedhof auf dem Hügel außerhalb von Menfreystow beigesetzt.
Das Kind brachte eine Veränderung ins Haus, und es war schnell der Liebling seiner Großeltern und der meisten Dienstboten. Lady Menfrey war glücklicher als ich sie seit langer Zeit gesehen hatte, und ich begriff, wie schmerzlich sie den Verlust ihrer Tochter empfunden hatte.
Benny fragte dann und wann nach seiner Mutter, doch sagten wir ihm, sie sei fortgefahren und er sei deshalb bei uns. Manchmal verlangte er weinend nach ihr; dann dachten wir uns kleine Überraschungen aus, um ihn zu trösten, und allmählich begannen wir sein Denken von der Vergangenheit abzulenken. Menfreya war voller Wonnen, wie er sie nie zuvor gekannt hatte. Das Haus war eine ständige Quelle von Wundern – die Rüstungen, die alten Gemälde und Wandteppiche. Benny hatte nie etwas Ähnliches

gesehen. Er schien jedermanns Liebling zu sein. Er schloß eine spontane Freundschaft mit seinem Großvater und Bevil; er war so offensichtlich einer von ihnen.

Als Lord Salisbury starb, herrschte große Aufregung, und es entstand eine Krise wegen der Schutzzollvorschläge. Bevil kam nach Hause und wollte wissen, wo ich wäre.
Ich zog mich gerade zum Abendessen um, und er kam ins Schlafzimmer gestürzt. Er erzählte mir, was geschehen war. »Es kann eine Wahl in nächster Zukunft bedeuten. Dann müßten wir allen Ernstes in den Kampf.«
»Wir werden selbstverständlich gewinnen!«
Er setzte sich auf das Bett, ergriff meine Hände und zog mich an seine Seite.
»Du magst einen Kampf, nicht wahr?«
»Nein, ich glaube nicht«, erwiderte ich.
»Ah, aber wenn ein Kampf durchgestanden werden muß, ziehst du mit lautem Schlachtruf in ihn.«
»Sollte man das nicht?«
»Natürlich. Du kämpfst den gerechten Kampf mit deiner ganzen Kraft. Wer einen gerechten Kampf kämpft, ist doppelt bewaffnet. Stimmt das? Du solltest es wissen. Freust du dich auf unseren Kampf, Harriet?«
»Ich bin entschlossen, dich als Sieger zu sehen.«
Er lachte. »Wie ein gutes und tugendhaftes Weib gesprochen. Weißt du, Harriet, mein Liebling, ein gutes Weib ist mehr wert als Rubine. So heißt es in der Bibel.«
»Die Menfreys hatten ja Gelegenheit, das auszuprobieren.«
»Wie meinst du das?«
»Ich denke an den Tisch, in dem die Rubine aus der Platte fehlen. Mir wurde erzählt, daß sie einer nach dem anderen aufgebraucht wurden, und als keine mehr übrig waren, mußten sich die Menfreys reiche Frauen suchen.«
»Wer hat dir diese Geschichte erzählt?«
»Gwennan, glaube ich.«
»Arme Gwennan! Aber wir haben den Jungen.«
»Ich schäme mich so, wenn ich denke, was für voreilige Schlüsse ich zog.«
Er sah mich lachend an. »Na, ich benahm mich auch nicht gerade sehr gut. Und ich will dir etwas sagen, das dabei herauskam, Harriet. Ich war ein Biest, und du hieltest mich für ein noch viel abscheulicheres Biest, und doch liebst du mich immer noch!«

»Nun, ich war ein Idiot ...«
»Du hast recht – ich liebe dich immer noch.«
Er küßte mich hart auf den Mund, und ich sagte: »Bitte keine blauen Flecke, Fanny sah sie.«
Er runzelte die Stirn. »Diese Frau mag mich nicht, Harriet.«
»Oh, sie mißbilligt es nur ein wenig. Vergiß nicht, ich bin ihr Kind. Sie meint, niemand sei gut genug für mich.«
»Sie mag recht haben. Solange ich deinen Beifall habe, was kümmern mich die anderen? Ich brauche ihn, mein Liebling. Wir müssen jetzt zusammen eine Wahl durchkämpfen. Meine großartige Harriet! Du wirst in den nächsten Monaten, vielleicht Jahren, sehr beschäftigt sein. Zu beschäftigt, um deine Tage ausschließlich damit zu verbringen, dich um Klein-Benny zu kümmern.«
»Seine Großmutter wird bereit sein, einzuspringen.«
»Es geht ihr nicht immer gut, und ich sagte ihr, ich fände es an der Zeit, daß wir eine Gouvernante hätten.«
»Sie stimmte dir natürlich zu.«
Er grinste mich an. »Es ist ganz offensichtlich, weißt du. Ich brauche dich mehr als Benny.«
Ich war so glücklich, gebraucht zu werden, daß ich die Tatsache nicht verbergen konnte.

Danach wurde über die Gouvernante, die wir einstellen wollten, gesprochen. Sowohl Sir Endelion wie Lady Menfrey fanden es eine ausgezeichnete Idee. Sie liebten den Jungen heiß und waren sehr bestrebt, das Beste für ihn zu tun, doch wurde nichts weiter unternommen, und ich dachte, Lady Menfrey wäre nicht sehr erpicht darauf, daß wir schon so bald eine einstellten.
»Er ist noch so klein«, meinte sie, denn es machte ihr Freude, sich selbst um ihn zu kümmern.
Sir Endelion fuhr nach London, um Freunde zu besuchen, und zwei oder drei Wochen nach seiner Rückkehr erhielt er einen Brief. Er sagte nicht gleich etwas davon, doch war es klar, daß etwas geschehen war, was ihn amüsierte. Er lachte wiederholt leise in sich hinein, und eines Abends verkündete er es uns beim Abendessen.
»Während ihr darüber geredet habt, was ihr tun wollt, bin ich zur Tat geschritten«, begann er. »Ich habe euch eure Gouvernante gefunden.«
Wir blickten ihn alle an, doch er verfolgte aufmerksam, wie Pengelly ihm den Rotwein einschenkte.
Bevil lächelte. Ich vermutete, er war befriedigt, weil es seine Idee

gewesen war, eine Gouvernante für Benny einzustellen, wodurch ich frei würde, ihm zu helfen.
Sir Endelion schwenkte die Hand. »Ihr werdet überrascht sein«, versprach er.
»Du willst sagen, Endelion, du hast eine Gouvernante eingestellt?«
»Genau das sagte ich, meine Liebe.«
»Aber wie konntest du wissen, was für Qualifikationen und ... hm ...«
»Ich habe nicht den geringsten Zweifel, daß diese zur allseitigen Zufriedenheit ist.«
»Aber wirklich ...«
»Wart nur. Sie kommt Ende der Woche.«
»Aber ich verstehe nicht ...«
»Du wirst es, meine Liebe.«
Lady Menfrey machte ein ratloses Gesicht. Bevil sah mich an und grinste. »Es ist, was wir brauchen«, sagte er.
»Doch so eine merkwürdige Art ...« begann Lady Menfrey.
»Sie wollte die Stellung, wir hatten sie. So einfach war es«, sagte Sir Endelion.
Er lachte weiter in sich hinein. »Wartet nur ab und seht!«

Bevil und ich ritten nach Lansella hinüber. Dadurch war es uns möglich, gleichzeitig die Pferde zu bewegen und einen schönen Ritt zu haben und beides mit der Arbeit zu verbinden. Es war ein arbeitsreicher Vormittag gewesen, und als wir nach Hause ritten, besprachen wir die Fragen, die rückblickend immer so belustigend schienen.
Lady Menfrey rief uns, als wir ins Haus kamen. »Sie ist angekommen. Sie ist da. Ihr erratet es nie! Ich bin noch nie so überrascht gewesen.«
»Ein Gast zum Mittagessen?« fragte ich.
»O ... nein, die neue Gouvernante!«
Wir eilten hinein, und als wir die Treppe hinaufgehen wollten, erschien sie schon oben an deren Ende. Sie stand dort über uns, das schöne, ovale Gesicht gelassen, in einem taubengrauen Kleid, ganz einfach, ja beinahe streng; es diente nur dazu, ihre Vollkommenheit zu zeigen. Ihre Gesichtszüge waren wunderbar modelliert, von klassischer, griechischer Schönheit. Ihr dunkles Haar fiel lose um ihren gut geformten Kopf; ihre grauen Augen waren länglich, tiefliegend und schwarzbewimpert. Sie lächelte, und ihr Lächeln war es, was mich erschreckte. Es war so sanft und doch so

voller Weisheit ... die ich später für Verschlagenheit hielt.
Sie sagte: »Sie sehen überrascht aus. Sir Endelion kam in das Haus, in dem ich arbeitete, und ich hatte Gelegenheit, mit ihm zu sprechen. Ich hatte von dem kleinen Jungen gehört. Man hört ja von diesen Dingen. Und als ich erfuhr, daß Sie eine Gouvernante suchten, sagte ich ihm, ich würde gerne diese Stellung übernehmen.«
Ich war wie betäubt von bösen Ahnungen, und als Jessica Trelarken langsam die Treppe herunterkam, fühlte ich, wie meine Zufriedenheit zerrann. Ich wagte nicht, Bevil anzusehen, aus Furcht, zu viel zu verstehen. Ich erinnerte mich daran, wie er als erster vorgeschlagen hatte, eine Gouvernante zu suchen. Hatte er damals schon vor, Jessica ins Haus zu bringen? Ich erinnerte mich an sein Verhalten, als Sir Endelion seine Ankündigung gemacht hatte. Hatte er es damals gewußt? Hatte er seinen Vater gebeten, Jessica ins Haus zu bitten? Die Zukunft erschien sehr ungewiß. Ich wußte, das Leben auf Menfreya würde sich für mich ändern, als Jessica Trelarken in ihm auftauchte.

8

Das erste Anzeichen der Wirkung, die Jessica haben sollte, ergab sich beinahe unverzüglich bei ihrer Ankunft. Es war die Zeit des Abendessens an ihrem ersten Abend bei uns. Ich hatte ein dunkelgrünes Samtkleid angezogen, von dem ich immer gefunden hatte, daß es mir recht gut stand, und trug die Granatohrringe, Brosche und das Armband, die Lady Menfrey mir geschenkt hatte. Sie hätten ihr gehört, erzählte sie mir, und davor der früheren Lady Menfrey, so hielt sie sie in der Familie.
Als ich in den Spiegel schaute – recht zufrieden mit meinem Bild –, kam Bevil herein, trat hinter mich, nahm mich an den Schultern und sah sich unser Spiegelbild an.
»Sehr wirkungsvoll«, stellte er fest. »Du siehst aus, als seist du aus einem der Bilder in der Galerie herausgetreten. Aber das tust du ja oft.«
Ich wartete darauf, daß er etwas über die neue Gouvernante sagte, doch tat er es nicht, und das schien, sogar zu jenem Zeitpunkt, verdächtig. Es wäre wahrlich das Natürlichste von der Welt gewesen, über den Neuankömmling zu reden, zumal wir sie früher gekannt hatten.

Wir gingen also zum Essen hinunter. Sir Endelion war es – in seiner neuen, koboldhaften Stimmung –, der darauf aufmerksam machte, daß kein zusätzliches Gedeck aufgelegt worden war.
Lady Menfrey sagte: »Aber wir erwarten niemanden.«
»Und wie ist es mit Miss Trelarken?«
Lady Menfrey sah unsicher aus. »Aber Endelion, sie ist jetzt die Gouvernante!«
»Jetzt! Aber ihr Vater pflegte hier mit uns zu dinieren. Man kann nicht Menschen zu den Dienstboten verbannen, wenn sie früher mit bei Tisch gesessen haben.«
»Sie ist nicht zu den Dienstboten verbannt«, erklärte Lady Menfrey. »Sie bekommt ein Tablett auf ihr Zimmer. So war es immer der Brauch mit Gouvernanten. Sie bekommen immer ein Tablett auf ihr Zimmer, weil man selbstverständlich nicht erwarten kann, daß sie in der Dienstbotenhalle essen.«
Bevil sagte gar nichts, doch konnte ich sehen, daß der Bronzeton seiner Haut dunkler geworden war. Er war besorgt über den Ausgang dieses Gesprächs; und ich war überzeugt, er hätte seinen Vater unterstützt, wenn ich nicht dabei gewesen wäre. Jessicas Ankunft hatte ihn bereits verändert; er war weniger freimütig geworden, als wäre er ein Mann, der etwas zu verbergen hatte.
»Meine Liebe, du kannst Jessica Trelarken wirklich nicht in die Dienstbotenhalle stecken. Sie ist schließlich eine Dame.«
»Sie ist jetzt eine Gouvernante, Endelion. Leider müssen so viele Damen Gouvernanten werden ... oder Gesellschafterinnen. Es ist der einzige Weg, der ihnen offensteht, wenn sie ohne einen Pfennig zurückbleiben, so wie die arme Jessica.«
Ich beobachtete Bevil. Ich dachte: Sie wird jetzt jeden Abend hier sein. Es ist unmöglich! Sie muß in ihrem Zimmer bleiben ... wenigstens das.
Ich sagte: »Meine Gouvernanten aßen nie mit meinem Vater. Sie schienen immer ein Tablett in ihrem Zimmer vorzuziehen.«
»Meine liebe Harriet«, meinte Sir Endelion lachend. »Dies ist nicht deine Gouvernante. Es ist Jessica Trelarken! Eine alte Freundin der Familie. Das stimmt doch, eh, Bevil?«
Bevil zögerte eine Sekunde. Dann sagte er: »Die Trelarkens pflegten hier ab und zu bei uns zu essen. Ich nehme an, wir sollten Jessica zeigen, daß wir sie nicht für einen Dienstboten halten.«
»Gouvernanten sind keine Dienstboten«, bemerkte ich. »Sie nehmen manche Mahlzeiten mit ihren Zöglingen ein.«
»Sie kann um diese Zeit nicht mit dem ihrigen essen«, gab Bevil zurück. »Außer, sie ißt an seinem Bett, während er schläft.«

Pengelly verweilte abwartend. Meine neu geschärften Sinne, die mich bereits zu ängstigen begannen, versicherten mir, daß sie in der Dienstbotenhalle reden würden. Natürlich wollte ›sie‹ sie nicht. Noch Mylady. Die Männer waren es, die sie haben wollten. Gekicher! Der Verdacht kroch durch das Haus und drang in jeden Winkel.

»Ist Miss Trelarkens Tablett schon nach oben gebracht worden?« erkundigte sich Lady Menfrey.

»Nein, Mylady. Es wird erst hinaufgebracht, wenn die Herrschaften gegessen haben«, antwortete Pengelly würdevoll.

»Dann«, mischte sich Sir Endelion ein, »leg ein weiteres Gedeck auf. Und geh hinauf und sag ihr, wir erwarten sie hier zum Dinner.«

Pengelly neigte den Kopf, bedeutete einem der Mädchen, ein Gedeck aufzulegen, und verschwand.

Nach fünf Minuten erschien Jessica. Sie trug ein schlichtes, schwarzes Seidenkleid, das sie hastig übergestreift haben mußte, als sie die Aufforderung erhielt, doch war kein Anzeichen der Eile an ihr zu entdecken. Sie blieb zögernd an der Tür stehen, doch glaubte ich, daß es ein gespieltes Zögern war.

»Nehmen Sie Platz, meine Liebe«, forderte Sir Endelion sie auf. »Selbstverständlich essen Sie abends mit uns. Tablett aufs Zimmer! Wer hat schon mal so einen Unsinn gehört! Wie oft hat Ihr Vater hier an diesem Tisch gesessen.«

»Vielen Dank«, sagte Jessica gelassen. Pengelly hielt ihr den Stuhl, als sie sich hinsetzte.

Sie lächelte, bescheiden und mit heiterer Gelassenheit, doch ohne Erstaunen. Ganz offensichtlich fand sie es nicht merkwürdig, daß die Gouvernante mit der Familie aß. Das konnte es nicht in ihren früheren Stellungen gegeben haben. Doch dies war etwas anderes. Dies war Menfreya.

Seltsamerweise wurde jeder von der Veränderung berührt. Jessica Trelarken schien das Haus auf eigenartig unheimliche Weise zu erhellen, indem sie mich alles und jeden in einem anderen Licht sehen ließ, so daß ich unsicher wurde und mich fragte, ob ich vielleicht doch naiv war und die Welt nicht kannte.

Sie war so heiter und gelassen, doch bald fragte ich mich, ob es nicht eine tödliche Heiterkeit war. Alles an ihr war still. Sie bewegte sich geräuschlos; oft entdeckte ich, daß sie ohne einen Laut in ein Zimmer gekommen war; man merkte gar nicht, daß sie da war, bis man aufsah und ihre ganze strahlende Schönheit erblickte.

Ihre Schönheit! Niemand konnte diese übersehen. Es war eine seltene Schönheit, und niemand konnte sie leugnen. Es waren vollendet schöne Gesichtszüge; nicht der kleinste Makel war in diesem vollkommenen Gesicht. Ihre Haut war glatt und schien sanft zu glühen. Ich hatte einen derartigen Teint bisher nur ein oder zwei Mal gesehen; ihr Haar war glatt und doch voller Leben. Sie hatte alles, diese Frau – alles außer einem Vermögen.

Und es war unvermeidlich, daß die Anwesenheit eines solchen Menschen im Hause ihre Wirkung auf uns alle hatte. Sie schien Eigenschaften hervorzulocken, die bisher verborgen in uns geschlummert hatten. Mein Schwiegervater war immer reizend zu mir gewesen. Ich hatte nicht sonderlich viel von ihm gesehen, doch wenn wir uns begegneten, war es immer nett gewesen. Ich glaubte, er hatte mich vielleicht in der Familie willkommen geheißen, weil ich eine Erbin war, doch war er dennoch sehr liebenswürdig, ja, man könnte sagen, väterlich gewesen. Nun bemerkte ich einen koboldhaften Zug in seinem Charakter. Er hatte gewußt, daß Bevil sich einmal sehr zu Jessica Trelarken hingezogen gefühlt hatte; warum hatte er sie dann ins Haus gebracht? Es gab Augenblicke, in denen ich ihn für mutwillig boshaft hielt – wie einen Jungen, der zwei Spinnen in eine Schüssel tut und Spaß daran findet, zuzusehen, wie sie miteinander kämpfen. Vielleicht, überlegte ich, vergißt er nie, daß er einmal den Parlamentssitz der Menfreys verlor und dieser erst vor kurzem zurückgewonnen wurde.

Wenn mir derartige Gedanken kamen, verjagte ich sie so rasch ich es vermochte. Ich war überzeugt, sie wären mir nie gekommen, wenn Jessica Trelarken nicht gewesen wäre.

Dann Lady Menfrey. Ich hatte sie nie für eine sehr starke Persönlichkeit gehalten. Ich wußte, sie hatte ihrer Familie ständig nachgegeben; jetzt jedoch schien sie richtig eingeschüchtert. Und ich bemerkte, daß sie unterwürfig Jessicas Autorität akzeptierte.

Fanny? Sie war wachsam geworden – beinahe heimlich. Bisher war sie mir gegenüber offenherzig gewesen; nun hatte ich das Gefühl, sie verbarg mir etwas.

Bevil? Natürlich konnte er, der immer attraktive Frauen bewundert hatte, nicht unberührt von ihrer Gegenwart bleiben; er hatte Jessica ganz besonders bewundert und tat es immer noch, wie mir völlig klar war.

Und ich selbst wurde mehr als alle anderen von ihrer Gegenwart berührt. Ich schien den Charme zu verlieren, den der Umstand, Bevils Frau zu sein, mir verliehen hatte. Ich hatte mich bemüht –

und das mit einigem Erfolg –, jenes etwas sonderbare Aussehen eines anderen Jahrhunderts beizubehalten, das das topasfarbene Kleid und das Haarnetz in mir zur Geltung gebracht hatten. Man sagte von mir: »Sie ist nicht im üblichen Sinne hübsch, aber jenes eigenartige Aussehen von ihr, als käme sie aus einer anderen Zeit, ist reizvoll.« Ich wußte, ich fiel dadurch auf, sogar zwischen hübscheren Frauen; und ich wollte auffallen – für Bevil.
Mit Jessicas Ankunft schien es mir zu entgleiten. Ich fühlte mich so farblos, wie ich es in meiner Kindheit gewesen war, und dieses Gefühl hatte seine Wirkung auf mein Aussehen. Mein Hinken schien sichtbarer; vielleicht kam das jedoch nur daher, daß ich es vergessen konnte, wenn ich glücklich war – und ich war jetzt wahrlich nicht glücklich!
Am schlimmsten jedoch: ich wurde mißtrauisch. Das Mißtrauen hatte sich in mein Denken geschlichen und ließ sich nicht vertreiben. Ich wurde wachsam und argwöhnisch; und diese Empfindungen wurden jeden Tag stärker. Ich versuchte, meine eifersüchtigen Befürchtungen abzuschütteln, doch sie blieben.

Seitdem ich Benedict nach Menfreya gebracht hatte, war ich stets seine besondere Freundin gewesen, denn er schien mich an die Stelle der Mutter gesetzt zu haben, die er entbehrte. Immer hatte ich einen Teil des Tages mit ihm verbracht, und er freute sich auf meine Besuche. Manchmal nahm ich ihn auf einen Spaziergang mit oder ruderte ihn von Zeit zu Zeit zu dem Inselhaus hinüber, das er liebte. Er bettelte immer ungestüm, hinüber gebracht zu werden, und die Ruderfahrt entzückte ihn.
Eines Morgens, ungefähr eine Woche nach Jessicas Ankunft, ging ich, da Bevil nach Lansella geritten war, in das Kinderzimmer, um nach Benedict zu sehen. Jessica bedachte mich mit ihrem kühlen Lächeln, das ich mit dem der Gioconda zu vergleichen begann. Sie sah gepflegt und selbstverständlich schön aus in einem fliederfarbenen Kleid mit weißem Spitzenkragen und Manschetten. Sie hatte nur wenige Kleider, doch was sie besaß, war von vollendet gutem Geschmack. Das hatte sie – einen Instinkt, ihre Kleider voll zur Geltung zu bringen; doch vielleicht ließ eine Schönheit wie die ihrige jedes Kleid wundervoll erscheinen. Ich kam mir sofort linkisch in ihrer Gegenwart vor, und ich fragte mich, ob sie mir absichtlich durch jene kühlen Blicke, die sie mir zuwarf, jenes Gefühl gab. Sie bewegte sich mit einer Anmut, die ich niemals nachahmen konnte, und alle ihre Bewegungen hatten einen natürlichen Charme.

»Ich bin gekommen, um Benedict zu besuchen«, sagte ich.
»Er spielt mit seinen Bauklötzen.«
»Ich dachte, ich nehme ihn mit nach draußen. Vielleicht mit zur Insel hinüber, da sich der Wind gelegt hat. Er liebt das.«
»Er ist heute morgen schon draußen gewesen. Ich fürchte, es würde ihn überanstrengen, und dann wird er unartig. Er würde dann natürlich nicht essen wollen. Sie wissen, wie Kinder sind.« Sie lächelte entwaffnend.
»Oh, aber ...« begann ich.
»Wenn ich gewußt hätte, daß Sie kämen, hätte ich ihn mit seinem Spaziergang warten lassen. Ich halte jedoch Regelmäßigkeit für wichtig.«
»Ich verstehe.«
Ich ging zur Tür seines Spielzimmers; Jessica war sofort an meiner Seite.
»Bitte, sagen Sie ihm nicht, daß Sie ihn mit zur Insel hinüber nehmen wollten.«
»Sie fürchten, er würde mitwollen?«
Wieder jenes Lächeln. »Natürlich würde er das. Nur weiß ich, daß es ihn überanstrengen würde.«
Ich trat in das Zimmer. »Hallo, Benny.«
»Hallo!« Er sah nicht auf. Doch das hatte nichts zu bedeuten. Er war darin vertieft, ein Haus zu bauen.
»Deine Tante ist hier«, ermahnte ihn Jessica.
»Ich weiß.« Er schaute immer noch nicht auf, und sie sah mich lächelnd an.
Ich kniete mich hin und betrachtete mir sein Haus. »Es wird gleich umfallen«, sagte ich zu ihm.
Er nickte und sah mich immer noch nicht an, und in jenem Augenblick polterten die Bauklötze zu Boden. Er stieß einen Entzückensschrei aus.
Dann hob er einen der Klötze auf, und seine Freude verebbte, als er sah, daß das bunte Bild darauf ein wenig eingerissen war. Betrübt sagte er: »Will Jessie.« Ich nahm den Klotz und tröstete ihn: »Oh, das kann leicht angeklebt werden.« Er nahm ihn mir ernst weg und gab ihn Jessica. »Armer Klotz will Jessie«, wiederholte er.
Sie nahm ihn. »Ich habe einige der anderen geklebt«, erklärte sie. »Ich mach's schon wieder heil, Benny.«
Sie zog die Augenbrauen hoch, als wollte sie sagen: Sie wissen ja, wie Kinder sind.
Doch auch das erschien mir ein Anzeichen.

Jessica aß nun jeden Abend mit uns. Sie hatte drei lange Dinnerkleider – ein schwarzes, ein graues und eines aus blauem Samt. Sie waren alle einfach und keineswegs kostbar, doch sie brachte es fertig, phantastisch in ihnen auszusehen, während ich mich in meinen – von denen ich einige auf unseren Flitterwochen in Paris gekauft hatte – linkisch und oft aufgetakelt fühlte. Das war die Wirkung, die sie auf mich hatte; und darüber hinaus hatte ich das Gefühl, daß sie genau das beabsichtigte.

Es gab nichts, was man hätte aussetzen können. Ein Außenstehender hätte gesagt, daß Jessica allein durch ihre Gegenwart andere in den Schatten stellte. Ich fühlte jedoch, sie wußte dies und hütete einen geheimen Triumph. Sie war bei Tisch wie ein Magnet und zog die Aufmerksamkeit aller Männer auf sich. Sir Endelion war galant; Bevil war sich immer bewußt, daß ich anwesend war, immer bestrebt, mich mit in die Unterhaltung zu ziehen, doch ich fühlte, daß es ein einstudiertes Bestreben war, dazu bestimmt, seine wahren Gefühle zu kaschieren. Sogar William Lister, der ebenfalls mit uns aß, pflegte sich ihr mit unverhohlener Bewunderung zuzuwenden.

Wäre sie ein hübsches, leichtfertiges, kleines Dummchen gewesen wie die arme Jenny, wäre es zu ertragen gewesen, doch das war sie nicht. Sie war klug und gebildet; und am beunruhigendsten war meine Entdeckung, daß sie entschlossen war, ihr Wissen über Politik zur Geltung zu bringen, denn über dieses Thema wurde natürlich am häufigsten bei Tisch gesprochen. Ihre Stimme war sanft und leise, doch klar und deutlich, zumal sie langsam sprach und eine fabelhaft gute Diktion hatte.

Ich hörte ihr zu und war mir bewußt, daß die Männer sie anschauten. Lady Menfrey bemühte sich, am Kopf des Tisches aufmerksam auszusehen, wie sie es tat, wenn sich die Unterhaltung um Politik drehte, doch ich wußte, sie überlegte in Wirklichkeit, ob sie nach mehr blauer Wolle für ihren Wandteppich schicken sollte oder ob Benedict einen Schnupfen bekommen würde, da er im Laufe des Tages zweimal geniest hatte.

»Ich hatte viele Diskussionen über diesen Punkt mit meinem Vater«, sagte Jessica gerade. »Er hatte sehr feste Ansichten. Natürlich waren wir nicht immer einer Meinung.«

»Der Doktor war ein Mann mit sehr ausgeprägten Gesichtspunkten über die Zolltarifreform, wie ich mich gut erinnere«, bemerkte Sir Endelion.

»Meine Mutter pflegte zu sagen, daß, wenn mein Vater sich

eine Meinung über etwas gebildet hatte, er sich gleichzeitig entschloß, diese nicht zu ändern.«
Alle lachten.
»Er ist so oft hergekommen, und wir haben fast bis zu Tätlichkeiten miteinander debattiert«, erzählte Sir Endelion. »Ein guter Kerl, der Doktor. Ich mache mir nicht halb so viel aus dem neuen Burschen.«
»Seine Frau ist eine starke Stütze der Partei«, warf ich ein.
»Das stimmt.« Bevil lächelte mich an; es mag meine Einbildung gewesen sein, doch ich war sicher, er zwang sich, sich von Jessica weg und mir zuzuwenden.
Ich begann diese Mahlzeiten zu fürchten und hatte sie doch vorher so genossen. Mir machten die politischen Gespräche Spaß; William Lister behandelte mich immer mit Ehrerbietung, und sowohl Bevil wie sein Vater machten mir das Kompliment, mir aufmerksam zuzuhören. Jetzt schien Jessica sich sogar hier meines Platzes bemächtigt zu haben.
Dann sagte sie: »Ich traf heute nachmittag Harry Leveret. Ich ritt nicht weit von Chough Towers. Er ist jetzt dort.«
Das war noch so eine Sache. Jessica hatte immer gerne geritten, und Sir Endelion hatte vorgeschlagen, daß, falls es ihr Spaß machte, eines der Pferde ein wenig zu bewegen, sie das tun sollte. Jessica war begeistert darauf eingegangen.
Sie horchten jetzt alle auf. Lady Menfrey sah verängstigt aus und begann nervös mit ihrem Besteck zu spielen. Ich konnte den Schmerz in ihrem Gesicht sehen. Sie dachte an jenen furchtbaren Tag, als wir entdeckten, daß Gwennan durchgebrannt war.
Jessica lächelte ihr sanftes Lächeln, das ich immer als eine Maske empfand, die sich über ihr Gesicht legte. »Er war sehr freundlich«, fuhr sie fort.
»Warum auch nicht?« gab ich zurück, und meine Stimme klang hart. »Er hat keinen Streit mit Ihnen.«
»Er weiß natürlich, daß ich jetzt hier bin. Er sprach ... über die Zukunft.« Sie hielt inne und blickte von Sir Endelion zu Bevil und schloß William Lister in ihren Blick mit ein. »Er sagte, er hätte die Kandidatur für seine Partei jetzt angenommen.«
»Es steht also fest«, konstatierte Bevil.
»Ja. Da war noch etwas. Vielleicht ist es ungehörig von mir ... ich ließ ihn sich nach Ihren Gefühlen erkundigen. Er glaubt, Sie seien wahrscheinlich pikiert, weil er sich als Gegenkandidat hat aufstellen lassen.«
»Ich muß sagen, es war eine Überraschung«, gab Bevil zu.

»Warum kam er damit nicht gleich ehrlich heraus? Es schien mir alles etwas eine Geheimniskrämerei.«
»Das dachte er sich, doch meinte er, die Leverets und Menfreys wären immer Freunde gewesen, und er sieht keinen Grund, warum das nicht so bleiben sollte. Er fragte, ob ich glaube, daß Sie absagen würden, wenn er sie nach Chough Towers zum Abendessen einlüde.«
»Ich mag seine Politik nicht«, platzte Sir Endelion los. »Ich bin erstaunt über ihn! Dachte, er wäre ein Geschäftsmann. Wozu geht er plötzlich so in die Politik?«
»Falls er Sie einlädt und Sie absagen«, meinte Jessica zögernd, »könnte er etwas Dummes daraus machen. Ich meine, er könnte es bekannt werden lassen ... Sehen Sie, was ich meine?«
»Genau«, erwiderte Bevil und beugte sich vor und sah sie anerkennend an.
»Er könnte sagen, er wäre einmal von den Menfreys sehr schlecht behandelt worden ...« Sie lächelte bittend, und ich dachte daran, wie tief Harry damals über Gwennans Verschwinden verletzt gewesen war. »Und daß jetzt ... nur weil er nicht die gleichen politischen Ansichten hätte, seine Freundschaft verschmäht worden sei. Ich mag mich täuschen, aber ich glaube nicht, daß es sehr vorteilhaft beurteilt würde.«
Sie hielt wieder inne. Und dann redeten sie alle los; und es wurde als Ergebnis beschlossen, daß wir, falls Harry Leveret uns nach Chough Towers einlud, die Einladung annehmen wollten.

Bevil und ich dinierten in Chough Towers. Es schien seltsam, wieder in dem Haus zu sein, besonders, da es noch beinahe genauso eingerichtet war wie zu der Zeit, als mein Vater es gemietet hatte. Einige neue Sachen waren natürlich hinzugekommen, und es war offensichtlich, daß Harry beabsichtigte, viele Gesellschaften zu geben.
Er war anders als der junge Mann, der auf die Galerie heraufgekommen war, um Gwennan zu holen, und ich vermutete, der Verlust von Gwennan hatte eine tiefgreifende Wirkung auf sein Leben gehabt. Es hatte ihn plötzlich erwachsen werden lassen, und er hatte aufgehört, der fröhlich-unbekümmerte Junge zu sein. Ich war überzeugt, er hatte Gwennan zärtlich geliebt und sich die Verbindung mit der alten Menfrey Familie sehr gewünscht. Obgleich er unbedeutend schien, spürte ich in ihm einen drängenden Wunsch nach Erfolg, den er von seinem Vater geerbt haben mußte, der von bescheidenen Anfängen aus ein Vermögen aufge-

baut hatte, das ihn zum Millionär gemacht hatte.
Wir luden ihn daraufhin nach Menfreya ein, und die Beziehung zwischen den beiden Familien war wieder hergestellt. Jessica schien recht gehabt zu haben, denn dieser Schritt wurde allgemein anerkannt. Wenn die Wahl kam – wenn es auch schien, als wäre es noch nicht so bald –, gäbe es einen ehrlichen Kampf im Wahlkreis, und die meisten Leute – außer Harry und einigen seiner Anhänger – glaubten, Bevil hielte bestimmt den Sitz.
Einige Tage nach Harrys Besuch bei uns ging ich in die Bibliothek und sah Fanny ganz still am Fenster stehen, hinter die Vorhänge geduckt, damit sie nicht gesehen wurde.
»Was siehst du, Fanny?« verlangte ich zu wissen und ging schnell ans Fenster.
»Oh ... nichts ... nichts«, antwortete sie und wandte sich hastig ab. Doch ich hatte sie gesehen – Bevil und Jessica. Benedict spielte ein wenig von ihnen entfernt, doch hatte Fannys Aufmerksamkeit Jessica und meinem Mann gegolten.
»Ist etwas?« fragte ich.
»Ich hoffe nicht, Miss Harriet«, erwiderte sie schroff.
Ich wußte genau, was sie dachte, und sie wußte, was ich dachte. Ich wollte sie zurechtweisen, ihr sagen, daß sie töricht sei; doch als ich in ihr liebevolles Gesicht blickte, wußte ich, wenn ich litt, würde sie mit mir leiden.
Ich zuckte die Achseln und wandte mich ab.

Etwa eine Woche später entdeckte ich, als ich zum Abendessen hinunterging, daß sowohl Bevil wie Jessica fehlten.
Wir hatten bereits unsere Plätze am Tisch eingenommen – Sir Endelion und Lady Menfrey, William Lister und ich – und erwarteten jeden Augenblick, daß das fehlende Paar käme. Der Umstand, daß sie beide nicht da waren, erweckte sofort mein Unbehagen.
»Was hält sie nur auf«, murmelte Lady Menfrey. »Haben Sie eine Ahnung, Mr. Lister?«
»Nicht die leiseste«, entgegnete William. »Ich habe Mr. Menfrey seit vier Uhr nicht gesehen.«
»Ich hoffe, Benedict ist nicht krank und Jessica meint, sie müsse bei ihm bleiben.«
»Ich gehe nach oben und schaue nach«, sagte ich und schlüpfte hinaus. Ich lief den ganzen Weg hinauf, und als ich die Tür von Benedicts Zimmer aufmachte, sah ich, daß er im Bett lag und fest schlief. Ich ging in das Schulzimmer und weiter zu Jessicas

Zimmer und klopfte an die Tür. Es erfolgte keine Antwort. Also ging ich hinein. Das Zimmer war so ordentlich wie immer. Eine jähe Furcht ließ mich die Schiebladen der Kommode aufziehen. Mit großer Erleichterung sah ich, daß ihre Sachen ordentlich darin lagen. Ich öffnete den Kleiderschrank. Da hingen ihre Kleider. Ich gestand mir die Tatsache ein, daß ich wirklich geglaubt hatte, sie und Bevil seien zusammen durchgebrannt.

Ich ging zurück ins Eßzimmer. »Benedict schläft, doch Jessica ist weder in der Kinderstube noch in ihrem Zimmer.«

Wir aßen immer um acht Uhr, und es war jetzt zehn Minuten nach acht. Pengelly, der abwartend mit den Mädchen dastand, wollte wissen, ob er servieren sollte. Lady Menfrey sah oft Sir Endelion an, bevor sie eine Anweisung gab. Es war eine Angewohnheit, die mich leicht irritierte, da ich glaubte, sie hätte wenigstens Herrin im Hause sein können, wenn sie sich durchgesetzt hätte.

Ziemlich scharf sagte ich: »Sie wissen, daß wir um acht essen. Sie werden nicht erwarten, daß wir warten. Laßt uns anfangen.«

Es klang, als wäre mir mein Essen wichtiger als alles andere, dabei fragte ich mich, wie ich bloß so tun sollte, als äße ich.

»Vielen Dank, Madam«, sagte Pengelly, und die Suppe wurde hereingebracht.

»Es sieht Jessica so gar nicht ähnlich«, murmelte Lady Menfrey. »Sie ist gewöhnlich so eine pünktliche Person. Ihr Vater war es immer, wie ich mich erinnere.«

»Und Bevil?« wollte Sir Endelion wissen. In seinen Augen war ein lauernder Blick, und er sah koboldhafter denn je aus. »Hast du eine Ahnung, Harriet, mein Liebes, wo er sein kann?«

»Nein«, entgegnete ich. »Es sei denn, er ist unvermutet nach Lansella gerufen worden, aber dann hätte er bestimmt eine Nachricht hinterlassen.«

»Nach Lansella mit Jessica Trelarken? Na, das ist doch kaum wahrscheinlich, möchte ich meinen. Wenn er jemanden mit nach Lansella genommen hätte, wärest du das gewesen, mein Liebes.«

»Das hätte ich auch gedacht.«

»Jessica ist es, über die ich mir Gedanken mache«, beharrte Lady Menfrey. »Ich hoffe, sie hat keinen Unfall gehabt. Oh, Pengelly, schicken Sie zu den Ställen und lassen Sie nachsehen, ob irgendwelche Pferde nicht da sind. Ich erinnere mich noch an Gwennans Sturz ... und wie Dr. Trelarkens Hausjunge herüberkam, um es uns zu sagen. Ja, gehen Sie gleich, Pengelly. Ich bin sehr besorgt.«

Wir waren mit der Suppe fertig, als Pengelly zurückkam.
»Es fehlt keines der Pferde, Mylady.«
Sir Endelion lehnte sich in seinem Stuhl zurück und sah mich an. »Es ist eigenartig«, meinte er. »Alle beide!«
Die Mahlzeit schien kein Ende zu nehmen. Ich spielte mit dem Fisch auf meinem Teller, bemüht, niemand von ihnen merken zu lassen, wie beunruhigt ich war. Ich fing William Listers auf mir ruhenden Blick auf. Er wußte es; und er war gütig und mitfühlend. Ich glaube, er war genauso beunruhigt wie ich.
»Miss Trelarken kennt viele Leute in der Nachbarschaft«, gab er zu bedenken. »Vielleicht hat sie einen Besuch gemacht und die Uhrzeit vergessen.«
»Das wird es sein!« rief Lady Menfrey triumphierend und begann in Ruhe zu essen. Sie hatte jetzt etwas, an das sie sich klammern konnte. Jessica besuchte Freunde und hatte die Uhrzeit vergessen; Bevil war wegen parlamentarischer Angelegenheiten in Lansella; bald kämen sie nach Hause, und es würde sich alles klären. Sie wünschte sich so verzweifelt Frieden im Haus, daß sie so tat, als bestände er, auch wenn es gar nicht der Fall war. William Lister fuhr fort, da er sah, daß er sie beruhigt hatte: »Ich bin überzeugt, es muß sich etwas Wichtiges im Büro in Lansella ergeben haben, um das er sich unverzüglich kümmern mußte.«
»Hätte er nicht jemandem gesagt, daß er hinführe?«
»Es mag keine Zeit dafür gewesen sein«, antwortete er lahm.
»Natürlich«, rief Lady Menfrey. »Das ist es! Es war keine Zeit mehr dafür.«
Ihr Mann betrachtete sie mit einem sardonischen Lächeln. Mir schien, er vermutete, sie seien zusammen. Und wenn sie das waren, wenn sie so offen miteinander verschwunden waren, was konnte es bedeuten, fragte ich mich. Bevil würde jedoch nie Menfreya verlassen. Wie könnte er alles aufgeben? Er war kein romantischer Junge, um einem Impuls folgend durchzubrennen und seine Frau und seine Karriere im Stich zu lassen. Es mußte eine andere Erklärung geben. Doch wurde ich mehr und mehr überzeugt, daß sie irgendwo beisammen waren.
Die Mahlzeit war zu einem trüben Ende gekommen.
»Ich fürchte«, begann William Lister und sah mich beinahe mitleidsvoll an, »es könnte ein Unfall passiert sein.«
»O nein, nein!« beharrte Lady Menfrey. »Jessica hat die Zeit vergessen, und Bevil ist nach Lansella gerufen worden.«
William und ich wechselten einen Blick. Wir glaubten es nicht. Wir gingen in den Salon, wo der Kaffee serviert wurde. Wir waren

alle beklommen und nervös. Wir unterhielten uns planlos, horchten jedoch die ganze Zeit nach dem Geräusch ihrer Ankunft, und keiner von uns hörte wirklich dem zu, was gesprochen wurde.

Es war unmöglich, ihr Verschwinden geheim zu halten. Ich war mir im klaren darüber, daß die Neuigkeit sich mit der Geschwindigkeit und Unfehlbarkeit von Urwaldtrommeln ausbreitete. Das Personal würde alle Möglichkeiten erwägen, die Bevil und Jessica zu genau derselben Zeit aufhalten konnten, und die Geschichte würde die Runde machen ... nach Menfreystow und von dort weiter nach Lansella, was bestimmt nicht gut für Bevils Ruf sein würde. Das war es, was ich nicht verstehen konnte; wie hatte er sich, dem so viel an seiner Karriere lag, in einer derartigen Situation verfangen können? War es möglich, daß er sich gegen seinen Willen in ihr verfangen hatte? Oder hatte er die Uhrzeit vergessen?
Auf jeden Fall würden wir, falls sie nicht bald kamen, etwas unternehmen müssen.
Das war ein sehr unbehaglicher Abend; und es wurde mir plötzlich klar, wie einsam ich war. Sir Endelion konnte ich nicht völlig trauen, denn seit er Jessica ins Haus gebracht hatte, lernte ich etwas Neues über seinen Charakter. Er war in seiner Jugend unbezähmbar gewesen, und ich konnte mir vorstellen, wie er durchs Leben gegangen war und das Schicksal herausgefordert hatte. Er wollte nun, daß etwas passierte ... und war eher bereit, Unheil zu riskieren als Langeweile zu ertragen. Ich verstand dies Gefühl, doch konnte ich mich nicht auf ihn verlassen. Und Lady Menfrey? Ich dachte daran, wie gütig sie zu mir gewesen war, als Jenny starb. Doch damals hatte sie im Einvernehmen mit den Wünschen ihrer Familie gehandelt. Sie war viel zu sehr auf Frieden erpicht, um ein Halt bei Schwierigkeiten zu sein.
William Lister stand neben mir; sein Gesicht zeigte Sorgenfalten.
»Ich weiß, wie Ihnen zumute ist«, flüsterte er.
»Es muß ein Unfall passiert sein«, sagte ich. »Wir werden etwas tun müssen.«
»Ja«, stimmte er zu. »Und das bald.«
»Aber was?« fragte ich.
»Ich werde nach Lansella reiten und nachsehen, ob er dort ist. Es kann sehr gut sein, daß er durch Geschäfte aufgehalten worden ist und eine Nachricht uns nicht erreicht hat.«
»Die beiden müssen zusammen sein«, erklärte ich.
Er nickte bekümmert.

»Ein Unfall, in den sie beide verwickelt sind«, fuhr ich fort. »Das könnte sein, wenn sie zusammen ausgeritten wären ... aber alle Pferde sind im Stall. Was kann es nur sein!?«
»Wir sollten lieber etwas unternehmen. Der Grund, aus dem ich noch warten wollte ...«
»Ich weiß. Sie hofften, sie würden kommen, und Sie wollen nicht, daß über so eine Sache geredet wird.«
»Ich bin überzeugt, daß Mr. Menfrey es so gewollt hätte. Aber ich finde, jetzt ist der Augenblick zum Handeln gekommen. Ich will sofort nach Lansella hinüber. Ich glaube, es geht schneller und wird weniger Aufsehen erregen, wenn ich hinüberreite. Ich werde herausfinden, ob er im Büro war und ob der Hausmeister etwas weiß. Falls ich nichts in Erfahrung bringen kann, werden wir die Polizei benachrichtigen müssen.«
Ich hatte zu zittern begonnen; er beugte sich zu mir und berührte leicht und scheu meine Hand. »Sie wissen, daß ich alles nur Mögliche tun werde ... für Sie.«
»Danke, William«, sagte ich. Und ich glaubte, es gab doch jemand, dem ich vertrauen könnte!
William ritt also nach Lansella hinüber, und ich wartete in angstvoller Spannung, was als nächstes geschehen würde.
Wir saßen im roten Salon – eine trostlose Gesellschaft. Ungefähr eine Stunde, nachdem William fortgeritten war, vernahmen wir Bevils Stimme. Wir eilten alle ans Fenster, konnten jedoch wenig sehen, da kein Mond schien, obgleich der Himmel klar und voller Sterne war.
»Er ist da!« rief ich und rannte aus dem Zimmer und den Flur entlang zum Treppenabsatz. Ich sah ihn unten in der Halle stehen und Jessica neben ihm.
»Bevil!« rief ich. Ich entdeckte, daß ich froh war, ihn zu sehen, daß ich die Freude nicht in meiner Stimme unterdrücken konnte.
»Harriet!« antwortete er. »Uns ist etwas ganz Verrücktes passiert.«
Als ich die Treppe hinunterging, hinkte ich sehr stark. Jessica beobachtete mich; sie war blaß, und ihr Haar war lose und unordentlich; außerdem war es ein wenig feucht, doch beeinträchtigte das nicht ihre Schönheit. Ihre Augen schienen größer und strahlender, und mir kam der Gedanke, daß zumindest sie das Abenteuer genossen hatte.
»Was ist passiert?« fragte ich.
Jessica hielt etwas in die Höhe. Ich erkannte nicht, was es war.
»Wir wollten dies holen«, erklärte sie, »und dann ... merkten wir,

daß wir gefangen saßen.«
»Gefangen?«
»Es ist alles ganz einfach«, sagte Bevil. »O hallo, Mutter. Hallo, Vater.« Sir Endelion und Lady Menfrey waren oben an der Treppe erschienen. »Wir ruderten hinüber, um dieses Ding zu holen, und dann trieb das elende Boot irgendwie ab.«
»Trieb es ab?« Ich wiederholte die wichtigen Worte fragend, was ich bei anderen immer eine irritierende Angewohnheit gefunden habe. Ich konnte es jedoch nicht ändern. Ich hatte Angst.
»Ganz einfach«, fuhr Bevil fort. »Benedict und Jessica waren heute morgen auf der Insel, und er ließ seinen Teddybär dort liegen. Er wollte nicht einschlafen, bis Jessica ihm versprach, ihn ihm wiederzubringen. Sie bat mich, sie hinüberzurudern.«
Ich wollte fragen: Warum fragte sie dich? – warum konnte sie nicht alleine hinüberrudern? Aber ich tat es nicht. Ich durfte meine Gefühle nicht vor ihnen allen verraten.
»Also«, fuhr Jessica fort, »war er so nett und tat es, und wir fanden den Bären, und als wir an den Strand kamen, war das Boot fort.«
»Wohin?« fragte Sir Endelion mit einem Schwingen in der Stimme, als genösse er das Abenteuer wie sein eigenes.
»Das ist es, was ich wissen möchte«, warf Bevil mit gespieltem Ärger ein.
»Du kannst es nicht gut festgemacht haben«, spottete Sir Endelion.
»Aber gewiß tat ich das!«
»Das Boot ist also weg, eh?«
»Nein, A'Lee holte es. Er sah es aufs Meer hinaustreiben«, erzählte Bevil, »und er kam an der Insel vorbei, als er es zu unserem Strand brachte, und da riefen wir ihn. Er hat uns eben zurückgebracht.«
»O je«, seufzte Lady Menfrey. »Ihr habt das Abendessen verpaßt und müßt hungrig sein. Ich werde euch gleich etwas bringen lassen.«
Sie fühlte den Unglauben, den sich erhebenden Sturm und wollte fort.
Sir Endelion sagte: »Nun, ihr seid nicht die ersten, die auf einer Insel stranden. Es war ja immer einer deiner Lieblingsplätze, Bevil.«
Ich erinnerte, wie ich unter der Staubhülle gekauert hatte und Bevil mit einem Mädchen aus dem Dorf hereingekommen war. Diesmal war ich nicht da gewesen, um den Höhepunkt des Abenteuers zu verhindern. Was, so fragte ich mich, hatte sich

dieses Mal in dem Haus auf der Insel abgespielt?
Bevil sah mich an, und ich war entschlossen, mich nicht zu verraten. »Nun«, stellte ich kühl fest, »ihr seid wieder da.«
Ich erhaschte einen Blick von Jessicas Gesicht, als ich zur Treppe zurückging. Sie lächelte leicht. Entschuldigend? Trotzig? Ich vermochte es nicht zu sagen.

Es war halb elf, als Bevil heraufkam; er hatte eine geheime Unterredung mit William gehabt, der von Lansella zurückgekehrt war, und ich war überzeugt, daß jener zutiefst bereute, hinübergeritten zu sein, denn sein Ritt hatte die Geschichte nur verbreitet. Bevil sah mich kühl an, was, wie ich wußte, eine Angewohnheit war, Nonchalance zu heucheln, wenn ihn etwas erregte.
»Noch auf?« fragte er überflüssigerweise.
»Aber bereit, mich zurückzuziehen«, feuerte ich zurück. »In Morgenrock und Gedanken gehüllt.«
»Was ist los?«
Ich fühlte, wie meine scharfe Zunge, die ich in meiner Kindheit als Waffe entwickelt hatte, das Kommando zu übernehmen begann.
»Ich weiß es nicht genau.«
»Was willst du damit sagen?«
»Das möchte ich von dir wissen! Was ist nun genau geschehen?«
Er sah ungeduldig aus. Ein weiteres Zeichen der Schuld? fragte ich mich.
»Du hörtest doch, was geschah. Wir ruderten hinüber, um den Teddybär zu holen, und das Boot schwamm weg.«
»Du hast es schlecht festgemacht.«
»Ich nehme es an.«
»Absichtlich?«
»Hör mal, Harriet ...«
»Ich finde, ich habe ein Recht, die Wahrheit zu erfahren.«
»Du hast sie erfahren.«
»Bist du ganz sicher?«
»Ich bin hier nicht in einem Verhör. Falls du beschließt, mir nicht zu glauben, kann ich nichts daran ändern.«
»Wir werden etwas unternehmen müssen. Es wird Gerede geben. Vielleicht hat es das schon.«
»Gerede! Ich hätte gedacht, du seiest klüger, als dich darüber aufzuregen.«
»Dann zeigt es, wie wenig wir einander kennen, denn ich hätte gedacht, du seiest klüger, als dessen Gegenstand zu werden.«
»Ich konnte das heute abend nicht ändern.«

»Dessen möchte ich ganz sicher sein, Bevil!«
»Natürlich kannst du dessen ganz sicher sein. Großer Gott, was deutest du da eigentlich an?«
»Sie ist eine sehr schöne Frau.«
»Und du bist eine sehr eifersüchtige.«
»Und es wird viele Neugierige geben, wenn dies im Wahlkreis die Runde macht.«
»Ich wünschte, du würdest dich nicht bemühen, geistreich zu sein, Harriet.«
»Ich bemühe mich nicht.«
»Nun, dann laß uns die Tatsache anerkennen, daß du es mühelos bist. Wie dumm war das von Lister.«
»Wir mußten etwas unternehmen. Ich fand ebenfalls, daß er nach Lansella reiten sollte. Es war meine Schuld. Wir hatten doch keine Ahnung, was mit dir geschehen sein konnte, Bevil.« Meine Stimme war ernst, beinahe bittend geworden. Ich war mir voll bewußt, während ich mich mit ihm stritt, wie sehr ich ihn liebte, wie ich ihn brauchte; und ich hatte Angst, denn ich glaubte, daß ich ihn mehr brauchte als er mich. »Du wirst sehr vorsichtig mit deiner Beziehung zu Jessica sein müssen«, sagte ich.
»Mit meiner Beziehung? Was meinst du eigentlich? Sie ist Benedicts Gouvernante.«
»Gouvernanten haben so oft als Heldinnen von Romanen figuriert, daß sie es im wirklichen Leben werden, und wenn sie außerdem noch sehr schön sind und der Hausherr sein Interesse nicht zu verbergen vermag – wenn er stundenlang mit ihr verschwindet – wie unschuldig das auch sein mag – und ein lautes Geschrei losgeht auf der Suche nach ihm, dann hast du da eine explosive Situation. Wenn der Hausherr ein Großgrundbesitzer ist, ein König in seinem eigenen Königreich, kann er seinen eigenen Weg gehen, doch sollte er ein Parlamentsmitglied sein, ein Hüter der öffentlichen Moral, eine Gestalt der Rechtschaffenheit, dann sitzt er auf einem Pulverfaß.«
»Was für eine Rede!« sagte er und begann zu lachen. »Du hast Talent für sie, Harriet. Aber manchmal habe ich das Gefühl, du läßt deine Vorliebe für Worte deinem gesunden Menschenverstand davonlaufen. Sollten wir das als zusammenfassenden Schluß gelten lassen?«
»Wenn du es möchtest.«
»Noch eines. Was ich dir über diese Sache heute abend gesagt habe, ist wahr. Glaubst du es mir?«
Ich sah ihm in die Augen. »Jetzt ja, Bevil.«

Er zog mich an sich und küßte mich, doch ohne die Leidenschaft, die ich ersehnte. Es war mehr ein Kuß, um eine Abmachung zu besiegeln als einer, der seine Liebe ausdrückte.
Ich hätte am liebsten gesagt: Wenn ich bei dir bin, glaube ich dir. Vielleicht bin ich wie deine Mutter. Ich glaube, was ich glauben möchte. Wenn die Eifersucht jedoch wieder erwachen sollte, wird sie die Zweifel zurückbringen.

Ich schlief lange am nächsten Morgen, und als ich aufwachte, war Bevil schon fort; Fanny brachte mir mein Frühstück auf einem Tablett. Sie gab es mir und stand dann am Fußende des Bettes und sah mich an. Sie hatte natürlich alles über das gestrige Abenteuer gehört.
»Sie sehen erschöpft aus«, erklärte sie, als sei sie böse auf mich, so wie früher, wenn ich mich als Kind erkältet hatte. »Vermutlich haben Sie sich Sorgen wegen der beiden Verschwundenen gestern abend gemacht.«
»Es ist jetzt alles vorbei, Fanny.«
Sie stieß die Luft ungläubig durch die Nase aus.
»Hier!« Sie hatte mir eine Bettjacke gebracht und legte sie mir um die Schultern. Ich sah, wie ihre scharfen Augen mich nach blauen Flecken absuchten. Fanny würde nie etwas vergessen, was sie nicht vergessen wollte. Sie goß mir Kaffee ein und sagte: »Da!« so wie früher, als ich noch klein war. Ich trank den Kaffee, vermochte jedoch nicht mit Appetit zu essen. Ich mußte immer wieder an den Augenblick denken, als ich oben an der Treppe gestanden und Bevil und Jessica zusammen erblickt hatte, und die Worte, die Bevil und ich uns später in diesem Zimmer an den Kopf geworfen hatte, klangen mir noch in den Ohren.
Fanny schnalzte mit der Zunge und meinte: »Ich weiß ja nichts, gewiß nicht. Alles, was ich sagen kann, ist: man kann ihnen nicht trauen. Wir sind besser dran ohne sie.«
»Ohne wen, Fanny?«
»Männer.«
»Das meinst du doch gar nicht im Ernst.«
»O doch, das tue ich!«
»Wenn Billy gelebt hätte ...« Es geschah nicht oft, daß ich von Billy sprach; gewöhnlich wartete ich, bis sie das Thema anschnitt.
»Billy«, antwortete sie. »Er war gerade so wie alle, muß ich sagen. Er hing nicht so an mir wie ich an ihm.«
»Aber er liebte dich, Fanny. Das hast du doch immer gesagt.«
»Er hatte eine Geliebte, wissen Sie. Er ging von mir zu ihr. So ist

das mit Männern! Sie lieben nicht so wie wir.«
»Aber Fanny!«
»Ich hab Ihnen das nie erzählt, nicht? Nein, ich war nicht die einzige wahre Liebe für Billy. Er hatte diese andere Liebe ... und man kann sagen, er verließ mich wegen ihr.«
Ich war bestürzt. Nie hatte ich sie so reden hören. Ihre Augen blickten wild, und sie schien weit über dieses Zimmer hinaus in die Vergangenheit zu starren. Sie sprach zu sich selbst. »Da war das Kleine ... und er gab es mir ... aber ich verlor mein Baby ... jenes Baby ... und dann fand ich mein anderes Baby.«
Ich streckte die Hand aus, und sie ergriff sie. Die Berührung schien sie wieder zur Besinnung zu bringen.
»Grämen Sie sich man nicht«, sagte sie. »Ich paß schon auf, daß Ihnen nichts Böses geschieht. Ich werde Sie nie verlassen, Miss. Denken Sie es also nicht.«
Ich lächelte sie an und erwiderte: »Ich habe es nicht gedacht, Fanny.«
»Na gut. Essen Sie das Ei auf, und wir wollen uns keine dummen Gedanken mehr machen.«
Ich gehorchte lächelnd. Ich hatte gedacht, allein zu stehen – doch da war immer noch Fanny.

Ich war sehr bestrebt, meine Befürchtungen zu verbergen, und forderte daher Jessica auf, am nächsten Tag mit mir auszureiten, und wir ritten zusammen nach Lansella. Die Leute warfen uns einige neugierige Blicke zu, doch ich war überzeugt, zusammen gesehen zu werden, war die beste Art, jeglichen Verdacht zu zerstreuen. Jessica benahm sich, als sei nichts geschehen, doch war ich mir ihrer ganz und gar nicht sicher. Es gab Augenblicke, in denen ich dachte, sie amüsierte sich im geheimen über mein Bestreben, die Leute glauben zu lassen, wir seien die besten Freundinnen.
Ich versprach, am folgenden Tag mit ihr und Benedict Tee zu trinken, und als ich ankam, fand ich Benedict allein im Kinderzimmer auf einem Stuhl stehen.
»Ich bin ein Affe«, erzählte er mir. »Affen klettern, wußtest du das?«
Ich sagte ihm, ich wüßte es.
»Wenn du willst, bin ich ein Elefant. Sie haben Rüssel und gehen so.« Er kam heruntergeklettert, ging auf alle Viere nieder und bewegte sich schwerfällig vorwärts. »Möchtest du, daß ich jetzt

ein Löwe bin?« erkundigte er sich.
Ich sagte, ich hätte es lieber, wenn er jetzt ein Weilchen er selbst wäre, was er lustig fand.
Jessica kam herein, und ich war mir sofort über seine Liebe zu ihr klar und schämte mich über die in mir aufsteigende Eifersucht. Ich hätte mich freuen sollen, was für eine gute Gouvernante wir für ihn hatten; Jessica hatte sich wahrlich als sehr tüchtig mit dem Kind erwiesen, und es sprach für sie, daß sie seine Liebe gewonnen hatte. Ich dachte: Aber sie bemächtigt sich meines Platzes ... überall ... im ganzen Haus.
Dann schämte ich mich und sagte rasch, wie wohl Benedict aussähe und wie dankbar wir ihr alle wären, daß sie so gut für ihn sorge. »Das ist meine Pflicht«, erwiderte sie. »Ich hätte jedoch nie gedacht, daß ich einmal Gouvernante von Gwennans Kind sein würde, als sie damals in unser Haus getragen wurde.«
»Die arme Gwennan! Benedict ist ihr so ähnlich. Jedesmal, wenn ich ihn anschaue, sehe ich sie in ihm.«
Ich hatte mich hingesetzt, und Benedict kam, um seine Händchen auf meine Knie zu legen und mir ins Gesicht zu gucken.
»Wem ist er ähnlich?« wollte er wissen.
»Gerade jetzt war er einem Elefanten ähnlich, und jetzt sieht er sich selber ähnlich.« Das brachte ihn zum Lachen.
Jessica machte Tee in dem braunen Steinguttopf des Kinderzimmers. »Er schmeckt immer so viel besser in diesen alten, braunen Töpfen«, bemerkte sie leichthin, als sie ihn einschenkte. »Ist es deshalb, weil wir uns an sie aus unserer Kindheit erinnern?«
Sie sprach dann über ihre eigene Kindheit zu Hause, als ihre Mutter noch lebte. Sie war ein Einzelkind gewesen und mußte von dem Tage an, als sie geboren wurde, schön gewesen sein; sie hatten sie zärtlich geliebt. Wie anders war ihre Kindheit als meine eigene gewesen!
»Ich pflegte auf einem hohen Stuhl in dem Arzneiraum zu sitzen und zuzuschauen, wie Vater die Medizinen anfertigte, und er pflegte zu sagen ›Dies ist für die Influenza‹ oder ›Das Magengeschwür kam heute, um mich zu sprechen‹. Er nannte seine Patienten mit dem Namen der Krankheit, die sie hatten. Mutter sagte immer, es wäre schlecht für mich, so viel von Krankheiten zu hören, doch Vater sagte, es sei richtig für eine Arzttochter.«
Sie war freundlich. Vielleicht, dachte ich, war sie ebenso bestrebt, mich zu beruhigen, wie ich bestrebt war, die Gemeinde zu beruhigen.
»Nehmen Sie Zucker?« erkundigte sie sich.

»Ja bitte. Ich habe einen ziemlich süßen Zahn.«
Benedict starrte mich an. »Zeig ihn mir!« rief er. »Zeig mir deinen süßen Zahn!«
Ich erklärte ihm, es bedeute nur, daß ich meinen Tee gerne mit viel Zucker trank, und er dachte darüber nach.
»Wenn es möglich gewesen wäre«, fuhr Jessica fort, »wäre ich gerne Ärztin geworden.«
»Ein nobler Beruf«, stimmte ich ihr zu.
»Die Macht zu haben ... zu einem gewissen Grade ... über Leben und Tod ...« Ihre Augen glühten. Mich überraschte die Art, in der sie es sagte. Macht?
Meine Gedanken wurden augenblicklich abgelenkt, da Benedict einen Löffel genommen hatte, und bevor wir bemerkt hatten, was er tat, schüttete er einen Löffel Zucker in meinen Tee.
»Das ist für deinen süßen Zahn!« rief er.
Wir lachten. Es war eine recht gemütliche Teestunde.

Wir saßen beim Abendessen und besprachen den Ball, den wir geben wollten. Einen Kostümball, wie wir Harry Leveret erzählt hatten, als er mit seiner Mutter zu einer Whistpartie am vergangenen Abend herübergekommen war. Seit der Versöhnung kamen die Leverets häufig herüber, und mit William und Jessica konnten wir zwei Spieltische zusammenstellen.
»Ich vergesse nie den Kostümball, den dein Vater auf Chough Towers gab«, hatte Harry gesagt.
Ich erinnerte ihn mit jeder Einzelheit. Ich hatte das Kleid angehabt, das irgendwie wichtig für mein Leben gewesen war, da es einen Wendepunkt markiert hatte. An jenem Abend begriff ich, daß ich anziehend sein konnte, denn das Kleid hatte mein ziemlich mittelalterliches Aussehen zum Vorschein gebracht, ich hatte dieses seitdem immer betont.
Das Kleid hing immer noch in meinem Zimmer. Ich betrachtete es häufig und ersehnte eine Gelegenheit, es anzuziehen; das Haarnetz hatte ich öfter aufgesteckt.
Ich war daher entzückt über die Aussicht auf eine Gelegenheit, es wieder zu tragen, doch wußte ich, ich könnte es nicht, ohne daß schmerzliche Erinnerungen an Gwennan geweckt würden, wie sie mit mir auf der Galerie stand, wie wir zusammen hinunterschlichen, zwei junge Mädchen vor einem Abenteuer. Ich fragte mich, ob Harry sich wohl auch daran erinnerte.
»Ich erinnere mich an die Gesellschaften meines Vaters.« Ich lächelte und dachte an das Haus in London und die vollendet

raffinierten Arrangements. Ich sah ein Kind sich über das Geländer beugen, lauschen und nichts Gutes über sich hören.
»Erinnerungen?« fragte Bevil zärtlich. Er hatte sich seit dem Inselabenteuer große Mühe gegeben, mir zu zeigen, wieviel ich ihm bedeutete, und das hatte mich beglückt. Wenn nur Jessica nicht hier wäre, überlegte ich; ich glaube, ich könnte dann völlig glücklich sein.
Doch da saß sie, sanft lächelnd und aufmerksam zuhörend; und die freie und ungezwungene Art, in der die Unterhaltung geführt wurde, zeigte deutlich, daß sie als Mitglied der Familie aufgenommen war.
»Die Kostüme bilden bei solchen Anlässen immer ein Problem«, bemerkte William. »Aber ich kenne eine ausgezeichnete Verleihfirma.« Er lächelte mir zu. »Ich benutzte sie zu Ihres Vaters Zeit.«
»Ich habe mein Kostüm«, erwiderte ich prompt. »Ich trug es auf einer der Gesellschaften meines Vaters.«
Jessica hatte sich leicht vorgebeugt. »Erzählen Sie mir davon. Was stellt es dar?«
»Es ist einfach ein Stilkleid. Tatsächlich muß es einer der Menfreys gehört haben, denn es gibt ein Portrait von einer, die ... nun, wenn nicht dasselbe Kleid, so doch ein ähnliches anhat, daß ich den Unterschied nicht feststellen kann.«
»Wie aufregend! Ich hoffe, Sie werden es mir zeigen.«
»Gerne.«
»Ich glaube«, fuhr William fort, »ich kümmere mich lieber darum, einige Kostüme zu leihen. Sie müssen mir sagen, was Sie sein möchten.«
»Ich denke, ich werde versuchen, mein eigenes zu machen«, erklärte Jessica. Dann machte sie ein erschrecktes Gesicht, doch sogar in jenem Augenblick glaubte ich, daß sie das in Wirklichkeit gar nicht war, sondern sich ihrer Sache völlig sicher. »Das heißt ... wenn ich eingeladen werde.«
»Aber natürlich«, rief Sir Endelion.
Sie lächelte bittend. »Schließlich bin ich doch nur die Gouvernante.«
»Na, na, liebes Kind.« Sir Endelion bedachte sie mit seinem lüsternen Blick. »Sie müssen sich als nichts anderes als eine Freundin der Familie betrachten.«
»Nun«, meinte Jessica, »da Mrs. Menfrey selbst ihr Kostüm beschafft, werde ich das ebenfalls tun.«

Ich holte das Kleid hervor und hielt es mir an. Ich war überzeugt, daß meine Augen heller schienen und meine Haut einen neuen Schmelz annahm. Ich ließ es zu Boden fallen, während ich das juwelenbesetzte Haarnetz aufsteckte. Dann hielt ich mir das Kleid erneut an.

Sogar während ich mir zulächelte, spürte ich den Schmerz der Erinnerung. Ich konnte Gwennan nicht vergessen. »Gwennan«, flüsterte ich meinem Spiegelbild zu, »wenn du doch bloß nicht weggelaufen wärest! Wenn du gelebt und Harry geheiratet hättest und nach Chough Towers gezogen wärest und dort deine Kinder bekommen hättest – es wäre wundervoll gewesen! Du wärest meine Schwester, und Jessica Trelarken wäre jetzt nicht hier, um sich um deinen Sohn zu kümmern.«

Das Leben mußte jedoch so akzeptiert werden, wie es war.

Ich verspürte das Bedürfnis, mir wieder das runde Gemach anzusehen, in dem, wie es hieß, die traurige Gouvernante umging, und erneut die Frau zu sehen, die ein Kleid getragen hatte, das dem meinen so ähnlich war, daß es dasselbe hätte sein können.

Ich hatte die Absicht gehabt, mit Bevil über das Haus zu reden, denn es schien mir verkehrt, einen so großen Teil davon unbenutzt zu lassen. Wir sollten durch jene alten Räume gehen und sie renovieren lassen, damit wir Feste geben und das Haus mit Fröhlichkeit erfüllen konnten, so wie Harry es auf Chough Towers tat.

Einige Tage später fand ich die Zeit, zu dem Bild der Frau in meinem Kleid zu gehen und es mir anzuschauen. Als ich mir meinen Weg zu dem verlassenen Flügel suchte, sagte ich mir, daß ich kein ängstlicher Typ sei, und ich neigte sogar dazu, übernatürlichen Dingen skeptisch gegenüberzustehen, doch als ich die Tür aufstieß und den Flügel betrat, verließ mich meine Sicherheit. Vielleicht war es das protestierende Greinen der Tür, das mich nervös machte. Ich hatte es ganz vergessen, und es erschreckte mich, als es die Stille brach. Ich lachte mich selbst aus und ging den Flur entlang, den Gwennan mich einst geführt hatte. Er war düster, denn es war nur ein einziges Fenster hoch in der Wand vorhanden, und das bedurfte dringend einer Reinigung. Es war lächerlich. Man sollte sich um diesen Teil des Hauses kümmern. Ich konnte mir vorstellen, wie Sir Endelion die Achseln zuckte und die Ausgaben scheute, den Flügel in Ordnung zu bringen, und wie Lady Menfrey ihm natürlich zustimmte.

Ich fuhr zurück. Mir war, als hätte eine feucht-kalte Hand mein

Gesicht berührt. Unwillkürlich schrie ich auf, und meine eigene Stimme schallte zu mir zurück. Ein eisiger Schauder fuhr durch meinen Körper. Dann hob ich die Hand an mein Gesicht und stellte fest, daß ich, wie bei einem früheren Besuch, in ein Spinngewebe geraten war. Ich wischte es fort und versuchte, über meine Torheit zu lachen, aber meine Nerven blieben gespannt. Ich konnte es nicht unterlassen, mich verstohlen umzublicken. Am liebsten wäre ich umgekehrt, aber ich wußte, daß ich mich dann selbst verachten würde; also ging ich weiter und kam an die Tür, die die Schiebeplatte ersetzt hatte. Abermals jenes protestierende Greinen, als ich die runde Höhlung des Turmes betrat.
Ein schwacher Lichtstrahl kam durch den Schlitz in den dicken Mauern. Da war der lange, fleckige Spiegel, die Kiste – und das war alles.
Ich hielt den Atem in einem erstickten Aufschrei an, denn die Tür hatte sich in den Angeln bewegt, und ich vernahm wieder jenen Laut, der wie ein Stöhnen klang. Konnte es wahr sein, fragte ich mich, daß eine Frau hier gelebt hatte und die ganzen übrigen Hausbewohner es nicht gemerkt hatten? Ich stellte mir vor, daß ihr Geliebter wie Sir Endelion aussah. Nein, er mußte jünger gewesen sein und hatte sicherlich mehr wie Bevil ausgesehen. Ich malte mir aus, wie er verstohlen hier herkam, um sie zu besuchen.
Ich betastete die Mauern; sie waren sehr kalt. Sie hatte hier wenig Bequemlichkeit gehabt. Doch was wäre aus ihr geworden, wenn sie von der Hausherrin – der Frau in meinem Kleid – fortgejagt worden wäre und keinen Ort gehabt hätte, an den sie hätte gehen können? Jedes Obdach war besser als gar keines – außerdem hatte sie die Unterstützung ihres Geliebten.
Ich ging durch den runden Raum und die enge Türöffnung und stieg die gewundene schmale Treppe zu der Brüstung rings um den Turm hinauf. Die Luft schien mir nach der Beengtheit des runden Gemaches so würzig, daß ich mich wie berauscht fühlte. Ich stand und atmete tief. Weit, weit unter mir wirbelte das Meer spielerisch um die Felsen und warf kleine Fetzen weißen Schaums hoch. Ich konnte gerade die Spitzen der verräterischen Lauererfelsen sehen und … die Insel.
Dann erstarrte ich. Ich hörte einen Schritt auf der Steintreppe. – Nein, doch nicht, ich hatte mich getäuscht. Natürlich wurde man ein bißchen ›spinnert‹ an einem Ort, um den sich so eine Legende rankte. – Nein! Da war es wieder. Sollte es wirklich wahr sein, fragte ich mich, daß die Gouvernante, die hier starb, keine Ruhe

findet und zu dem Schauplatz ihrer letzten Erdentage zurückkehrt?
Ich versuchte, über mich zu lachen, doch fühlte ich mich in der Falle – gefangen auf der einen Seite von der Steintreppe, die zu dem Spukgemach führte, und auf der anderen Seite war der steile Absturz zum Meer hinunter.
Die Sekunden schienen wie Minuten; ich hatte mich umgedreht und ließ, die Hände um die Brüstung geklammert, den Blick nicht von der engen Öffnung. Ich vernahm das Geräusch tiefer Atemzüge, und dann erschien ein Schatten in der Öffnung ... und die Gouvernante sah mich an. Einen Augenblick glaubte ich, ein Gespenst zu erblicken, und dann atmete ich tief auf, denn es war nicht die Gouvernante aus früherer Zeit, die gekommen war, mich zu ängstigen, sondern die jetzige Gouvernante, die mir hierher gefolgt war.
»Jessica!« schrie ich auf.
Sie lachte. »Ich glaube, ich habe Sie erschreckt. Es tut mir leid. Ich sah die Tür zu diesem Flügel offen stehen und konnte nicht widerstehen, ihn zu erkunden. Ich bin noch nie in diesem Teil des Hauses gewesen.«
Hatte ich die Tür offengelassen? Ich glaube nicht, daß ich es getan hatte.
»Er braucht Reparaturen und eine Menge Pflege«, sagte ich und versuchte, meine Stimme sachlich klingen zu lassen.
Sie kam zu mir und stellte sich neben mich an die Brüstung, die Augen auf gleicher Höhe mit meinen.
»Ist es wahr«, fragte sie, »daß es in diesem Teil des Hauses spukt?«
»Ich bin überzeugt, Sie würden diesen Unsinn nicht glauben.«
»Ich stamme aus Cornwall, und Sie wissen, wie wir hier sind. Es ist alles gut und schön für euch prosaische Engländer ...«
»Ja«, entgegnete ich kühl, »ich weiß, Ihr seid ein abergläubisches Volk, doch hätte ich gedacht, sie besäßen zu viel gesunden Menschenverstand, um diese Geschichten zu glauben.«
»Bei Tageslicht bin ich skeptisch, doch nicht immer, wenn die Dunkelheit kommt ... oder wenn ich an Orten wie diesem hier bin. Diese Geschichte betraf eine Gouvernante, nicht wahr?«
»So sagt die Legende.«
Sie lachte. »Ich interessiere mich natürlich für eine Menfreyasche Gouvernante. Erzählen Sie mir doch den Rest.«
»Sie wurde schwanger, versteckte sich hier, gebar ein Kind und

starb. Niemand wußte, daß sie hier war, außer ihrem Geliebten, und der war verreist. Als er zurückkam, fand er sie und das Kind tot vor.«
»Ein ganz schönes Kunststück, jemand in dem Haus versteckt zu halten, in dem seine Familie wohnt.«
»Der Raum soll damals versiegelt gewesen sein.«
»Er ist es beinahe ... immer noch.«
Wir schwiegen, und ich war mir unserer Isolierung bewußt. Ich konnte mir gut die Einsamkeit der früheren Gouvernante vorstellen und das Entsetzen, als sie merkte, daß die Geburt einsetzte. Ich erschauerte.
»Ich möchte wissen, was wirklich geschah«, sagte Jessica leise. »Glauben Sie, die Frau ermordete sie hier?«
»Ermordete sie! Das sagt die Geschichte nicht.«
»Das würde sie auch nicht. Aber glauben Sie, sie wußte es nicht? Sie muß gesehen haben, wie die Dinge zwischen ihrem Mann und der Gouvernante standen. Ich meine ... würde eine Frau es nicht wissen?« »Das sagt die Geschichte nicht«, wiederholte ich ausdruckslos.
Sie stieß ein kurzes Lachen aus. Eine Möwe schoß plötzlich zum Meer hinunter, und ihr melancholischer Schrei war wie ein höhnisches Gelächter.
Jessica legte mir die Hand auf den Arm. »Ich glaube, die Frau wußte es. Ich glaube, sie kam hier herauf und ermordete sie, nachdem das Kind geboren war. Ermordete sie alle beide. Es kann zu jener Zeit nicht schwierig gewesen sein, es erscheinen zu lassen, als sei sie bei der Geburt gestorben. Stellen Sie sich doch nur die Gefühle der Frau vor! Ihr Mann in eine andere Frau verliebt! Sie mußte Mordgefühle haben, oder nicht?«
War es meine Einbildung oder kam sie mir tatsächlich näher als notwendig? War das eine finstere Absicht, die ich in jenen schönen, unergründlichen Augen sah? Als sie mich fester packte und auf mich zuschwankte, überkam mich eine panische Angst, und ich riß mich so heftig los, daß sie gegen die Mauer des Turmes taumelte. Ich sah, wie sie versuchte, das Gleichgewicht wiederzugewinnen; alle Farbe war aus ihrem Gesicht gewichen. Ich fing sie auf, als sie zu Boden glitt, und hielt so ihren Fall auf.
»Jessica! Was ist los?«
Ihre Augen waren geschlossen, die dunklen Wimpern lagen lang und schwarz auf der blassen Haut. Sie war ohnmächtig geworden.
Ich lehnte sie mit dem Oberkörper an die Mauer und drückte ihren

Kopf nach unten und überlegte, ob ich sie verlassen und Hilfe holen sollte, als sie die Augen öffnete. Sie blickte verwirrt.
»Sie sind ohnmächtig geworden«, erklärte ich ihr.
»Ohnmächtig?« wiederholte sie. »Oh ... ich ... ich bin schon wieder in Ordnung. Es ist vorbei.«
Ich kniete neben ihr. »Was war denn los?« fragte ich.
»Es war nichts ... nur eine Ohnmacht. Es ist die Höhe ... ich habe Höhen nie vertragen können. Sie hat mich plötzlich umgeworfen.«
»Soll ich jemanden rufen?«
»O bitte nicht! Es geht mir schon wieder gut – wird jede Minute besser. Es war nichts, nur eine vorübergehende Schwäche. Wirklich, ich habe mich schon fast völlig davon erholt.«
»Fallen Sie oft in Ohnmacht?«
»Oh ... es kommt gelegentlich mal vor. Es tut mir leid, daß es passierte.«
»Kommen Sie, ich bringe Sie auf ihr Zimmer.«
»Vielen Dank.«
Sie stand ein bißchen schwankend da, sah jetzt jedoch mehr wie sie selbst aus. Sie wandte sich zu mir um und lächelte. »Bitte machen Sie kein Theater darüber. Es war wirklich nichts. Nur ein kleiner Schwindel. Wollen Sie bitte einfach vergessen, daß es passierte, und es nicht erwähnen?«
»Wenn Sie es möchten.«
»Ich danke Ihnen.«
Wir kehrten zu dem Raum zurück, und als wir ihn verließen, sagte sie: »Ich würde gerne das Portrait jener Lady Menfrey sehen, von dem Sie sprachen.«
»Jetzt? Wollen Sie nicht lieber in Ihr Zimmer gehen und sich etwas hinlegen?«
»Der Schwindel ist vorbei. Es war wirklich das Bild, das ich mir ansehen wollte.«
»Es geht hier entlang.«
Ich führte sie in die Galerie, in der das Portrait hing. Sie schaute es an und dann mich. »Das Gesicht ähnelt Ihnen nicht, doch kann ich mir vorstellen, daß Sie in einem solchen Kleid aussehen können, als gehörten Sie in jene Zeit.«
»Würden wir das nicht alle in den Kleidern jener Zeit tun?«
»Das werden wir zweifellos auf dem Ball herausfinden, wenn wir die Gäste in ihren Kostümen sehen. Sie war also die Lady Menfrey zu der Zeit, als die Gouvernante starb. Ich bilde mir immer noch ein, daß sie sie ermordete.«

»Finden Sie, daß sie wie eine Mörderin aussieht?«
»Sieht man Mörderinnen ihre Rolle an? Ich glaube nicht. Leute, von denen man es am allerwenigsten erwartet, begehen Morde. Deshalb werden überhaupt Morde begangen. Wenn man es Mördern ansähe, wären die Opfer auf der Hut, und der Mord würde verhindert. Nein. Sie wußte, daß die Gouvernante das Kind ihres Mannes erwartete. Stellen Sie sich ihre Empfindungen vor. Was würden Sie empfinden? Sie müssen sich gehaßt haben – diese Frau und die Gouvernante. Es ist nur logisch, zu vermuten, daß die eine versuchen würde, die andere zu ermorden.«
»Ich glaube es nicht«, sagte ich.
Sie lächelte – wieder vollkommen heiter gelassen, als hätte sich der Zwischenfall auf dem Turm niemals ereignet.
»Und doch wäre die Geschichte so glaubwürdig«, murmelte sie.

Die Halle von Menfreya ist der großartigste Teil des Hauses. Die gewölbte Decke mit den geschnitzten Balken, die edle alte Treppe mit der Rüstung, die, wie es heißt, ein Menfrey trug, der mit Heinrich VIII. nach Frankreich zog; die Galerie mit den Bildern, die Waffen an den Wänden, das Podium, auf dem jetzt die Musik saß. Es war ein wunderschöner Anblick, besonders da die Gewächshäuser geplündert worden waren, um Töpfe mit den seltensten exotischen Blüten zu liefern, während unsere heimatlichen Hortensien – rosa, blau, lila, weiß, vielfarbig – in riesigen Kübeln, die mit purpurrotem Samt drapiert waren, in Abständen in der Halle aufgestellt waren. Laubgirlanden schmückten die Treppe, und ich wurde an die Gesellschaften erinnert, die mein Vater zu geben pflegte.
Fanny half mir beim Anziehen. Sie war schweigsam, und ich fragte mich, ob sie etwas auf dem Herzen hatte, das sie mir aus Angst, mir wehzutun, vorenthielt.
Doch als ich mein Spiegelbild betrachtete und sah, wie die Topasfarbe des Kleides etwas in meinen Augen zum Vorschein brachte und das mit Edelsteinen besetzte Haarnetz das gleiche für mein Haar tat, fühlte ich mich wunderbar.
»Ich werde Ihr Haar bürsten, damit es glänzt«, sagte Fanny. »Wir haben noch eine Menge Zeit.« Sie nahm also das Netz ab, legte es auf den Frisiertisch und bürstete mein Haar, nachdem sie mir ein weißes Tuch um die Schultern gelegt hatte.
»Heute abend sind Sie glücklich«, stellte sie fest. Ihr Blick begegnete meinem im Spiegel. Sie sah wie ein Prophet aus, wie sie so dastand, die Bürste in der erhobenen Hand, die Augen voller

Eindringlichkeit. »Ich bete, Sie mögen es bleiben!« fügte sie hinzu.
»Mach nicht so lang, Fanny«, sagte ich. »Vergiß nicht, daß ich heute abend die Gastgeberin bin. Ich muß nachsehen, ob alles fertig ist.«
Die Gäste würden nicht wie bei einem gewöhnlichen Ball mit Namen vorgestellt werden. Sie würden von Pengelly und anderen Dienern hereingeführt werden, alle prächtig angezogen, in blauen, mit silbernen Kordeln verschnürten Atlasjacken, weißen Kniehosen und gepuderten Perücken; darauf würden sie sich, alle in ihren Masken, vermischen und zum Essen versammeln, auf das die Demaskierung folgen würde. Wir hatten uns für einen Maskenball entschlossen, denn wir fanden, daß diese immer so viel spannender waren. Die Atmosphäre des Geheimnisvollen, die die Masken dem Treiben verleihen, erhöht die Stimmung, und wie wir glaubten, machte es den Leuten Spaß, sich hinter einer Anonymität zu verbergen, und es verlieh dem Ganzen einen zusätzlichen Reiz, zu erraten zu versuchen, wer der jeweilige Partner war.
Die Menfreys würden sich in der Menge bewegen, so daß niemand bis zur Demaskierung wissen würde, daß wir selbst keine Gäste waren; dann würden wir ihren Dank und ihre Glückwünsche entgegennehmen. Ich würde auf einen Mann in einer römischen Toga achtgeben. Doch würde ich Bevil überall erkennen. Es waren zwei römische Togen abgeliefert worden, wie William mir bestürzt erzählt hatte, und er hatte überlegt, ob er eine zurückschicken sollte. Er hatte für sich ein persisches Kostüm und für Bevil ein römisches bestellt.
»Es ist einfach keine Zeit mehr, etwas zu unternehmen«, sagte ich zu ihm. »Es werden eben zwei Römer von Menfreya dasein müssen. Sie können sicher sein, es werden noch mehr kommen.«
Er stimmte mir zu.
Sir Endelion wollte als Kardinal kommen – Wolsley, Mazarin oder Richelieu, ich wußte es nicht genau, doch konnte er jeden von diesen abgeben. Lady Menfrey war ironischerweise Katharina von Aragon. Ich dachte an die Veränderung in Sir Endelion. Doch war es eine Veränderung? War der Mutwille nicht immer da gewesen und hatte nur darauf gewartet, hervorgelockt zu werden? Vielleicht mußte ich noch viel über die Menschen meiner Umgebung lernen.
Ein Schauer überlief mich.
»Geht jemand über Ihr Grab?«
»Es ist wahrscheinlicher, daß es die Zugluft vom Fenster ist.«

»Jetzt glänzt ihr Haar. So mochte ich es immer so gerne sehen. Wo ist jetzt das Ding?«
»Ding klingt wenig respektvoll, Fanny. Es ist ein Haarnetz oder Filet.«
»Lieber Himmel, es ist jedenfalls ein hübsches Ding. Ich weiß nicht – es steht Ihnen. Sie scheinen irgendwie anders ... wenn ich es aufstecke.«
»Wie denn ... anders, Fanny?«
»Ich weiß nicht ... als gehörten Sie nicht hierher ... sondern irgendwo anders hin.«
»Was meinst du damit?«
»Fragen Sie mich nicht. Es war nur so ein Einfall.« Ihr Gesicht verzog sich unvermittelt, und ich dachte, sie wollte weinen.
»Fanny!« rief ich. »Was ist los?«
Sie schlug die Schürze jäh über den Kopf und setzte sich hin. Ich ging zu ihr und legte ihr den Arm um die Schultern.
»Ich bin ein dummes Ding, das bin ich! Es ist nur, weil ich Sie glücklich sehen wollte ...«
»Das bin ich doch, Fanny. Ich versichere dir, ich bin es.«
Sie sah mich bekümmert an, und ich erinnerte mich daran, wie sie mich früher anzuschauen und zu murmeln pflegte: »Du kannst Fanny nichts vormachen.«

Ich erkannte Jessica sofort. Sie war die einzige in jener Gesellschaft, die einfach angezogen war; und wie klug von ihr, denn sie war es, die infolgedessen die gesamte Aufmerksamkeit auf sich zog. Sie hatte das Kleid selbst gemacht. Beinahe puritanisch in seiner Schlichtheit, war es aus lavendelfarbiger Seide; der Rock fiel in weichen Falten bis auf ihre Füße hinab; das Oberteil sollte den Eindruck von Korrektheit vermitteln, hatte jedoch die gegenteilige Wirkung, indem es ihre vollendete Figur betonte. Ihr dunkles Haar war zu beiden Seiten des Gesichts glatt zu einem schlichten Knoten tief im Nacken zusammengefaßt. Sie war als eine Gouvernante einer früheren Zeit gekommen. Ich hielt den Atem an, als ich sie erblickte.
»Ich sehe, Sie haben mich trotz meiner Larve erkannt«, sagte sie. »Was halten Sie von meinem Kostüm?«
»Es ist so ...«
»Einfach? Es soll eine Gouvernante darstellen, wissen Sie.«
»Es ist entzückend. Wie kamen Sie auf den Gedanken?«
»Sie gehen als eine frühere Herrin des Hauses, was Sie auch sind. Warum sollte ich nicht als das kommen, was ich bin? Es war

einfach zu nähen, und ich nahm an, niemand anders würde so kommen. Mir kam der Gedanke, als wir uns neulich in jenem unheimlichen Teil des Hauses miteinander unterhielten.«
»Ah so.«
»Meinen Sie, jene Gouvernante sah so aus?« fügte sie hinzu. »Ich halte es für wahrscheinlich. Ich habe mir die Kostüme angeschaut. Und dies ist ungefähr dieselbe Periode wie Ihres. Ich möchte wissen, ob jemand es merken wird.«
»Das nehme ich kaum an.«
»Ganz amüsant, falls sie es tun.«
Ich wandte mich von ihr ab, und als ich mir meinen Weg durch die Halle bahnte, schloß sich mir eine römische Toga an, und ich dachte einen Augenblick lang, es wäre Bevil. »Sie sehen fabelhaft in Ihrem Kostüm aus.« Es war William Listers Stimme.
»Vielen Dank. Ich habe schon zwei andere Togen gesehen. Ich sagte Ihnen ja, es würden viele kommen. Wir könnten geradezu in die Via Appia geraten sein.«
»Praktisch ist jedes Land und jede Epoche vertreten.«
»Ich gehe jetzt ins Eßzimmer, um mich zu vergewissern, daß dort alles in Ordnung ist.«
»Ich komme mit Ihnen.«
»Nein danke, gehen Sie bitte und kümmern Sie sich um Marie, Königin von Schottland. Sie sieht aus, als wäre sie mehr in Fotheringhay als in Menfreya.«
Ich sah ein Kardinalskostüm mit einer Marie-Antoinette vorbeikommen. Mein galanter Schwiegervater gewann seine Jugend zurück.
Wir hatten uns für Musik aus allen Ländern entschieden, und es wurde der Walzer ›An der schönen blauen Donau‹ gespielt, als ich mich zu den Eßzimmern begab. Es waren drei verschiedene zurechtgemacht, alle wunderschön mit Blumen und Laubwerk geschmückt; in jedem waren kleine Tische mit blendend schimmernden Tischtüchern aufgestellt worden. Ich sprach mit Pengelly, der mir versicherte, daß alles in Ordnung wäre; also kehrte ich in den Ballraum zurück.
»Darf ich um diesen Tanz bitten?« Ein weiterer Römer. Mein Herz tat einen Sprung. Ich dachte einen Augenblick, es wäre Bevil, der seine Stimme verstellte, um mich zu amüsieren; diese Illusion verging jedoch rasch.
Die Tanzfläche war zu voll, um sehr erfolgreich tanzen zu können, doch störte das meinen Partner nicht, der offensichtlich kein guter Tänzer war und sich gerne unterhalten wollte.

»Ich muß gestehen, ich weiß, wer Sie sind«, sagte er.
»Ist es so offenkundig?«
»Keineswegs. Doch habe ich Sie schon einmal in diesem Kleid gesehen.«
Jetzt erkannte ich die Stimme. Ich kannte diesen Mund. Er war schmallippig geworden, als Gwennan fortgelaufen war.
»Du bist es also, Harry.«
»Ich bin entlarvt.«
»Du verrietest dich, als du das Kleid erwähntest.«
»Das scheint eine Ewigkeit her zu sein.«
»Harry ...«
»Sprich nur weiter. Du wunderst dich, daß es mir nichts ausmacht, darüber zu reden. Nun, es ist Vergangenheit, und sie ist jetzt tot.«
»O Harry ... es war so töricht von ihr! Es war ja nicht, als ob ...«
»... als ob sie ihn wirklich geliebt hätte? Nein, vielleicht tat sie das nicht. Doch liebte sie mich auch nicht. Ich glaube nicht, daß sie irgend jemand anders als sich selbst liebte. Sie war eben eine Menfrey.«
Ich hörte den bitteren Klang in seiner Stimme, und ich empfand großes Mitleid mit ihm. Er hatte nicht vergessen; vielleicht hatte er sogar nicht verziehen.
»Sie hat entsetzlich gelitten, Harry.«
Er schwieg, und ich sah, wie seine Lippen hart wurden, beinahe als wäre er froh, daß sie das getan hatte. Armer Harry, er hatte sie geliebt. Die Menfreys schienen eine Macht zu besitzen, Menschen an sich zu binden. Ich dachte an meine eigenen Gefühle für Bevil; nichts was er mir antat, konnte sie ändern. Und so mochte es Harry ergehen, der immer weiter über Gwennan nachgrübelte. Ich überlegte dann, ob er sich entschlossen hatte, in die Politik zu gehen, um seine Gedanken von jener Tragödie abzulenken, und ob er sich als eine Art Rache als Gegenkandidat von Bevil aufstellen lassen wollte.
»Ich tue dir leid, Harriet«, sagte er unvermittelt, meine Gedanken lesend. »Du denkst, Gwennan ließ mich sitzen, und nun werde ich erneut gedemütigt, wenn die Leute hier mir beweisen, daß sie mich nicht als ihren Vertreter im Parlament wollen.«
»Warum gerade hier, Harry?« fragte ich. »Warum nicht woanders?«
»Dir gefällt der Gedanke nicht, daß ich mich gegen deinen Mann aufstellen lasse?«
»Nein. Schließlich bist du ein alter Freund der Familie. Ich weiß,

wir tun so, als wäre es nicht weiter wichtig, aber das ist es doch ... in gewisser Weise. Ich hätte es gerne, wenn du dich irgendwo anders aufstellen ließest.«

»Du glaubst nicht, daß ich hier eine Chance habe?«

»Die Menfreys haben den Sitz lange Zeit gehalten.«

»Es gab eine Zeit, in der dein Vater Lansella vertrat. Das könnte wieder geschehen.«

»Aber ... er gehörte derselben Partei an.«

»Die Lehnstreue zu einer gewissen Partei braucht nicht ewig weiterzubestehen.«

Ich konnte seinen finster zusammengepreßten Mund sehen, und ich vermutete, er hatte die Idee, daß das Leben, falls er einem Menfrey den Sitz abgewann, in gewissem Maße die Demütigung wieder gutmachte, die er durch Gwennan erlitten hatte.

Es schien mir eine verrückte Vorstellung, und sie gefiel mir nicht.

»Du wirst enttäuscht werden, Harry«, sagte ich.

»Wie die Frau des regierenden Mitglieds gesprochen. Ich würde nichts anderes von dir erwarten, Harriet.«

»Weshalb überlegst du dir nicht, irgendwo anders eine Chance zu bekommen?«

»Dies ist ebenso mein Platz wie der der Menfreys«, erklärte er. »Sollte ich mich von ihnen wegjagen lassen? Es wird einen Kampf geben.«

Wir setzten uns für eine Weile, und er brachte das Gespräch wieder auf Gwennan. Ich spürte, daß er sich in der Vergangenheit befand, daß er sie nicht aus seinem Denken zu verbannen vermochte. Das war nur natürlich, überlegte ich, denn dieser Ball mußte ihn an jenen anderen erinnert haben, auf dem sie zusammen gewesen waren, sie so ausgelassen in ihrem heimgeschneiderten blauen Samtkleid und das Abenteuer des Balles genießend, an dem sie eigentlich gar nicht teilnehmen durfte, Harry mußte von all ihrem Charme mitgerissen worden sein, glückselig wie niemals zuvor. Kein Wunder, daß er voll sehnsüchtiger Trauer war.

Ich entschuldigte mich, indem ich sagte, ich müßte nach dem Rechten sehen, denn schließlich sei ich ja die Gastgeberin, wenn auch verkleidet. Ich war erleichtert, von ihm wegzukommen, denn er bedrückte mich. Ich tanzte ab und zu, setzte aber auch einige Tänze aus und unterhielt mich; es war offensichtlich, daß mehrere Leute wußten, wer ich war. Vielleicht verriet mich mein leichtes Hinken. Ich sprach eine ganze Menge über Politik,

mischte mich unter die Gäste und tanzte mit meinem Schwiegervater und mit Bevil, der fröhlich und sehr liebevoll war.
»Du bist ein Trumpf für dieses Fest, Harriet Menfrey«, erklärte er mir lachend. »Wie Harry Leveret glauben kann, daß er uns schlagen wird, wenn du da bist, kann ich mir nicht vorstellen.«
Ich erzählte ihm, daß ich mit Harry getanzt hatte, der über Gwennan nachzugrübeln schien. Bevil interessierte sich nicht sehr für Harry; er sagte mir, ich sähe wundervoll aus, ein höchst aufregendes Gespenst der Vergangenheit.
»Wir sollten wirklich jenes Bild herausholen und es reinigen lassen. Es sollte in der Galerie hängen. Vielleicht lassen wir dich in diesem Kleid malen und hängen das Bild daneben. Das wäre amüsant.«
Es war wunderbar, mit Bevil zusammen zu sein; ich konnte Harrys Bitterkeit verstehen.
Doch konnten Bevil und ich selbstverständlich nicht den ganzen Abend zusammensein. Es war unsere Pflicht, sagte er, uns um die dahinwelkenden Mauerblümchen zu kümmern. Er ging zu einer molligen Schönen Helena und ich zu einem alternden Sir Galahad.
Ab und zu erhaschte ich einen Blick von der Gouvernante aus dem achtzehnten Jahrhundert. Ich wußte, sie war nie ohne einen Tänzer; ihre Schönheit leuchtete durch jede Verkleidung, und wie klug von ihr, in einem so schlichten Kleid zu kommen! Mir wurde plötzlich klar, daß sie immer klug handeln würde.
Es war, als ich aus dem Eßzimmer kam, daß ich sie mit Bevil tanzen sah. Ich wandte mich ab. Ich wollte sie nicht zusammen sehen. Während der ganzen Zeit, die ich tanzte, fragte ich mich, was sie wohl zueinander sagten. Wie waren sie zusammen? Der Ball war mir verdorben, und ich wünschte, er wäre vorbei. Harry Leveret hatte mich beunruhigt, und ich spürte, wenn man einmal einen Menfrey geliebt hatte, gab es kein Entrinnen. So würde es auch mir ergehen. Ich hatte Angst vor Jessica Trelarken, und ich hatte Angst vor Bevil. Ich verstand sie nicht, und ihn verstand ich nur zu gut. Warum war sie als Gouvernante hierher gekommen? Versuchte sie, eine Parallele zu ziehen? Sagte sie, es geschieht jetzt so, wie es damals geschah? Ich sah plötzlich in voller Klarheit, wie es in jenen längstvergangenen Jahren gewesen sein mußte. Die Gouvernante, die in jenen Zimmern wohnte, besaß die gleiche unwiderstehliche Anzichungskraft wie Jessica. Ich konnte mir den Ehemann vorstellen, der nicht von ihr loszukommen vermochte, der sie dort verborgen hielt, in seiner Nähe ...

Es war töricht. Ich dachte nicht mehr in vernünftigen Bahnen. Die Vergangenheit konnte nicht so in die Gegenwart einbrechen. Ich hatte einen Mann, der Gefallen an weiblicher Gesellschaft fand; es gab Männer, die nicht mit einer Frau zufrieden sein konnten, und durch eine Reihe von Zufällen hatten wir eine Gouvernante, die zufällig von seltener Schönheit war.
Ich malte mir den Rest aus.
Ich verspürte das Bedürfnis, aus dem Ballsaal hinauszukommen und schlüpfte in den Garten. Der Wind griff spielerisch nach meinem Haar, doch wurde es von dem Netz sicher zusammengehalten. Ein seltsamer Drang erfaßte mich, und ich schlug den Weg ein, der zu dem Klippengarten führte, und ging dann in jenen Garten. Ich blieb stehen, um zum Haus zurückzublicken. Es war schön im Mondschein; die erleuchteten Fenster, die Klänge der Musik vor mir und hinter mir das Rauschen der Wellen auf dem Sand und dem Felsen.
Es war Flut, und die Insel schien weiter weg als sonst; die Spitzen meiner seidenen Tanzschuhe wurden naß, als eine Welle, ungestümer als die übrigen, mich mit ihrer Gischt bespritzte. Ich blickte zu der Insel hinüber und gewahrte Licht in einem der Fenster. Ich hielt den Atem an und blieb stehen und schaute.
Ich weiß nicht, wie lange ich dort stand, denn ich war wieder dort in der Vergangenheit, wo ich unter einem Staubüberzeug kauerte und Bevil über mir emporragte, während das Mädchen aus dem Dorf dabeistand.
Wer war jetzt dort? ›Bevil benützt das Haus immer für seine Verführungen‹, hörte ich Gwennans Stimme lachend mir ins Ohr sagen, und es schien, als wäre die Nacht voller Geister – nicht dem einer Gouvernante, die vielleicht bei der Geburt gestorben war, nicht dem einer Frau, die sie vielleicht ermordet hatte, nicht von einem Geist einer zurückliegenden Zeit ... Gwennan! ... die mich verspottete, doch meine Freundin war. Ich fühlte, daß Gwennan mich in jener Nacht warnte.
Und wie ich so dort stand, sah ich eine Gestalt aus dem Haus auftauchen. Es war nicht leicht, aus dieser Entfernung auszumachen, wer es war, doch eine weiße Toga ist leicht zu erkennen. Ihr folgte eine Frau, und da sie ein einfacheres Kostüm als alle anderen trug, war es ebenso leicht, auch sie zu erkennen.
Sie waren zusammen auf der Insel! Sie kamen zum Wasser herunter; der Mann machte sich am Boot zu schaffen. Sie würden also zurückrudern.
Zorn schnürte mir die Kehle zusammen. Ich wollte auf sie warten!

Ich wollte da sein, wenn das Boot auf den Strand lief!
Doch nein, sie kamen nicht zurück. Sie hatten sich nur vergewissert, ob das Boot sicher angebunden war. Ein früheres Mal hatten sie es nicht sicher genug festgemacht. Ich dachte: ich werde hinüberrudern! Ich werde sie stellen! Dieses Mal wird er mich nicht unter einen Staubüberzug gekauert finden!
Ich machte das Boot los, als ich hinter mir einen Schrei hörte.
»Halt, Miss!« Fanny kam den Klippenweg heruntergerannt und langte keuchend bei mir an.
»Was machen Sie hier? Sie wollten in das Boot steigen!«
»Ich hatte Lust, zur Insel hinüberzurudern.«
»Sind Sie wahnsinnig? In einer Nacht wie dieser mit den kurzen, heftigen Wellen? Wenn das Boot umkippte, würden Sie in diesen Röcken da hinuntergezogen, bevor Sie Piep sagen könnten!«
Sie hatte recht.
»Oh, ich weiß«, fuhr sie ergrimmt fort. »Ich hab's gesehen. Aber Sie können nicht hinüber. Gehen Sie jetzt besser zu dem Ball zurück und vergessen Sie es.«
»Nicht jetzt gleich, Fanny. Ich möchte noch ein bißchen hier draußen bleiben.«
»Es ist zu kalt. Kommen Sie.«
Wir kletterten zu einer der Lauben hinauf und saßen dort eine Zeitlang. Fanny sah aufgebracht aus. Ich wollte mit ihr sprechen, wagte es jedoch nicht. Ich versuchte mir einzureden, ich hätte mir nur eingebildet, die beiden auf der Insel zu sehen.
Schließlich gingen wir ins Haus zurück. Ich sah Bevil und Jessica erst bei der Demaskierung wieder, und da waren sie nicht beisammen.

Es war in den frühen Morgenstunden, als die letzten Gäste gegangen waren und ich mit Bevil allein war. Ich behielt mein Kleid an, damit es mir Zutrauen gab. Ich würde mit ihm sprechen, denn ich konnte nicht im Ungewissen bleiben.
Ich krampfte die Hände hinter meinem Rücken ineinander, um mir Mut zu machen. Er summte eine der Walzermelodien, kam zu mir, legte die Arme um mich und versuchte mit mir im Zimmer ringsum zu tanzen.
»Ich denke, unser Ball war ein Erfolg«, sagte er. »Wir müssen öfter Einladungen geben.«
»Da ist etwas, was ich dir sagen muß, Bevil.«
Er blieb stehen und sah mich aufmerksam an, da er den Ernst in meiner Stimme bemerkte.

»Ich ging heute abend einmal aus dem Ballsaal fort«, erklärte ich. »Ich ging zum Strand hinunter und sah zwei Menschen auf der Insel.«
Er zog die Augenbrauen hoch. »Du meinst – unsere Gäste?«
»Einer der beiden war Jessica Trelarken, der andere trug eine römische Toga.«
»Die Römer waren heute abend überall zu finden.« Er sagte es leichthin.
»Bevil«, sagte ich, »warst du das?«
Er sah bestürzt aus, und mein Herz tat vor Angst einen Sprung.
»Auf der Insel? Ganz gewiß nicht.«
Ich dachte: Wäre es ein Teil seines Kodex, zu lügen und seine Geliebte in jeder Weise zu verteidigen?
»Ich dachte ...«
»Ich weiß, was du dachtest. Wegen jener unseligen Sache mit dem Teddybär ...«
»Du warst wirklich nicht dort, Bevil?«
»Ich war wirklich nicht dort«, erwiderte er, indem er meine ernste Stimme nachmachte.
Dann nahm er das Netz von meinem Haar und warf es auf den Frisiertisch. Seine Hände lagen auf meinem Kleid.
»Wie geht dies Ding auf?« fragte er.
Ich wandte ihm den Rücken zu, um es ihm zu zeigen. Ich glaubte ihm – weil ich es so gerne wollte.

Einige Wochen darauf mußte Bevil nach London, und ich begleitete ihn dorthin. Obgleich ich Menfreya so liebte, war ich entzückt, von Jessica wegzukommen.
Ich war glücklich in Bevils kleinem Stadthaus; ich lernte viele seiner Politikerfreunde kennen, und da ich imstande war, mit ihnen über Politik und die Partei zu reden, war ich ein großer Erfolg, und Bevil war stolz auf mich.
»Natürlich«, sagten sie, »als Sir Edwards Tochter kannten Sie das alles schon bevor Sie heirateten.« Sie fanden, Bevil hätte eine sehr kluge Heirat gemacht; sie beneideten ihn, wie sie ihm sagten, und er mochte gerne beneidet werden.
Ich genoß es, Tante Clarissa zu besuchen. Phyllis war verlobt, doch entsprach die Partie nicht ihren Erwartungen. Mir tat Sylvia leid, die noch nicht gebunden war. Ich konnte jedoch nicht umhin, mich über die meinem neuen Status erwiesene andere Behandlung zu amüsieren. Tante Clarissa deutete geradezu an, ich verdanke mein Glück nur ihren Bemühungen. Bevil und ich lachten viel

darüber, wenn wir allein waren.
Ja, es waren glückliche Tage.
Es war während jener Tage in London, daß mir die Idee kam, das Inselhaus zu einem Ferienhaus für arme Kinder zu machen, die keine Gelegenheit hatten, im Sommer einige Wochen an der See zu sein. Dieser Gedanke war mir gekommen, als ich einen Erinnerungsgang zu den Märkten machte, die ich früher mit Fanny durchstreift hatte. Ich sah sie jetzt mit anderen Augen und sehnte mich danach, jenen kleinen Hökerkindern ein bißchen Seeluft zu verschaffen.
Ich war ganz aufgeregt über den Plan und beglückt, als Bevil mir beistimmte, daß es eine gute Art wäre, das Haus zu nutzen, das so nutzlos gewesen war. Ich beschloß, gleich nach meiner Rückkehr mit den Vorbereitungen zu beginnen; vielleicht könnten wir dann zu Beginn des nächsten Sommers mit unserem Ferienplan anfangen.
Als wir nach Menfreya zurückkehrten, war der Herbst schon ziemlich vorgerückt. Benedict freute sich, uns wiederzusehen und fand Primeln an dem Weg, die er mir brachte. Sie waren eine Seltenheit um diese Jahreszeit, doch habe ich sie gelegentlich im November entdeckt, als ob die Milde des Wetters sie zu der Annahme verleitete, daß der Frühling käme.
»Für dich«, sagte er, und ich war entzückt, bis ich merkte, daß Jessica ihn zu diesem Geschenk veranlaßt hatte. Ich hatte manchmal den Eindruck, sie versuchte, mich zu versöhnen.
Kurz nach unserer Rückkehr wurde die Insel mehrere Tage lang das Hauptgesprächsthema.
Zwei einheimische Mädchen, die nach Einbruch der Dämmerung den Klippenweg entlanggeeilt waren, behaupteten, ein Gespenst auf der Insel gesehen zu haben. Nach ihrer Darstellung hatten sie beide die Erscheinung gesehen, hatten sich angeschaut und waren dann so schnell sie konnten nach Hause gerannt. Sie wurden von ihren Eltern verhört. »Ein Gespenst? Wie sah es aus?«
»Wie ein Mann.«
»Dann war es vielleicht ein Mann.«
»Es war kein Mann, das wissen wir.«
»Woher wußtet ihr dann, daß es ein Gespenst war.«
»Wir wußten es einfach, nich, Jen?«
»Ja, wir wußten es einfach.«
»Aber wie denn?«
»Es war die Art, wie's dastand.«
»Wie stehen Gespenster denn da?«

»Weiß nich. Aber sie sind nicht wie gewöhnliche Leute. Nach Menfreya hinsehen tat es ...«
»Wie?«
»Wie Gespenster es eben tun.«
»Und wie ist das?«
»Weiß nich. Man weiß einfach nur, wie's ist, wenn man sie sieht, nich, Jen?«
»Ja, man weiß es einfach.«
»Ich würde nicht für einen ganzen Bauernhof in dem Haus da wohnen!«
So machte die Geschichte die Runde. Ein Mann war auf der Insel erschienen, und wenn es auch nicht möglich gewesen war, ihn deutlich zu sehen, wußten sie doch, es war kein Mann aus der Gegend, den sie schon einmal gesehen hatten.
Bevil lachte über die Geschichte. »Es bedeutet, daß ihnen die Skandale ausgehen. Sie müssen etwas haben, über das sie reden können.«
Doch ich dachte an die Nacht, als ich unter dem Staubüberwurf gekauert hatte: ich dachte an die Nacht unseres Balles – da hatte ich dort zwei unserer Gäste gesehen. Konnte es sein, daß ihnen das Inselhaus ein angenehmer Treffpunkt war? Konnte es sein, daß der Mann, den ich in jener Nacht dort gesehen hatte, das ›Gespenst‹ war, das die beiden Mädchen gesehen hatten? Ich hätte es gerne gewußt.
Die Leute in Cornwall lieben Gespenster. Es gibt mehr Gespenster in Cornwall als im gesamten übrigen England; es können Kobolde, Wichte, Gnome oder sonstiges Zwergenvolk sein – ihnen sind alle Arten von Gespenstern recht. Und wenn die Leute in Cornwall eines entdecken, lassen sie es nicht so leicht wieder fahren.
Der Klippenweg war oft nach Einbruch der Dunkelheit verlassen, doch behaupteten mehrere Leute, das Gespenst auf der Insel gesehen zu haben. Es variierte zwischen einem Kobold bis zu einem Mann in einem hohen kegelförmigen Hut, klein aber von phosphoreszierendem Licht umstrahlt, so daß man es deutlich sehen konnte; es sei größer als gewöhnliche Menschen, sagten einige, und andere sahen Hörner aus seinem Kopf ragen. Für andere war er ein gewöhnlicher Mann in einem Südwester – ein Mann, der ›von der See freigegeben worden war‹. Ich pflegte an meinem Fenster zu sitzen und zu der Insel hinüberzuschauen, und ich begriff, wie diese Phantasien entstanden. Das wechselnde Licht konnte gauklerische Tricks bewirken, und mit Hilfe der

Einbildungskraft und eines absoluten Glaubens konnte man beinahe jedes gewünschte Bild entstehen lassen.
Auf einen alten Mann, Jemmie Tomrit, der in einem Zweizimmerhäuschen in Menfreystow lebte, hatte die Geschichte eine tiefgreifende Wirkung. Er war ein Fischer in den Neunzigern – ein Mann, der für seine Langlebigkeit verehrt wurde. Er war der Stolz seiner Familie, die entschlossen war, ihn so lange am Leben zu halten, bis er mindestens hundert war. Er war eine Maskotte, ein Talisman. Es gab eine Redewendung im Ort: »So betagt wie die Trekellers«. Und der alte Jim Trekeller war zweiundneunzig geworden und sein Bruder neunundachtzig. So hofften die Tomrits, den Namen der Trekellers gegen den der Tomrits auszutauschen, falls es ihnen gelang.
Deshalb durfte der alte Mann bei kaltem Wind nie nach draußen; er wurde gepäppelt und umhegt, und als er von zu Hause verschwunden war, erhob sich ein allgemeines Geschrei.
Man fand ihn nahe bei Menfreya auf dem Felsenufer sitzen und ›nach dem Gespenstchen‹ Ausschau halten.
Und die Tomrits waren böse auf Jen und Mabel, die mit Geschichten über ein Gespenst auf der Insel nach Hause gekommen waren, denn der alte Mann versuchte dauernd, zu den Klippen zu gelangen, um zu der Insel hinüberzustarren. Er murmelte vor sich hin und war seitdem nicht mehr der Alte gewesen; und als er versucht hatte, nachts aus dem Bett zu krabbeln und hingefallen war und sich Prellungen geholt hatte, hatten die Tomrits Dr. Syms gerufen, der ihnen sagte, es wäre gerade noch mal gut gegangen, denn er hätte sich einen Oberschenkel brechen können, was in seinem Alter gefährlich sein könnte. Und wenn er eine fixe Idee über die Insel bekäme, nun, dann müßten sie sich daran erinnern, daß er ein sehr alter Mann sei, und man müßte bei alten Männern damit rechnen, daß sie ein bißchen durcheinandergeraten – man nenne es Altersschwäche.
»Großvater altersschwach!« riefen die Tomrits aus. »Es sind diese albernen Mädchen, die daran Schuld haben. Es ist alles ein alberner Unsinn! Es gibt gar kein Gespenst auf der Niemandsinsel.«
Darauf war das Hauptgesprächsthema in Menfreystow: würde es den Tomrits gelingen, den Trekellers doch noch den Titel zu entreißen? Und das Inselgespenst sank auf den zweiten Platz zurück, und nach einiger Zeit wurde es nur noch ab und zu erwähnt, obgleich man sich seiner erinnerte, wenn sich jemand in der Dämmerung alleine auf dem einsamen Klippenweg befand.

Im November bekam ich eine häßliche Erkältung, und Fanny bestand darauf, daß ich einige Tage im Bett blieb. Sie machte ein besonderes Gebräu für mich aus Gerstensuppe und Zitronensaft, das neben meinem Bett in einem Glaskrug stand, über den sie ein Stück Musselin gelegt hatte, das an den Ecken mit Glasperlen beschwert war, um den Staub fernzuhalten. Ich mußte zugeben, es wirkte lindernd. Bevil mußte zurück nach London, und ich bedauerte, ihn nicht begleiten zu können. Das tat er ebenfalls, wie er sagte; doch glaubte er, nicht länger als etwa eine Woche fort zu sein.
Das Wetter war stürmisch geworden, und meine Erkältung hatte mir einen Husten hinterlassen, über den Fanny den Kopf schüttelte und für den sie mich ausschalt.
»Es ist klüger, du bleibst im Haus, Liebes«, meinte Lady Menfrey, »bis die Stürme sich legen. Bei diesem Wetter hinauszugehen, tut niemandem gut.«
So blieb ich in meinem Zimmer, las, sah Briefe durch, die von dem Büro in Lansella gekommen waren, und beantwortete einige von ihnen. William erzählte mir, daß er im Büro weiterarbeitete, während Bevil fort war, und es stellte sich heraus, daß Jessica ihm dort half.
Ich war erstaunt.
»Aber was ist mit Benedict?«
»Seine Großmutter kümmert sich um ihn, während sie fort ist. Es macht ihr Freude, und ich brauche Hilfe im Büro. Miss Trelarken hat eine natürliche Begabung für diese Arbeit, und die Leute scheinen sie zu mögen.«
In jenen Tagen überkam mich gelegentlich ein Gefühl der Furcht. Ich fühlte mich bedroht, vermochte jedoch nicht zu sagen, aus welcher Richtung. Fanny merkte es. Manchmal sah ich sie am Fenster sitzen und brütend zu der Insel hinüberstarren, als hoffte sie dort die Antwort zu finden. Ich hätte gerne mit Fanny gesprochen, wagte es jedoch nicht. Sie haßte Bevil bereits; ich konnte ihr nichts von meinen vagen Befürchtungen erzählen; doch ihre Haltung half mir nicht gerade.
Eines Nachts wachte ich auf; mein Gesicht war schweißbedeckt, und ich fuhr aus dem Schlaf hoch. Ich hörte mich nach jemandem rufen, wußte jedoch nicht, nach wem ich rief.
Etwas stimmte nicht ... stimmte ganz und gar nicht! Dann wußte ich es: ich hatte Schmerzen, und mir war übel.
»Bevil«, rief ich, und dann fiel mir ein, daß er in London war. Ich stand auf und schwankte zu Fannys Zimmer hinüber, das gegen-

über auf der anderen Seite des Flurs lag.
»Fanny!« rief ich. »Fanny!«
Sie schoß in ihrem Bett in die Höhe. »Oh, Gott steh uns bei, was ist los?«
»Ich fühle mich krank!«
»Hier!« Sie war an meiner Seite und wickelte etwas um meinen zitternden Körper. Dann packte sie mich ins Bett und setzte sich neben mich.
Nach einer Weile fühlte ich mich besser. Ich blieb in Fannys Zimmer, und wenn ich mich auch am Morgen nicht mehr krank fühlte, war ich doch ganz schwach und erschöpft.
Fanny wollte nach dem Arzt schicken, doch ich sagte nein. Ich war jetzt wieder in Ordnung. Es wäre nur eine Schwäche nach der Erkältung gewesen, meinte Fanny, doch falls ich mich noch einmal so fühlen sollte, würde sie keinen Unsinn mehr dulden.
Es war nur wenige Tage später, als jener Vorfall, gekoppelt mit dem, was Fanny widerfuhr, eine alarmierende Bedeutung annahm.
Es war Fannys Angewohnheit, mich morgens zu wecken, indem sie die Vorhänge aufzog und mir mein heißes Wasser brachte. Ich war daher überrascht, als ich aufwachte und nach einem Blick auf die Uhr sah, daß es eine halbe Stunde über die Zeit war, zu der ich gewöhnlich aufstand.
Mich packte eine furchtbare Angst. Es gab nur eines, was Fanny daran hindern würde zu kommen, und das hieß, sie war krank. Ich schlüpfte in meine Hausschuh, warf einen Morgenrock über und eilte über den Flur zu ihrem Zimmer.
Der Anblick entsetzte mich. Sie lag im Bett, das Haar in zwei dünnen abstehenden Zöpfchen, und ihr Gesicht war kalkiggrau.
»Fanny!« rief ich.
»Es geht jetzt wieder«, meinte sie. »Aber ich dachte, ich würde sterben.«
»Was ...??«
Sie nickte. »Das gleiche«, erklärte sie. »Ich fühle mich so schwach, daß ich nicht für mein Leben aufstehen könnte.«
»Du mußt im Bett bleiben, Fanny«, erklärte ich. »Ich werde nach dem Doktor schicken.«
Sie packte mein Handgelenk. »Liebchen«, sagte sie ernst und auf einen Kosenamen aus meiner Kindheit zurückgreifend, »ich habe Angst!«
»Warum, Fanny?«

»Es war die Gerstensuppe mit dem Zitronensaft! Sie haben sie in den letzten Tagen nicht getrunken.«
»Nein. Ich hatte nicht mehr viel für sie übrig nach jener Nacht, in der es mir nicht gut ging.«
»Ich sah sie da stehen. Sie hatte den ganzen Tag da gestanden. Ich dachte, ich sollte sie nicht wegschütten und trank sie ganz aus.«
»Fanny, was willst du damit sagen?«
»Es war in der Gerstensuppe. Ich war bei Ihrer Stiefmutter, als es ihr einmal sehr schlecht ging. Sie sagte zu mir: ›Es ist nichts, Fanny. Ich habe eine Überdosis von meiner Medizin genommen.‹ Sie wissen, was das für eine Medizin war! Sie sagten es uns bei der Gerichtsuntersuchung. Es hat sie schließlich umgebracht.«
»Fanny!«
»Sie war für Sie bestimmt. Es ist etwas im Gange in diesem Haus!«
»Du meinst, jemand versucht uns zu vergiften?«
»Sie wußten nicht, daß ich sie trinken würde. Sie war nicht für mich bestimmt.«
»O ... Fanny!«
»Ja«, sagte sie. »Ich habe Angst, das habe ich!«
Ich schwieg. Gedanken, zu wirr und zu grauenhaft, um sie auszudrücken, drängten sich mir auf. Ich sah ständig Jessicas Gesicht mit dem unergründlichen Lächeln vor mir. Und ich dachte: Nein! Es ist unmöglich!
»Fanny«, sagte ich dann, »was sollen wir tun?«
»Wir müssen sie erwischen. Wir müssen sie erwischen.«
»Wir müssen den Doktor einweihen.«
Fanny schüttelte den Kopf. »Nein«, riet sie. »Dann wüßten die, daß wir ihnen auf der Spur sind. Sie würden etwas anderes versuchen, und wir wären darauf nicht vorbereitet. Das dürfen sie nicht. Die werden denken, Sie hätten es nicht getrunken und es sei weggeschüttet worden. Laß sie das denken.
Fannys Augen waren weit aufgerissen und starr. Mir gefiel ihr Aussehen ganz und gar nicht, und ich war unschlüssig, ob ich nicht doch den Arzt holen lassen sollte.
Ich sagte es ihr, aber sie schüttelte den Kopf. »Sie dürfen nie etwas in Ihrem Zimmer essen. Das ist die einzige Art und Weise, in der Sie in Sicherheit sind.«
»Du könntest mehr Gerstensuppe machen«, schlug ich vor. »Wir könnten sie untersuchen lassen. Das sollten wir tun.«
»Nein«, entgegnete sie. »Die sind schlau. Während wir das tun, würden sie etwas anderes versuchen.«

»Dies ist Wahnsinn, Fanny!«
»Wissen Sie noch, wer gestern ins Zimmer gekommen ist?«
»Alle. William mit einigen Papieren aus dem Büro. Lady Menfrey brachte mir die Blumen. Sir Endelion kam, um zu sehen, wie es mir ginge. Miss Trelarken brachte Benny zu mir. Und dann die Mädchen.«
»Sie sehen, es ist schwierig, und wir wissen es nicht, und sie versuchen es vielleicht nicht wieder. Mir geht es jetzt besser, doch heute nacht glaubte ich, ich wäre dem Tode nahe. Oh, meine kleine Miss, ich weiß nicht, was dies zu bedeuten hat, aber es gefällt mir nicht. Es hat mir nie gefallen. Ich habe das Gefühl, als riefe mich etwas von hier fort ... das Gefühl habe ich.«
»Ich finde, wir sollten etwas unternehmen, Fanny.«
»Wir müssen uns noch etwas Zeit lassen, obgleich ... noch etwas Zeit, um zu überlegen.«
Sie war so aufgebracht, daß ich ihr versprach, nichts zu unternehmen ... noch nicht.

Nach dem ersten Schock stellte ich fest, daß ich Fannys Theorie, nach der die Gerstensuppe vergiftet gewesen sein sollte, nicht glaubte. Ich hatte eine Erkältung gehabt; möglicherweise hatte ich mir den Magen erkältet. Davon war mir übel gewesen; Fanny hatte es ebenfalls bekommen; sie schien wahrhaftig krank zu sein nach jenem Anfall in der Nacht. Ich sagte mir: Wir denken uns das zusammen aus. Es ist Mißtrauen und Eifersucht, für die in Wirklichkeit keinerlei Beweisgrundlage vorliegt. Bevil sagte, er sei nicht auf der Insel gewesen; und selbst wenn er mir untreu wäre, würde er niemals jemandem erlauben, mir Böses zuzufügen.
Gift! Es war unmöglich!
Fanny hatte sich verändert. Sie war sogar noch dünner geworden, und ihre Augen schienen eingesunken; es war ein wilder Ausdruck in ihnen, der mich beunruhigte. Sie war besorgter denn je um mich und ließ mich kaum aus den Augen.
Ungefähr eine Woche nach Fannys Anfall ging ich ins Büro nach Lansella und erhielt dort einen weiteren Schock, als ich erkannte, wie heimtückisch Jessica meine Position unterminierte.
Eine der Besucherinnen sagte zu mir, als sie sich setzte: »Letztes Mal sprach ich mit Mrs. Menfrey. So eine schöne Dame! So nett und freundlich! Es erstaunt mich nicht, daß unser Parlamentsmitglied so stolz auf sie ist – wie ich hörte, daß er es sein soll.«
»Ich bin Mrs. Menfrey, seine Frau«, sagte ich.
»Oh!« rief sie und wurde ein wenig rot. »Nun, ich muß sagen, es

tut mir leid ... Ich dachte ... sehen Sie, so wie sie war ... sie sagte nicht, daß sie nicht Mrs. Menfrey sei, als ich sie so ansprach ... was ich tat, wie ich genau weiß.«

Als ich Jessica danach sah, sagte ich zu ihr: »Wie ich höre, wurden Sie im Büro mit mir verwechselt.«

Sie zog jene vollendet geformte Augenbrauen in die Höhe, um Erstaunen auszudrücken.

»Ja«, fuhr ich fort, »eine der Besucherinnen sagte, sie hätte bei ihrem vorigen Besuch mit der Frau des Parlamentsmitglieds gesprochen. Und das waren Sie.«

Jessica zuckte die Achseln. »Sie ziehen ihre eigenen Schlüsse.«

»Sie war sich ihrer Sache sicher, da sie Sie als Mrs. Menfrey angeredet hatte und Sie sie nicht verbesserten.«

»Oh, sie bilden sich so etwas ein.«

Ich schaute sie an und sah den gelassen lächelnden Mund, die schönen Augen, die nichts verrieten, und die Makellosigkeit ihrer glatten, frischen Haut. Und ich dachte in jenem Augenblick: Falls sie meinen Platz haben möchte, wäre sie skrupellos genug, um ihn sich zu verschaffen.

9

Bevil war wieder da, und es war Weihnachten. Ich wachte früh von den Geräuschen eifriger Geschäftigkeit auf, denn die Dienstboten waren alle im Morgengrauen aufgestanden, um Fleischpasteten und Wild und Geflügel zu bereiten. Sie waren so aufgeregt, daß sie nicht leise sein konnten, und am Weihnachtstag erwartete das auch niemand von ihnen.

Bevil schenkte mir ein Diamantenarmband, und Benedict kam in unser Schlafzimmer gesaust, um uns zu zeigen, was er in dem Strumpf entdeckt hatte, den Jessica ihm an den Pfosten seines Bettes aufgehängt hatte.

»Guck mal, Onkel Bevil! Guck mal, Tante Harriet!«

Wir sahen es uns an und bewunderten es, und ich dachte, wie froh Gwennan gewesen wäre, wenn sie ihn hätte sehen können; doch würde sie reuevoll lächeln, denn indem ich das tat, was sie sich für ihren Sohn gewünscht hatte, hatte ich Jessica ins Haus geholt.

Als ich Jessica nach ihm rufen hörte, nahm ich ihn an der Hand und führte ihn hinaus; sie stand auf dem Flur in einem blauen Köpermorgenrock, der nur elegant aussah, weil sie ihn trug; ihr Haar

hing ihr in einem dicken Zopf den Rücken hinunter. Sie sah mit jedem Tag schöner aus.
Später am Morgen ritten Bevil und Sir Endelion eine Jagd; der Klang der Hörner hallte durch das Haus, und als sie zurückkamen, brannten nach altem Brauch die großen Holzscheite lodernd im Kamin – Ulmen- und Eichenholz, zwischen das der sehr süß duftende Torf gestreut worden war.
Der Weihnachtschor besuchte uns mit seinen ungeschulten Stimmen, die jedoch voller Begeisterung sangen:

Als ich saß auf sonniger Höh,
Sonniger Höh, sonniger Höh,
Als ich saß auf sonniger Höh,
Eines Morgens am Weihnachtstag.

Das Sonnenlicht erfüllte das Haus, und durch die geöffneten Fenster kam der laue Südwestwind. Sehr wahrscheinlich würde es noch vor dem Abend regnen. Es war ein typisches Weihnachtswetter für Cornwall – Schnee gab es nicht für uns. Wir würden vielleicht einige Schneeflocken im Neuen Jahr zu sehen bekommen, doch selten waren es genug, um liegen zu bleiben. Unsere Weihnachten waren warm und feucht.
Wir versammelten uns alle in der Halle – sie war mit Ilex und Efeu geschmückt – für den Festumtrunk, bei dem die Schüssel mit Würzbier auf den Tisch gestellt wurde und Sir Endelion daraus zum Wohle aller Hausbewohner trank und sie dann weiterreichte, damit wir alle ebenfalls daraus tranken.
Bevil hielt mir die Schüssel hin, und seine Augen waren groß vor Zärtlichkeit. »Frohe Weihnachten, Harriet«, flüsterte er, und ich fragte mich, ob ich einen Wahnsinnsanfall durchgemacht hatte, ihm zu mißtrauen.
Ich hatte mein topasfarbenes Kleid an jenem Abend an, und da es Weihnachten war, aßen wir in der großen Halle, so wie es immer der Brauch gewesen war, solange Sir Endelion und Bevil sich erinnern konnten.
Als die Mummenschanztänzer kamen, tanzten wir mit ihnen; danach saßen wir und sahen zu, während die Dorfbewohner in die Halle drängten, wie die Vermummten ihr Spiel aufführten. Wir gaben Gewürzbier und Punsch aus und ließen Safrankuchen, Kartoffelpuffer, Fleischpasteten und Ingwerbrot herumreichen, so wie Menfreya es seit Generationen getan hatte.
Das war ein glücklicher Tag!
Wenige Tage darauf herrschte große Bestürzung auf Menfreya.

Fanny erzählte es mir, als sie mir mein Frühstück brachte. Es arbeitete sonderbar in ihrem Gesicht; daran erkannte ich, wie aufgeregt sie war.
»Was ist los, Fanny?«
»Die Uhr ist stehengeblieben«, erklärte sie kurz. »Die Turmuhr.«
»Das ist unmöglich!«
»Doch. Es ist geschehen. Blieb um zwanzig Minuten vor drei stehen. Unten ist ein ganz schöner Krach im Gange, das kann ich Ihnen sagen. Dawney ist gerade heraufgekommen, um Sir Endelion und ihm Rede und Antwort zu stehen. Sie sind in einer netten Wut, sage ich Ihnen. Es ist seit hundert Jahren oder mehr nicht mehr passiert ... wie es heißt.«
»So ein Theater wegen einer Uhr!« erwiderte ich.
Sie warf mir einen seltsamen Blick zu und stellte das Tablett auf mein Bett. Ich betrachtete es mit Widerwillen. Ein gekochtes Ei, dünne Scheiben Brot und Butter, Kaffee und Orangenmarmelade. Es war, was ich gewöhnlich aß, da ich seit meiner Erkältung im Bett frühstückte, doch hatte ich wenig Appetit darauf an diesem Morgen.
Sie stand an meinem Fußende. »Sie wissen, was die sagen. Es bedeutet einen Todesfall in der Familie.«
»Altweibergeschwätz«, entgegnete ich.
»Und doch«, fügte sie hinzu, »regt es sie furchtbar auf.«

Als sie mich allein ließ, versuchte ich ein wenig zu essen, da ich nicht wollte, daß jemand wußte, wie beunruhigt ich war. Wieso war die Uhr stehengeblieben? Es war Dawneys oberste Pflicht, dafür zu sorgen, daß sie es niemals tat. Sie wurde zur rechten Zeit geölt und mit Sorgfalt gepflegt, nur um sicherzugehen, daß sie nicht stehenblieb.
Es mag töricht geschienen haben, diesem Aberglauben zu frönen, doch dies war Cornwall, und die Menfreys waren eine kornische Familie.
Die Neuigkeit mußte bereits in der ganzen Gegend bekannt sein, vermutete ich. Die Uhr war stehengeblieben! Das bedeutet, daß einer der Menfreys in Gefahr ist.
Sie würden uns jetzt beobachten; sie würden den Schatten des Todes über uns sehen. Es war ganz offensichtlich, daß irgendein unheilvolles Ereignis bevorstand. Wir hatten das Gespenst auf der Insel, und nun war die Uhr stehengeblieben. Darin würden sie Omina erblicken.

Es war nervenzermürbend zu wissen, daß einen die Leute erwartungsvoll beobachteten. Wenn Bevil oder ich in den Hof ritten, eilten die Pferdeburschen uns entgegen, um zu sehen, ob wir tatsächlich zurückgekommen waren. Ich war überzeugt, sie erwarteten, daß wir auf einer Bahre nach Hause gebracht wurden. Ich hatte die merkwürdige Empfindung, daß sie mich als Opfer erkoren hatten. Und dann beschlich mich das unbehagliche Gefühl, daß sie etwas wußten, was ich lediglich vermutete. Wußten sie mehr über die Beziehung zwischen Bevil und Jessica? Stimmte es, daß, zieht ein Mann seiner Frau eine andere Frau vor, jeder dies eher wußte als die Ehefrau?
Es war alles schön und gut, über Aberglauben zu lachen, doch im geheimen sind die meisten von uns dafür empfänglich. Ich wurde nervös. Ich erinnerte mich an die beiden Vorfälle mit dem Gerstengebräu, nur mir und Fanny bekannt. Vielleicht jedoch auch anderen. Jenen, die versucht hatten, uns zu vergiften? Aber das war absurd. Niemand hatte das versucht. Es war Fannys albernes Mißtrauen, das ich teilte. Oder tat ich es nicht? Ich war mir nicht sicher.
Fanny half mir nicht. Sie wachte unermüdlich über mich, und wenn ich später nach Hause kam, als sie mich erwartet hatte, fand ich sie in einem Zustand schrecklicher Besorgnis vor. Einmal hörte ich sie beten ... zu Billy. In kritischen Augenblicken wandte sie sich jetzt immer an Billy.
Manchmal hatte ich den Wunsch, von dem Haus wegzukommen, und ich ging gerne den Klippenweg entlang nach Menfreystow. Dort setzte ich mich dann hin, mit dem Blick über das Meer, und dachte an die Vergangenheit – meine Vergangenheit – mit Bevil, wie er mich auf der Insel gefunden hatte, als ich weggelaufen war, und an meine Freude, ihn auf Lady Mellingsforts Ball zu treffen. Hauptsächlich jedoch dachte ich an jenes Mal, als er zu Tante Clarissas Haus gekommen war, um mich zu besuchen, und ich mir die Zeit genommen hatte, ein anderes Kleid anzuziehen. Das war vor Jennys Tod gewesen, bevor ich so viel Geld erbte. Wenn er mich doch nur damals gebeten hätte, ihn zu heiraten! Ich wollte so gerne glauben, daß es das gewesen war, was er mich hatte fragen wollen.
Verdacht färbte all meine Gedanken, all meine Erinnerungen von der Vergangenheit.
Und während ich dort auf der hölzernen Bank saß, die für müde Wanderer auf den Klippen aufgestellt worden war, kam der alte A'Lee den Weg entlang und erblickte mich. Er begrüßte mich, und

ich sah, wie sein Kinn unwillkürlich wackelte, ein Zeichen dafür, daß er belustigt war.
»Na, wenn das nicht Mrs. Menfrey ist!«
»Wie geht es dir?« erkundigte ich mich.
»Oh, wir rüsten uns in Chough Towers auf den Kampf, Mrs. Menfrey.« Auf den Kampf! Er erinnert mich an die Rivalität zwischen uns und daran, auf wessen Seite er stand. »Haben Sie was dagegen, wenn ich mich'n Weilchen verschnaufe, Mrs. Menfrey?« fragte er. »Es ist lange her, seit Sie und ich einen kleinen Schwatz hatten. Richtige Freunde waren wir früher.«
»Warum denn jetzt nicht mehr?«
Sein Kinn begann zu wackeln. »Sie sind eine von denen, und ich bin auf der anderen Seite, wie ...«
»Mr. Harry und mein Mann sind gute Freunde«, sagte ich.
Dies ließ das Kinn wilder denn je wackeln. Er wechselte das Thema und wies nickend dorthin, wo die Insel aus dem Meer ragte.
»Es heißt, die Geister der Männer, die dort eines gewaltsamen Todes starben, gingen dort um.«
»Mehrere Männer?«
»Ich hörte, es wär ein regelrechter Brauch gewesen, daß die Männer, die auf die Insel gingen, nie wieder gesehen wurden – vielleicht dann, wenn ihre Leichen ans Ufer gespült wurden.«
»Wie konnte das sein?«
»Man sagt, das Haus wär von Schmugglern als Lagerplatz benutzt worden, und es wären die Zöllner gewesen, die in Little Menfreya nach Schmuggelwaren suchen kamen, die niemals lebend zurückgekommen wären.«
»Eine eurer kornischen Legenden?«
»Vielleicht auch nicht. Es ist viel Wahres an ihnen. Und jetzt ist diese Uhr da stehengeblieben. Die Sache gefällt mir gar nicht, Mrs. Menfrey.«
»Nun, du siehst, wir leben alle noch.«
»Lachen Sie man nicht darüber. Es bringt kein Glück, darüber zu lachen. Die Uhr da ist seit endlosen Jahren nicht stehengeblieben. Die Menfreys haben's nicht zugelassen, sagt man.«
»Sie ist also nie stehengeblieben, solange sich die heute noch lebenden Leute erinnern können!«
»Es gibt genügend Geschichten. Rudern Sie nicht bei schlechtem Wetter raus, Miss Harriet!« Er hatte wieder nach alter Gewohnheit meinen früheren Namen gebraucht, und mir schien, seine Einstellung mir gegenüber änderte sich, als er das tat. Ich war

wieder das Kind, das ihm leid getan hatte, und nicht länger einer der Gegner. »Ich erinnere mich an eine Geschichte, die mein Großvater mir von einem der Menfreys erzählte. Es passierte ein Unfall. Ein Herr, der bei ihnen zu Besuch war, wurde von Sir Bevil im Boot hinausgerudert, und dieser feine Herr konnte nicht schwimmen. Sir Bevil war ein guter Schwimmer wie all die Menfreys. Ich pflegte dem jungen Mr. Bevil zuzuschauen ... unserem jetzigen, wissen Sie, meine Liebe ... immer rein und raus aus dem Wasser. Wie ein Fisch war er.«

»Ja, und was geschah mit diesem anderen Bevil?«

»Er nahm den feinen Herrn zu einer Ruderfahrt mit, und das Boot kenterte. Der feine Herr ertrank, und Sir Bevil schwamm ans Ufer.«

»Er versuchte nicht, seinen Freund zu retten?«

»Die Wellen waren hoch, und es war nicht möglich ... sagte er. Obgleich er es versucht hätte, wie er sagte. Aber das stimmte nicht. Die Jahre vergingen, und er kriegte es mit der Religion. Sie hätten sich totgelacht. Er ließ all die Mädchen und Burschen bei Ausübung von Unzucht, wie er es nannte, schnappen und bestrafen. Die Burschen wurden ausgepeitscht und die Mädchen in der Kirche angeprangert. So hatte ihn die Religion erwischt, obgleich einige der Burschen sein eigen Fleisch und Blut gewesen sein mochten, denn er hatte den Menfreyschen Sinn für die Liebe – in seinen sündigen Tagen. Nun, es ergab sich, daß er den Tod kommen fühlte, und er hatte Angst, daß all seine verspätete Tugendhaftigkeit nicht diese seine große Sünde wettmachen würde, und er beichtete auf dem Sterbebett. Er hatte mit dem feinen Herrn gespielt, und der hatte ihm seine Besitzungen abgewonnen, Menfreya selbst mit eingeschlossen. Er wollte die Frau des feinen Herrn haben. So gab es nur eines, was er machen konnte, überlegte er sich, und das war, den feinen Herrn zu beseitigen. Also bohrte er ein Loch in das Boot und stopfte es mit etwas zu ... womit, sagte er nicht ... er konnte nicht in die Einzelheiten gehen, da sein Atem kürzer wurde und nicht mehr viel Zeit blieb ... und er nahm den Herrn mit hinaus, und bald begann das Boot mit Wasser vollzulaufen. Der feine Herr verlor den Kopf, und das Boot kippte um. Sir Bevil brauchte nur an Land zu schwimmen und zu hoffen, daß der feine Herr nicht gerettet würde. Und falls er es wurde, war es eben ein Unfall gewesen ... das war alles.«

»Kann man ein Loch in ein Boot bohren und es für eine Zeitlang seetüchtig machen?«

»Aber gewiß. Wenn das Loch zugestopft war, nun, dann wär's wie das Spundloch in einem Faß, wär's das nicht?«
»Ja, aber man könnte sehen, wenn ein Loch gebohrt worden wäre ...«
Er zuckte die Achseln. »Sir Bevil, so sagte man, stopfte das Loch mit etwas zu, das langsam schmelzen würde.«
»Gibt es so etwas?«
»Fest gepreßtes Salz vielleicht. Zucker. Das wäre noch besser. Fest gepreßter Zucker würde ein Weile brauchen, um im kalten Seewasser zu schmelzen.«
»Was für eine Idee!«
»Ja, aber das war's nicht nur.«
»Nun«, meinte ich, »das geschah vor langer Zeit. Oder ist vielleicht überhaupt nicht geschehen.«
»Ich mußte mir immer Geschichten für Sie ausdenken, Miss Harriet, mußt ich das nicht? Als Sie ein kleines Mädchen waren und nach Towers kamen ... ein trauriges Kleines, weil Ihr Papa nie Zeit hatte, nett zu Ihnen zu sein ... Ich pflegte zu mir zu sagen: ›Wie kann ich Miss Harriet jetzt nur aufmuntern?‹«
»Du warst sehr gut zu mir, A'Lee.«
»O ja, das war ich.«
»Und es war eine gute Geschichte. Ist sie wahr?«
»Welche, Miss Harriet? Die über die Gespenster auf der Insel oder über Sir Bevil und das Boot?«
»Beide.«
»Tja, das ist eine eigenartige Sache mit uns hier in Cornwall, meine Liebe. Wir lieben eine Geschichte, und je gespenstischer sie ist, um so besser gefällt sie uns. Ich denke oft an die Zeit damals, als wir Freunde waren. Ein Jammer ...«
»Wir sind weiter Freunde, A'Lee.«
»Ja«, sagte er. »Keiner von denen kann das ändern.« Es lag eine gewisse Wahrheit darin, denn er machte sich Sorgen, und ich wußte, er dachte über das Stehenbleiben der Uhr nach.

Es klopfte an meine Tür. Es war elf Uhr vormittags. Bevil war für den Tag in besonderen Geschäften nach Plymouth gefahren.
»Herein«, rief ich, und Jessica kam herein; sie sah auf kühle Weise schön aus in einem Kleid aus lavendelblauem Kattun mit weißem Spitzenkragen und Manschetten. Ich konnte sie nie ansehen, ohne mir sie und Bevil als Liebende vorzustellen, und es war schwer, unter diesen Umständen meine Haltung zu wahren. »Da ist jemand, der nach Mr. Menfrey fragt.« Ich sah jetzt, daß sie blasser

als gewöhnlich war und zutiefst beunruhigt. »Es ist äußerst seltsam.«
Sie hielt mir eine Karte hin und ich las: ›J. HAMFORTH AND SONS, LEICHENBESTATTER, Fore Street, Lansella‹.
»Ich verstehe es absolut nicht«, fuhr sie fort. »Ich dachte, daß Sie vielleicht ...«
Ich sagte: »Ich werde hinuntergehen und sehen, was er will.«
Er wartete in der Bibliothek, schwarz befrackt und feierlich; als ich eintrat, fuhr er zusammen und erbleichte. Wir kannten uns flüchtig, denn sein Geschäft lag in der Fore Street dicht bei Bevils Büro, und Bevil und ich waren natürlich wohl bekannt in der Gegend.
»Mr. Hamforth ... was führt Sie her?«
»Verzeihen Sie, Madam ... ich ... Dies war ein solcher Schock, und ich konnte es nicht glauben, als ich den Brief bekam.«
»Brief ... welchen Brief?«
»Den Brief, in dem ich gebeten wurde, herzukommen, um ... äh ... mich um die ... die Vorbereitungen zu kümmern.«
»Welche Vorbereitungen?«
Er biß sich auf die Lippen und senkte den Blick, da er es einfach nicht zu ertragen vermochte, mich anzusehen. Ich hatte das Gefühl, daß er, als ich ins Zimmer kam, aussah, als erblickte er ein Gespenst.
Ein Gespenst! Etwas sehr Sonderbares ging hier vor!
»Sie kamen, um die Vorbereitungen für eine Beerdigung zu treffen?« fragte ich scharf.
»Äh ... ja, Madam, Mrs. Menfrey.«
»Wessen ... Beerdigung?«
Er antwortete nicht, doch ich wußte es.
»Sie dachten, es würde meine eigene sein?«
»Nun, Madam, das war, was ...«
»Was man Ihnen geschrieben hatte?«
»Ich solle sofort nach Menfreya kommen, sollte mich sofort um die Vorbereitungen kümmern.«
»Für mich?«
Er war verlegen, der arme Mann. Noch nie hatte er der Aufgabe gegenüberstehen müssen, eine Frau für ihre Beerdigung vorzubereiten, bevor sie tot war.
»Ich war sehr erschreckt«, erklärte er. »Und das waren auch meine Frau und meine Angestellten. Sie waren auf einigen Versammlungen gewesen und hatten Sie dort gesehen.«
Sie wußten es also alle. Sie würden in Lansella über meinen ›Tod‹

reden. Die ganze Stadt würde es bereits wissen. Neuigkeiten wie diese reisten schnell. Ich war überzeugt, man hatte Mr. Hamforths leichten, zweirädrigen Wagen nach Menfreya kommen sehen. Ein Todesfall auf Menfreya! Die Uhr, die seit hundert Jahren nicht stehengeblieben war, war vor kurzem stehengeblieben. Und jetzt war der Leichenbestatter oben auf Menfreya.
»Dies ist eine höchst ungewöhnliche Angelegenheit«, sagte ich. »Ich habe in meiner ganzen Praxis noch nie etwas Ähnliches erlebt, Madam.«
»Nun, das glaube ich Ihnen gerne. Aber ich will wissen, wie es dazu gekommen ist.«
»Da war ein Brief heute morgen. Es war ein sonderbarer Brief. Aber ich dachte mir da nichts dabei.«
»Ein sonderbarer Brief? Wo ist er?«
»Ich brachte ihn mit und zeigte ihn der jungen Dame.«
»Miss Trelarken?«
»Ja. Sie war verblüfft und wollte ihn sehen. Sehen Sie, ich sagte ihr, ich wäre wegen der Vorbereitungen gekommen, und sie konnte sich keinen Vers daraus machen, so zeigte ich ihr den Brief, und sie sagte, sie würde mich zu Ihnen bringen, da Mr. Menfrey nicht zu Hause wäre.«
Ich war erleichtert. Da war ein Brief. Dies war eine Art grober Scherz, und wir konnten ihm auf den Grund gehen, wenn ein Stück greifbaren Beweismaterials wie ein Brief vorhanden war.
»Geben Sie mir bitte den Brief, Mr. Hamforth.«
Er nahm seine Brieftasche heraus und durchsuchte sie. Er sah ratlos aus; dann verschwand jener Ausdruck, und er sagte: »Aber natürlich, die junge Dame nahm ihn an sich und gab ihn mir nicht wieder.«
Ich ging zum Klingelzug und sagte, als ein Mädchen erschien: »Sagen Sie Miss Trelarken, sie möchte unverzüglich herkommen.«
Sie konnte nicht weit gewesen sein, denn sie erschien beinahe augenblicklich. Ich sagte: »Wir möchten den Brief sehen.«
»Den Brief?« erwiderte sie.
»Den Brief, den Mr. Hamforth Ihnen gegeben hat. Den Brief, in dem er hergebeten wurde.«
»O ja. Aber ... ich gab ihn Ihnen zurück, Mr. Hamforth.«
»Nein, Miss, das haben Sie nicht getan.«
»Aber gewiß ...«
Sie sahen sich in höchster Verwunderung an, und ich fühlte eine Übelkeit erregende Furcht in mir aufsteigen.

»Er muß ja irgendwo sein«, sagte ich scharf zu Jessica. »Schauen Sie in Ihrer Tasche nach.«
Sie sah in beiden Taschen ihres Kleides nach und schüttelte den Kopf. Sie schien sehr betroffen zu sein – oder schauspielerte sie nur gut? Das war der Gedanke, der mir in dem Augenblick kam: sie schauspielerte.
Was bedeutete das? Hatten sie und Bevil dies ausgeheckt? Steckten sie zusammen in einem teuflischen Anschlag auf mich? Wenn ich nicht mehr lebte, würde ihr kein Hindernis mehr im Weg stehen ... und vielleicht ihm ebenfalls nicht.
»Er muß ja irgendwo sein«, beharrte ich. »Es liegt mir sehr viel daran, jenen Brief zu sehen und zu erfahren, wer Mr. Hamforth geschrieben hat, herzukommen und mich zu beerdigen.«
Wir durchsuchten die Bibliothek, und dann sagte Jessica: »Aber er war in der Halle. Ich wollte gerade in den Garten gehen, als sie kamen, Mr. Hamforth, und wir standen einen Augenblick in der Halle. Erst nachdem Sie mir den Brief gaben, gingen wir in die Bibliothek.«
Ich ging voran in die Halle, und wir suchten überall, konnten den Brief jedoch nicht finden.
»Es ist sehr merkwürdig«, stellte ich fest, und die schreckliche Furcht in mir nahm zu.
»Wenigstens haben Sie beide den Brief gesehen. Wie war er abgefaßt?« Sie blickten sich an.
»Er war in einer Schrift, die ich nicht erkannte«, sagte Jessica. »Er bat Mr. Hamforth, herzukommen und die Vorbereitungen für die Beerdigung von Mrs. Menfrey zu treffen.«
»Es muß eine Unterschrift darunter gestanden haben«, beharrte ich.
»Er sah aus, als hätte Mr. Menfreys Sekretär ihn geschrieben«, meinte Mr. Hamforth.
»William Lister?«
»Der war nicht von Mr. Lister geschrieben«, mischte Jessica sich ein. »Ich kenne seine Schrift ganz gut. Er war im Namen von B. Menfrey unterschrieben, und da war ein Anfangsbuchstabe, den ich nicht lesen konnte.«
Ich blickte von Mr. Hamforth zu Jessica.
Wer hatte es getan und warum? Konnte es sein, daß jemand diesen makabren Weg gewählt hatte, um mich zu warnen?

Bevil kam an diesem Abend aus London zurück. Ich war im Bett, schlief jedoch nicht. Ich hatte wach gelegen und über die Ereignis-

se des Tages nachgedacht. Ich sah immer wieder Mr. Hamforths entsetztes und bestürztes Gesicht und das von Jessica, jetzt ohne jedes Lächeln, doch so unergründlich wie eh und je.
Bevil kam in unser Schlafzimmer.
»Wach auf, Harriet. Ich habe aufregende Neuigkeiten. Balfour hat mich zu einer Wochenendgesellschaft eingeladen. Es werden noch einige andere dort sein.«
»Das ist wundervoll. Aber ... hast du von Hamforth gehört?«
»Hamforth? Was hat Hamforth mit der Einladung des Premierministers zu tun?«
»Nichts. Er kam heute, um die Maße für meinen Sarg zu nehmen.«
»Wa-a-as!?«
Ich erzählte es ihm.
»Allmächtiger! Wer würde so etwas tun?«
»Das gerade möchte ich wissen. Da war ein Brief, doch Jessica Trelarken legte ihn irgendwohin ... und er war weg.«
»Aber was sollte das Ganze?«
»Zuerst blieb die Uhr stehen ... und jetzt dies. Es ist offenkundig, daß ich das Opfer bin.«
»Um Gotteswillen, Harriet, du mußt so etwas nicht einmal denken!«
»Es scheint, als warne mich jemand.«
»Wir werden dem Unsinn auf den Grund gehen. Morgen gehe ich zu Hamforth und spreche mit ihm.«
»Er kann dir auch nicht mehr sagen. Wenn wir den Brief finden könnten ... Aber siehst du, Jessica hatte ihn ... und verlor ihn. Es scheint seltsam.«
»Sie muß genauso durcheinander gewesen sein wie du.«
»Zumindest waren sie nicht gekommen, um die Maße für ihren Sarg zu nehmen!«
»Was für eine makabre Vorstellung von einem Scherz. Meine arme Harriet!« Er hatte die Arme beruhigend um mich gelegt. Ich wollte so gerne mich an ihn lehnen und ihm schluchzend meine Ängste gestehen.
Er knipste das Licht aus und kam zu Bett, und wir sprachen lange über die Hamforth-Angelegenheit und darüber, was wohl die Einladung des Premierministers bedeuten konnte.

Bevil ritt am nächsten Tag nach Lansella. Ich begleitete ihn nicht. Ich konnte es nicht ertragen, allen ins Gesicht zu sehen, die über meinen ›Tod‹ sprachen, wie ich genau wußte. Ich nahm mir vor, ein Weilchen zu warten, bis das Gerede sich gelegt hatte. Fanny kam mit meinem Frühstück. Sie sagte, ich sollte mich nicht mit dem Aufstehen beeilen.

Sie sah ungewöhnlich verhärmt aus. Ich war sicher, der Hamforth-Schock hatte ihr ebensolchen Schreck eingejagt wie mir.

»Du mußt dich nicht ängstigen, Fanny!«

»Ängstigen!« wiederholte sie. »Ich bin fast verrückt vor Grübelei, was das Richtige für uns zu tun ist!«

»Meinst du, wir sollten ihnen von der Sache mit der Gerstensuppe erzählen? Alles erscheint jetzt anders.«

»Darüber brauchen Sie sich keine Sorgen zu machen«, antwortete Fanny und deutete mit einem Kopfnicken auf das Tablett. »Ich bin in die Küche hinuntergegangen und habe es selbst zurechtgemacht.«

»O Fanny, ich bin in Sicherheit, solange du hier bist.«

»Ich würde nicht zulassen, daß Ihnen etwas geschieht.«

»Du siehst, Fanny, ich werde gewarnt. Wer würde mich warnen?«

Ihr Gesicht verzog sich, als wollte sie weinen.

»Hat jemand die Uhr angehalten, um mich zu warnen? Schickten sie jenen Brief an Hamforth, um mich zu warnen? Dann sieht es aus, als wollte der, wer immer diese Dinge tat, daß ich vorbereitet bin. Es würde nicht derselbe Mensch sein, der möchte, daß ich sterbe, nicht wahr?«

Sie spreizte die Hände, starrte auf sie nieder und schüttelte den Kopf. Plötzlich hielt sie inne und sah mich scharf an. »Da ist etwas, was ich Ihnen erzählen muß. Es ist diese Miss Trelarken. Man merkt es immer. Ich kann es an ihrem Gesicht sehen. Es verändert eine Frau irgendwie. Ich sage Ihnen, ich weiß es.«

»Was weißt du?«

»Ich ging heute morgen in ihr Zimmer. Der Kleine war in die Küche heruntergekommen, bevor sie auf war. Ich brachte ihn zurück, und sie hatte ihr Kleid noch nicht an. War im Unterrock. Sie hat ja immer diese weiten Röcke an, aber in ihrem Unterrock konnte man es sehen.«

Ich starrte Fanny an.

»Ich schwöre, es ist wahr«, fuhr sie fort, »Miss Trelarken bekommt ein Kind!«

»Das ist unmöglich, Fanny!«

»Das hätte ich auch gedacht.«

»Nein«, wehrte ich mich. »Nein!« Mir war übel vor Entsetzen. Ich konnte es nicht ertragen, den Verdacht und die Schlußfolgerungen in Fannys Augen zu lesen. Es begann so sehr jener anderen Geschichte zu gleichen, daß es ein Alptraum wurde. Eine schwangere Gouvernante! Die Ehefrau im Wege! Was hatte sie gesagt: »Sie würden sich gegenseitig hassen. Sie würden sich umbringen wollen.«

Es konnte nicht sein! Ich war besessen von der Geschichte der Gouvernante. Und dann fiel mir plötzlich ein, wie sie auf der Brüstung dicht vor mir gestanden hatte, bevor sie ohnmächtig wurde.

Es war natürlich wahr. Jessica Trelarken bekam wie die Gouvernante in der Geschichte ein Kind.

Böse Gedanken drängten sich mir auf. War das Gespenst auf der Insel, das die Mädchen gesehen hatten, Bevil, der ein geheimes Stelldichein mit seiner Geliebten hatte? Hatte er die Insel nicht immer für seine jugendlichen Abenteuer benutzt? Ich malte mir die Verzweiflung von Liebenden aus, die geflüsterten Gespräche, die Hoffnungen, die Ängste ... Und dann ... die vergiftete Gerstensuppe. Jenny war an Arsenik gestorben, das sie sich wahrscheinlich durch ihre Theaterfreunde besorgt hatte. Und Jessica? Ich wußte jetzt, daß ihr Teint so vollendet glatt, so rein und irgendwie transparent wie Jennys war. War Jessica im Besitz von Arsenik, so wie Jenny es gewesen war? Wie bekam sie es? Sehr leicht. Ihr Vater pflegte es für die Bereitung von Medizinen zu verwenden, und es konnte eine Menge in seinem Arzneiraum gewesen sein, als er starb. Jessica würde gewußt haben, was es war. Sie würde von Jennys Experimenten gelesen haben und mochte es an sich selbst ausprobiert haben. Was war natürlicher, als daß eine Frau, die die Wirkung ihrer Schönheit auf alle Menschen in ihrer Umgebung sah, versuchte, diese noch zu steigern? Falls Jessica im Besitz von Arsenik war, war es nur logisch, zu vermuten, daß etwas davon seinen Weg in meine Gerstensuppe gefunden hatte.

Sie hatte sich nach meiner Stellung gesehnt, als sie nach Menfreya kam – und falls Fanny recht hatte, brauchte sie diese jetzt vielleicht verzweifelt nötig. Und wie konnte sie diese erlangen, während ich dastand und es verhinderte? Versuchte Jessica, mich umzubringen?

Wer hatte mich dann gewarnt? Gewiß jemand, der wußte, was sie zu tun versuchte. Aber warum es mir nicht einfach erzählen? Warum zu solch umständlichen Maßnahmen greifen wie die Uhr anzuhalten und den Leichenbestatter zu schicken, um die Maße für meinen Sarg zu nehmen?

Es gab nur eine Antwort. Wer immer mich zu warnen versuchte, wollte seine Identität nicht enthüllen.
A'Lees verschmitztes Gesicht fiel mir wieder ein. Konnte er es sein? Er war immer mein Freund gewesen. Vielleicht hatte er sie auf der Insel gesehen. War er es nicht gewesen, der sie in jener Nacht herübergebracht hatte, als sie dort festgesessen hatten? Die Gedanken wirbelten im Kreise, und Fanny saß mit gerunzelter Stirn an meinem Bett, während sie an den Zipfeln ihrer Schürze zerrte.

Das Mittagessen verlief an jenem Tag sehr still. Ich aß mit Sir Endelion und Lady Menfrey; sie waren gedrückt, so wie wir es alle seit der Sache mit Hamforth waren. Jessica aß im Kinderzimmer mit Benedict, worüber ich froh war. Ich war überzeugt, meine Blicke könnten, falls ich sie sah, die Vermutungen verraten, die Fanny in mir geweckt hatte. Auch William Lister leistete uns nicht Gesellschaft; er war im Arbeitszimmer beschäftigt, und Bevil war noch nicht aus Lansella zurück. Ich vermutete, daß die neue Entwicklung, die sich durch die Einladung des Premierministers abzeichnete, besprochen wurde.
Nach dem Essen ging ich in mein Zimmer hinauf. Menfreya war still um diese Stunde. Die Dienstboten waren alle in ihren Kammern, meine Schwiegereltern ruhten. Jessica blieb mit Benedict im Kindertrakt, und William arbeitete.
Es klopfte an meiner Tür, und Fanny kam herein.
»Ich will zu der Insel hinüber«, verkündete sie. »Würden Sie mitkommen? Ich möchte mit Ihnen einiges wegen der Arbeiten dort drüben besprechen. Außerdem ...«
Ich hatte viel mit Fanny über meinen Plan für das Inselhaus gesprochen, und sie war mit ganzem Herzen dafür gewesen. Ich nahm an, sie würde mir eine große Hilfe sein, wenn ich mit meinem Ferienprogramm begann. Vielleicht, dachte ich, wollte sie etwas mit mir besprechen, doch war es wahrscheinlicher, daß sie mich bei sich haben wollte.
»Ziehen Sie einen warmen Mantel an«, riet sie. »Der Wind ist kalt. Packen Sie sich gut ein. Gehen Sie nur vor. Ich komme nach.«
Bevor ich an den Strand kam, war sie bei mir. Wir schoben das Boot ins Wasser und ruderten hinüber.
Ich lächelte sie traurig an und sagte: »Die Wahrheit ist doch, Fanny, du willst mich nicht aus den Augen lassen, nicht wahr?«
»Das ist es etwa. Aber da sind einige Dinge, die ich Ihnen drüben zeigen möchte.«

Ich versuchte, meine Gedanken von den Ängsten abzulenken und an den Sommer zu denken, wenn das Haus voller Kinder sein würde. Es schien noch sehr weit in der Zukunft zu liegen.
»Ich könnte sechs kleine Betten in dem großen Vorderschlafzimmer aufstellen«, überlegte ich, »und dann sind da noch die anderen Schlafzimmer. Die Insel wird ihnen wie ein Paradies erscheinen. Wir werden es jedoch zur Regel machen müssen, daß sie nicht versuchen dürfen, ohne Begleitung Erwachsener zum Festland hinüberzurudern.«
Fanny nickte, erfreut, daß meine Gedanken sich in einer neuen Richtung bewegten. Wir gingen in das Haus, und Fanny sagte: »Als ich neulich in der Küche war, entdeckte ich einen Keller. Man kann eine der Steinplatten hochheben. Man würde kaum merken, daß sie sich von den übrigen unterscheidet ... wenn man es nicht weiß. Doch das war natürlich die Absicht. Kommen Sie mit, ich zeige es Ihnen.«
Fanny stand an der Haustür und blickte über das Wasser zu Menfreya hinüber, als fiele es ihr einen Augenblick lang schwer, sich davon loszureißen. »Es ist schon ein Anblick«, gab sie widerstrebend zu.
Und es war ein Anblick, sogar an diesem Januartag mit dem dunkelgrünen Meer, das von schäumenden Wellen gefurcht wurde. Ich stand neben ihr und schaute zu Menfreya zurück – grau, beinahe drohend lag es dort im Nachmittagslicht.
Fannys Augen glänzten mit einem Ausdruck, den ich nicht verstand. »Kommen Sie. Ich möchte, daß Sie den Keller sehen.«
Ich folgte ihr in die Küche, wo sie mit einiger Anstrengung die Steinplatte hochhob. »Man muß wissen wie«, bemerkte sie. »Sie geht nicht leicht zu öffnen.« Nachdem sie eine Öffnung im Fußboden freigelegt hatte, ging sie zu einem Schrank und nahm einen eisernen Leuchter heraus, steckte eine Kerze hinein und zündete sie an.
»Da sind einige Stufen, die in den Keller hinunterführen«, erklärte sie mir. »Ich werde es mir mal ansehen.«
»Du mußt vorsichtig sein, Fanny.«
»Ich werd schon vorsichtig sein. Sie pflegten dort die Whiskyfässer zu verstecken, erzählte Jem Tomrit mir.«
»Das erzählte er dir?«
»Ja, er erzählte es mir. Sie wissen doch noch, wie aufgeregt er war, als er glaubte, es sei ein Gespenst auf der Insel. Er sah einen Mann dort ... so deutlich wie er mich sähe, behauptete er. Er sagte, es sei der Geist von einem der Männer, die ertranken. Hier, halten Sie

mal einen Augenblick die Kerze. Geben Sie sie mir, wenn ich unten bin.«

Sie stieg hinunter und streckte die Hand nach der Kerze aus. Ich hörte ihren Ausruf, als ich sie ihr reichte. »Oh, du meine Güte!«

»Ich komme es mir ansehen.«

»Nehmen Sie sich in acht. Die Stufen sind steil. Geben Sie mir die Hand.«

Ich stieg vier oder fünf Stufen hinunter und sah, daß Fanny recht hatte. Wir befanden uns in einer Art Keller. Ich erkannte, daß es noch einige Stufen hinunter ging, als ich hinabspähte.

Ich stieg einige weitere Stufen hinunter, um in die Dunkelheit unter mir zu starren, als plötzlich ein Knall ertönte und der Lichtschein, der von der Küche durch die Falltür gekommen war, verschwand.

Ich blickte mich um. »Die Falltür ist zugefallen und hat uns eingeschlossen!« sagte ich.

»Ja, Miss Harriet.« Ihre Stimme war besänftigend. »Haben Sie keine Angst. Es wird alles gut.«

»Es ist so dunkel.«

»Ihre Augen werden sich jeden Moment an die Dunkelheit gewöhnen.«

Ich ging noch einige Stufen hinunter, und es war, als würde mein Fuß in einem eisigen Griff gepackt. Wasser!

»Fanny!« warnte ich. »Sei vorsichtig! Hier unten ist Wasser.«

»Er steht bei Flut unter Wasser.«

»Na, wir müssen diese Tür aufmachen und etwas Licht hereinlassen. Diese Kerze hat nicht viel Sinn.«

»Schauen Sie dort«, sagte Fanny. »Da drüben ist Licht.«

»Tatsächlich. Es kommt durch ein Gitter.«

»Das Gitter ist in dem Garten. Es war von Brombeeren überwuchert, bis ich sie ausriß.«

»Weshalb?«

»Ich hielt es für am besten.«

»Du wußtest also von diesem Keller, Fanny?«

»O ja, ich wußte davon. Ich sagte Ihnen doch, daß ich zu Jem Tomrit ging. Ich pflegte bei ihm zu sitzen und ihn zum Erzählen zu bringen. Er machte sich Sorgen. Sehen Sie, er dachte, die Geister wären zur Insel zurückgekommen ... die Geister toter Männer, und er befürchtete, sie seien gekommen, um ihn zu verfolgen.«

»Weshalb sollten sie das?«

»Weil er ein Mörder war. Hierher pflegten sie die Schmuggelwaren zu bringen, und wenn die Zöllner ihnen auf der Spur waren, lockten sie sie hierher. Sie ließen sie ruhig das Haus durchsuchen und ließen die Falltür nicht direkt auf, doch so, daß man sehen konnte, daß eine Falltür da war. Und sie stiegen hinunter ... um nie wieder lebend herauszukommen.«

»Es ist ein grausiger Ort. Ich hab genug davon gesehen.«

»Tja, bei Flut kommt das Wasser hier herein. Es kommt durch das Gitter da, sehen Sie ... Dafür hat man es da eingesetzt. Dieser Keller wurde mit einer besonderen Absicht gebaut, erzählte mir Jem Tomrit. Wissen Sie, was heute ist?«

»Heute, Fanny?«

»Ja, dieser Jem Tomrit hat mir eine Menge erzählt, das hat er. Es gibt Tage, an denen die Flut höher als sonst steigt. Man nennt das Springflut, und es gibt einen Grund für sie. Der Mond und die Sonne oder so was Ähnliches. Fragen Sie mich nicht. Es ist anscheinend um diese Jahreszeit. Tja, es wird heute abend um halb neun sein.«

Ich hatte zu zittern begonnen – nicht so sehr wegen der kalten Feuchtigkeit dieses Ortes als durch Fannys seltsames Gebaren.

»Bei einer Springflut steht dieser Keller bis an die Decke voller Wasser.«

»Fanny«, erklärte ich. »Laß uns hier heraus. Es ist feucht und kalt. Wir werden ihn uns später mal richtig anschauen.«

»Wie sollen wir herauskommen?« fragte sie.

»Auf die gleiche Weise, wie wir hereingekommen sind.«

»Es ist ein Schnappschloß. Es schließt sich von selbst ab. Man kann es nur von draußen aufmachen. Die Schmuggler haben dafür gesorgt.«

»Das ist ja absurd!«

»Ich sage nur, was Jem Tomrit mir erzählt hat.«

»Dann hat uns jemand eingeschlossen.«

»Ja«, sagte sie langsam, »jemand hat uns eingeschlossen.« Sie setzte sich auf eine der Stufen und bedeckte das Gesicht mit der freien Hand, in der sie nicht die Kerze hielt. »Ich mußte bei Ihnen bleiben. Ich konnte dich nicht allein lassen.«

»Fanny – du weißt etwas, was du mir nicht erzählt hast.«

»Ja, Miss Harriet.«

»Du weißt, daß jemand versucht, mich umzubringen?«

»Ja.«

»Und du versuchst, sie daran zu hindern. Aber was machen wir hier? Willst du mir erzählen, daß jemand uns in diesem Keller eingeschlossen hat?«

Sie wiegte sich vor und zurück.
»Du wirst die Kerze fallen lassen«, warnte ich sie. Ich hatte noch keine richtige Angst, da Fanny ja bei mir war. Es war, als wachte ich von einem sonderbaren Alptraum während meiner Kindheit auf und schrie laut. Damals war Fanny immer gekommen, um mich zu beruhigen; ihre Gegenwart bedeutete Sicherheit. Sie gab mir auch jetzt diese Beruhigung.
»Du wußtest über diesen Keller Bescheid«, sagte ich, »weil Jem Tomrit dir davon erzählt hat. Du behauptest, er stände bei Flut unter Wasser und heute abend sei Springflut. Das ist um halb neun. Jetzt ist es noch nicht vier Uhr. Wir werden vor der Flut hinauskommen. Man wird uns vermissen.«
»Wer käme auf den Gedanken, uns hier zu suchen?«
»Noch etwas anderes kommt mir sonderbar vor. Wenn das Wasser tatsächlich bei Flut hier drinnen steht, wo bleibt es hinterher? Ein gewisser Teil sickert vermutlich in den sandigen Boden, doch wäre dann hier nicht mehr Wasser als das bißchen?«
»Es lag ein großer Stein vor dem Gitter. Jem Tomrit erzählte mir, wie sie ihn wegzurollen pflegten, wenn sie hier Gefangene drin hatten. Hinterher schöpften sie das Wasser dann heraus.«
»Es ist jetzt kein großer Stein über dem Gitter«, bemerkte ich.
»Er war von Brombeerranken überwuchert ... und ist weggerückt worden. Es ist also jetzt so, wie es damals zu sein pflegte, wenn dieser Keller für Mord benutzt wurde.«
»Fanny, du drückst dich nicht sehr klar aus. Du sagst, du hättest die Brombeeren ausgerissen. Wer hat dann den Stein weggerückt? Wer hat die Falltür gerade eben zugemacht? Fanny! Jemand ist jetzt in diesem Haus! Sie hörten uns in die Küche gehen. Sie wußten, wir waren hier in den Keller heruntergegangen und schlossen uns ein!«
»Er war hier«, antwortete sie. »Das war es ja, was Jem Tomrit so einen Todesschrecken einjagte. Er sah ihn, und er dachte, es wäre der Geist eines toten Zöllners, aber das war er nicht. Es war mein Billy.«
»Dein Billy! Aber Billy starb doch vor vielen Jahren ... noch bevor ich geboren wurde!«
»Billy liebte mich wirklich, doch gab es eine, die er noch mehr liebte. Das war die See. Die See war seine Geliebte, und er verließ mich um ihretwillen. Sie hätten ihn von der See erzählen hören sollen. Dann wüßten Sie, wen er am meisten liebte. Als er starb, sagte er zu mir: ›Hab keine Angst, Fanny. Ich komme zurück und hole dich ... Eines Tages komme ich zurück ... Eines Tages nehme

ich dich mit zur See. Warte darauf, Fanny ... und sei bereit, wenn der Augenblick kommt.‹ Dann wurde mir plötzlich klar, was er meinte. Er würde mir ein Zeichen geben. Und nun habe ich es bekommen.«

»Fanny, was ist mit dir geschehen? Laß uns hier heraus.«

»Wir werden in dem für uns richtigen Augenblick herauskommen. Er wird uns erwarten. Wir werden bei ihm sein ... wir beide ... heil und sicher.«

»Du bist alles andere als vernünftig, Fanny! Weißt du noch, wie du mich immer ermahntest, doch vernünftig zu sein? Ich werde versuchen, diese Falltür aufzumachen.«

»Du wirst dir wehtun, Liebchen. Ich sagte dir doch, man kann sie nur von außen aufmachen.«

»Ich glaube nicht, daß du recht hast, Fanny.«

»Doch, das habe ich. Ich habe mich vergewissert. Ich wollte nicht, daß etwas schiefgeht.«

»Fanny! Aber Fanny! Was sagst du da?«

Ich setzte mich auf die kalte Stufe neben sie. Die Gefährtin meiner Kindheit und Jugend, diese geliebte Amme, diese Frau, an die ich mich immer trostsuchend gewandt hatte, war für mich eine Fremde geworden.

»Fanny«, sagte ich sanft, »laß uns versuchen zu verstehen, was dies alles bedeutet. Wir müssen uns doch Klarheit verschaffen, ja?«

»Da gibt es keine Klarheit zu verschaffen, mein Herzchen.«

Ich starrte in die Dunkelheit und fragte mich, wieviel Wasser wohl da unten stand und wieviel an dieser Geschichte von den Schmugglern und den Zöllnern wahr war. Ich dachte an Menfreya – meine Schwiegereltern ruhten bis zum Tee, den sie wahrscheinlich in ihren Zimmern einnahmen. Bevil würde zurückkommen. Vielleicht zum Abendessen? Vielleicht später. Doch gewiß würde man mich zum Abendessen vermissen? Wenn ich nicht erschien, würden sie ein Mädchen zu meinem Zimmer schicken, um zu hören, ob ich etwas heraufgebracht haben wollte. Ich würde nicht da sein; sie würden ein wenig besorgt werden. Abendessen um acht – Flut um acht Uhr dreißig. Sie würden nie rechtzeitig da sein.

Ich vermochte jedoch nicht an den Tod zu glauben. Nicht an einen Tod durch Fannys Hand. Ja, ich vermochte überhaupt nicht zu glauben, daß dies mir wirklich widerfuhr. Es war wie einer jener schauerlichen Alpträume, die mich während meiner Kindheit verfolgten.

Ich ging die Treppe hinauf und versuchte, die Tür aufzustemmen.

Sie gab nicht nach. Sie war ja seit Jahren nicht geöffnet worden. Doch glaubte ich diese Geschichte von den Schnappschlössern nicht.
Ich konnte Fanny einfach nicht für eine Mörderin halten. Ich setzte mich neben sie. Ich dachte: Es muß jetzt vier Uhr sein. Wie bald wird das Wasser anfangen, hereinzukommen? Zuerst langsam und dann ... die Flut! Vier Stunden ... um auf den Tod zu warten.
Ich konnte es nicht hinnehmen.
»Fanny«, beschwor ich sie, »ich will verstehen, was dies zu bedeuten hat! Ich will mit dir reden.«
»Du hast Angst, nicht wahr?« meinte sie.
»Ich will nicht sterben, Fanny!«
»Du lieber Gott, da gibt's nichts zu fürchten. Billy erzählte mir vom Ertrinken. Er sagte, es sei die einfachste Weise zu sterben. Billy wird da sein und mich erwarten ... und ich konnte dich nicht zurücklassen, konnte ich das? Nein, das konnte ich nicht – nicht mit all denen da, die versuchten, dir Leid zuzufügen. Ich wollte nicht, daß Sie wie ihre Stiefmutter sterben. Ertrinken ist besser. Es ist einfach, sagte ich mir. Du weißt, sie wollten dich aus dem Weg haben ... die beiden da. Die konnten mir nichts vormachen. Er war nie der Richtige für dich. Ich warnte dich vor ihm. Er hatte die Frauen zu gern ... genau so, wie Billy die See zu gern hatte. Ich hätte so gern gehabt, daß Billy einen netten, gemütlichen Job an Land annahm. Er wollte es nicht. Er nicht. Weißt du, er konnte nicht davon lassen. Es ist das gleiche. Bei Billy die See und bei ihm ... die Frauen. Und seit sie gekommen ist ... mit ihren sündhaften Tricks ... wußte ich, ich konnte dich nicht zurücklassen ... ich kenne sie! Sie wollte ihn haben, und jetzt trägt sie sein Kind, ist verzweifelt. Sie hat das Zeug für ihren Teint, genau wie deine Stiefmutter ... doch die arme Lady brachte sich selbst damit ums Leben ... sie wollte dich umbringen.«
»O Fanny, glaubst du das wirklich?«
»Ich glaube, was ich sehe, und ich hatte Angst um dich. Ich lag nachts wach, und mir wurde ganz komisch im Kopf ... so schwindlig vor Sorge. Und dann kam Billy, um mich zu holen, und ich sagte mir, ich kann sie nicht zurücklassen. Es wäre anders, wenn ›er‹ anders wäre, wenn die da nicht wäre. Ich wagte nicht fortzugehen und dich zurückzulassen. Weißt du, als ich mein Kleines verlor, warst du mein Baby. Ich konnte dich nicht dort lassen, konnte ich doch nicht. Ich nehme dich mit zu Billy, und wir werden alle zusammen sein.«

»Du hast die Uhr angehalten, Fanny!«
»Ich wollte, daß du vorbereitet bist. Du erinnerst dich, wie aufgeregt du warst, als deine Stiefmutter starb. Du sagtest: ›Sie war überhaupt nicht darauf vorbereitet!‹ So gab ich dir ein Zeichen. Ich hielt die Uhr an.«
»Und dann schicktest du diesen Brief nach Hamforth.«
»Ja, das tat ich. Ich wollte, daß du bereit bist, weißt du. Ich wollte nicht, daß du einen zu großen Schock bekommst.«
»Dann nahmst du also den Brief wieder weg, den du geschrieben hattest?«
»Ich hielt es für das beste. Sie legte ihn auf den Tisch da in der Halle, und ich fand ihn und nahm ihn an mich. Es war am besten so.«
Ich schwieg. Ich dachte: Sie ist verrückt! Meine gute Fanny ist verrückt! Sie wird Selbstmord begehen und mich umbringen, weil sie mich liebt.
Ich fühlte mich zum Umsinken schwach. Ich stand auf und hämmerte gegen die Falltür.
»Na na«, meinte sie besänftigend. »Es gibt nichts, was du tun könntest. Kannst die nicht von hier unten aufmachen. Sie sorgten dafür, als sie immer die Zöllner hier herunter lockten. Jem hat mir alles darüber erzählt. Du tust dir nur an deinen armen Händen weh. Reg dich nicht auf. Es gibt nichts anderes zu tun als zu warten. Es wird Sturm geben. Sturm und Springflut. Auf die Weise wird es einfacher.«

Ich hatte Angst. Hier mit Fanny zu sitzen hatte irgendwie gemütlich geschienen, so daß ich nicht völlig an ihren wahnsinnigen Plan hatte glauben können.
Sie war so ruhig, sich so ihrer Sache sicher, saß so geduldig da und wartete auf das Ende. Ich vermochte mir nicht vorzustellen, wie es kommen würde. Das Wasser würde durch das Gitter hereinstürzen, vermutete ich, und was geschah dann mit uns? Würde es bis an die obersten Stufen steigen? Wie ich mich erinnerte, hatte ich gehört, daß der Garten und die Küche oft bei Flut unter Wasser standen. Heute kam eine Springflut, ein Sturm hatte sich erhoben ... und wir befanden uns unter der Erde.
Ich schätzte die Zeit auf etwa sechs Uhr. Noch würde niemand uns vermißt haben. Bevor das geschah, wäre die Flut gekommen und wieder gegangen. Und ich war mit einer Verrückten hier im Keller eingeschlossen. Ich hatte die Wahrheit erkannt. Bis jetzt war sie nur Fanny gewesen – die liebe, vertraute, trostreiche Fanny. Jetzt war sie die Frau, die mich umbringen wollte.

»Ich muß hier heraus!« schrie ich plötzlich. »Ich muß hier heraus!«
Ich sprang auf und drückte mit aller Kraft gegen die Falltür. Es war sinnlos. Sie rührte sich nicht. Hatte sie tatsächlich recht mit ihrem Gerede von Schnappschlössern?
Das Gitter! fiel es mir ein. War es möglich, dort einen Weg hinaus zu finden? Ich sah mich in einer Vision die Kellerwände zu dem Gitter heraufklettern und es irgendwie aufstemmen.
Ich stieg die Stufen hinunter und stürzte knietief in Wasser.
Fanny fuhr aus ihrer Träumerei auf.
»Was machst du da, du törichtes Mädchen? Jetzt bist du durch und durch naß. Eine schöne Erkältung wirst du dir holen, und wir müssen hier in unseren nassen Kleidern bleiben.«
»Fanny!« schrie ich hysterisch. »Was macht das schon?!«
»Du kannst schließlich noch eine Lungenentzündung bekommen, und das ist kein Spaß.«
»Laß uns hier heraus! Ich brauche trockene Sachen ...«
»Du zitterst ja, mein Liebes. Reg dich nicht auf. Wir werden bald bei ihm sein und alle Gefahr hinter uns haben.«
»Bitte hör mich doch an, Fanny! Wir müssen hier heraus! Wir müssen hier herauskommen ...«
»Na na, Herzchen – reg dich nicht auf. Fanny ist doch hier.«
Hilflos setzte ich mich neben sie, und sie legte den Arm um mich.
»Hab keine Angst. Das ist nur der Wind, den du da hörst. Bei Gott! Es wird heute nacht einen Sturm geben.«

Die Kerze war weg. Wir hatten sie in das Wasser fallen lassen. Ich hörte das Platschen, als sie hineinfiel und die schwache Flamme verlosch. Ich hatte jedes Zeitgefühl verloren. Mir war, als wäre ich seit Stunden an diesem dunklen, feuchten Ort.
Ich begann allmählich zu begreifen, daß ich wahrhaftig dem Tod ins Gesicht sah, und daß diese Frau neben mir mich ermorden wollte; sie und ich würden zusammen sterben, und die letzten Worte, die ich von ihr hören würde, würden eine von Herzen kommende Zärtlichkeit sein.
Ich werde wahnsinnig! sagte ich mir. Dies kann nicht wahr sein!
Ich hörte den krachenden Anprall der Wellen gegen die Felsen. Die Flut kam immer näher ... die Springflut.
Hochwasser um acht Uhr dreißig! dachte ich. Wieviel Uhr war es jetzt? Sieben? Später? Ich stand auf. Ich würde es noch einmal versuchen. Ich begann um Hilfe zu rufen. Ich hämmerte gegen die Steinplatte, die uns hier unten einschloß.

Fannys Stimme war verträumt. »Weißt du noch, wie ich dir zum Einschlafen Geschichten vorzulesen pflegte? Erinnerst du dich noch an Aladin und seine Wunderlampe? Weißt du noch, wie der böse Zauberer ihn in der Höhle einsperrte ...? Dies ist genauso.«
»Dies ist keine Höhle, Fanny! Es ist ein Keller unter der Meeresoberfläche, und die Flut steigt!«
»Es ist alles gut geworden für Aladin. Es wird alles für dich gut werden.«
»Sie werden uns zu Hause vermissen, Fanny. Sie werden nach uns suchen.«
»Hier werden sie nicht suchen.«
Ich schwieg. Sie hatte recht. Was könnte sie schon hierherführen?
»Und selbst wenn sie wüßten, daß wir hier sind«, fuhr Fanny fort, »wäre es nicht leicht für sie, herüberzukommen, falls die See annähernd so wild ist, wie sie sich anhört.«
»Ich will nicht sterben! Ich will nicht sterben!«
Ich fing an um Hilfe zu rufen. Es war töricht. Wer könnte mich hören?
Und dann hörte ich das Wasser über das Gitter spülen und in den Keller herunterströmen.
Die Flut kam zu uns.

Ich hatte Fanny auf die oberste Stufe gezerrt. Ich hatte dem Gitter den Rücken gekehrt und stand und hämmerte sinnlos gegen die Falltür.
Fanny war still. Ich spürte eine gewisse Ekstase in ihr. Jeden Augenblick konnten wir jetzt von den Stufen gespült werden. Dies war der Tod. Und erst jetzt, als ich ihm direkt ins Gesicht sah, wußte ich, wie verzweifelt ich leben wollte. Ich rief laut, ohne zu wissen, was ich rief. Dann merkte ich, daß ich »Bevil! Bevil!« rief.
Hier war ich gefangen mit dem steigenden Wasser. Das Bild der christlichen Märtyrerin blitzte vor mir auf. Ich erinnerte mich an das ruhige Gesicht und die Hände, die wie zum Gebet Handfläche an Handfläche gefesselt waren, an den hölzernen Pfahl, an den sie gebunden war, und an das Wasser, das ihr bis zur Hüfte ging, während sie auf das Steigen der Flut wartete.
Mit der gleichen heiteren Gelassenheit sah Fanny dem Tod entgegen.
Ein Krachen ertönte, als die schweren Wellen heranbrandeten;

das Wasser kam durch das Gitter hereingestürzt. Ich schloß die Augen und wartete. Ich stand auf der obersten Stufe, doch das Wasser spülte schon um meine Fußgelenke. In wenigen Minuten würde das Gitter von der Flut bedeckt sein, und dann ... das Ende!
Ich legte die Hände über mein Gesicht.
»Gleich, mein Liebling«, flüsterte Fanny.
»Nein!« schrie ich. Ich trommelte gegen die Falltür. »Bevil!« schrie ich. »Bevil!«
Und dann legten sich wie durch ein Wunder Bevils Arme tatsächlich um mich. Ein schwaches Licht war über mir.
Ich hörte seinen bestürzten Ausruf: »Allmächtiger Gott!«
Und ich weiß nicht genau, was dann geschah.

Ich lag auf einem Bett, und Bevil war bei mir.
»Hallo!« sagte er lächelnd.
Ich war verwirrt. Den einen Augenblick war ich in dem Grauen des überfluteten Kellers gewesen – im nächsten lag ich im Bett.
»Du siehst aus, als ... freutest du dich, mich zu sehen«, sagte ich.
»Das tue ich auch«, antwortete er.

Ich war in dem Haus auf der Insel. Draußen tobte der Sturm; die Flut wich zurück, doch die Küche stand unter Wasser. Ich konnte Stimmen von unten hören. Bevil war noch neben meinem Bett. Ich rief seinen Namen, und er nahm meine Hand.
»Hallo«, sagte er. »Jetzt ist alles gut.«
»Was geschah eigentlich?«
»Du warst in dem Keller. Es muß Jahre her sein, daß die Tür zuletzt aufgemacht wurde. Aber ruh dich jetzt aus. Du hast einen Schock gehabt.«
»Ich will es wissen, Bevil. Die Flut stieg, nicht wahr?«
»In kurzer Zeit wäre der Keller voller Wasser gewesen. Gott sei Dank kamen wir noch rechtzeitig – aber nur gerade eben.«
»Die Springflut ...«
»Du sollst jetzt nicht reden.«
»Ich kann mich nicht ausruhen, bevor ich es nicht weiß. Wie bist du hergekommen, Bevil?«
»Ich suchte dich.«
»Aber warum ... warum ...?«
»Mein Gott, du glaubst doch wohl nicht, daß ich zulasse, daß du verloren gehst, oder?«
»Aber woher wußtest du es?«

»Das soll dich jetzt nicht kümmern. Ich bin hier. Ich habe dich gefunden. Und du bist in Sicherheit.«
»Bevil, du freust dich?«
Er hob meine Hand an die Lippen und küßte sie leidenschaftlich. Keine Worte hätten mir mehr als jene rasche Geste sagen können. Es genügte, um mich zur Ruhe kommen zu lassen. Ich schloß die Augen.

Einige Stunden später fanden sie Fannys Leiche. Sie hatten versucht, sie zu retten, doch es war unmöglich gewesen.
Als sie die Falltür aufgemacht hatten, war sie bei mir gewesen. Sie hatten sie deutlich gesehen. Sie war ausgeglitten, sagten sie, und verschwunden; doch ich wußte, sie hatte nicht gewollt, daß man sie lebend aus dem Keller herausholte.
Meine arme, liebende Fanny! Wann, so fragte ich mich, mochte der Wahnsinn angefangen haben, ihren Verstand zu verwirren? War es zur Zeit jener früheren Tragödien – dem Verlust ihres Mannes und Kindes? Arme Fanny, die gütige Mörderin, die aus Liebe töten wollte. Ich hatte von Mord aus Habgier, aus Eifersucht gehört, nie jedoch von Mord aus Liebe.

Und wieso war Bevil rechtzeitig gekommen? Weil er nicht bereit war, die Sache mit dem Brief an den Leichenbestatter so hingehen zu lassen. Er wollte herausbekommen, wer ihn geschickt hatte, er wollte wissen, weshalb. Er hatte Hamforth ausgefragt und war zu dem Schluß gekommen, daß er, falls er den Brief fand, ein greifbares Stück Beweismaterial in Händen haben würde, und so wollte er nicht ruhen, bis er wußte, wer ihn geschrieben hatte.
Jessica erinnerte sich, Fanny in der Halle gesehen zu haben, als sie mit Hamforth sprach; also schickte Bevil nach Fanny, die nicht zu finden war. Und wo sei ich, wollte Bevil wissen. Man entdeckte bald, daß ich ebenfalls nicht da war.
Bevil, Jessica und William Lister hatten in der Bibliothek gesessen und die Angelegenheit mit dem Leichenbestatter durchgesprochen. Warum, so fragten sie sich, hatte Fanny so etwas getan, denn sie waren überzeugt, daß es Fanny war, da es sehr wahrscheinlich schien, daß sie den Brief genommen hatte; und warum sollte sie das tun, wenn nicht um zu verhindern, daß er als Spur zu ihr führen würde? Und warum sollte Fanny einen derartigen Brief schreiben? Jessica steuerte die Auskunft bei, daß Fanny Jem Tomrit besucht hatte und Mrs. Henniker, seiner Tochter, nicht ganz wohl deswegen sei. Der alte Mann sprach unentwegt von der Vergan-

genheit, seit er zu seinem Entsetzen Gespenster auf der Insel gesehen hatte, und es war nicht gut für ihn. Sie hatte immer geglaubt, Jem könnte hundert werden was seinen Körper anbetraf; sein Gewissen war es, was sie – und ihn – beunruhigte, denn es ließ ihn in letzter Zeit nachts nicht schlafen. Er redete auch vor sich hin und hatte gesagt, daß er und seine Kumpane einige Zöllner ermordet hatten, indem sie sie in den Keller einschlossen und sie ertrinken ließen.

»Wir gehen und reden mit Jem Tomrit«, erklärte Bevil. Das taten sie, und Bevil brachte ihn zum Reden. Fanny hatte Fragen über das Inselhaus gestellt; immer wieder hatte er ihr die Geschichte von den ermordeten Zöllnern erzählt, die man in den Keller gelockt hatte und dort ertrinken ließ.

»Wir rudern zur Insel hinüber ... Sturm oder nicht«, bestimmte Bevil.

Er wußte natürlich nicht, daß wir nach Fannys Plan zusammen sterben sollten. Bevil nahm lediglich an, wir hätten den Keller auskundschaften wollen und das Schnappschloß hätte uns möglicherweise eingeschlossen.

Zurück nach Menfreya, um zu entdecken, daß eines der Boote fehlte. Die See war inzwischen rauh, und die Flut stieg rasch. Doch irgendwie kamen sie herüber. Bevil und William Lister und Jessica. Und sie holten mich noch rechtzeitig heraus.

Ich lag im Bett in dem Inselhaus und dachte nach. Es heißt, man sähe sein Leben in Bildern vor sich vorbeiziehen, wenn man ertrinkt. Nun, ich war dem Ertrinken sehr nahe gekommen, und nun lag ich still da und dachte an Szenen aus der Vergangenheit. Gwennan war gestorben, und mit ihr ein Teil meines früheren Lebens. Es würde das gleiche mit dem Verlust von Fanny sein.

Bevil jedoch war mir geblieben. Ich verdankte ihm mein Leben – seiner Entschlossenheit, seiner Energie und seinem Willen, mich zu retten.

Doch ... indem er mich rettete, würde er Jessica verlieren. Das war der Gedanke, der mich wie eine Rettungsboje in einem tobenden Meer des Zweifels emporhob.

Falls er mich hatte loswerden wollen, was für eine ausgezeichnete Gelegenheit hatte sich ihm da geboten!

Wir mußten die Nacht auf der Insel bleiben, da der Sturm heftiger wurde. Nie hatte ich einen solchen Orkan gehört, nie eine so tobende See. Bevil kam ins Zimmer, um mir zu sagen, daß keine

Aussicht bestände, vor dem Morgen nach Menfreya zurückzukehren.
»Du bist sowieso noch nicht dazu in der Lage«, sagte er. »Du mußt dich ausruhen.«
»Ich übernachtete schon einmal in diesem Zimmer«, bemerkte ich. »Vor vielen Jahren ... als ich von zu Hause weggelaufen war.«
Er lächelte mich nachsichtig-liebevoll an. Ich konnte sehen, wie froh er war, daß ich mich in Sicherheit befand. »Du scheinst ein Talent zu haben, verrückte Sachen zu machen.«
»Und am nächsten Abend kamst du herüber«, fuhr ich fort. »Weißt du noch? Du fandest mich unter einem Staubüberzug in diesem Zimmer.«
Er kniff die Augen zusammen und versuchte sich daran zu erinnern. »Du hattest ein Mädchen mit herübergebracht. Ich fürchte, ich störte jene kleine Romanze.«
Er lachte. »Was für ein Gedächtnis du hast!«
»Tut mir leid.«
»Was?«
»Daß ich damals störte ... und jetzt.«
»Was in Himmels Namen ...?« Er hatte die Brauen zusammengezogen, als stände er wirklich vor einem Rätsel.
»Jessica ist sehr schön, und sie würde eine ausgezeichnete Frau für ein Parlamentsmitglied abgeben.«
»Laß uns hoffen, daß sie das nicht sein wird. Merkwürdig, wie Menschen in sonderbaren Momenten mit Sachen herausplatzen. Als wir herüberruderten ... und ich dachte, wir würden nie ankommen, die See war höllisch ... erzählte sie mir, daß sie Leveret heiraten wird. Daß ... die Hochzeit notgedrungen recht bald und still sein wird.«
»Du meinst ...«
»Es stimmt. Sie haben die Insel als Treffpunkt benutzt, und das ist der Grund für die mysteriösen Lichter und Gestalten, die hier gesehen worden sind.«
»Es war also Harry!«
»Ja. Und sie gab mehr oder weniger zu, daß sie ihm seit Monaten geholfen hat. Eine Art Spion im Lager des Gegners. Damals, als das Boot wegtrieb, war das Ganze auf Harrys Wunsch mit Hilfe des alten Gauners A'Lee inszeniert worden ... um einen Skandal um mich zu machen ... stell dir vor. Er wird seine Taktik erheblich verbessern müssen, falls er jemals in die Politik gelangt.«
»Falls!« sagte ich glücklich.

»Nicht in Lansella, was, Harriet Menfrey?«
Ich konnte fühlen, wie glücklich er war – glücklich über meine Rettung!
Einen Augenblick lang vergaß ich alles andere – den schrecklichen Verlust meiner geliebten Fanny, die schauerlichen alptraumartigen Stunden vor ihrem Tode ... so vieles, das nach einer Erklärung verlangte.
Schließlich sagte Bevil: »Großer Gott, ich glaube, du dachtest tatsächlich, daß ich ...«
»Du und Jessica. Nun, es war keine so abwegige Schlußfolgerung in Anbetracht ...«
Er war ernst geworden und sagte: »Arme Harriet! Ich fürchte, du hast es mit einer ganzen Menge aufzunehmen gehabt. Die Tatsache ist, daß ich ein sehr unvollkommenes Exemplar bin.«
»Ich auch«, erklärte ich.
»Ich will dich so, wie du bist. Willst du, Harriet, mich?«
»Es klingt ja wie aus dem Traugottesdienst.«
»Das ist auch angemessen. Darüber reden wir ja ... über das Verheiratetsein.«
Er beugte sich herunter und küßte mich, und es war, als hätten wir einen Vertrag besiegelt.

Es dauerte einige Zeit, bis die Ereignisse sich aneinanderfügten und sich ein klares Bild ergab. Ich trauerte lange um Fanny – und tue es immer noch. Wie wünschte ich, sie hätte nicht den Verstand verloren! Ich wünschte, sie hätte die Amme meiner Kinder sein können, so wie ich es mir immer vorgestellt hatte. Ich denke, ich hätte sie durch jene schreckliche Zeit durch liebevolle Pflege hindurchbekommen, wenn man nur uns beide hätte retten können. Ihre Sorge um mich war es gewesen, die sie über den Rand des gesunden Verstandes in den Wahnsinn gestoßen hatte. Ich glaube, ihr Verstand wurde damals ebenfalls angegriffen, als ihr Körper vergiftet wurde, was erwiesenermaßen geschah. Es bestand, wie wir damals meinten, ein konkreter Beweis dafür, daß jemand im Haus mich beseitigen wollte, und dies hatte Fanny zu dem Entschluß getrieben, mich mitnehmen zu müssen, als Billy sie rief.
Als ich die Wahrheit entdeckte, war ich überrascht, daß das Netz von Mißtrauen, in dem ich mich verfangen hatte, von mir selbst gesponnen worden war. Das unerwünschte Kind, das ich gewesen war, hatte Glück immer mit Mißtrauen betrachtet; weil mein Vater sich nichts aus mir machte, hatte ich mir eingeredet, daß auch

niemand anders es je tun würde. Ich hatte bis zu diesem Augenblick nicht erkannt, daß mein Leben in meinen eigenen Händen lag. Es war eine wundervolle Offenbarung, denn nie zuvor hatte die Zukunft so voll aufregender Möglichkeiten vor mir gelegen. Und indem ich mich selbst verstand, wurde ich anderen gegenüber toleranter. Ich konnte Jessicas Hoffnungen und Ängsten gegenüber nachsichtig sein. Sie mochte eine Abenteuerin gewesen sein; sie mochte in der Hoffnung auf ein angenehmes Leben nach Menfreya gekommen sein; sie mochte gehofft haben, Bevil von mir wegzulocken oder vielleicht William Lister zu heiraten, bis sie die einladenderen Aussichten erkannte, die Harry Leveret zu bieten hatte. Ich konnte es nicht mit Sicherheit wissen; doch die Frau, die ich jetzt war, urteilte weniger kritisch als die frühere. Jessica hatte für ihr eigenes Glück gekämpft, so wie ich für das meinige; und ich hoffte, sie würde das, was sie suchte, bei Harry finden.

Durch einen Zufall entdeckte ich, wie Fanny und ich vergiftet worden waren. Es war kurz nachdem Jessica uns verlassen hatte, als ich meinen Tee mit Benedict im Kinderzimmer trank und er mir fröhlich mehrere Löffel Zucker in meinen Tee schüttete.
»Du hast doch einen süßen Zahn«, kicherte er. Dann wollte er wissen: »Magst du diesen Zucker lieber als Jessies?«
Jessies Zucker, so erzählte er mir, war in einem Glas in ihrem Schrank aufbewahrt worden, und er hatte ihn erreichen können, wenn er sich auf einen Stuhl stellte. Er hatte ihn für meine Gerstensuppe mit dem Zitronensaft gebracht, als ich krank war, um mich schneller gesund zu machen.
Ich ging nach Chough Towers hinüber, um Jessica zu besuchen, als ihr Kind geboren war. Die Mutterschaft hatte sie auf irgendeine Weise verändert. Ich erwartete zu der Zeit selbst ein Baby und verstand daher die Veränderung; sie ließ uns beinahe Freundinnen werden. Sie gab zu, über das Arsenik gelesen zu haben, als Jenny starb, und es selbst ab und zu ausprobiert zu haben. Sie war entsetzt, als sie hörte, wie Fanny und ich beinahe vergiftet worden wären.

Nun, das ist alles lange her, doch denke ich oft an jene Nacht, als ich, von meinem Mann gerettet, in dem Bett in dem Inselhaus lag und dem Sturm lauschte und verfolgte, wie er sich im Verlauf der Nacht erschöpfte, bis das Rauschen der Wellen zu einem leisen Gemurmel absank.

Als es hell war, stand ich auf und ging ans Fenster, um den Sonnenaufgang zu sehen. Bevil schlief in einem Sessel neben meinem Bett, und ich weckte ihn nicht auf.

Das Meer war ruhig, und nur der braune Saum am Strand war ein Hinweis darauf, wie heftig der Sturm getobt hatte.

Und da lag Menfreya, angehaucht von dem schwachen rosigen Schein, und als ich es so betrachtete, fiel mir wieder jener Morgen vor all diesen Jahren ein, als ich genauso aus diesem Fenster schaute und gedacht hatte, daß Menfreya am Morgen der schönste Anblick auf der Welt sein müßte.

Ich dachte an all das, was sich dort im Laufe der Jahrhunderte und in meinem eigenen kurzen Leben abgespielt hatte und an all das, was noch kommen würde.

Gwennan lebte nicht mehr; Fanny lebte nicht mehr; aber ich hatte Bevil, und wir würden zusammen durchs Leben gehen.

Bevil war neben mich getreten, und wir beide verweilten am Fenster und blickten über das Meer.

»Wer würde glauben, daß dies dasselbe Meer ist, das heute nacht so tobte?« sagte er. Und er sah mich an, und ich wußte, er hatte einige der Gedanken gelesen, die mir durch den Kopf gingen. Wir waren einer Tragödie sehr nahe gekommen, doch das Glück hatte uns nicht verlassen.

Bevil war noch ganz erschüttert, als er sich überlegte, wie meine Rettung wie durch ein Wunder auf Sekunden abgepaßt gewesen war.

»Es ist, als hätte man noch einmal eine Chance bekommen«, meinte er.

»Dieser Tag fängt gut an«, antwortete ich. »Schau dir den Himmel an. Und schau dir Menfreya an ... Es ist so schön am Morgen!«

Bitte umblättern:

auf den nächsten Seiten informieren wir Sie über weitere interessante Fischer Taschenbücher.

HAYES

Joseph Hayes

Der Schatten des Anderen
Band 2015

Der dritte Tag
Roman
Band 1071

Zwei auf der Flucht
Roman
Band 1426

An einem Tag wie jeder andere
Roman
Band 1645

Die Stunden nach Mitternacht
Roman
Band 1715

Eine lange dunkle Nacht
Roman
Band 1730